迦陵说词讲稿

葉嘉瑩 著

图书在版编目（CIP）数据

迦陵说词讲稿／葉嘉瑩著．—北京：北京大学出版社，2007.3

（迦陵讲演集）

ISBN 978-7-301-11494-0

I. 迦… II. 葉… III. 词（文学）－美感－研究－中国－古代 IV. I207.23

中国版本图书馆 CIP 数据核字（2007）第 157136 号

书　　　名：迦陵说词讲稿

著作责任者：葉嘉瑩 著

责 任 编 辑：徐丹丽

标 准 书 号：ISBN 978-7-301-11494-0

出 版 发 行：北京大学出版社

地　　　址：北京市海淀区成府路 205 号　100871

网　　　址：http://www.pup.cn

电 子 邮 箱：编辑部 wsz@pup.cn　总编室 zpup@pup.cn

电　　　话：邮购部 010-62752015　发行部 010-62750672

出版部 010-62754962　编辑部 010-62752022

版 式 设 计：北京河上图文设计工作室

印　刷　者：三河市北燕印装有限公司

经　销　者：新华书店

650mm×980mm　16 开本　23.25 印张　279 千字

2007 年 3 月第 1 版　2024 年 5 月第 13 次印刷

定　　　价：58.00 元

目录

迦陵说词讲稿

目录

总序

北京大学出版社即将出版我的《迦陵讲演集》七种，要我写一篇序言。这七册书都是依据我在各地讲词之录音所整理出来的讲稿，所以称之为“讲演集”。这七册书的次第是：

1.《唐五代名家词选讲》

2.《北宋名家词选讲》

3.《南宋名家词选讲》

4.《唐宋词十七讲》

5.《清代名家词选讲》

6.《词之美感特质的形成与演进》

7.《迦陵说词讲稿》

前两册书，也就是“唐五代”及“北宋”词的选讲，其主要内容盖大多取自于台湾大安出版社 1989 年所出版的我的四册一系列的《唐宋名家词赏析》。在此系列的第一册前原有一篇《叙论》，现在也仍放在这两册书的第一册书之前，并无改动。至于第三册《南宋名家词选讲》，则是依据我于2002年冬在南开大学的一次系列讲演的录音由学生整理写成的。当时由于来听讲的同学并没有听过我所讲授的唐五代与北宋词的课，而南宋词则是由前者发展而来的，所以我遂不得不在正式开讲南宋词以前，作了两次对唐五代与北宋词的介绍。这就是目前收在这一册书之前的两篇《叙论》。至于第四册《唐宋词十七讲》，则是我于1987年先后在北京、沈阳及大连三地连续所作的一个系列讲演。当时除了录音外，本来还有录像，但因各地设备不同，录像效果不同，所以其后只出版了录音的整理稿，所用的就是现在的书名。至于录像部分，则目前正由南开大学的中华古典文化研究所在加紧整理中，大概不久就会以光碟的形式面世。在这册书前面，我曾经写过一篇极长的序言，对当时朋友们为了组织这次系列讲座及拍摄录像的种种勤劳辛苦，作了详细的介绍。而且还有当时一直随堂听讲的两位旧辅仁大学的校友——北师大的刘乃和教授及中国历史博物馆的史树青教授，都为此书写了序言，对当时讲课的现场情况和反应也作了相当的介绍。现在这三篇序言也都依然附录在这一册书的前面，读者可以参看。第五册《清代名家词选讲》，其所收录的主要讲录，乃是我于1994年在新加坡所开授的一门课程的录音整理稿。虽然因课时之限制，所讲内容颇为简略，但大体尚有完整之系统可寻。在这一册书前，我也曾写了一篇序言，读者可以参看。第六册《词之美感特质的形成与演进》，是2005年1月我为天津电视台的"名师名课"节目所作的一次系列讲演。这次讲演也作了录像，大概不久的将来也可以做成光碟面世。只不过由于这册录音稿整理出来时，我因为行旅匆匆而没有来得及撰写序言，这一点还要请读者原谅。至于最后的第七册《迦陵说词讲稿》，则是我多年来辗转各地讲学随时被人邀讲的一些录音整理稿。这是在这一系列讲录中内容最为驳杂的一册书。一般说来，我自己对于讲课本来就没有准备讲稿的习惯。这倒还不只是因为我的疏懒的习性，而且也因为我原来抱有一种成见，以为在课堂上的即兴发挥才更能体现诗词中的生生不已的生命力，而如果先写下来再去讲，我以为就未免要死于句下了。只是就临场发挥而言，则一切都要取之于自己平日熟读的记诵，而我的记忆既难免有误，再加之录音有时不够清晰，所以整理出的讲录自不免时有失误之处。何况目前的排字印刷也往往发生错误，而我既是分别在各地不同之时空所作的讲演，因此讲题及内容也往往有重复近似之处。如今要整理编辑为一本书，自然不得不做许多剪裁、改编和校对的工作。不过，从此种杂乱复出的情况，读者大概也可以约略想见我平日各地奔走讲课的情形之一斑了。

关于我一生的流离忧患的生活，以前当2000年台湾桂冠图书公司为我出版一系列廿四册的《叶嘉莹作品集》时，我原曾写过一篇极长的《总序》，而且在其“诗词讲录”一辑的开端也曾为我平生讲课之何以开始有录音及整理的经过做过相当的叙述。目前北京大学出版社所计划出版的，既然也是我的一个系列，性质有相似之处，这两篇序文已收入北京大学出版社即将出版的《迦陵杂文集》中，读者自可参看。

北京大学出版社为我出版的七册《迦陵讲演集》以及北京中华书局即将推出的六册《说诗讲录》两者加起来，我的诗词讲录乃将有十三册之多。作为一个八十三岁的老人，面对着自己已有六十二年讲课之久的这些积累，真是令人不禁感慨系之。我平常很喜欢引用的两句话是："以无生之觉悟做有生之事业，以悲观之心境过乐观之生活。"朋友们也许认为这只是老生常谈，殊不知这实在是我的真实叙述。我是在极端痛苦中曾经亲自把自己的感情杀死过的人，我现在的余生之精神情感之所系，就只剩下了诗词讲授之传承的一个支撑点。大家可能还记得我曾经写过"书生报国成何计，难忘诗骚屈杜魂"的话，其实那不仅是为了"报国"，原来也是为了给自己的生命寻找一个意义。但自己自恨无能，如今面对着这些杂乱荒疏的讲学之成果，不禁深怀惭怍，最后只好引前人的两句话聊以自慰，那就是："余虽不敏，然余诚矣。"

1 第一章 词与文化

第一讲　从西方文论看花间词的美感特质

第二讲　谈中国诗词文本中的多义与潜能

——1994 年冬在南开大学七十五周年校庆学术报告会上的讲演

第一讲

从西方文论看花间词的美感特质

我今天很高兴在这里和大家见面，讨论一个关于词的特质的问题。我想尝试透过西方理论的观照来对中国词之特质的形成因素略作一些分析。对于西方的文学批评，其实我所知道的不多，我的论说其实主要还是立足于中国的文学批评，可是，在中国传统的文学批评中，有很多说法是非常模糊、非常概念化的。当我在课堂上给同学们介绍这些传统的文学批评时，同学们常常提出，希望我作一些更详细、更有逻辑性条理性的分析。所以有的时候我也借用一些西方的文学批评。我之所以这样做，目的是想要在西方理论的观照之中，对我们中国传统的词学进行一个反思。这就好比，你的房间里只有一个窗子，你平时所看到的都是光线从这一面照射进来所造成的效果。现在，你的房间的另一面又开了一个窗子，又进来了一道新的光线，于是，你就看到了一种不同于往日的效果。也许平时你只能看清楚物体的这一边，可是现在有了这道新的光线，你就把物体的那一边也看清楚了。我以为，中国传统的词学就正需要这样一道新的光线。因为，中国的词学始终缺少一个理论的系统。从来没有一个传统的词学批评家对词的特质作过系统和周密的分析，如果我们要推寻最早期的词学，只能从宋人的笔记杂著里去略窥端倪。从那里边我们可以看到：词作为一种很重要的韵文形式，虽然在中国文学史上占有一席地位，但词学的本身却一直是在困惑、矛盾和争议之中发展下来的。这实在是一个值得注意的现象。

词，本来是配合乐曲来歌唱的歌辞，它从隋唐时期发展到现在，已经有了一千多年的历史。最早的歌辞有两类：一类是在市井里巷之间流行的曲子，这类俚俗的歌辞当时没有人整理，没有人印刷，直到晚清时人们才在敦煌石窟里发现了唐人手抄的曲子词，因此它们对后世影响并不大。另一类是诗人们所写的歌辞，如白居易的《忆江南》等。这一类小词写得很典雅，和一般写景抒情的诗非常相似，没有自己独特的风格，所以对后世也没有很大的影响。而最早把一些诗人的这类作品集起来，且对后世产生了重大影响的就是《花间集》，所以民国初年赵尊岳先生写《词籍提要》时，就提到《花间集》。他说研究词学者一定得溯源到唐五代，而唐五代正式编写的词集，在知识分子、文士间流行、诵读的就是五代十国时后蜀赵崇祚所编写的《花间集》。这是中国最早的一部文人词的总集。这部词集收录了晚唐五代温庭筠、韦庄等十八位词人的五百首词作。它的影响，一直延续到北宋年间长调流行以前，而且，即使在长调流行之后，词人们不写小令则已，只要写小令，仍然要受《花间集》风格的影响。《花间集》对后代词人的巨大影响，与词学在发展中的困惑、矛盾和争议有直接的关系。事实上，所有这些困惑、矛盾和争议完全是由《花间集》内容的性质而引起的。

那么，《花间集》的内容到底是怎样一种性质呢？其实，我们只要看一看书的名字就可以会意。西方把这部书的名字译为 *Songs Among the Flowers*——在花丛里唱的歌。多么美丽，多么浪漫！欧阳炯为这部集子写了一篇序言，序言中说："则有绮筵公子，绣幌佳人，递叶叶之花笺，文抽丽锦；举纤纤之玉指，拍按香檀，不无清绝之辞，用助娇娆之态。"他说，在歌酒的筵席上，少年的才子们为美貌的歌女写出一篇篇美丽的歌辞，当女孩子们用纤纤玉指打着檀香木的拍板当筵歌唱时，那些美丽香艳的歌辞就增添了歌者娇娆的姿态。

序言中还说，"庶使西园英哲，用资羽盖之欢；南国婵娟，休唱莲舟之引"。"庶"，庶几、大概、或许、或者，是或然之词。"英哲"是什么呢？是指那些杰出的诗人文士。诗人文士就诗人文士好了，他干吗要说"西园"的"英哲"呢？中国呀，真没有办法，谁让我们中国有好几千年文化的历史呢！所以我那天讲完《落花诗》，郑培凯教授说很有意思。你随便说一句话，它都有个来历。其实，西方的诗又何尝没有典故呢？像艾略特写的《荒原》又何尝没有典故？正是有文化才有典故，没有一个大厦是没有基础就盖起来的。它需要一些材料，这些材料总有一个来源吧！它总有一个文化来源的背景。"西园"，可以指代任何一个花园，可是那些在花园里聚会的诗人文士，为什么偏偏要用"西园"两个字呢？因为它有个来历，在建安时代，有曹氏父子、建安七子，那是中国最早形成的一个文人诗客的“group”，一个文人诗客的集体。何况曹操最早贵为丞相，后来更是封作魏王，然后他的儿子曹丕还做了皇帝。曹丕父子之贵显，以他们的地位，以他们的声望，所以他们能号召起来这一批文士。这些文士就常常有一些沙龙的集会。他们的集会是什么情形呢？你就看一看曹丕所写的给他一个朋友吴质的信《与吴质书》：

浮甘瓜于清泉，沉朱李于寒水。白日既匿，继以朗月。同乘并载，以游后园。舆轮徐动，宾从无声。

你看他的描写，我们可以想一想他们当年聚会的情形，是“浮甘瓜于清泉，沉朱李于寒水”。他们聚会的地方有很多水果，可惜那时候还没有冰箱，他们的瓜只能放在清泉里，朱李只能放在寒水中。

“白日既匿，继以朗月”：白天太阳已经落下去了，接着明亮的月亮出来了。《古诗十九首》不是说：“昼短苦夜长，何不秉烛游？”他们就“同乘并载”，大家坐几辆车，“以游后园”，到园中赏花。游后园的时候要写诗嘛，写了什么诗呢？曹植写了“清夜游西园，飞盖相追随”（《公宴》）。“西园”代表什么，是像曹氏父子、建安七子这些诗人文士聚会的花园。因此这些“西园英哲”，这些杰出的诗人文士，“用资羽盖之欢”。前面“同乘并载，以游后园”，后面他们不是坐着“舆轮徐动”的车吗？舆轮就是车轮。车上有什么呢？车上有车盖，所以“清夜游西园”的这后面还有一句诗，就是清夜游西园的时候，有“飞盖相追随”。“飞盖”，又称“羽盖”，车篷子就像飞一样，“盖”就是车篷子，干吗还要“羽”呢？中国古代很多种用具上都用“翠羽”作为装饰，“手持凤尾扇，头戴翠羽笄”（元稹《青云驿》），“烧香翠羽帐，看舞郁金裙”（杜牧《送容州中丞赴镇》），车篷子上是以羽毛为装饰，所以称之为羽盖。

他说我们为什么编写了像“二八花钿”这么漂亮的写美女的诗，就是庶几大概可以使西园的这些杰出的诗人文士用这些歌辞为他们“清夜游西园，飞盖相追随”时助兴而唱这些歌。“同乘并载”的，也许不只是这些男性的诗人文士，车上还有歌女之类的，是不是？所以说“西园英哲，用资羽盖之欢；南国婵娟，休唱莲舟之引”。写歌辞的是男子，唱歌辞的是女子。“南国婵娟”，曹植有诗句说“南国有佳人”，可是我们也讲了，李延年的《佳人歌》也曾说“北方有佳人”嘛。现在说南方的佳人，南方的女孩子本来就有《采莲曲》，她们在采莲蓬或采莲藕的过程中唱歌，唱的都是民间的俗曲。现在有诗人文士写这么美丽的曲子给她唱，那南国的婵娟佳人就不再唱采莲的那种庸俗的歌曲了。

好，现在你知道了《花间集》就是为这个目的而编写的，所以《花间集》里写什么？写美女。《花间集》里还写什么？写爱情。而且是诗人文士为那些美女写的歌辞。可是歌唱的是美女呀！所以，他要以女性的口吻，用女性的语言，写女性的情思。《花间集》里面一共有五百首歌辞，有多少作者呢？十八位。但是这十八位作者，有一个是女性吗？一个也没有。他们都是男性，而他们都要用女性的口吻、女性的语言，写女性的情思。在这种情形之下，发生了很多的问题。先说这些歌辞出现以后，对后来的文人影响很大，有很多诗人文士去写歌辞了。像北宋初年的词人晏殊、欧阳修，这是当时常常写歌辞的有名的作者。既然都在这种风气的影响下，所以他们所写的歌辞都是短小的令词，内容大都是写伤春怨别、美女和爱情。然而，你一定不要忘记：中国传统的文学观念是诗言志，文载道，而且诗不但要言志，其中最好还要有美刺讽谕的寄托。要是用这种观点来衡量词，显然，它从一开始就不符合传统的文学标准。

可是，由于词所配合的乐曲在当时乃是一种新兴的音乐，曲调非常悦耳，所以有很强的吸引力。中国过去的音乐，是宗庙朝廷祭祀典礼所演奏的庄严肃穆的音乐，谓之雅乐，端庄肃穆。到了六朝的时候，就有所谓的清乐，是比较接近民间的清商的乐曲，是汉朝以来中原及南方各地所流传的、包括了相和歌、清商三调以及吴歌、西曲各种民间音乐在内的一种音乐总称。六朝以后到了隋唐的时候，特别是唐朝，跟外边的少数民族的交往、商业越来越多，因此从外边传来了许多乐曲。我们中国把从外边传来的都称“胡”，比如胡琴，因此从外边传来的音乐就谓之“胡乐”。而且从六朝以后，中国的佛教异常盛行，六朝梁武帝舍身同泰寺，杜牧之的诗“南朝四百八十寺，多少楼台烟雨中”（《江南春绝句》），不论是山西大同的云冈石窟，还是河南洛阳的龙门石窟，里面的雕像大都是自六朝、唐代时传下来的。因此除了从外边传来的音乐外，还有宗教的音乐，我们管它叫“法曲”。

外来的胡乐与宗教的法曲跟清乐相结合，从而产生了一种新的音乐，我们管它叫“燕乐”。燕乐又叫“宴乐”，它是当时流行的一种音乐。研究中国音乐史的杨荫浏先生说：“唐人的燕乐，是清乐与胡乐之间的一种创作音乐，是含有胡乐成分的清乐，含有清乐成分的胡乐。”（《中国音乐史纲》第三章第四节）燕乐是集合了这么多种音乐的美感特质而形成的音乐，因此演奏起来真是悦耳动听，多少人都为之沉醉倾倒，所以当时很流行。

燕乐流行的时候，最早是民间，民间喜欢唱这些流行歌曲。当你唱熟了，你对歌曲的曲调熟悉了，你自己有什么感情，自然就会用这首歌曲的曲调唱出来。这样社会各行业的人群，通过唱歌就可以把他们自己的生活、自己的感情写到曲子里面去。而这些民间的音乐当时没有流传下来，都是在清末时从敦煌发掘出来的，这时已经失传了一千多年。正因为我们看到了敦煌的曲子，我们才知道隋唐以来的曲子原来是如此流行。在那些敦煌的曲子里面，研究词曲的任二北先生根据不同的内容把它们分成了差不多二十种以上。因为那些音乐是民间流行的，所以你就会发现它们的内容是多么丰富，有把我们中医的药诀编成歌曲来歌唱的，有把兵法编成曲子来歌唱的，等等，不一而足。可是这些民间的曲子以及这些唱曲子的人，没有很高的文化水平，你现在看任二北先生他们整理的敦煌的曲子，你就会发现它们里边有错字、别字及文法不通的现象。因此那个时候这些民间曲子不被人重视，从隋唐以来，这些曲子没有人整理，没有人印刷，一直埋没无传。直到晚清，我们才发现我们竟有如此之多的民间的瑰宝长眠于窟穴之中。

正是由于词的乐曲这么美，所以才有越来越多的诗人文士下手来填词，最终使它发展成中国文学史上一种重要的韵文形式。不过，单单曲调之美还不一定是当时诗人文士们喜欢填词的唯一原因。他们之所以喜欢填词，可能还有一个更重要的原因。要知道，文人们一直受着诗言志、文载道观念的制约，当他们写诗的时候，由于要表现自己的理想和志意，对美女和爱情是从来也不敢放开手来写的。而现在忽然之间就出现了这么一种文学形式，它是在歌酒筵席上为歌女们所唱的歌曲而填写的歌辞，你尽可以放心大胆地去写美女写爱情，它并不代表你真正的理想和志意，也不涉及你个人的品德。那只不过是逢场作戏，不必为它负任何责任。所以你看，这对那些风流才子们来说，该是一个多么好的表现才华的机会！

然而当他们写完了之后呢？这些人毕竟属于士大夫阶层，心中毕竟有着读书人的传统观念。当他们写了这些美女和爱情的小词之后，心中就会产生一种矛盾：我可以写这些东西吗？因为，在一般人的心目之中，美女与爱情总是和淫靡与享乐联系在一起的。读书人要修身齐家，要治国平天下，怎么能自甘堕落，写这种淫靡的东西！在宋人笔记里，有的时候就写到他们这些困惑与争议。下面我们看宋人魏泰《东轩笔录》中记载的一段故事：

> 王安国性亮直，嫉恶太甚。王荆公初为参知政事，闲日因阅读晏元献公小词，而笑曰："为宰相而作小词，可乎？"平甫曰："彼亦偶然自喜而为尔，顾其事业，岂止如是耶？"时吕惠卿为馆职，亦在坐，遽曰："为政必先放郑声，况自为之乎！"平甫正色曰："放郑声，不若远佞人也。"吕大以为议己，自是尤与平甫相失也。

王安石，是北宋神宗时主持变法的宰相，他不但文章写得很好，词也写得不错。晏殊，是北宋仁宗时的宰相，他的词与欧阳修齐名，后人称为"大晏"。这段故事里说，王安石刚刚做宰相的时候，读了晏殊所写的小词，就提出疑问："一个做宰相的人，也可以写小词吗？"他的弟弟王安国认为，晏殊作为宰相有他自己的事业和成就在那里，偶尔写一些小词并不影响他的人格；而当时也在座的吕惠卿则认为，为政治国首先必须放逐那些淫靡的歌曲，做宰相的怎么可以反而带头写那东西呢？这段故事，虽然其主旨并不在于谈词，但客观上却写出了北宋士大夫们对写小词的矛盾心情。其实，既然你认为小词是淫靡的，那就不要写好了。可是不行！这小词的诱惑力实在是太大了。尽管写完之后觉得不好意思，但他们还是忍不住要写。不但宰相喜欢写，士大夫喜欢写，而且当时的诗人文士们几乎都喜欢写。后来在南宋初年，有一位著名诗人陆游，他在《长短句序》中说："予少时汩于世俗，颇有所为，晚而悔之，然渔歌菱唱犹不能止；今绝笔已数年，念旧作终不可掩，因书其首以识吾过。"——既然认为不该写，何必又结集保存起来？真是一种典型的矛盾心态！

既然一定要写，那就得想办法为写小词作一些辩解了。于是，就有宋朝释惠洪的《冷斋夜话》，又记载了另外的一个故事：

> 法云秀关西铁面严冷，能以理折人。鲁直名重天下，诗词一出，人争传之。师尝谓鲁直曰：“诗多作无害，艳歌小词可罢之。”鲁直笑曰：“空中语耳，非杀非偷，终不至坐此堕恶道。”师曰：“若以邪言荡人淫心，使彼逾礼越禁，为罪恶之由，吾恐非止堕恶道而已。”鲁直领之，自是不复作词曲。

“空中语耳，非杀非偷，终不至坐此堕恶道”，这是黄庭坚为自己写小词所作的辩解。他说，小词里写的都不是真的，我虽然写了艳歌小词，可是那并不等于我自己就真的做了什么不正当的事情，要知道，那不过是写给歌女们去唱的歌呀！又不是杀人，又不是抢劫，难道还能因为写了几首小词就下地狱不成？为小词作过辩解的，还有晏殊的儿子晏几道。据胡仔《苕溪渔隐丛话》记载，晏几道有一次和蒲传正谈到作词，为他的父亲晏殊辩解说：“先公平日小词虽多，未尝作妇人语也。”蒲传正曰：“‘绿杨芳草长亭路，年少抛人容易去’，岂非妇人语乎？”晏几道说：你以为“年少”就是指“所欢”吗？果真如此，白居易有两句诗“欲留年少待富贵，富贵不来年少去”，岂不是就可以改为“欲留所欢待富贵，富贵不来所欢去”？几句话把蒲传正驳得无言以对。在这里，“所欢”，指女子所爱的男子；白居易诗中的“年少”，指少年的光阴。然而，晏殊那两句词中的“年少”真的与男女爱情无关吗？真的也是指少年的光阴吗？结合全词来看，明明不是的！

附带说一句，有趣的是：黄庭坚和晏几道为小词所作的辩解，无形之中向我们透露了词学之中的某些信息。黄庭坚说小词都是“空中语耳”，所写的都不是作者本人的真感受、真性情。那么这小词还有没有一个“真”字？文学作品不都是以真诚为美的吗？韦庄《思帝乡》说“妾拟将身嫁与，一生休。纵被无情弃，不能羞”，可是韦庄本人并不是一个女子，并不可以嫁人的呀！在《花间集》中，有不少这种假借女子口吻，模仿女子情感的作品，它们都是“空中语耳”，同作者本人的思想、感情、身世、经历似乎毫无关系，这些词算不算好词？如果说它们不是好词的话，为什么其中有的对读者有很强的感发力量？像韦庄的这首《思帝乡》，就是一首感发力量颇强的好作品。去年我在北美参加了一个词学会议，在会上就有人提出过这个问题。这确实是词学中很值得研究的一个问题。至于晏几道的那种辩解方式，看起来完全是牵强附会的强辩。可是后代却也有人学他的样，形成了以比附手段来说词的一派。像清代常州词派张惠言所编的《词选》，就把欧阳修《蝶恋花》中的“庭院深深深几许，杨柳堆烟，帘幕无重数”，比附为具有屈原《离骚》“闺中既以邃远兮，哲王又不寤”的含义，并且说这首词是写当时的政治斗争，是为韩琦、范仲淹的被贬而作，可是人家欧阳修是并不一定有这种意思在里边的！

其实，宋人为小词所作的辩解还不止于此。有的时候，他们还把词的好坏与作者本人品格的优劣也联系起来，认为品格高雅的人，他所写的美女与爱情的品格也是高雅的；品格低劣的人，他所写的美女与爱情的品格也一定是低俗的。下面我们再来看《宋艳》里所引的一个小故事，《宋艳》卷五引张舜民《画墁录》记云：

柳三变既以词忤仁庙，吏部不放改官。三变不能堪，诣政府。晏公曰："贤俊作曲子么？"三变曰："只如相公亦作曲子。"公曰："殊虽作曲子，不曾道'彩线慵拈伴伊坐。'"柳遂退。

柳三变就是北宋著名的词人柳永。他所写的词风行一时，人们说，凡是有井水的地方，就会唱柳永的歌辞。在北宋，词是很流行的。士大夫们都喜欢写，皇帝也喜欢听。柳永的词既然写得这么好，所以他就希望凭借自己的词得到达官贵人以至皇帝的赏识，从而对仕途有所帮助。然而，柳永完全想错了。因为北宋那些达官贵人家里都养有歌妓，像晏殊的儿子晏几道也是一位词人，他到朋友家去聚会，朋友家的歌妓有莲、鸿、蘋、云等。所谓"记得小蘋初见，两重心字罗衣"，写的就是这些家妓。她们与那些青楼妓馆的女子不同，举止比较高雅，感情也比较细腻，诗人文士们为她们写的歌辞自然也就在风格上比较高雅。柳永就不同了。他只不过是一个到京城来求仕宦的年轻人，哪里有什么家妓？那些贵族的聚会也不会请他去的。他所接触的只是市井之间青楼瓦舍的那些下层的歌妓，有的叫虫娘，有的叫酥娘，先不用说词的内容了，光是听这些名字，就很是鄙俗，不像晏几道的莲、鸿、蘋、云那么有诗意。所以，柳永写这些市井娼妓的歌辞，当然就被大家认为是鄙下尘俗、难登大雅之堂的了。由于柳永经常写这些鄙俗的歌辞，就使得朝廷中达官贵人们对他的品格产生了一种成见，从而影响了他的仕宦。柳永原名柳三变，由于填词的名气太大，总是考不上进士，后来改名柳永才考上了，但考上之后又总是升不了官。柳永为此很不平，有一次就去见宰相晏殊，晏殊说：年轻人，你不是常常写曲子吗？这话的意思是：你写的曲子是淫靡的、不好的。于是柳永就反唇相讥说：我只不过和你一样，宰相你不是也写曲子吗？晏殊说：我虽然也写曲子，但从来没写过“彩线慵拈伴伊坐”这种鄙俗的句子。“彩线慵拈伴伊坐”，指的是柳永所写的《定风波》中的一句，全词是这样的：

自春来、惨绿愁红，芳心是事可可。日上花梢，莺穿柳带，犹压香衾卧。暖酥消，腻云亸，终日厌厌倦梳裹。无那！恨薄情一去，音书无个。　早知恁么，悔当初、不把雕鞍锁。向鸡窗、只与蛮笺象管，拘束教吟课。镇相随，莫抛躲，针线闲拈伴伊坐。和我，免使年少光阴虚过。

为什么晏殊认为自己写的曲子比柳永高明？为什么柳永无言而退？原来，小词虽然只写男女爱情，但有的时候却从中传达出一种超乎表面所写的男女爱情之上的、值得读者去追思寻味的意蕴。宋人已经发现了这一点。北宋李之仪为他的朋友吴思道的小词写过一篇跋文，文中就指出了五代小词有“语尽而意不尽”的特点；黄昇在《花庵词选》唐五代词的批语中也说到小词“语简而意深”。晏殊有一首《蝶恋花》说“昨夜西风凋碧树。独上高楼，望尽天涯路”，写的虽然只是女子相思离别的情意， 但其中有一种高远的意境耐人寻思。所以王国维先生甚至说那几句是成大事业大学问的“第一种境界”。而柳永的这一首则不同了，这首《定风波》写男女爱情就只是男女爱情，并不给读者一种高远的联想。事实上，这与柳永善写长调也有一定的关系。因为小令比较容易含蓄，而长调则需要铺陈开，有的时候就难免把外表的事象写得很具体，所以也就比较地不容易给读者留下更多的联想余地。因此，同样是写男女爱情，小令和长调往往产生不同的效果。我想，柳永当时也许还没有意识到这个问题。

好，现在我们已经介绍了宋代文人们对词的困惑、争议，以及他们为词所作的种种辩解。有趣的是，尽管这些知识分子们内心之中对词充满了矛盾和困惑，可他们还是写。不但晏殊写，王安石写，北宋的那些名臣欧阳修、范仲淹、宋祁、苏东坡都在写。当时，苏东坡改变了词的作风。这一点，我们等一下还要谈到。现在的问题在于，既然有这么多道德、文章、功业不可一世的人物都加入了写词的行列，于是，一件很奇妙的事情就发生了。大家就逐渐发现：这些写美女和爱情的曲子，果然是有高低的不同，有雅俗的不同，有深浅的不同！我刚才提到，清代有一位词学家张惠言，喜欢用比附的方法来说词。比附虽然并不是一个聪明的办法，然而不可否认的是，张惠言之所以这样做，是因为词的特质里边确实具含了如西方接受美学家沃夫岗·伊塞尔（Wolfgang Iser）所说的一种 potential effect（可能的潜力）。下面我们就来看张惠言在《词选·序》里边所说的一段话：

> 传曰：意内而言外谓之词。其缘情造端，兴于微言，以相感动，极命风谣里巷男女哀乐，以道贤人君子幽约怨悱不能自言之情，低徊要眇，以喻其致。

张惠言说，词确实是写男女爱情的，可是当你把这些男女之间的离合悲欢写到极点的时候，它就传达出了“贤人君子”内心之中一种最幽微隐约的、无法自言的哀怨。这真是太奇妙了！不过，还不只是张惠言认识到这一点，西方有一位学者劳伦斯·利普金（Lawrence Lipking）写了很厚的一本书，叫作 *Abandoned Women and Poetic Tradition*，意思是“被抛弃的妇女与诗学的传统”。他说，abandoned women 这个形象，与文学历史同样悠久，而且是不分国家，不分民族的。为什么大家都喜欢写这个形象呢？他说那是因为作者用弃妇的形象表现了他自己内心之中一种追求而不得或者是失望和落空的悲哀怅惘的感情。他说得不错。在中国的诗歌中也有弃妇的形象，例如《诗经》的《氓》《谷风》等，汉乐府的《上山采蘼芜》等。不过，这些诗中所写的都是狭义的弃妇形象，即被丈夫抛弃了的妻子。他们与劳伦斯所说的“弃妇”不完全相同。劳氏所谓 abandoned women，是指广义的弃妇。凡是在感情上得不到满足的、被抛弃被冷落的、孤独寂寞的妇女，都可以叫作 abandoned women。而这一类的形象，往往就带有一种象喻的可能。因为，一个美丽的女子得不到爱人的欣赏，与一个男子得不到知遇与重用，那种“幽约怨悱不能自言之情”是可以相通的。不过，在现实生活中，女子和男子对待失意和苦恼的态度则颇有不同。女子心中有苦恼的事情，往往是一把鼻涕一把泪，向亲朋好友诉说一番也就好了。男子则不然。人们常说，“男儿有泪不轻弹”，他们往往越是倒霉越是咬住牙不肯说，把所有的苦恼和失意都深深地埋藏在心里。如果是古代，他在朝廷里做官，他被贬谪了，被降职了，那么他就是被抛弃的，是被朝廷、被君主所抛弃的。我们在讲《古诗十九首》时已经讨论过逐臣弃妻，因为在中国君臣与夫妇之间的关系有相似之处，君在上面，是“dominate”，臣在下面，是“subordinate”；在家里丈夫是“dominate”，妻子是“subordinate”，所以逐臣弃妻有相似之处。西方虽然没有这种封建意识，但是男子如果在工作上，在他的职务上有不得意的地方，有失意的时候，长官给他不好的颜色，同事看不起他，他就有一种“being abandoned”，有“被抛弃”的感觉。但是男子汉大丈夫是不肯承认这一点的，那么如何呢？他就把自己放在一个被抛弃的女子的地位来寄托他这样的悲慨。有关弃妇与诗歌传统，劳伦斯·利普金在这本书中举了一个典型的例子，欧洲的中世纪有一种流行的爱情歌曲，这流行的爱情歌曲大概总是写一个非常英俊的少年郎骑着一匹马来到一个女子的面前，接着两个人有了一场爱情的约会，然后呢，男子挥一挥手，不带走天边的一片云彩，于是留下的这个女子，就长久地相思和怀念。这是文学作品中常见的主题。

所以呢，现在就很妙了，刚才我们说《花间集》里的这些男子写美丽的女子，而那些美丽的女子都是什么？都是歌妓酒女。男子看到这些歌妓酒女的美丽，给她写一首歌辞，可是哪一个男子跟歌妓酒女有白头偕老、百年好合、海枯石烂的爱情？没有啊。你看唐朝的传奇小说《霍小玉传》，霍小玉还不是很卑下的女子，据说是霍王的后代，霍小玉跟一个男子谈了恋爱，对这个男子说：我不希望跟你久长，我只要你陪我住一段相当长的日子，以后你爱干什么就干什么。可是这个男子也没有回到霍小玉这里来，因此霍小玉后来临死的时候才会发出怨辞："我死之后必为厉鬼，使君妻妾终日不安！"

还有一个故事，那个女子可不像霍小玉那样厉害，但那是一个真的故事，霍小玉还只是一个传奇小说。这是讲南宋时著名诗人戴石屏的故事。戴石屏在家乡就已结婚，然而当他到外地游历时，被一个有钱人家看上了，说要招他为女婿，当戴石屏听说有钱人要把女儿嫁给他，就隐瞒说自己没有结婚，然后跟这家的女儿结了婚。可戴石屏毕竟是结婚了，他有妻有子在故乡，过了几年戴石屏怀念自己的故乡，就跟他的第二个妻子说了这件事。他的岳父听了非常震怒，就要惩罚他，可这个妻子就替戴石屏求了情，说他既然有了这段旧的姻缘，就应该帮他回去。不仅应该帮他回去，而且这个妻子把一切嫁妆的金钱都资助给了他。临别时这个妻子写了一首歌辞《祝英台近》：

惜多才，怜薄命，无计可留汝。揉碎花笺，忍写断肠句。道旁杨柳依依，千丝万缕，抵不住、一分愁绪。　如何诉。便教缘尽今生，此身已轻许。（此十四字各本皆脱，惟《古今词选》卷四有，未必可信——引者）捉月盟言，不是梦中语。后回君若重来，不相忘处，把杯酒、浇奴坟土。

“惜多才，怜薄命”：我怜爱你，因为你的才华（戴石屏是个有名的诗人），可是我自己是薄命，是无福。“无计可留汝”：我没有办法留住你，因为你有家有妻有儿女。你现在要走了，“揉碎花笺，忍写断肠句”：我要给你送别写一首诗，可是几回我写出，几回把它揉了，那么悲哀断肠的句子，我怎么能够写得下来呢？在后面她说了，你当初跟我结婚的时候，也曾经“捉月盟言”：也跟我说了多少爱情的盟言，指着天上日月说永不分离。“捉月盟言，不是梦中语”，那时你跟我说过多少话，也不是梦中的言语啊。可是你现在走了，所以她说“后回君若重来”，将来如果有一天，你要回到我们现在住的地方来，“不相忘处”，如果你还没有忘记我的话，怎么样？“把杯酒、浇奴坟土”：如果你不忘记我，就把一杯酒浇到我的坟上。然后这个女子自杀了。因为古代女子贞节的观念，认为已结过婚了就不能跟别人结婚了。所以说男女的爱情在过去的社会里是不平等的，男子可以休妻，女子是不可以离婚的，而男子对歌妓酒女就更没有白头偕老的一份感情。不但我们刚才说霍小玉，说那个男子背弃了她，多少都是“一晌留情”，都是一段短暂的爱情。苏东坡也曾安慰一个对他有感情的女子，说“匹似当初本不来”（《减字木兰花·送别》），说你现在不要为我走而难过，你就想“匹似当初”，我根本没有跟你遇见，我根本就没有来过。

我现在要说的都是什么，不是仅仅讲这些故事，我想讲的是一个文学理论，要讲一个关于词的美感特质的问题。这些男子跟歌妓酒女有一段爱情，于是他们给歌妓酒女写了歌辞，歌辞里面都是什么我走了以后，你们这些女子都是相思怀念。因而这些歌女唱什么？都是唱对男子的相思怀念，是弃妇之词啊！虽然她们不是结婚的妻子，但都是失落了爱情的女子。那么这样的歌辞有什么样的意义和价值？我刚才不是说过“风雨逼人一世来”吗？我是经过了很多的苦难，在很多困难的情况下留在了温哥华。那个时候正是女性主义（Feminism）流行的时候，所以我也看了一些女性主义的书，当我透过他们的某些观点来反思中国小词的美感特质的时候，我发现中国最早的一部词集《花间集》中对女性的叙写，与小词中富含的幽微要眇的言外意蕴的形成有密切的关系。而中国的词学之所以长久陷入困惑之中，一直未能建立起一个理论体系，也正是与中国士大夫一直不肯面对小词中的美女跟爱情并对这种美女跟爱情作出正面的肯定和研究分析有关。他们在为歌女写词的时候，在显意识中并没有打算写自己心中那些苦恼，可是他的潜意识却在不知不觉之中就把心中的这些苦闷流露出来了。而这些无意之中的潜意识的流露，就给词的读者提供了一种联想的可能性，张惠言意识到了这种可能性，这是对的。然而那仅仅是一种可能性而已，张惠言硬要按照自己的想法一一加以指实，就实在是一种很笨的做法了。

在中国旧日的君主专制社会中，本来有所谓“三纲五常”的观念。三纲的内容是“君为臣纲，父为子纲，夫为妻纲”，其中君与臣、夫与妻的关系本是后天的伦理关系，为臣者与为妻者的得幸与见弃完全操之于为君者和为夫者的手中，被逐之臣和被弃之妻不仅完全没有自我辩解与自我保护的权力，而且在其被逐与见弃之后仍被要求持守单方面的忠贞，其内心怀有怨悱之情自可想见。因此，利普金所说的那种男性诗人心中的“弃妇”心态，在中国诗歌中也同样存在。

其实我们中国的诗歌从屈原《离骚》开始就有了一个“美人香草以喻君子”的传统。屈原《离骚》中那些美女的形象，有时可以是贤君，有时可以是贤臣，有时作者也用来自比，不过这些美女的形象都比较单纯，只是一种才德美好的象征。而在后来的诗人之中，也用美女的形象来表现自己，却更增加了一种被弃之情意，则要数建安诗人曹植。曹植受到他的兄长魏文帝曹丕和侄子魏明帝曹叡的猜忌，始终得不到为国家建立一番功业的机会，因此写了很多诗来抒发这种抑郁不得志的感情。现在我们来看他写的一首《七哀》诗：

明月照高楼，流光正徘徊。上有愁思妇，悲叹有余哀。借问叹者谁，言是宕子妻。君行逾十年，孤妾常独栖。君若清路尘，妾若浊水泥。浮沉各异势，会合何时谐？愿为西南风，长逝入君怀。君怀良不开，贱妾当何依？

这首诗，是曹植借弃妇的形象来写自己在政治上的失意，作者有明确的意识（consciousness），他是采用象喻（allegorical）的方法来写作的。我这样说并非牵强附会，有历史的背景、曹植的生平，以及他本人的诗文作品为证。然而词就与诗不同了，词之妙就妙在：作者的 consciousness 中并没有想到寄托，并没有像曹子建那样具有明确的显意识。作者只是在为漂亮的歌女们写一首歌辞，但在写的时候不知不觉地就把自己的潜意识流露出来了。所以当你读的时候，可以感觉到他好像是有所寄托，但又不能指实。这种情况使我想到了近来一位法国女学者朱丽亚·克利斯特娃（Julia Kristeva）的解析符号学的一些说法。她把符号的作用分为两种：一种是她所谓象征的（symbolic）作用，一种是她所谓符示的（semiotic）作用。前一种的符表与符义之间的作用关系，是被限制的，是可以确加指说的，后一种作用关系则是不受限制的，不能确加指说的。她还认为，一般语言大抵属于“象征”的层次，而诗歌的语言则有“符示”的作用。也就是说，其本身与其所指对象之间的关系往往带有一种不断在运作中生发（productivity）的特质，而诗歌的文本（text）就成了一个可以提供这种生发之运作的空间。在这种情况下，文本就脱离了其创作者的主体意识而成为一个作者、作品与读者彼此互相融变（transformer）的场所。也就是说，“符示”的作用是一种production，是不断在生产、不断在活动的一个生命。它是生生不已的，每个人读了之后就可以有自己的感受。然而只要你一指实，那你就失败了，就犯了一个错误。张惠言就犯了这样的错误。所以王国维在《人间词话》里批评他说：“固哉，皋文之为词也！飞卿《菩萨蛮》、永叔《蝶恋花》、子瞻《卜算子》，皆兴到之作，有何命意？皆被皋文深文罗织。”王国维批评张惠言深文罗织，那么他自己是怎样做的呢？他也是一样想要把小词多讲出一些意思来！例如晏殊写过一首《蝶恋花》：

槛菊愁烟兰泣露。罗幕轻寒，燕子双飞去。明月不谙离恨苦，斜光到晓穿朱户。　　昨夜西风凋碧树。独上高楼，望尽天涯路。欲寄彩笺兼尺素，山长水阔知何处！

这首小词也就是写男女之间的相思离别的，他说那女子因相思而整夜不能成眠，第二天早晨独自登上高楼，在西风萧瑟之中向她所爱之人远去的方向遥望。可是王国维却说，“昨夜西风凋碧树。独上高楼，望尽天涯路”，是古今之成大事业大学问者的“第一种境界”。于是我们就要问：男女之间的相思怀念，与成大事业大学问的境界有何相干？这个意思明明是王国维加上去的！不过，王国维比张惠言聪明得多，不等你问他接着又说："然遽以此意解释诸词，恐为晏欧诸公所不许也。"

这就涉及一个问题了：作者本人没有这个意思，你读者可以讲出这个意思来吗？其实，敏感的词学家早就感觉到，那些写美女与爱情写得最好的词，它们所给予读者的都不仅仅是美女与爱情，美女与爱情只是它的表层，而它的骨子里却让你感受到仿佛还有别的意思。然而，尽管他们对词的这种微妙的特质都有所体会，却始终没有一个人推寻它的源流，真正说出一个有根据的道理来。

既然词中所写的美女与爱情的主题引起了这么多困惑、矛盾和争议，好，现在就出现了一位杰出的作者，他索性就摆脱了美女与爱情的主题，直接用词来抒发自己的胸襟怀抱了。这位作者，就是苏东坡。人家评价说他是"一洗绮罗香泽之态，摆脱绸缪宛转之度，使人登高望远，举首高歌。而逸怀浩气，超然乎尘垢之外。于是《花间》为皂隶，而柳氏为舆台矣"（胡寅《向芗林酒边集后序》）。苏东坡用写诗的办法来写词，这是词的一个重大变化。那么，既然从苏词出现之后，词就不再局限于美女与爱情的主题了，是否关于词的那些困惑、矛盾和争议也就迎刃而解了呢？恰恰相反。苏词的出现，不但没有解决这些问题，反而增加了更多的争论！例如，北宋诗人陈师道就批评东坡说："子瞻以诗为词，如教坊雷大使之舞，虽极天下之工，要非本色。"因为一般人认为，跳舞乃是女孩子的事，男子跳得再好也不是本色。词也是如此，由十七八岁的女孩子拿着红牙拍板唱"杨柳岸晓风残月"，自是词的本色；由关西大汉拿着铁绰板唱"大江东去"，那就不是词的本色了。还不只陈师道批评苏东坡，连著名的女词人李清照也批评苏东坡，说他的词"皆句读不葺之诗尔"。他们认为，词必须要有自己的特色，才能够在文学史上有自己的一席地位，如果词都和诗一样了，那又何必要词？然而苏东坡之后，词坛又出现了辛弃疾。苏东坡还可以说是一个文人才士，而辛弃疾则是一个英雄豪杰，他写的词更不是美女和爱情了。那么，苏辛的词是否还保留了词的特质呢？这确实是一个很重要的问题。我们今天所讲的内容的重点不在苏辛的词，所以我现在不能对苏辛的词作更详细的讲述，但是我可以告诉大家，苏辛的词虽然走了诗化的道路，但他们的很多佳作仍然保留了词的特质。王国维说："诗之境阔，词之言长。"所谓"词之言长"，指的就是宋人所说的那种"语尽而意不尽"的余味。在这一点上，苏辛的词和五代北宋的词具有同样的特质，只不过形成这种特质的原因各有不同而已。

总之，词之所以受到文人们的喜爱，还不仅仅是由于它的曲调之美和摆脱了传统礼教的约束。更重要的一点在于，它形成了不同于诗的一种特质。否则，它就不会如此迅速地发展壮大，几乎达到与言志的诗分庭抗礼的地位了。张惠言和王国维都发现了词的这种特质。其实还不止他们两个人，如果你仔细看一看历代词话就会发现，很多人都谈到过这一点。他们都觉得好的词里边就是有一个说不出来的地方，但为什么如此，谁也说不清楚。因为，早期的词虽然大都写美女和爱情，可是说词的人却力图回避这个事实，宁可绕个圈子说有贤人君子幽约怨悱之情或者成大事业大学问之境界等等。然而事实上，所谓贤人君子幽约怨悱之情或者成大事业大学问之境界，都是通过美女与爱情才表现出来的。所以，如果我们要对词的特质进行一番溯流寻源的话，无论如何也回避不了美女和爱情这个事实上的主题。那么现在，我就借用西方女性主义的文学批评来对词的特质作一个分析的尝试。在分析之前，我先介绍一些与女性主义文学批评有关的英文著作。

第一本著作是 Simon de Beauvoir 的 *The Second Sex*，意思是"第二性"；还有一本是 K. K. Ruthven 的 *Feminist Literary Studies: An*

Introduction，意思是“女性主义的文学研究简介”。中国古代有一句话叫作“女为悦己者容”，就是说，女子是被欣赏的，她们必须装饰自己，使自己在爱人眼中显得更可爱。其实在西方也是一样的，不管东方还是西方，传统上都以男性的意识为中心。而在男性和作品中，通常都是以男性的立场和眼光来看女性，即所谓 male gaze，男性的注视。而女性则是 being looked at，是被看的。所以 Simon de Beauvoir 就认为，在那些作品中所写的女性并不是真正的女性，只是男子眼光心目之中的女性，是 the second sex。可是自从有了女性主义文学批评的观念之后，就出现了另外的一种意识，对许多学说都产生了很大的影响。像 Ruthven，他就在书中列出了社会学、现象学、符号学、心理学等等七种学科的女性主义文学批评。这就好像给人们张开了另外的一只眼睛，产生了另外的一个角度，使得人们对以前看惯了的东西就有了另外的一种看法了。于是，另一位作者 Leslie A. Fieldler，在他的《美国小说中的爱与死》（*Love and Death in the American Novel*）中就指出在男性作者所写的作品中，女性的 image（形象）只有两类。一类是 goddess（女神），如白雪公主等，那是作者所崇拜的、纯洁美好的形象；另一类则是 bitch（恶妇），像白雪公主中的那个后母，是邪恶的形象。Leslie A. Fieldler 认为那是不公平的，因为那并不是真正的女性。还有一位 Mary Anne Ferguson 写了一本《文学中的妇女形象》（*Images of Women in Literature*）。在这部著作中，她把女性形象分成三大部分。第一部分是传统的（traditional）女性形象。她说，过去的文学作品的作者大部分都是男性，他们在作品中把女性形象表现成一个一个死板的定型（stereotype）。后来虽然也有女性加入了作者的队伍，但她们已经被以前男性作者的那些定型所限制，不能够超越那些定型了。这些定型都是些什么形象呢？那就是妻子（wife）、母亲（mother）的形

象，还有就是性的对象（sex object），此外还有作者所崇拜的偶像，还有 woman without man，即没有男人的女人，而这类女性则是被社会异目视之的女性。总之，传统的女性形象，都是作为男性的附属品来写的。因为传统的观念认为，女子应该归属于男子，否则就是不正常的。第二部分女性形象，是 women becoming，正在转型期的妇女。第三部分女性形象，是女性的 self-image。就是说，不是别人的叙述，而是女性自己以日记或者是书信的形式来写的自述。

以上我们所介绍的这些女性主义文学批评的著作，它们对文学作品之中的女性形象都有了一个反思，有了一个意识上的觉醒。现在，我们暂时把对这些作品的介绍停止在这里，回过头来看一看中国的词，看看中国词里边女性的形象是怎样的一种类型。

在中国诗歌中关于美女和爱情的叙写，当然不是从《花间集》开始的。《诗经》里不就写美女和爱情吗？后来的宫体诗，不也都是写美女跟爱情吗？像南朝的乐府、吴歌、西曲也都是写美女和爱情的。若从表面上看来，都写的是美女跟爱情，因此这些作品都有相通之处。然而值得注意的是，虽然都同样是美女跟爱情，但为什么只有“词”这种文类中的一些作品才富有一种引人生言外之想的幽微要眇的意蕴？根据西方女性文论中有关对作品中女性形象身份性质的分析，我得到了些启发。在中国的文学史中，虽然最早从《诗经》已开始了对美女与爱情的叙写，但事实上各种不同的时代、不同体式的文学作品中，其所叙写的女性形象的身份性质，以及所用以叙写的口吻方式，有着很大的差别。

因此我就反省，我们中国文学里的女性有些什么样的形象，结果就发现了一个很妙的地方。我发现《诗经》里的女性形象，大多是具有明确伦理身份的现实生活中的女性，并且其叙写的方式，大多也以写实的口吻出之。“关关雎鸠，在河之洲，窈窕淑女，君子好逑”（《关雎》），“将仲子兮，无逾我里，无折我树杞……仲可怀也……”（《将仲子》），这都是现实的，不管这首诗是从男子那边来写，还是从女子这边来写，不管写的是谈恋爱的时候的一个男子（就是仲子），还是后来被抛弃了。像《诗经》里的《氓》，“氓之蚩蚩，抱布贸丝”，当时这个男子追求她；“以尔车来，以我贿迁”，你驾着你的车，我带着我的嫁妆，我就嫁给你了；“三岁为妇，靡室劳矣。夙兴夜寐，靡有朝矣。言既遂矣，至于暴矣。兄弟不知，咥其笑矣”，结婚三年，我为你付出这么多的辛苦劳动，结果你对我如此之不好，你完全改变了。总而言之，《诗经》里面所写的女性，不管是谈恋爱的女子，待嫁闺中的女子，结了婚以后的女子，结了婚被虐待的女子，结了婚被抛弃的女子，都是现实的女子。

后来呢，当然就有《楚辞》了。《楚辞》中的《离骚》也写了美人、芳草。《楚辞》里所写的美人、所写的女性，大多是非现实的女性形象，其叙写的方式，则大多以喻托的口吻出之，这又是一类女性的形象。《离骚》写的都是求女，即是追求一个美丽的女子。屈原的美人都是象喻的，其象喻的对象非常广泛，他的美人可以象喻一个贤君，他的美人也可以象喻一个贤臣，而这个贤臣也可以是他自己。屈原以美人为象喻是比较单纯的，他所取的就是一种抽象的美的品质。我们上次所说的“惟草木之零落兮，恐美人之迟暮”，我们说美人迟暮，不美的人就不迟暮？不美的人也迟暮。可是不美的人迟暮为什么不可悲哀呢？就是我说的，美人代表一个人的才志之美，如果他既没有才，也没有志，这个人浪费了一生不可惜。如果他虽然有志，但他没有才，浪费了一生，也不可惜，因为他梦想得天花乱坠，他根本没有能力去完成嘛。如果只是有才而没有志，没有完成，也不可惜，因为他虽然有才能但是这个人从来没有理想，一个没有理想的人没有完成事业，也不可惜。就是一个既有才，也有志的人，他有才能也有理想，为什么？为什么没有能够完成事业，而自己就白白度过了这一生？这都是可悲哀的。所以“恐美人之迟暮”，就是一个才志美好的人，你怎么浪费了你的一生，这是可悲哀的，这是美人的象喻。

再后来到了建安时代，建安时代这个美人增加成分了，不只是说外貌的美了，不只是说才志的美了，还说什么呢？这个时候，就是我们所说的“弃妇”的形象。“弃妇”在《诗经》里面是现实的，是被抛弃的女子，“三岁为妇，靡室劳矣。夙兴夜寐，靡有朝矣。言既遂矣，至于暴矣。兄弟不知，咥其笑矣”。这个被抛弃的女子是现实中真正的被抛弃的形象。可是曹植诗里边的“弃妇”形象，具有很强的托喻的性质，如我在前边提到过的《七哀》诗，就是以“弃妇”来自喻的。因为曹子建受到他哥哥魏文帝曹丕和侄子魏明帝的压制，不能实现他参与政治的理想，甚至被禁锢在封地，不准回到首都的朝廷中来。所以他说，“君若清路尘”，你就好像那干干净净的路上的尘土。“妾若浊水泥”，我如同污浊的沉在水下的污泥。“浮沉各异势”你这么干净的尘土，没有重量，风一吹就可以吹上天去，我是污泥沉在水中，永远飞不起来，所以“浮沉各异势”。“会合何时谐”，我们两个何时才能在一起。“愿为西南风”，我多么希望能变作成一阵凉爽的好风，“长逝入君怀”。从那么遥远的地方吹过去，我愿意一直吹到你的怀抱之中。这里有一个典故。是宋玉的《风赋》：“有风飒然至者，王披襟当之。”就是说楚王打开衣襟来迎接这阵好风来到他的怀抱。可是“君怀良不开”！你的怀抱紧紧封闭住，不肯为我而开。我该怎么办呢？“贱妾当何依？”你看，他是以“贱妾”自称的。这就是“弃妇”之词。

写女性的作品，到南北朝时候又有所谓的“宫体诗”，而“宫体诗”因受到当时时代风气的影响，一如山水诗之形貌刻画，所以他们写美女的外表，也都是刻画形貌。如梁简文帝的《咏内人昼眠》，写女子的容颜、头发、衣服。有的诗甚至把女子的口、脚、手也都描写一番。那真是把女性当成了被男子观看的客体（object）。也就是 Simone de Beauvoir 所说的女子是“being looked at”。而且宫体诗的作者，如贵为帝王的梁朝简文帝一类的人，他们对于一个女子用得着去追求吗？用得着去恋爱吗？根本不用，他随便要哪一个女子就得到哪一个女子，他不需要有苦苦追求或相思怨别这样的感情，所以他写的美女，大都是“物化”了的美女，他把她们当成物一样来观察叙写，因此不能引起读者丰富的联想。到了南朝的“吴歌”“西曲”，如“宿昔不梳头，丝发被两肩。婉伸郎膝上，何处不可怜”，可是你要知道，这不是知识分子、诗人、文士的作品，这是民间的歌曲，真正的女子抒发自己的感情。到了唐朝，一些男性作者有时站在同情的地位来写闺中的思妇，如陈陶《陇西行》的“可怜无定河边骨，犹是春闺梦里人”；有时候也用女性形象来自喻，如朱庆馀《近试上张籍水部》的“妆罢低声问夫婿，画眉深浅入时无”。总之，在晚唐五代以前，写女性形象的诗歌有以上种种不同的情形。

而词之所以微妙，特别是花间词所形成的特质之所以微妙，写的虽然也是美女与爱情，但如果以词中所叙写的女性形象与以上各文类的不同女性形象相比较，我们就会发现《花间集》里的女性形象大多是歌妓酒女，在家庭社会的伦理关系之中并没有一个归属的位置。这一点是很值得注意的。因为，当家庭和伦理的这一层关系除去了之后，这些形象所剩下的，乃是介乎现实与非现实之间的美色与爱情的化身。如果我们反省一下《花间集》所写的女性，她们都是“递叶叶之花笺，文抽丽锦；举纤纤之玉指，拍按香檀”的歌妓酒女，她们的形象不是母亲、妻子，甚至不是弃妇，因为他从来也不想跟她结婚，当然也谈不上抛弃。这一类的女性形象不可以归属为家庭伦理的任何身份，她们只不过是男子寻欢取乐的对象而已。并且《花间集》中的作品，就正是那些寻欢作乐的男性作家写的，因此其写作的重点自然集中在美色与爱情，也就是 beauty and love，单纯的爱与美的对象。而你要知道，在古往今来无论是东方的还是西方的文化之中，beauty and love 都是可以提高到一个象喻的层次的。像圣经里的《雅歌》，就是用美色和爱情来表达一种宗教的感情。由于"美"与"爱"恰好是最富于普遍的象喻性的两种品质，所以《花间集》中的女性形象虽然是写现实中的女性，但确实具含了使人可以产生非现实的联想的一种潜藏的象喻性。

也许有人会问：像南朝的《子夜歌》"宿昔不梳头，丝发被两肩。婉伸郎膝上，何处不可怜"，那不也是写美女和爱情的吗？不错，《子夜歌》也是写美女与爱情，但它是民间的俗曲，还没有落到诗人文士的手里。在敦煌曲子词里也有这种俗曲，像"莫攀我，攀我太心偏。我是曲江临池柳，这人折了那人攀。恩爱一时间"（《望江南》），这些曲子很可能就是歌女们自己创作了来演唱的，它们的好处是真实生动、活泼自然，但若讲到给读者留下深长的余味，则还是不如花间词。花间词深长的余味来自它所具含的一种 potential effect。如我们在前文所言，花间词中的女性形象，由于不受传统上那些家庭伦理关系的约束，从而成了单纯的爱与美的对象，但却又不是有心安排的喻托，这是他们之所以具有丰富的象喻之可能性的第一个原因。

词之所以富于象喻的可能性还有第二个原因。在讲第二个原因之前，我还要再介绍几本西方女性主义文学批评的著作。第一本是 Elaine Showalter 的《她们自己的文学：不列颠的女性小说家从白朗蒂到莱辛》(*A Literature of Their Own: British Women Novelists from Bronte to Lessing*)。第二本是 Sandra Gilbert 和 Susan Gubar 的《阁楼中的疯妇：女性作者与十九世纪的文学想象》（*The Mad woman in the Attic: The Woman Writer and the Nineteenth Century Literary Imagination*）。第三本是 Toril Moi 的《性别的 / 文本的政治：女性主义文学理论》（*Sexual/Textual Politics: Feminist Literary Theory*）。还有一本是 Maggie Humm 的《女性主义批评：当代的妇女批评家》（*Feminist Criticism: Women as Contemporary Critics*）。在这些女性主义文学批评著作之中，他们注意到了更多的问题，从对文学中女性形象的探讨进而发展到女性的文学、女性的作者、女性的文学批评的探讨。他们认为，女性作者所写的文学作品，都有一种女性风格（female style）。这女性风格是从两个方面形成的，一个是女性意识（female consciousness），一个是女性语言（female language）。结合中国的词来看，我们就可以发现一件很奇妙的事情：中国早期的小词虽有女性的风格，但它们的作者却绝大多数是男性。要知道，中国的文学作品过去一直是在男性意识统治之下的。中国古代诗歌里所经常表现的男性意识是什么？朱自清先生有一篇文章叫作《怎样读唐诗三百首》，在这篇文章中他说："在各种题材里，'出处'是一重大的项目。从前读书人惟一的出路是出仕，出仕为了行道，自然也为了衣食。出仕以前的隐居，干谒，应试（落第）等，出仕以后的恩遇，迁谪，乃至忧民，忧国，思林栖，思归田等，乃至真个辞官归田，都是常见的诗的题目。"所谓"出处"，也就是仕与隐的问题。在中国古代的知识分子之中，有的人求仕，有的人求隐，有的人主张仕而后隐，有的人则把隐当作仕的"终南捷径"。尽管关于进退仕隐的观念错综复杂，表现也多种多样，但不可否认，仕与隐始终是中国诗歌里一个最重要的主题。而这绝对是一种男性意识，女子的头脑里一般是不会有这种意识的，因为她们根本就没有参加科考和做官的机会，所以在传统的诗歌中难以出现伟大的女性诗人。那么，中国的女子应该是很适于写这种女性风格的、以美女和爱情为主题的小词了？而事实上却并不然。因为古代绝大多数女子得不到读书识字的机会，当然写不了这种文人小词，而那少数读过书识过字的大家闺秀，她们恪守礼教，又怎么敢写这种连男子写了都感到不好意思的爱情小词呢？词人李清照要算一位相当成功的女词人了，但王灼在《碧鸡漫志》中，对李氏所写的夫妇间的爱情词，还曾讥评说“自古搢绅之家能文妇女，未见如此无顾忌也”。《花间集》收了十八位作者的作品，其中并没有一个女性。这种情况，与西方也没有很大的不同。像《阁楼里的疯妇》那本书里就提到，如果莎士比亚有一个妹妹，她也能够成为莎士比亚吗？结论是不能的，因为女性得不到那种机会。

既然不是由女性而是由男性的作者来写这种女性化风格的词，当他们在描写女性的容貌、女性的装饰、女性的相思怀念之情的同时，就在里面融入了某些男性的意识。这些男性的意识，有的仅仅停留在对女性的凝视，而且是属于一种现实的带有情欲的眼光的叙写，缺少言外之意；但有的则结合了更深一层的东西，能够引起读者丰富的联想。它所给予读者的，就不仅仅局限于词在表面上所写的美女与爱情了。而这种微妙的结合，也就在不知不觉之间提高了词的品格。如果我只是简单地这样讲，也许还不足以说明问题，下面我们来看《花间集》中几首作品的例证：

二八花钿，胸前如雪脸如莲。耳坠金环穿瑟瑟，霞衣窄，笑倚江头招远客。（欧阳炯《南乡子》）

倭堕低梳髻，连娟细扫眉。终日两相思。为君憔悴尽，百花时。（温庭筠《南歌子》）

罗裾薄薄秋波染，眉间画时山两点。相见绮筵时，深情暗共知。　翠翘云鬓动，敛态弹金凤。宴罢入兰房，

邀人解珮珰。（魏承班《菩萨蛮》）

玉楼冰簟鸳鸯锦，粉融香汗流山枕。帘外辘轳声，敛眉含笑惊。　柳阴烟漠漠，低鬓蝉钗落。须作一生拚，尽君今日欢。（牛峤《菩萨蛮》）

晚逐香车入凤城。东风斜揭绣帘轻，慢回娇眼笑盈盈。

消息未通何计是，便须佯醉且随行，依稀闻道太狂生。（张泌《浣溪沙》）

春日游，杏花吹满头。陌上谁家年少，足风流。妾拟将身嫁与，一生休。纵被无情弃，不能羞。（韦庄《思帝乡》）

欧阳炯的《南乡子》中所写的，乃是一个男性眼中所见的女性，她正当十六岁青春年华，头上戴着珠翠花钿，袒露的前胸肌肤如雪，美丽的脸庞像莲花一样鲜艳，耳朵上的金环穿有好看的珠子，身穿五彩的窄袖罗衣。为什么是窄袖？因为她是一个渡船的女子，正在江边忙着招呼客人。温庭筠的《南歌子》所写的也是一个美丽的女孩子，这女孩梳着倭堕髻的发型。什么叫倭堕髻？古代女子很讲究梳各种式样的发髻，例如，高髻是一种很庄重的发型，它适合于高贵华丽的贵妇人；丫髻梳在头的两边，适合于天真的小姑娘；倭堕髻则低低斜垂在头的一边，既不那么严肃，也不那么幼稚，那是青春多情的女孩子常梳的一种颇为浪漫的发型。古代的女子也很讲究画眉，“连娟”，就是一种细长而修整的眉毛样式。

在这里，温庭筠和欧阳炯所写的都是美丽的女孩子，然而你读起来会感到这两首词有所不同。为什么呢？我以前曾介绍过西方的“新批评”“接受美学”和“符号学”。这些西方理论很强调注意作品的本身，注意作品中的形象（image），作品的句法（syntax），作品的结构（structure），即它的各种组成的成分。符号学则对这些成分有更仔细的分析，提出一个新的名词叫作显微结构（microstructure），认为文学里边有非常细微的、需要用心体会的一种内在的品质。为什么有的作品就有象喻的可能性，有的作品就没有？那就是因为组成这文学作品的那些组合成分有细微的差别和不同。你看欧阳炯所写的那首“二八花钿”，那完全是男子眼中所见到的女子，用西方女性主义文学批评的词语来说，那是一种male gaze，是一种带有情欲的男性眼光中的女性。这类作品，用中国传统的载道言志的观点来看，当然是不登大雅之堂的淫靡歌辞，即使抛开传统的观点，它至少也是浅俗的、不能引发人向上之联想的作品。在中国的词里边，绝对有这一类性质的歌辞，这是不可否认的。然而在中国的词里边，在《花间集》里边，却绝不仅仅是这一类作品。

我们可以看温庭筠的那一首。所谓“倭堕低梳髻”，“低”字给人的那种感觉，“梳”字所表现的那种动作，把女孩子梳头时的珍重、仔细、爱美的感情都传达出来了。“连娟细扫眉”也是一样，“细扫”两个字包含了多少珍重爱惜之情，“连娟”两个字又是多么纤细，多么美好！要知道，中国传统还有一个说法，叫作“士为知己者死，女为悦己者容”。为什么把“士”和“女”作为对比呢？因为中国的礼教主张君为臣纲，父为子纲，夫妻为纲。君与臣之间，选择权在君那里，臣子可以被任用，也可以被贬谪甚至被斩首。男子与女子之间，选择权在男子那里，女子可以被宠爱，也可以被冷落甚至被抛弃。连“金屋藏娇”的阿娇后来都被贬到长门宫了，是不是？所以说，在封建的伦理纲常关系之中，君与臣的关系与男女的关系很有相似之处。女子修饰自己的容貌，为了得到男子的宠爱；男子则修养自己的才德，为了得到君主的任用。所以李商隐有一首《无题》诗说：“八岁偷照镜，长眉已能画。十岁去踏青，芙蓉作裙衩。十二学弹筝，银甲不曾卸。十四藏六亲，悬知犹未嫁。十五泣春风，背面秋千下。”他说有一个女孩子从八岁就懂得偷偷照镜子，画出美丽的长眉；十岁出城踏青，裙子上绣满了可爱的芙蓉花；十二岁勤奋地学习弹筝，那弹筝用的指甲套套上之后就不肯卸下；到了十四岁，女孩子就不可以随便见人了，这时候她才懂得自己已经到了应该出嫁的年龄。可是到了十五岁，这个女孩子仍没有找到一个理想的对象，所以当春风吹起的时候，她就伤心地流下泪来。这是说一个女孩子吗？分明不是的，诗人是在说他自己。李商隐自负才华出众，但仕途却很不顺利，所以才有这样的悲哀。

而温庭筠笔下的这个“低梳髻”“细扫眉”的女孩子，显然也同李商隐笔下的那个“八岁偷照镜”的女孩子一样，怀有一种自珍自爱，对未来满怀希望的感情。据说，男子和女子在用情态度上是不一样的。劳伦斯·利普金的那本 *Abandoned Women and Poetic Tradition* 中引用欧洲中世纪的一些游行诗人的诗歌为证，他说歌曲中所叙写的往往是英俊的男子骑着马来了，看到一个女孩长得有多么美丽，然后两个人之间就发生了一段罗曼蒂克的事件（恋情），然后，那男子就很潇洒地骑着马走了。可是女孩子呢？女孩子在有了一个爱情的事件之后，就总是念念不忘，就会产生很多很多相思哀怨的感情，就会像温庭筠所写的这个女孩子一样“终日两相思”。春天百花盛开，本来应该是最快乐的时候，可是由于她所爱的那个男子已经不在身边，所以她就“为君憔悴尽，百花时”。这种执着的用情态度，实在是带有一种献身的味道。这件事的确很微妙。因为，世界上的事情都是互相关联的，不仅爱情需要奉献，做学问、从事某一事业或者追求某一理想也一样需要奉献，需要有这样执着的用情态度。所以，温庭筠笔下的这个女孩子的形象所给予读者的，就远远不局限于美女和爱情了。现在你们看，温庭筠这首词的品质，是不是高于欧阳炯的那一首？

也许你们已经注意到，我选作例证的这几首词，大都是两两相对的。什么两两相对？是口吻上的两两相对。就是说，有一类词，它不是站在男性的立场以男性的眼光来看女性形象，而是设身处地用一个女子的口吻来写女性的感情。用西方文学批评的词语来说，这仿佛是一种 mask，也就是说，你是在假托另外一个人的话。在这几首词里边，我们可以看得出，魏承班的《菩萨蛮》和张泌的《浣溪沙》是用男子的口吻，说的是男子的话；而牛峤的《菩萨蛮》和韦庄的《思帝乡》所用的就是女子的口吻，假托女子的感情，说的是女子的话。魏承班的《菩萨蛮》写了一个爱情事件（love affair），他叙写男子眼中所见的一个"翠翘云鬓"的美女，"宴罢入兰房"，与男子有一段爱情事件。这是男子的口吻和男子的用情态度。可是你看牛峤的《菩萨蛮》，同样写一个 love affair，他说"须作一生拚，尽君今日欢"，这就是女子的口吻和女子的用情态度。这首词所写的内容虽然也是淫靡的、不登大雅之堂的，可是它给读者一种奉献的、忘我的联想，这是一种升华，于是就使这首词脱离了它表面上的低级趣味。王国维说"词之雅郑，在神不在貌"，就是这个意思。张泌的《浣溪沙》和韦庄的《思帝乡》也是一样，他们所写内容都是男女游春时发生的事情。张泌那一首是男子的口吻，他说男子在游春的时候看上了一个漂亮的女孩子，于是就在她的车后紧追不舍，直追到那个女孩子在车中骂了一句："太狂生！"这首词写得比较活泼有趣，但却不能给读者什么向上的联想。而韦庄的《思帝乡》则是一个女子的用情，是以女子口吻写外出游春时因见到繁花盛开而希望有所遇合。就表层意义而言，二者所写的都是男女的春情。但若就深层本质而言，则张词与欧词相近，同是写男子眼中所见的一个可以观赏也可以欲求的美女，只不过欧词还停留在观看凝视阶段，张词已经展开了追逐行动。韦庄的词则与温词相近，同是以一个女子的口吻写她对男子的期盼和向往，只不过温词写得纤柔婉约，韦词写得劲直矫健，在风格上有所不同。

韦词的第一句“春日游”虽只短短三个字，却已掌握了全词的生命脉搏。“春日”，是万物生命萌发的季节，也是人类感情萌动的季节，这是这个女子外出追寻的诱因，“游”字则显示了外出游赏和追寻的一种主动的心态。“杏花吹满头”的杏花，其娇红的颜色和繁茂的花枝所给予人的应当是一种充满生命力的春意盎然的撩动，何况还有“吹满头”三个字，那撩人的春意迎面扑来，就真有一种不可当之势了。那“吹”字和“满”字，直接传达出一种充盈饱满的劲力，而这种劲健直接的表现就正是韦词风格的特色。于是，这个被春意所撩动的女子，就以毫无假饰的真挚口吻脱口说出了“陌上谁家年少，足风流。妾拟将身嫁与，一生休”的择人而许的愿望。然后接下来又以“纵被无情弃，不能羞”两句表明了对这种许身不计代价、殉身不悔的一份决心。自“陌上”以下两个九字长句、一个八字长句的那种抑扬顿挫，以及“妾拟将身嫁与”连接几个舌齿摩擦的发音，也通过韵律、节奏和声音直接传达出了对此许身的坚毅无悔，从而给了读者一种极为直接的感动。因此，这首词即使仅就其表层意义所写的从春意萌发到许身愿望到决心无悔的那种感人力量的品质和效果来看，便已绝非张泌《浣溪沙》的轻薄笔墨所能比。更何况若就其深层意蕴而言，韦词所表现的那种感情的品质，竟与儒家之所谓“择善固执”的品德及《离骚》“虽九死其犹未悔”的情操在本质上有所暗合。这种富含潜能的意蕴，当然就更不是张泌所写的“佯醉随行”的那种浅薄轻佻之作所能企及的了。

这事真的是很奇妙了。也许有人会提出不同的意见：都是写美女和爱情的词，为什么有的就能讲出更多的意思，有的就不能？你说欧阳炯所写的美女形象是一种带着情欲的男性的注视，难道温庭筠所写的就不是吗？不错，温庭筠的词很可能也带有男性的情欲，但他的词的表现方法上与欧阳炯他们不同。现在我们可以通过他的另一首小词《菩萨蛮》来说明这个问题。

小山重叠金明灭，鬓云欲度香腮雪，懒起画蛾眉，弄妆梳洗迟。　　照花前后镜，花面交相映。新帖绣罗襦，双双金鹧鸪。

首先，温庭筠在描写这个美女形象的时候，和现实拉开了一个美感的距离，就像是观赏一幅画，有时必须站远几步才能真正发现它的美。所谓"鬓云"，是"鬓发的乌云"；所谓"香腮雪"，是"香腮上的白雪"。他为什么不说"乌云般的鬓云""雪白的香腮"？因为那样太贴近现实，不容易引发读者美感的联想。小山、乌云和白雪都是大自然中的景象，他们在词的开始就制造出一种引人联想的美的氛围。比起欧阳炯的"胸前如雪脸如莲"，显然就有了层次上的不同。

其次，西方语言学的符号学中有所谓"语码"的说法。他们认为，在同一种传统文化的背景下，往往形成了一些起着语码作用的语汇，一旦你叩响了它，就能够带出一大串有关的联想。当然，只有熟悉这一传统文化背景的人，才可以产生这种联想。温庭筠有一个最大特点，就是他的词里这种语码特别丰富。"蛾眉"，就是这样一种语码。屈原《离骚》说，"众女嫉余之蛾眉兮，谣诼谓余以善淫"，屈原又不是女子，哪里会有蛾眉？这蛾眉显然只是一种喻托的说法，是象征他的才能和品德的美好。那么"画蛾眉"呢？我们不是讲过李商隐的"八岁偷照镜，长眉已能画"吗？那是指一种品德和能力的自我修养。并不是人人都能画出又细又长的眉毛来的，杜甫的女儿就不会画眉，她父亲说她“学母无不为，晓妆随手抹。移时施朱铅，狼籍画眉阔”（《北征》）。她画了半天，画得又粗又黑，一点儿也不美。“懒起画蛾眉”，又是什么意思呢？晚唐诗人杜荀鹤的《春宫怨》有句云：“早被婵娟误，欲妆临镜慵。承恩不在貌，教妾若为容！”他说，我的青春是被我的美貌所耽误了，因为现在人们只需会逢迎取媚就可以了，君主已经不懂得欣赏真正的美貌，叫我还怎么有心思对着镜子梳妆画眉？这，就是“懒起画蛾眉”的原因。

可是，难道因为没有人欣赏，你就可以粗头乱服，就可以自暴自弃吗？要知道，中国还有一个传统的说法，叫作“兰生空谷，不以无人而不芳”。一个人的价值，并不取决于旁人的承认与否，“天生丽质难自弃”，只要我保持我自己的品德操守，纵然你们都不理解我，那又有什么关系？所以你看温庭筠笔下的这个女子，虽然“懒起画蛾眉”，虽然“弄妆梳洗迟”，可她不是毕竟也在“画蛾眉”，也在“弄妆梳洗”了吗？然而，现在就有另外的一个问题了，屈原的“众女嫉余之蛾眉”和李商隐的“长眉已能画”等，都是很明显的托喻。而温庭筠呢？史书上说温庭筠“士行尘杂，不修边幅”，并不是一个像屈原那样忠爱缠绵的人。你怎么就知道他有没有喻托的含意？你怎么就知道他是不是单纯在写一个美丽的女子？可是你要知道，历史上也记载了温庭筠由于“能逐弦吹之音，为侧艳之词”，所以大家都看不起他，以致他的仕宦很不得意。在诗里他曾说，“积毁能销骨，微瑕惧掩瑜”。由此可见，在他的内心之中，的确是有着一份抑郁不得志的感慨的。然而必须注意的是，温庭筠的这种感慨在他的诗里边表现为显意识的说明，而在他的词里边却只是一种潜意识的流露。在这首《菩萨蛮》中，他的显意识可能就只是要写现实之中某一个美丽的女子，然而那个得不到别人欣赏的寂寞女子的感情在无心之中就与他自己那种得不到知遇和任用的失意文人的感慨结合到一起了。欧阳炯的《花间集序》里提到了"诗客曲子词"五个字，我以为这五个字是不可忽略的，因为它恰好道出了这种使小词产生了微妙作用的一种 abandoned women 的感情与失意文人感情的结合。

除了这种感情与意识的结合之外，语言的因素也是不可忽视的。我刚才提到过的西方学者 Toril Moi 在她的 *Sexual/Textual Politics* 一书中说：一般人都认为，男性的语言是理性的、有秩序的、清楚的，而女性的语言是非理性的、凌乱的、破碎的。Toril Moi 是个女作者，所以她就争论，说女性语言也有理性的，男性语言也有凌乱的。但今天我们不是讨论女权主义问题，男性语言和女性语言哪个占优势我们不去管它，我只是说，如果我们受这本书中所提出问题的启发，对我们中国文学作一个反省的话，我们就会发现：诗的语言是男性的，词的语言是女性的。我在西方教中国诗词的时候，常常有人问我：倘若写同样的风景和同样的感情，诗和词之间究竟有什么区别？我就给他们举了一个例证：据说清代主持《四库全书》编纂的纪晓岚，有一次给人家写了一幅书法，写的是王之涣那首七言绝句"黄河远上白云间"，可是他不小心把"间"字漏掉了。人家就说："你写错了，少写了一个'间'字。"但纪晓岚不认错，他说："我没有写错，我写的不是诗而是一首词。"人家不信，他就读给人家听："黄河远上，白云一片。孤城万仞山，羌笛何须怨。杨柳春风，不度玉门关。"你看，同样的风景和感情，诗与词果然不同。"黄河远上白云间，一片孤城万仞山"，读起来多么开阔博大，多么雄伟！而"黄河远上，白云一片"，只这么一读，感觉就完全不同了。在中国的小词里，词人们经常使用一种女性的语言。什么叫女性的语言？一般来说，男子说话时比较注重理性和逻辑，而女子说话时则比较注重感性和形象，小词里边有很多地方不是很有逻辑，不是把事情说得很清楚，但却有很深刻的感受在里边。这就是一种女性的语言。例如温庭筠有两句词“玉楼明月长相忆，柳丝袅娜春无力”（《菩萨蛮》），头一句说得比较明白，那是玉楼之中的一个女子夜晚对着明月怀念她心中的恋人。但接下来的“柳丝袅娜”与那“玉楼明月”又有什么必然的关系？温庭筠还有一首词说“山月不知心里事，水风空落眼前花，摇曳碧云斜”（《梦江南》），前两句是说，山中明月不懂我的心事，水面之风无动于衷地吹落眼前的花朵，但接下来呢？“摇曳碧云斜”，忽然之间就离开了原来的思路！这是一种突然的跳跃，看起来好像和前边承接不上，实际上却有很多微妙的感受都从这种忽然之间的跳跃中传达出来了。由于时间的关系，来不及举更多的例证。不过在晚唐五代和北宋的小词里，这一类语言是很多的。而这也是使小词富含“潜能”的另一原因。

刚才我已经说过，词里边的女性形象由于不再受传统的家庭伦理关系的约束，从而成了单纯的爱与美的对象，这是词有象喻之可能性的第一个原因。现在我们又看到，词中女性化的情思与女性化的语言与男性作者的思想意识的结合，这又形成了词有象喻之可能性的第二个原因。那么，现在我们就可以引用西方女性主义文学批评的另外一本书，来对我以上所讲的内容来作一个总结了。这本书是卡洛琳·郝贝兰（Carolyn G. Heilbrun）写的《对于一种双性的认识》（*Toward a Recognition of Androgyny*）。这个题目很奇怪，很不容易接受。“androgyny”本来是一个医学生理上的名词，意为“雌雄双性的”。卡洛琳·郝贝兰把它用到文学理论上，是指一种文学的“双性”。为什么要用这样一个词呢？因为，西方女性主义文学批评最初是站在女性意识觉醒的角度，是和传统的男性的文学相对立的。然而后来它又有了进一步的发展，认为男性和女性不应该是对立的关系，而应该是携手合作的关系。卡洛琳·郝贝兰举例说，像希腊的神话里边的酒神（Dionysus）可以是男人之中的女人，也可以是女人之中的男人。还有从另外一种宗教犹太教的神话来说，现在我们所流传的《圣经》，说上帝是先按照它自己的形象造了亚当，然后取亚当的肋骨才造出了夏娃，但犹太教原来有一种说法，说神可以按照它自己的形象造男造女。另外，我们常常看到观音菩萨现女相，其实观音菩萨可以现很多相，包括男相在内。中国的"太极"图，也是如此，一边是黑、一边是白，白中有黑、黑中有白。所以，一般说来，无论是神话、宗教、哲学或者是文学，其最高的境界往往都是兼具雌雄、阴阳、刚柔二重性格的。

我之所以引用卡洛琳·郝贝兰的这一本书，是想要借用她的这个"androgyny"来说明在中国的小词中所发生的微妙现象。花间词的作者绝大多数都是男性，然而他们在写词的时候却用了女性的意识和女性的语言，这真是一种很微妙的结合，一种"双性"的结合。而双性结合的结果，就使得小词有了"低徊要眇"的姿态，有了"兴于微言"的联想，有了"以道贤人君子幽约怨悱不能自言之情"的可能性。用"androgyny"来说明文学现象似乎是很新鲜，其实一点儿也不新鲜。因为"双性"本来就是哲学里边最高的一个层次。在我们中国的历史上和传统中，也一直是主张阳刚与阴柔相辅相成的。不只太极图，白中有黑，黑中有白，意味着阴阳的结合；中国的书法也讲究刚柔和方圆的相济，如果你的形方就要神圆，形圆就要神方。很多事情都是这样，只有当阴阳相辅相成的时候，才是一种美的完成。

小词也是如此，它本是配合隋唐之间一种新兴音乐来演唱的流行歌曲，并没有什么深意，然而当它落到诗人文士的手里之后，在他们的潜意识之中不知不觉地就达成了这种微妙的结合，形成了一种双性的人格和双性的品质，所以才使得小词产生了引起读者丰富联想的可能性。然而，在过去传统的词学评论家中，从来没有人对词里边的美女和爱情的内容作过这样的分析，传统词学因为被载道言志的观念所局囿，一直不肯正面面对词中所写的美女与爱情来作基本的探讨，我认为这才是使得中国之词学如同治丝益棼，一直陷入于困惑之中，而不能为之建设起一种具有逻辑性的理论基础的根本原因之所在。

花间词的女性叙写所形成的“双性”特质对后世词与词学产生了极为深远的影响。在花间词之后，词的演进经过了几次值得注意的转变。其一是柳永的长调叙写对花间派令词的语言造成了一大改变；其二是苏轼自抒襟抱的诗化之词的出现对花间派令词的内容造成了一大改变；其三是周邦彦之有心勾勒安排的赋化之词的出现对花间派令词之自然无意的写作方式造成了一大改变。从表面来看，这三大改变无疑是对我们前边所说的女性语言、女性形象及因自然无意的写作方式而呈现之双性心态的层层背离。但有一点是我们一定要注意到的，那就是当词的发展脱离了花间词的女性叙写之后，虽不能再完全保有花间词中女性与双性的特质，但无论柳词一派之佳者、苏词一派之佳者，还是周词一派之佳者，却都各自发展出了一种虽不假借女性与双性，但仍具含了与花间词之深微幽隐富含言外意蕴的特色相近似的另一种双重性质之特美。这种美学特质的形成，无疑是受到了花间词之特质的影响。王国维曾说“词之雅郑，在神不在貌”，而后世词在脱离了女性与双性之后的这些多种方式的双重性质之美学特质的形成，可以说也正是花间词之特质的一种“在神不在貌”的演化。我们没有时间来细讲这些演化了。总之，“花间”以后的词虽然经过了不断的演进，但那种由花间词的女性叙写与双性心态所形成的以富含引人联想的多层意蕴为美的美学特质，却始终是衡量词之优劣的一项重要标准。

第二讲

谈中国诗词文本中的多义与潜能

——1994年冬在南开大学七十五周年校庆学术报告会上的讲演

诸位老师、诸位同学、诸位朋友们：

有机会在南开大学七十五周年校庆的学术报告会上向大家做一个报告，我感到非常高兴。今年我已是七十岁的高龄，教书也已经教到第五十个年头了。我本来在加拿大的不列颠哥伦比亚大学担任教授，现在已经退休。我很感谢南开大学给我一个机会，让我回到祖国来贡献我的一点微薄的力量，以报效我的祖国。南开大学让我成立了一个中国文学比较研究所。这个名字大家听起来可能会感到奇怪：既不是中国文学研究所，也不是比较文学研究所，而是"中国文学比较"研究所，英文叫作 Institute of Comparative Study of Chinese Literature。我想，我也许需要对此作一个简单的解释。

我，是在一个很古老的旧家庭中生长的，所受的是中国古典文化的教育。可是我从 1948 年就离开了大陆，在海外漂泊了这么多年，也接受了一些西方的文化。当前，祖国各方面都在实现现代化，那么我自己从小所学的文化——古典诗词，是否也能够现代化起来，也能够给它注入一个新的生命呢？所以我就想到成立一个中国文学比较研究所。我是从事中国古典文学研究的人，立足于中国的古典文学。可是，我要使这一份宝贵的文化遗产最终也可以纳入现代化的轨道。我相信，中国文学比较研究所今后也一定能够在这方面起到它应有的作用。所以，我今天就借这个机会，把我的这个使中国古典诗词现代化起来的概念给大家作一个简短的实例的阐述。

我今天报告的题目是：《谈中国诗词文本中的多义与潜能》。在这个题目中，"中国诗词"当然是古典的，而这"文本"（text）两个字就不是古典的了。为什么不说"本文"而说"文本"呢？其实英文的 text 这个字原来也有"本文"甚或"课文"的意思，不过在近代西方的文学批评术语中，自从法国的学者罗兰·巴特（Roland Barthes）开始却给了这个字一种新的含义，以区别于一篇作品的所谓"本文"。"本文"是一篇死板的固定的作品，而"文本"则是指作品中所具含的可以与读者相融汇演变的多种质素的一个本体。此外我还提出了"多义"与"潜能"两个词语。"多义"和"潜能"这两个词，也是从西方借来的。我现在先把"多义"的起源简单介绍一下，然后再用中国诗词的例证来讨论这个概念。在西方近代文学批评中，"多义"这个概念有一个发展的过程。最早是一位英国学者 William Empson 写了一本书，叫作 *Seven Types of Ambiguity*，可以译为《多义七式》或《七种暧昧的类型》。“ambiguity”这个词本不是一个褒义词，它的意思是“暧昧”“模棱”，或者“不清楚”。Empson 在这本书里说，在英国文学尤其是诗歌中，有时候一句话里所包含的意思是暧昧、模糊、不清楚的，你不能确定它说的是什么。他举了七种类型，每一种类型都有例子。但由于时间的关系，我来不及介绍这七种类型的例子，只能简单地举一个我们中国人常说的故事作为例证。记得我小时候有一次到同学家去玩，天下起雨来了，我的同学就用这个故事来开玩笑说：“下雨天留客，天留我不留。”意思是说，下雨是天替主人把客人留住，可是虽然天留你，主人我却不想留你。但这句话，倘若把标点改换一下，还可以表现另外两种完全不同的意思：“下雨天，留客天，留我不留?”——这是客人在问主人的一个问句。“下雨天，留客天。留我不？留!”——这是主客问答。你不要以为只有这一句话有这种性质，在中国的古典诗歌里，这种 ambiguity 的现象其实是常常出现的。杜甫《戏为六绝句》中有一句：“不薄今人爱古人。”这句话的标点就很成问题。倘若你在“不薄”后边停顿，那意思就是：对于今人爱古人这件事情，我是不会鄙薄的。但杜甫是这个意思吗？不是。这句话应该在“今人”后边停顿。意思是：我既“不薄今人”，同时也“爱古人”。怎见得要这样解释？因为杜甫又曾说过“转益多师是吾师”。杜甫主张写诗必须多方面汲取营养，既不应一味推崇古人而鄙薄今人，也不应一味称赞今人而鄙薄古人。但是，倘若我们不读整组诗，只看这一句“不薄今人爱古人”，能确定他是什么意思吗？真是有点 ambiguous 了。

以上我举的例子，都是 ambiguity 的不好的一面。就是说，一句话表现得模棱两可，它所传达的不同含义不能够同时并存，因而就给读者造成了困惑。另外还有一种情况，是由于诗里边的典故有不同的出处，所以引起了诠释的人有不同的解说。如《古诗十九首》的第一首："行行重行行，与君生别离。相去万余里，各在天一涯。道路阻且长，会面安可知。"本来是说离别，愈走愈远了，我们中间隔离得这么远，而且有这么多的阻碍，不知道哪一天才能见面。这前面写的都是直接的叙述，中间突然加了两个形象的比喻："胡马依北风，越鸟巢南枝。"那么前人解这两句诗，就有不同的说法了，因为他们找到了不同的出处。一个是以《韩诗外传》为据，说诗云"代马依北风，飞鸟栖故巢"，是不忘本的意思。也有人引《吴越春秋》说"胡马依北风而立，越燕望海日而熙"，取同类相从的意思。隋树森的《集释》引清初纪晓岚的说法："此以一南一北申足各在天一涯意。"所以现在就有了三个说法：一个是说"胡马依北风，越鸟巢南枝"是不忘本的意思，连马也怀念它的故乡，鸟也怀念它的故乡，你这个游子，难道你不怀念你的故乡吗？难道你不会回来吗？我相信你一定会回来的。第二是说同类相从的意思，"胡马依北风，越鸟巢南枝"，总是要找同类相处在一起，所以你一定会回来的。第三个意思是说，"胡马依北风"是北方，"越鸟巢南枝"是南方，比喻我们现在一南一北，好像一个是胡马依北风，一个是越鸟巢南枝，我们是各在天一涯了。

但是还有一种情况，就是说，句子的这种多义现象不但不是一件坏事，反而是件好事，它可以使这句话包含有更丰富的含义。这一方面我举俞平伯先生讲过的一个例子。俞平伯先生在一篇文章中曾经提到南唐李后主的一首词，这首词很有名，牌调是《浪淘沙》：

> 帘外雨潺潺，春意阑珊，罗衾不耐五更寒。梦里不知身是客，一晌贪欢。　独自莫凭栏，无限江山，别时容易见时难。流水落花春去也，天上人间。

结尾“流水落花春去也，天上人间”也有点儿问题。这“天上人间”四个字很奇怪：两个名词拼凑在一起，没有动词，没有述语，是什么意思？俞平伯先生说，这四个字可以有好几种不同的意思。我现在就把俞先生所提出来的四种不同的意思写给大家看一看。俞先生说，第一种解释你可以把它讲成疑问的口气：“春去了！天上？人间？哪里去了？”意思是问：“春天到底向哪里去了？”第二种解释为：“春归了！天上啊！人间呀！”这里边包含有一种沉重的悲哀和感叹。第三种则是说：“春归去也。昔日天上，而今人间矣！”这是今昔的感慨，就如李后主曾说过的“还似旧时游上苑，车如流水马如龙”，还有这一首中的“梦里不知身是客，一晌贪欢”。他昔日贵为天子，如今成为臣虏，自然是从天上一下子就跌到人间来了。俞先生还提出第四种解释的可能，他说这两句其实就是承接了前一句“别时容易见时难”的意思：“流水落花春去也”是离别之容易如此；“天上人间”是相见之难如彼。南唐是说亡就亡，所谓“四十年来家国，三千里地山河”“最是仓皇辞庙日，教坊犹奏别离歌”，所以说“别时容易见时难”，“天上人间”所写的就是这样一种无可奈何的绝望与悲哀。

所以你看，俞平伯先生作为一个读者，就从李后主的这句词中读出这样四种不相同的意思。这也是一种 ambiguity，但这种 ambiguity 跟我刚才所说的“留我不留”不大一样。“留我不留”的几种不同解释不能够并存。或者是我在问你留还是不留，或者是你回答我说留，或者是你回答我说不留，三个解释只能肯定其中的一个。那么李后主的这一句词呢？俞平伯先生在那篇文章中说，他认为其中第四种解释比较好。即是说，“流水落花春去也”是别时的容易；“天上人间”是见时的艰难。我以为，那是因为俞平伯先生有一个中国旧传统的观念，认为一首诗就只能有一个意思，而这个意思一定是作者本来的意思才对。也就是说，要追求那个 original meaning——作者的原意。所以他认为前三种解释的意思都不好，只有第四种解释的意思才是好的。可是，西方现在的文学批评理论，比如西方的诠释学（Hermeneutics）就认为，你根本就不能够找到作者的原意，我们每一个人的解释，只是作为读者所得到的自己的一些解释，叫作 hermeneutic circle。即是说，你是从你自己开始的，你要追寻作者的原意，结果不但没有找到，反而发现绕了一圈之后又回到了自己，这叫作诠释的循环，因为你最终所得到的仍是你自己的意思。

William Empson 先生写了 *Seven Types of Ambiguity*，他实际上承认：ambiguity 这种暧昧模棱的现象有时候不但不是坏事反而是一件好事，因为它使得这一首诗或者这一句诗有了更丰富的、可以同时并存的多方面含义。像刚才所说李后主的“天上人间”的四种解释，就完全可以同时并存。为什么会产生这种现象？我个人以为，由于李后主是一个纯情的诗人，他不是用理性的思考来写诗，而是任凭他的感情的直觉来创作，他的那种感受不加修饰就脱口而出了——“流水落花春去也，天上人间。”也许他自己都说不清楚自己到底要说什么。可是“天上人间”四个字包含了这么丰富的感情和感觉，这么多的感受，从而也引起了读者这么多的感发和联想。这当然就是一句好词，所以这个地方的 ambiguity 现象就是一种好的现象。正是由于 ambiguity 现象有好的一面，而这个词本身的含义却是“暧昧”“模棱”“模糊不清”，是个贬义词，所以后来西方文学批评理论就开始寻找更好的、更能准确说明这种现象的新名词来代替它。于是，现代有人就使用“多重的意义”（multiple meanings），或者更简单的一个词“多义”（plurisignation），而不再用“暧昧”来表达这种现象。

与此同时，文学的潮流、文学批评的理论也在不断地向前演进。传统文学批评所注意的重点是作者的背景，包括作者的生活、作者的思想、作者的出身和作品的内容。它追求的是：作者所要传达的本义是什么？可是后来，西方文学批评的重点就从作者转移到作品了。曾盛行一时的新批评（New Criticism）理论就认为，作者并不重要，作者在完成作品之后也就脱离了作品，这个作品就独立了。作品的好坏并不代表作者的好坏，作者可能是一个英雄人物，他在事业上或行为上可能是伟大的，但这个伟大的英雄不见得能写出同样伟大的诗篇。诗篇的成功与作者并没有必然的关系。我们中国传统的文学批评常常认为，像屈原、杜甫这些诗人的诗之所以伟大，是因为他们人格的伟大，是因为他们忠爱缠绵。西方“新批评”派则认为这种观点是错误的，是一种“重心的误置”。他们所注重的，仅是作品本身，即作品 text 中的作用。不过这只是新批评派的说法，而西方近代理论还有许多其他说法。比如有一派文学批评叫作 Criticism of Consciousness。consciousness 是“意识”，这一派的文学批评就非常注重作者的意识。他们认为，越是伟大的作者，其 consciousness 的表现就越加重要。但事实上，像屈原和杜甫这样伟大的作者，既有伟大的感情和伟大的人格，同时也具有伟大的艺术表现能力。在他们身上，这二者是相结合的。只谈作者的人格而摒弃了作品的艺术当然不对，只注重艺术而把作者撇开不论也同样不对。因此，随着认识的深入发展，后来西方就又出现了所谓“读者反应论”（Reader's Response）和“接受美学”（Aesthetic of Reception）。他们认为：作者是重要的，作品也是重要的，但无论多么伟大的作者所写出来的多么伟大的作品，假如没有一个读者来读，它就没有生命，就仅仅是一个艺术成品（artefact），而不是一个美学客体（aesthetic object）。屈原写了那么好的作品《离骚》，倘若你把它读给一个完全没受过教育的人听，他不见得能够欣赏。所以当一个艺术成品还没有成为美学对象的时候，它也就没有美学上的生命和意义。因此他们就认为：reader 才是最重要的。

既然作者和读者都很重要，那么，当作者和读者在作品中相遇的时候，就会产生出一种新的东西。为表达这新的东西，自然也需要一些新的名词。我今天报告的题目中所用的"文本"是一个,"多义"也是一个。"多义"这个词的演变过程我刚才讲了，最初是 William Empson 写了 *Seven Types of Ambiguity*，用的是 ambiguity，后来有人又使用 multiple meanings 或 plurisignation。我今天再提出一个新的词来，那是西方接受美学家沃夫岗·伊塞尔所用的词。他说在 text（文本）里边有一种 potential effect——一种可能潜藏在里边的效果，即"潜能"。那么，是谁使隐藏在作品里边的这种潜藏的能力得以显现出来呢？是读者，是读者使作品的 potential effect 显现出来的。这是伊赛尔的说法。还有一位当代西方的女学者叫作朱丽亚·克利斯特娃，她对符号学有更复杂、更深刻的见解，所以她把她自己所创造的文学批评学说叫作 Sermanalyze，也就是解析符号学。她认为"文本"是作者与读者之间互相生发运作的一个融变场所。因此她提出一个词语叫作"transformer"，意思是互相融变，就好像我们使用变压器使电源交融变化那样。她说，text 就是这样一个 transformer 的场所。作者和读者在这里相遇，他们互相感发，互相变化，交相感应，就产生出一种效果和能力。

一般传统说诗的人，最早是要推寻作者的原意，作者要表达什么意思，可是沃夫岗·伊塞尔的 potential effect 不是作者的意思，是什么呢？是说作者写出来一篇作品成为一个 text 以后，读者在读这个"文本"的时候，这个文本里边有很多非常微妙的作用。而这种作用，有一种 potential effect，它可以引起读者非常丰富而且多变化的联想，而这些读者的联想不必然是作者原来的意思。我们可以承认，读者可以有不合乎作者原意的联想和解释。这是一个意大利的学者所提出的，他的名字叫 Franco Meregalli。他曾经用了一个词 creative betrayal，这个词翻译成中文叫作“创造性的背离”，他是说：当读者读文本的时候，可以有一种创造性的，自己的感受，自己的想法，自己的诠释，而这个诠释不必要合乎作者自己原来的意思，所以它叫作“创造性的背离”。

一般说起来，在诗的创造之中能够这样让我们自由的、任凭读者自己的联想去解释的情况比较少。因为诗跟词最大的一个不同就是，诗是言志的作品，是作者显意识之中的创作，他有一个明显的意思，所以我们可以追寻作者原来的意思是什么。好的诗人在他的显意识之中，也能够包含多义解释的可能性。像我们刚才讲的《古诗十九首》，就有多义的可能性。杜甫的诗，像《秋兴八首》有两句：“同学少年多不贱，五陵衣马自轻肥。”杜甫衰病流离辗转困顿，当时他在夔州。他说长安有很多新贵，“同学少年多不贱”，同学少年是谁呢？是杜甫当年的同学吗？有人说杜甫不见得说的是他当年的同学，说的应是现在的年轻人，他们有一种共同的心理，一种相同的风气，他们所追求的是眼前的名利和富贵。“同学少年多不贱”，这“同学少年”就有 ambiguity——模棱、暧昧。“五陵衣马自轻肥”，有人说是那些个少年富贵的人，他们在五陵（长安附近）贵族所住的地方有锦衣车马，有高官厚禄。他们自己是轻裘肥马，对国家的苦难却视若无睹。还有人说：“自轻肥”的这个“自”字，有一种得意和炫耀的口吻。五陵衣马“自”轻肥，是说他们以高官厚禄为得意，是自炫轻肥的意思。有人还说，杜甫是透过这个来讽刺他的同学少年，他们这些同学少年只顾自己的轻裘肥马、高官厚禄，对于我杜甫现在这种颠沛流离、苦难衰病是不加关怀、冷漠无情的。

这句诗有许多的可能性，它是一种 ambiguity，ambiguity 让读者读的时候想到多种的可能性。但一般说来，杜甫的诗有很多首是把意思说得很明显，如他说："皇帝二载秋，闰八月初吉。杜子将北征，苍茫问家室。"有年，有月，有日，有我，我要到哪里去，我将干什么，说得清清楚楚，他没有 ambiguity。有时候他有 ambiguity，有种种的可能性，但是读者还是会推寻作者本身的意思，因为诗是作者显意识的创造。

可是词呢？词不是。当我通过这些西方文学理论来反思我们中国古典文学的时候，我就发现：我们中国的词，尤其是那些短小的令词，里边就包含很丰富的西方所说的这种 potential effect。古代有很多人，比如说像清代的词学批评家张惠言，就常常从小词里边看出很多意思来。张惠言曾经说在《花间集》中温庭筠的小词是"感士不遇"，就像是屈原《离骚》一样。但温庭筠写的都是美女爱情，怎么会有屈原《离骚》的意思呢？他还说韦庄所写的跟一个所爱的女子离别的词是在感慨唐代的灭亡，他从里边就看出了这种悲慨来。于是就有人批评张惠言，说这个人真是牵强附会。温庭筠就只是写美丽的女子，韦庄就只是写男子的爱情，哪里有什么屈原《离骚》的意思？哪里有什么国家灭亡的悲慨？这完全是胡说！是谁这么严厉地批评张惠言？那是清末很有名的一个学者王国维。王国维说"固哉，皋文之为词也"——皋文是张惠言的字，他说，像温庭筠的那种小词"皆兴到之作，有何命意？皆被皋文深文罗织"——说张惠言就像是用他的"比兴寄托"编了一个大网，拼命地把所有的东西都网到里边来。然而值得注意的是：王国维虽然批评了张惠言的这种做法，可是他的《人间词话》里却有这样一段话："古今之成大事业、大学问者，必经过三种之境界：'昨夜西风凋碧树。独上高楼，望尽天涯路。'此第一境也……"这"昨夜西风"几句是北宋晏殊的小词《蝶恋花》里的句子。晏殊这首小词的原文是：

> 槛菊愁烟兰泣露。罗幕轻寒，燕子双飞去。明月不谙离恨苦，斜光到晓穿朱户。　　昨夜西风凋碧树。独上高楼，望尽天涯路。欲寄彩笺兼尺素，山长水阔知何处！
> （《蝶恋花》）

“槛菊愁烟兰泣露。罗幕轻寒，燕子双飞去。明月不谙离恨苦，斜光到晓穿朱户”，这也是写一个闺中孤独寂寞的女子。他说这个时候是秋天，菊花在烟霭之中好像忧愁，兰花在露水之中好像哭泣。罗幕也罩着轻轻的寒意，燕子也离巢飞去。晚间的明月不知道我这个孤独寂寞的女子，在怀念离人的痛苦。明月斜斜地从窗户映射进来，从深夜一直到破晓。这说的是昨天晚上。今天早晨呢？“昨夜西风凋碧树。独上高楼，望尽天涯路。”今天早晨我登上了高楼，昨天晚上的秋风把树上的叶子都吹落了，我独上高楼望尽天涯路。为什么呢？我怀念游子，天涯路就是游子远游的地方。我想给他寄一封信，“欲寄彩笺兼尺素”，这两句话有很多人不大明白，什么叫“欲寄彩笺兼尺素”呢？有人认为这个“兼”字不对，因为寄彩笺就不寄尺素。干吗寄彩笺又“兼”尺素呢？这“兼”字不对，所以就改成了“无”字，说我想给他寄彩笺，可是他没寄给我尺素书，我又不知道他的地址，所以我就没办法寄给他。这是一种很死板的说法。我个人以为这个“兼”字是对的，它是双重的。我要寄给他彩笺，我也要寄给他尺素。小词的微妙就在这里。所以我认为晏殊这两句词非常好，“彩笺”，那么色彩缤纷的，代表那样多情浪漫的感情，可是“尺素”又象征着那样纯朴、那样洁白、那样真诚的一种感情。我的感情既有像彩笺那样浪漫多彩的情意，我的感情也有像那尺素书那样质朴的情意。所以我要寄给你的是有彩笺也有尺素，有像彩笺一样浪漫缤纷的感情，也有像尺素那样纯洁的情意。可是你在哪里呢？“山长水阔知何处”？“彩笺”“尺素”两层的是我的情意，“山长”“水阔”两重的是你的隔绝。这样的描述，就使得它传达出来非常强烈的信息，我有这么深的感情，有这么强的投注，但是外在环境有这么多的阻拦，不能够达成我的愿望。这就加强了它的感受，这是小词里一种微妙的作用。

然而，作者这首词所写的是什么呢？他是写一个女子在盼望期待所爱之人，属于相思离别的题材。那么王国维把它说成是古今成大事业、大学问的第一种境界，岂不也是和张惠言一样牵强不通吗？而且更妙的是，王国维今天看了晏殊的这两句词，说是古今成大事业、大学问的第一种境界；过了几天他又看这首词，他说：“‘我瞻四方，蹙蹙靡所骋’，诗人之忧生也。‘昨夜西风凋碧树。独上高楼，望尽天涯路’似之。”“我瞻四方，蹙蹙靡所骋”，是《诗经·小雅·节南山》里头的句子，在这一篇诗的最后几句，诗人写着“家父作诵，以究王讻”，就是家父这个大夫写了这首诗，来反映周朝当时的国家危难。而“我瞻四方，蹙蹙靡所骋”，根据传统的注解是说，在周幽王的时候，周朝已经在危难之中了，这是诗人忧危念乱；他说我现在看看四方，国境愈来愈狭窄了，危难愈来愈多了，我想要驰骋，想要有所作为，却都没有机会。“靡”，是没有的意思。刚才王国维说晏殊那两句是成大事业、大学问的第一个境界，而现在他又说这两句词与《诗经·节南山》的这几句相似，是说我生在一个危难的时代，我不能够按照我的理想去驰骋、去实践。这是诗人对他自己生不逢时的一种忧虑和哀愁，“是诗人之忧生也”。王国维说“昨夜西风凋碧树。独上高楼，望尽天涯路”所写的也是诗人之忧生的感情。那这两句到底是成大事业、大学问的第一种境界的感情，还是诗人忧生的感情呢？这到底说的是什么？

所以刚才我引了意大利符号学家 Meregalli 所说的：它不一定是作者的原意，这是读者读这首词的时候，引起的个人的一种联想、个人的一种感发。王国维很聪明，他知道自己说的不是晏殊的原意，所以他在《人间词话》就说："此等语皆非大词人不能道，然遽以此意解释诸词，恐为晏、欧诸公所不许也。"他说就是这些话里边能够给你这么多言外联想的能力，而这种能力就是我刚才所说的"潜能"。"潜能"不是多义、不是暧昧，而是说在"文本"里边有一种可能的潜在能力，读者可以从此引起非常丰富的，但未必合于作者原意的联想。愈伟大、愈优秀的作家，他的文本里边包含的这种潜能就愈丰富。而会读诗、会读词的读者，就是要从文本中发掘出那些潜藏的能力。

同样写美女，同样写美女衣服的美丽、装饰的美丽，哪一类的作品有潜能？哪一类的作品没有潜能？要比较才能知道。现在我们就来比较三首小词。第一首是欧阳炯的《南乡子》：

> 二八花钿，胸前如雪脸如莲。耳坠金环穿瑟瑟，霞衣窄，笑倚江头招远客。

诗词是一种美文，它的美不只在它的语言、文字、形象，也在于它的声音、它的节奏有韵律。如果把平仄音读不正确的话，就失去了它声音节奏之美。可惜我不会广东话，广东话的声音有入声，这是北京话所没有的。本来我曾有机会学会广东话，因为在 1970 年代初，宋淇先生（《红楼梦西游记》的作者林以亮）邀我到中文大学教书，但是因为我那时已经接受了不列颠哥伦比亚大学（UBC）的终身聘书，所以婉谢了宋先生的好意，要不然我现在或许也学会了广东话。我是北京人，说的是普通话，我虽然不能够念出正确的入声，但我一定要把它念成仄声。

这首《南乡子》，欧阳炯是写一个美女。他说“二八花钿”，是说这一个美丽的女子，二八一十六是乘法。北美有一个店铺专门卖少女的衣服，叫“Sweet Sixteen”。不管在东方或在西方，二八一十六岁都指少女美妙的芳龄。“花钿”，指“云鬓花颜金步摇”，满头珠翠花钿的装饰。“胸前如雪脸如莲”，这个女孩子胸前的肌肤如同雪一样洁白，她的脸如同莲花一样美丽。“耳坠金环穿瑟瑟”，耳朵上戴了一对黄金的耳环，“瑟瑟”是珠子之类的饰物，也就是说戴了一对穿有珠子的黄金耳环。“霞衣窄”，她穿的衣服像五彩的彩霞一样，而且是紧身的衣服，不是宽袍大袖，可以显露出她曼妙的身段。“笑倚江头招远客”，这个女孩子含着满面的笑容，站立在江边招呼远方的客人。这使我想起沈从文《边城》里那个摆渡船的翠翠，这描写的是一个摆渡船的女子。

第二首也是从《花间集》里选出来的，作者是薛昭蕴，词牌是《浣溪沙》。《南乡子》和《浣溪沙》都是当时歌唱曲调的名字，这都是配合着歌唱曲调的歌辞。以下是他的《浣溪沙》：

越女淘金春水上，步摇云鬓佩鸣珰，渚风江草又清香。
不为远山凝翠黛，只应含恨向斜阳，碧桃花谢忆刘郎。

欧阳炯《南乡子》写的是一个摆渡船的女子，薛昭蕴写的是一个淘金的女子。他说“越女”，是指江南浙江一带的女子。“越女淘金春水上”，江南的女子在春天的水边上淘金。“步摇云鬓佩鸣珰”，“步摇”是一种插在头发上的装饰，女子一走路它的珠花垂饰就会晃动，所以白居易《长恨歌》说“云鬓花颜金步摇”，步摇插在满头如乌云的秀发上，所以说“步摇云鬓”。而且她身上还佩戴着很多的装饰，佩戴着什么呢？“鸣珰”，是身上戴的玉饰，人一走它就会响。所以头上是“步摇”，女子一移步它就晃动，身上佩的是“鸣珰”，人一走动它就会响。“渚风江草又清香”，水边的沙洲上开满了花，也长了青草，有花香也有草香，一片春天的景色。

“不为远山凝翠黛”，这个女孩子好像凝目注视着远山，其实她不是聚精会神地注视着远山而凝起她翠墨色的秀眉，那么，她的凝眉是在注视着什么呢？“只应含恨向斜阳”，她是满怀着幽恨对着西下的斜阳。什么样的恨呢？“碧桃花谢忆刘郎”，春天又过去了，而她所怀念所爱的男子还没有回来。这用的是东汉永平年间，刘晨、阮肇同入天台山采药遇仙女的故事，刘晨、阮肇走了之后就再也没有回来。

这两首词是《花间集》里常见的叙写，写女性的形象、女性的装饰，而他们写的时候，如果套用现在的女性主义来说，那就是“male gaze”，这是一个男子的凝视，是男子眼光中的女子。像西蒙·波伏娃所说的，被男人所注视的，是男性注视之中的女子。他们所描写的女子是很美丽，容颜装饰都很美，写得很精致细腻。但是这所写的美，只是表面的美而已，并没有更深一层的意思。可是很奇妙的是，同样是写美女，同样是写装饰，也可以写出许多深意。所以小词的好坏在神不在貌，是在它精神品质表现了什么，而不在它的外表写的是什么。

我们现在就来看第三首，欧阳修的《蝶恋花》：

越女采莲秋水畔，窄袖轻罗，暗露双金钏。照影摘花花似面，芳心只共丝争乱。　　鸂鶒滩头风浪晚，雾重烟轻，不见来时伴。隐隐歌声归棹远，离愁引著江南岸。

在读词的时候你一定要注意好词和坏词的区别。有的词给人丰富的感发联想，有的词不给人这种联想；有的词包含丰富的potential effect，有的词没有。这区别在哪里？在它的text，也就是说在它的文本本身，所以我才说是“文本中的多义与潜能”。那么，为什么我说欧阳修的这首词里所包含的potential effect就比较多，而前面那两首就没有呢？这不能随便胡说乱说，要有根据。而且这根据一定要存在于text的本身之中，不是随便加上去的。另外，也不是只有我这样说。古人像徐珂的《历代词选集评》就认为这首词中的句子有寄托，只不过他所说的寄托我不大赞成，“窄袖轻罗”说的是小人常态，“雾重烟轻”说的是君子道消。这完全是一种政治上的比附，在文本中是没有根据的。我认为，读者在读作品的时候应该有你自己的联想，但引发这种联想的根源仍然存在于text本身，政治上的比附不但不能丰富作品的含义，反而会限制它。

西方还有一个符号学的学者叫Umberto Eco，有人把他翻译成艾柯。他说古代解释《圣经》或解释西方古典著作的人，他们也会说这个是比喻的意思，或是这句话里有什么寄托。艾柯为此写过一本书叫作《读者的角色》（*The Role of the Reader*）。艾柯认为，如果你用固定的形象来解释文本，表面上看起来，好像你给了它多一层解释的意思，但是事实上你是给它加了一个限制，说这个就是那个，那个就是这个。一切都是固定，都是limit，都是被约束起来的。如果按照朱丽亚·克利斯特娃的说法，说“文本”是作者跟读者之间的一个融变场所，是一个不断在制作、不断在生发的地方，可是在中国传统的解释都是比较限制的、比较固定的。

所以我今天也想把我个人的一些想法提出来。分析一下这首词所能给读者的联想是什么。

这首词写的也是一个美丽的江南女子。江南女子当然是美丽的。欧阳修说："越女采莲秋水畔，窄袖轻罗，暗露双金钏。"同样写的是越女，都是江南女子，"南国有佳人"；一个是淘金，一个是采莲。这两个可能都是写实，现实上生活在江南的女子既可以去淘金，当然也可以去采莲。可是小词为什么有的给人丰富的联想，而有的则不能呢？如果我们用瑞士符号学之先驱、结构语言学家索绪尔（Ferdinand de Saussure）之说，作为表意符号的语言，其作用主要可以归纳为两条轴线，一条是语序轴（syntagmatic axis），另一条是联想轴（associative axis）。语序轴指文法结构的次序而言，是构成语言之表意作用的一种重要因素。但索氏认为语言之表意作用除了在语言中实在出现的语序轴以外，还要考虑到每一语汇可能引起的联想作用。如果以中国的文学为例证，则如我们要叙写一个美丽的女子，我们便可以联想到"美人""佳人""红粉""蛾眉"等一系列的语谱。按照朱丽亚·克利斯特娃所说，这就是互为文本（intertextuality）。有这样的可能性，而且在语言的符号之中，它也结合了这一个国家、这个民族的文化传统，也带着很多文化语码（cultural code）的信息。有的文本带着有这些语码的信息，而有的文本则没有。

香港城市大学有一位马先生给我看了一篇文章，他说：我们这些学旧文学的教师，对传统的语言比较熟悉，但是我们就缺一些西方理论的框架。但是，如果对旧传统不熟悉，勉强地把西方理论的框架套在旧传统的文学之中，这中间就会有不十分正确的地方。可是旧的传统文学批评只讲感觉而没有一个理论说明，也不能使人信服。我举这些只是要说明小词为什么可以给人丰富的联想，王国维凭什么来说一些小词表现了古今成大事业、大学问的三种境界。小词有高雅的，也有淫靡的，怎么样是高雅？怎么样是淫靡？同样是写美女，同样是写衣服，同样是写她的装饰，哪个是高雅？哪个是淫靡？这区别又在哪里？我只是想尝试给一个说明，因为这三首词是很相似的，都是写江南的美丽女子，一个是摆渡船的，一个是淘金的，一个是采莲的。

淘金是现实的生活，采莲也是现实的生活，可是当它出现在文本之中的时候，它给人的文化语码的联想是不同的。在中国的传统中，当你读过了《诗经》《楚辞》之后，就要读《古诗十九首》。《古诗十九首》的第六首开头一句就说："涉江采芙蓉，兰泽多芳草。采之欲遗谁，所思在远道……"这个江南的女子她渡过江水到江中采芙蓉花，芙蓉花就是莲花，不但江水里开满了美丽的芙蓉花，那江边也长满了香草。《楚辞》里常说美人香草，这都代表一种美丽的品质、美丽的感情。《离骚》里屈原是"制芰荷以为衣兮，集芙蓉以为裳"，他拿碧绿的荷叶来做成上衣，收集采摘美丽的荷花做成下裳。又说"佩缤纷其繁饰"，身上戴着这么多的装饰，"芳菲菲其弥章"，身上之气那么香，又传得那么远，愈远愈闻到他的芳香。在中国的文学传统里这些美丽的芙蓉花、芬芳的香草，都是中国的文化语码，具有象征寓示的意思。司马迁在《史记》的《屈原贾生列传》里说："其志洁，故其称物芳。"就因为屈原的心志是高洁的、美好的，所以他所称述的事物都是芬芳的、美好的。

因之这些在现实之中的荷花、兰草在中国的文化语码之中带有一种象喻的意味，这是我们文化传统的积淀，几千年的文化累积下来，在这语言之中就带了这么多的信息在其中，所以这就奇妙了。欧阳修说"越女采莲"，莲就是荷花，就是芙蓉，而这里边不但代表了心志的高洁美好，而且她要把这些芬芳美好的东西送给她所爱的人。古人云："士为知己者死，女为悦己者容。"你的美好是要有人欣赏，你愿意为一个人献上你的美好。就像刚才的《古诗十九首》里说的"采之欲遗（wèi）谁"？"遗"是赠送的意思。你采摘这么芬芳这么美好的东西，你要送给谁呢？接下来是“所思在远道”，我所思念的那个人在遥远的远方。你有这么美好的东西，你要把它送给一个值得的人。晏殊写过两句词，他说：“莫将琼萼等闲分，留赠意中人。”“琼”，是美丽的珠玉。“萼”，是花萼。你不要把那如珠玉般美丽的芬芳的花蕊，随便地就分给别人，你要留下来送给一个最值得赠送的人。仅仅“采莲”就包藏了这么丰富的文化信息。

越女采莲在秋天的江边，王勃在《滕王阁序》中说“落霞与孤鹜齐飞，秋水共长天一色”，这说的也是秋水的清澈晶莹。我们再回过头来看：一个美丽的江南女子，在明媚清澈的秋江边，摘采着莲花。“越女采莲秋水畔”，他用这样的语言，给了你如此多的信息和联想。虽然在现实中不管她是摆渡船的，不管她是淘金的，不管她是采莲的，这都是她们的动作、她们的生活，但写在词里面，给人的感受和联想却是不同的。

再来看看她们身上的装饰。欧阳炯所写的是“二八花钿……耳坠金环穿瑟瑟”，黄金的耳环垂着瑟瑟的珠子。薛昭蕴则说“步摇云鬓佩鸣珰”。欧阳修写的则是“窄袖轻罗，暗露双金钏”。从这里可以看到词之雅郑之分野真是妙，同样写美女，同样是写美女的衣服和装饰，有的不能给人丰富的联想，有的就能给人丰富的联想。“窄袖轻罗，暗露双金钏”和“步摇云鬓佩鸣珰”，有什么样的不同？薛昭蕴所写的那个女子“步摇云鬓佩鸣珰”，一走就摇，一走就响，又摇又响，这个女子是喜欢炫耀的，喜欢引人注目的。而欧阳修写的这个“越女采莲秋水畔”，她是“窄袖轻罗，暗露双金钏”。她也戴着装饰，是金色的手镯，是黄金打做的一对手镯。但是她没有摇，也没有响，它们是藏在里面，是“暗露”，隐约可见，好像有一对金色的手钏。而且穿的也是“窄袖轻罗”。第一首欧阳炯写的那个女子穿的也是“霞衣窄”，她五彩的衣服也是紧身的。当然，紧身的衣服我们可以看到这个女子身材的美妙。现在欧阳修写的这个女子穿的也是窄袖，但当“窄袖”与“轻罗”连接，就表现了一种品质，“轻罗”是一种非常轻、非常薄的丝织品。而当欧阳炯他说“霞衣窄”的时候，他强调的则是五彩缤纷的颜色，“霞衣”，是炫耀的。而欧阳修说“窄”袖“轻”罗，他连用了两个形容词：一个是“窄”，一个是“轻”。这种形容非常精微、非常纤细、非常精致的“窄”袖“轻”罗，这窄袖轻罗不但表现了精微细致，而且跟“暗露双金钏”里面的“暗”字都有一种谦卑不夸张的感觉。

当然西方与东方的传统，古时与现今的思维是不大相同的。现代人说的是速成，年轻人要赶快打出知名度。而古代就不一样了，《论语》里子禽问于子贡曰：“夫子至于是邦也，必闻其政，求之与，抑与之与?”子贡曰：“夫子温、良、恭、俭、让以得之，夫子之求之也，其诸异乎人之求之与?”孔老夫子之所以得到别人的尊敬是因为他性格的温和、品德的善良、行为的恭敬、进退的礼让，得到众人的爱戴，不是那种急于炫耀甚至是不择手段的获得。中国古代讲究的是谦卑、含蓄及隐藏。

中国古代最早被人描写传诵的美女，是卫国的庄姜夫人。在《诗经》里有一篇叫《硕人》，说的就是这位美丽的庄姜夫人，“硕人其颀，衣锦褧衣”。“颀”，是身材修长，这位庄姜夫人身材修长而美丽。“衣锦褧衣”：她贵为卫国国君之夫人，又是齐侯国君的女儿——“齐侯之子，卫侯之妻”，她有这么高贵的身份，当然是穿着很华丽的锦衣；而“褧衣”，则是麻制成的罩衣，指不炫耀的衣服。说的是当她穿着美丽的锦衣时，外面总会罩着一件不耀眼的麻衣，她不是把华丽的衣服都穿在外面来炫耀。中国传统的修养是以谦退为美德，所以“越女采莲秋水畔，窄袖轻罗，暗露双金钏”，是隐约看到她的美好，但是她没有又摇又响地招摇给大家看。

这个女子不是要采莲吗？“照影摘花花似面”，从这里可以看到，作者的精神感情是什么样的境界，就会写出来什么样境界的作品。比如说谈爱情，不同的爱情有不同的境界，女子的美丽也各有不同的境界。王国维评论了一段有关欧阳修的话说：“词之雅郑，在神不在貌。永叔、少游虽作艳语，终有品格。”欧阳修虽然也写美女跟爱情的艳词，可是自然有一种品格在里面。这又是怎样来表现的呢？这个美丽的女子不仅是“窄袖轻罗，暗露双金钏”。下面接着写她采莲，“照影摘花花似面”，当她低下头去采莲花的时候，“照影摘花”，水清如镜，忽然间在水的倒影之中发现了“花似面”。这一句写得真是妙！她低下头去采莲花，突然间发现自己在水中的倒影就像那芙蓉花一样美丽。“照影摘花花似面”，它的妙在写出了这个女子对自我的觉醒。奇妙的是她不是有心去追求，而是她无意间“照影摘花”，看到她的花光人面，是忽然之间美的自我醒觉。当你有了这种醒觉之后，那又怎么样呢？《长恨歌》里白居易说“天生丽质难自弃”。你发现了你的美好，你该珍重你的美好，你要把你的美好献给什么样的人？

这在中国又有一个传统。男女之间的感情，跟君臣之间的感情是有相似之处的。所以我们常说“女为悦己者容”，跟它相当的是“士为知己者死”。《三国演义》里被我们千古艳称的就是刘玄德的三顾茅庐。古代的读书人都有一个梦想：希望能够有诸葛孔明的这种幸运；有一个人真的能欣赏我的才能、真的能重用我。所以诸葛亮在他的《出师表》里说：“先帝不以臣卑鄙，猥自枉屈，三顾臣于草庐之中，谘臣以当世之事，由是感激，遂许先帝以驱驰……”先帝不因为我的低下卑陋，亲自屈驾，到臣的草庐来访问三次，问我当时的天下大事。我实在感激这种知遇，就答应替先帝奔走效力，我只有鞠躬尽瘁，死而后已，“士为知己者死”。中国古代的那些士人都梦想能有一个像刘玄德这样的知己。因之在中国古代的诗文之中，也常有以女子的口吻来喻托士人求知遇的诗，就像写过“昨夜星辰昨夜风……”“相见时难别亦难，东风无力百花残……”，以许多《无题》诗让大家熟知的李商隐。

李商隐写过一首五言诗，也是名为《无题》，他是这么写的：“八岁偷照镜”，这个小女孩才八岁，已经懂得爱美要好，她就偷偷地照镜子，她照镜子做什么呢？“长眉已能画”，她把眉毛画得非常修长美丽。杜甫也写过一个小女孩画眉的样子，不过那情境是不一样的，杜甫的诗说他的小女儿“学母无不为，晓妆随手抹。移时施朱铅，狼籍画眉阔”。这是杜甫的《北征》诗里写的小女儿学她母亲化妆，把脸上画得红红白白的，眉毛画得又粗又浓狼籍不堪，显然眉毛不是那么容易画的。而李商隐写的这个女孩子，八岁就已经能画出那么修长那么美丽的眉毛。这个女孩后来又怎么样了呢？

“十岁去踏青，芙蓉作裙衩”，她长到十岁的时候跟着女伴到野地里去踏青，去踏青的时候身上穿着裙摆绣满了芙蓉花的长裙子。“芙蓉”这个语码又在我们的文化传统中出现了。你看这个女孩子八岁画那么美的眉毛，十岁穿着绣满了芙蓉花的裙子去踏青。“踏青”代表了什么？那是一种向外对美的追求。李商隐另外一首《无题》诗里一句说“春心莫共花争发”，诗里虽然是说你那颗少女的心，千万不要像那花儿一样争艳开放，但是少女的春心却是要和花儿一样吐蕊开放，要不然哪还有后代那么多的诗文曲赋歌颂这少女的春心呢？像汤显祖的《牡丹亭》不就是一缕晴丝吹来闲庭院，杜丽娘就游园去了。

“十二学弹筝”，这女孩不但容貌美丽，才能也了得。“银甲不曾卸”，她手上戴的指甲套一直都不肯拿下来，非常用功地学习一种才能。“十四藏六亲”，六亲是指远族的亲戚，女孩子长到十四岁，在中国的礼法之中就不能随便出来见人了，连疏远的亲戚也不能见。这女孩子还没有许聘，“悬知犹未嫁”。“悬知”，远远就听说。这个女孩子还没有许配给人家，于是就有下面两句：“十五泣春风，背面秋千下。”按中国古俗，女子在十五岁就该出嫁，而这个女孩子一直没有找到对象，所以当她在春天吹来的春风中荡秋千时，她偷偷背着脸流下了眼泪。女子要好爱美就是要把我最美最好的送给一个值得我赠予的意中人。

我现在所讲的都是中国文化的传统，而这个传统，美女的容色一直是跟士人才志之美相提并论的，“女为悦己者容，士为知己者死”。而李商隐身为一个男子写这样一位美丽女子的成长过程，她不只有如花的美貌，还有一身的才艺，但却不得人而聘，她偷偷背人而泣，就像那蕙草兰花一样，过时而不采，将随秋草萎。这也喻托他自己从小经纶满腹，但枉有一身才学而无人赏识，因之有这样的慨叹。

现在我们再回来讲欧阳修。其实欧阳修是一个非常有情趣的人，特别是当他写小词的时候喜欢与人同乐。他曾经写过十首《采桑子》的小词，每首的第一句如“轻舟短棹西湖好”“春深雨过西湖好”“画船载酒西湖好”“群芳过后西湖好”……都是赞美西湖的美好。这十首词的前面有一篇序言叫《西湖念语》，欧阳修这么写着：“因翻旧阕之辞，写以新声之调，敢陈薄技，聊佐清欢。”你们这些女子有的会唱歌，有的会跳舞，我这个老翁在你们这些能歌善舞的美女之前，我能表演些什么呢！他说“敢陈薄技”，我就展示这一点才能；“聊佐清欢”，我希望我的歌辞也能增加你们的欢乐。而欧阳修也不止写了一首有关采莲的歌辞，他当年真的是有“敢陈薄技，聊佐清欢”的兴致。这些有关采莲的歌辞就是给歌女写的歌辞，而妙就妙在这里，以欧阳修的学问修养，他在不知不觉之间，他的潜意识里写出来一种丰富的内涵。他说这个采莲的女子偶然低头在如镜的秋水之中，照见了自己的容颜跟那芙蓉花一样美，真是“照影摘花花似面”。

前几天郑培凯教授讲《牡丹亭》的《游园·惊梦》杜丽娘唱：“停半饷，整花钿。没揣菱花，偷人半面，迤逗的彩云偏。步香闺怎便把全身现?”“没揣”，就是没料想到。“菱花”，就是菱花镜。“没揣菱花，偷人半面”，我不留心而在无意之间，菱花镜照见了我的半边脸，其实她也发现了自己有多么美丽。接着杜丽娘又说：“步香闺怎便把全身现?”她也爱美，她也要好，她也希望能投注她的感情给一个人，可是她不愿意，她不能够明白地说出来。“步香闺怎便把全身现”，这写得含蓄，写得婉转，这就是中国的传统。为什么杜丽娘要去游园呢？因为“袅晴丝吹来闲庭院”，晴丝一线撩乱了她的春心。李商隐也说：“飒飒东风细雨来，芙蓉塘外有轻雷。”当春天来的时候，东风兼杂着微雨吹过来，芙蓉塘外面隐隐传来几阵雷声。这里又用了“芙蓉”，可见“芙蓉”在中国传统的诗歌里面，有语码的作用。芙蓉塘外隐隐有雷声响起来，那是什么？那不但是春天来了，那雷声也把冬眠的昆虫都惊醒了，把草木惊醒了，把人的心也惊醒了，把人的爱情也唤醒了。“贾氏窥帘韩掾少，宓妃留枕魏王才。”晋代贾充的女儿，隔着帘儿偷看年少的韩寿，韩寿是贾充的属官，最后他们终于结成了夫妻。宓妃想找一个年少而多才的男子，是春天把她的爱情惊醒了，她想找一个意中人许身。而李商隐的一生是不幸的，常常是失意和悲哀的，因此李商隐下了一个结论：“春心莫共花争发，一寸相思一寸灰。”飒飒的春风，隐隐的轻雷把你的春心唤醒了，但是你的春心不要跟百花一起怒放，因为你的春心得不到报偿，徒然换得寸寸的相思，到头来都化成了寸寸的灰烬！李商隐这样的诗人写成了这样的句子。

可是欧阳修则不然，固然因为性格身世的不同，他只是以他的学问、以他的修养、以他自己文化的积淀，他以“芙蓉”“对镜”“照影”……来表达他的情志。镜，是什么用意呢？杜丽娘“没揣菱花，偷人半面”，温庭筠“照花前后镜”，王国维也说“且自簪花坐赏镜中人”。既然没有一个人是值得我把感情交付给他，那么我难道就不要好吗？我只为了别人才簪花吗？虽然没有一个人是值得的，没有一个人是欣赏我的，但是我一样要美、要好，要簪花照镜欣赏我自己！所以“簪花”“照镜”都有中国文化传统的积淀和“语码”。

刚才说到“照影摘花花似面”，这个女孩她在清澈如镜的秋水中摘芙蓉花的时候，忽然之间发现自己是如此美丽，她突然觉醒。“芳心只共丝争乱”，女孩儿的那一颗芳心被突然觉醒了，搅得纷纷乱乱像丝线一样理不出一个头绪。想到自己这样的美好，愿意有一个可以奉献的人，愿意有一个托付，但是却还没有一个值得奉献托付的人出现，所以思绪纷飞，“芳心只共丝争乱”。

正在这个女子芳心缭乱的时候，“鸂鶒滩头风浪晚，雾重烟轻，不见来时伴”。鸂鶒，是水鸟，比鸳鸯大，多为紫色，一对一对，一双一双。那水边的沙滩附近有双双对对的鸂鶒鸟，引起了这女子的情思。鸂鶒是成双的，而她呢？这个时候“鸂鶒滩头风浪晚”，天黑下来，起风了，已经是落日西斜而且晚风吹起，你这个采莲的女子也该回家了！是该回去的时候了！“雾重烟轻，不见来时伴。”当鸂鶒滩头晚风烟浪兴起的时候，就像柳宗元说的：“苍然暮色，自远而至。”（《始得西山宴游记》）那远远的天水之间，一片的烟霭迷蒙，暮色慢慢地浓重起来了。“雾重烟轻”，中国人写小词喜欢用“烟”字，例如烟花、烟柳、烟月，李白说“烟花三月下扬州”，他们喜欢用烟来形容。雾重烟轻，烟它没有像雾那样浓，远远的似有若无的一层烟霭，黄昏的景色在远山远水之间放眼看去，远方的迷蒙那就是雾重，近处的那就是烟轻。天色已经昏暗下来了，是回去的时候了。

雾重烟轻，而“不见”了“来时伴”。女孩儿们外出时常常是喜欢结队成群的，柳永说：“岸边两两三三，浣纱游女。避行客、含羞笑相语。”我回想起以前当女学生的时候也是一大群女孩子，大家勾肩搭背去上学，去旅游，都是成群作伴的。可是在这首词里，当“㶉鶒滩头风浪晚”，当时间过去了，当天色暗下来，这时同来的女伴哪里去了？中国的小词真的是微妙，你要进到中国的文化传统之中才能体会到这些言外的、幽微的、深隐的意蕴。我以前讲这首词，曾举陶渊明的《归园田居》其四中的两句：“试携子侄辈，披榛步荒墟。”陶渊明归了园田之后，他说，有时候我就带着这些子侄辈，拨开杂乱的树木走在田野之间荒凉的小路上，去寻幽，去散步。但是在《归园田居》其五中他却又写了“怅恨独策还，崎岖历榛曲”两句。“策”，是拄着拐杖的意思。陶渊明说：我后来就满怀着怅惘、幽恨，一个人经历高高低低的灌木丛独自走回来了。“榛”，就是小灌木。但是那些子侄哪里去了？你不是带了一群年轻人同行吗？他们都到哪里去了？这真是妙，这就是因为当陶渊明沉入到他自己的境界情思中的时候，他离开了那些子侄。他的心情、他的意念不是他的那些子侄所能理解的。所以当他沉入到自己的思想境界中的时候，子侄离开他了。

这个采莲的女子也一样，当她“照影摘花花似面”的时候，引起了她的“芳心只共丝争乱”。“丝”，又代表什么呢？不管是荷叶、荷花、莲藕，只要折断它们都有丝连，其实不只是藕断有丝连，就是茎断也有丝连，莲花真是很奇妙的东西。李商隐有一首《暮秋独游曲江》说：“荷叶生时春恨生，荷叶枯时秋恨成。深知身在情长在，怅望江头江水声。”荷花、荷叶让人想起爱情，想起怅恨……它在中国传统文学的语码中有这么多特定而又丰富的意蕴。

当她“照影摘花花似面”，沉在她自己思想感情中的时候，那最精微、最高远、最美好的那种情思，不是可以跟大家分享的。当她沉入这种情思中的时候，那些女孩子不见了，所以她说“雾重烟轻，不见来时伴”，那些女孩子不见了，“隐隐歌声归棹远”，她们划着船回去了。她们在水面上唱着采莲的歌曲，而江南采莲的歌曲常常充满了爱情、相思的情意。江南民间的吴歌西曲有很多谐音的字，所以像藕断丝连的“丝”就和相思的“思”谐音，阴晴的“晴”和爱情的“情”谐音。当她“芳心只共丝争乱”的时候，那些女孩子们划着船走了，而远远传过来隐隐的歌声，随着她们晚归的小船愈飘愈远了。而所有的采莲曲都是有相思、爱情、惆怅的情意在里边，“隐隐歌声归棹远”。

“离愁引著江南岸”，“离”，就是离别，离别就是相思，离别也是怀念，离别也是爱情或跟所爱的人分别。当她“照影摘花花似面，芳心只共丝争乱”，而苍然暮色如此渺茫的时候，当相思的爱情的采莲的歌声远远传来的时候，她满心的离愁，那种相思的、期待的、盼望的、惆怅的哀愁，就从水边一直飘到岸上。所以“隐隐歌声归棹远”，那离愁就引着江南岸。从这里我们知道小词有时候是很美妙的，同时我们知道怎样去评断它是好或是不好。凡是意蕴丰富，能给读者非常幽微的、丰美的联想，有这样境界的就是好的词。如果写的只是“male gaze”，男性对女性某一种情欲之外表的描写，那比较起来，就是略次的小词。所以说词有雅、郑之分，在它精神的品质而不在它的外表写了什么。同样写美女，同样写装饰，同样写相思，而其中果然有深浅广狭高低之不同。

讲到这里，本来已可以结束了。但我想到了一位词人和他的一首词，那就是清朝的朱彝尊。朱彝尊跟他的妻妹有一段爱情故事，这在历史上也有记载。这种事情在伦理道德上如何评价我们不必管它，我只是由此想到了况周颐《蕙风词话》里记载的一段话。况蕙风说，有人问他本朝词人谁的词最好，他回答是金风亭长——金风亭长是朱彝尊的别号。人家又问他朱词哪首最好，他回答是《桂殿秋》。这首小词是这样写的："思往事，渡江干，青蛾低映越山看。共眠一舸听秋雨，小簟轻衾各自寒。"这首词的内容是写作者和那个女孩子的不合乎伦理道德的爱情。他们都是江南人，江南人总是离不开船。也可能是出门旅行全家都在一条船里，也可能是逃避战乱全家躲在一条船里，总之朱氏所写的是当年那条船经过江边的时候的一件情事。"青蛾"是女子的眉；"越山"是江南美丽的远山，古人说"一双愁黛远山眉"嘛；"舸"，就是船。当时我和那女孩子都生活在这同一条船上，但是我们不能同衾共枕。"共眠一舸听秋雨"——我不能成眠，她也不能成眠；我听见船篷上的雨声，她也听见船篷上的雨声。"小簟轻衾各自寒"——她有她的一领竹席，我也有我的一领竹席；她盖着一床单薄的棉被，我也盖着一床单薄的棉被；她必须孤独地忍受她的寒冷，我也必须孤独地忍受我的寒冷。你们看，这样的小词有什么意义和价值！那金风亭长朱彝尊了不起的好词多的是，这首词有什么好？然而这况蕙风真的是会读词的人，他体会到了小词的那种微妙的作用。读一首小词，你不要管整首词所写的内容是什么。南唐中主李璟那首《山花子》所写的绝对是"细雨梦回鸡塞远，小楼吹彻玉笙寒"的思妇怀人之情，但王国维所欣赏的却是开头两句"菡萏香销翠叶残，西风愁起绿波间"。因为，这两句写出来一种境界，包含有更丰富的 potential effect。王国维所掌握的，是一种感情的本质，而不是感情的事件。古代女子以色事人，色衰则爱弛，所以女子非常重视自己的美色。《古诗十九首》说："思君令人老，岁月忽已晚。"女子对年华逝去和容颜衰老的恐惧忧伤是非常强大的，而这种感情与"众芳芜秽，美人迟暮"

的感情在本质上有暗合之处。只不过，词里边所写的这种感情只是一种个人的狭小世界，王国维则把这种感情的世界推广了，所以产生出“众芳芜秽，美人迟暮”的感慨。因此，会读词的人就是能从这种不重要的小词里边读到更深广的意思，而朱彝尊的这一首词，它就有一种能够引人产生更深远之联想的潜藏的能力。“共眠一舸听秋雨，小簟轻衾各自寒”，这不但是朱彝尊跟他所爱的那个女子的悲哀，也是这个世界上人们共有的悲哀。我们都在一个国家，我们都在一个社团，或者我们都在同一个家庭的屋顶之下，可是人们常说“家家有本难念的经”，你有你的痛苦和烦恼，他有他的痛苦和烦恼；你的痛苦烦恼他不能了解也不能替你承担，他的痛苦烦恼你也不能了解不能替他承担。我们所能够拥有的是什么？只是身下这么窄小的一领竹席、身上这么轻薄的一床棉被。就如同李商隐所说的：“远书归梦两悠悠，只有空床敌素秋。”这就是小词那种微妙的“潜能”和那种微妙的“符示”的作用。

当我讲到这里，我所要说明的是什么？我所要说明的是：在我们把中国古典诗词的创作与批评同西方新理论结合起来的时候就会发现，我们也许没有西方那些摩登的批评术语，像什么intertextuality之类，但我们中国的诗词确实有这种境界，而且还不止如此。我实在要说的是：我们中华民族是一个有非常悠久的历史文化传统的民族，我们中国人的智慧是早熟的。所以，我们拥有很多不能够用科学解释但却具含某种真正价值和意义的珍贵美好的东西。现在，西方人已经开始返回来用科学的方法来探索我们中国的一些传统的东西，像针灸、中药等等，试图用科学来说明它们。我以为，我们中国的古典诗词——祖先留给我们的这么多有价值的文学遗产，我们也应该把它现代化，用现代的新理论、新方法来证明它的意义和价值。

我还要补充一点。其实，中国小词里边的那种美感，那种 potential effect 的美感，中国清代词学家已经有所体会。刚才我已讲过张惠言对温、韦小词那种过于指实的比兴寄托的联想，讲过王国维对张惠言的批评以及王国维同样也从小词中看到成大事业大学问的感发联想。而这种情况，早在王国维以前，当然也更早在西方的接受美学以前，已经有一些人有过同样的体会。比如清代词学家周济，他在《宋四家词选目录序论》里就曾说："读其篇者，临渊窥鱼，意为鲂鲤，中宵惊电，罔识东西。赤子随母笑啼，乡人缘剧喜怒。"他所讲的，其实就是 Reader's Response，就是 Aesthetic of Reception，即读者反应和接受美学。他只是没有用这些名词，而是直接说出自己的感受而已。他说，读那些诗词作品的人，就好像来到一个很深的渊潭旁边，看到里边有鱼浮动，但却看不清楚。于是你就用你自己的意思猜测，说那是一些鲂鱼或鲤鱼。又说，读那些作品时就好像子夜的天空中忽然亮过去一条闪电，当你吃惊地抬起头来时，你能肯定它往哪个方向去了吗？不能。然而，你却已经被它惊动，或者说，被它感动了。所以当读者被作品感动时，实在就像一个无知无识的婴儿，并不懂人世间的哀乐悲欢，但却也能随着母亲的悲哀而哭，随着母亲的欢乐而笑。又像乡下人看野台子戏，他对戏中的历史可能并不清楚，但他却会随着台上演员表情的喜怒而自己也为之喜怒。

所以我以前在一些文稿中也曾提出，西方所说的那种 potential effect 的特质，在中国的小词里边蕴藏是最丰富的。因为，诗是一种显意识的创作。杜甫写《自京赴奉先县咏怀五百字》，写《闻官军收河南河北》，他常常在诗题中就把写诗的原因、背景和心情说得明明白白。可是小词呢？它只有一个牌调，像《浣溪沙》《南歌子》等等。词人要说的是什么？是大家都写的美女和爱情。可是很奇妙，当一个词人在游戏笔墨，随随便便给一个歌曲填上一首歌辞的时候，有时在无意之中反而把内心中最深隐、最细微的一种感受、感情或体会流露出来了。这正是词的妙用，也是一首好词所具备的一种特殊的美学特质。我今天就简单讲到这里，希望大家因此而能对我所提出的，把中国古典诗词的研赏推向现代化的意图有一些初步的了解，并希望得到大家的指正。谢谢大家。

2 第二章 词与历史

第一讲　鸦片战争在林则徐、邓廷桢二家词中的反映

第二讲　从晚清两大词人的词史之作看中日甲午战争

第三讲　当爱情变成了历史——晚清的史词

第四讲　庚子国变中的几首词作

第五讲　无可奈何花落去——从晚清两大词人的词史之作看清朝的衰亡

第一讲

鸦片战争在林则徐、邓廷桢二家词中的反映

读反映历史的词，第一要熟悉历史典故……

词本来是写爱情和美女的，在歌筵酒席间演唱的，怎么会有词史的观念呢？中华民族的五千多年的历史中许多词人曾经多次经历过危亡忧患的遭遇，像李后主时南唐的亡国，辛弃疾、李清照时北宋的亡国，以后有南宋的亡国，明朝的亡国。这些国亡家破之痛，反映在词里，就形成了词史的观念。

清人周济曾经明确提出“诗有史，词亦有史”的词史观念。周济是嘉庆、道光时代的人，这时清朝开始进入晚期，内忧外患相继产生，内有太平天国革命，外有西方列强和日本的侵略，国势衰微，国家处于非常危急的境地，所以词人们写出了不少反映时代的作品。

现在我们举反映鸦片战争的一些词例来说明当时的词人在词中所反映的他们对这一重大历史事件的感受。让我们看一下林则徐（1785—1850）和邓廷桢（1776—1846）在鸦片战争期间所写的词。林、邓两人既是当时的封疆大吏，亲历了鸦片战争，同时也是很好的词人。他们的作品里面，都反映了当时的时代，正是周济所说的“诗有史，词亦有史”的作品。

既然要讲词里所反映的历史，就得先大致讲一下鸦片战争的背景。鸦片早在唐德宗贞元年间（785—805）就从阿拉伯输入中国了。当时鸦片二字是从阿拉伯文语音译过来的，阿拉伯文的声音近于阿芙蓉，英文的 opium 这个字也是从阿拉伯文语音译过来的。

鸦片最初输进来时，是作为药品，用于治病，人民并不抽吸，据历史记载，中国人吸食鸦片从明朝才开始。清兵入关建国以后，开始注意到鸦片烟的毒害，并于雍正时开始禁烟。明朝时人民开始吸毒，但并未禁烟。雍正虽然禁烟，但很难贯彻到底。

鸦片在中国造成很大毒害，是从英国东印度公司得到鸦片专利权之后大量输入中国开始的。乾隆中叶（1773 年左右）每年仅输入一千多箱，乾隆晚年至嘉庆初年，每年增加到四千多箱，但是到了道光中叶，猛增到三万多箱，到了鸦片战争发生前三年，每年多达四万多箱。最初英国人用英镑购买中国的丝茶，这是正当的交易。东印度公司垄断后，大量向中国输入鸦片以换取白银；到了道光中叶，中国每年损失白银三四千万两（黄爵滋于 1838 年上奏说：自道光三年至十一年〔1823—1831〕，岁漏银一千七八百万两；自十一年至十四年〔1831—1834〕，岁漏银二千余万两；自十四年至今〔1834—1838〕，渐漏至三千多万两之多。此外，福建、浙江、山东、天津各海口，合之亦数千余万两。黄所列数字不一定准确，但于此可以概见道光年间白银外流数量之巨），结果造成很严重的金融和经济问题（道光元年〔1821〕前后，一两银子值制钱一千文左右，道光十六年至十八年〔1836—1838〕，则值一千三百文至一千六百文，以至银日贵，而钱日贱）。于是朝廷为鸦片问题开始辩论，太常寺少卿许乃济主张弛禁，他认为与其让英国人独赚，还不如干脆开放烟禁，让人民自由种植，自由买卖，自由吸食，这样就可以省下很多白银。这是他一厢情愿的想法。

鸿胪寺卿黄爵滋（1793—1853）于道光十八年（1838）上奏，主张严禁，极力反对弛禁。林则徐当时在湖北做湖广总督，也主张禁烟。他在给道光皇帝的奏折中说，如果弛禁，不严禁鸦片，“是使数十年后，中原几无可御敌之兵，且无可充饷之银”。林不但主张禁烟，而且在两湖雷厉风行。虎门是他第二次销烟，第一次是在湖北武昌附近。当时搜缴了一批烟具、烟土、烟膏，就地烧了，做得很成功。林将这次禁烟情况上奏道光皇帝，结果甚受嘉许，皇帝觉得他不但意志坚决，而且还有办法，所以就将他召至北京，授为钦差大臣，到广州查禁鸦片。

当时在广州任两广总督的邓廷桢，本来相信许乃济的话，弛禁鸦片，所以未严格执行禁烟。道光皇帝最初是主张禁烟的，所以才派林则徐以钦差名义到广州禁烟。林到广州后，说服了邓，邓认为林说得非常对，于是两人合作在广州厉行禁烟，下令十三行要洋商缴烟。

林、邓两人在广州禁烟，不是光凭一时的意气蛮干，而是有一套很好的办法。先是向洋行发出通知，晓谕他们不应向中国贩毒，中国愿意和他们通商交易，但不得夹卖鸦片。其中有些洋商具结同意，愿跟中国做正当买卖，不再非法贩卖鸦片。但当时英国驻广州的商务领事义律（Charles Elliot）不肯同中国签约，于是林采取强硬手段，封锁商馆，同义律谈判，要洋商交出鸦片，每交一箱，赔偿茶叶一斤。很多洋商照办了，所以一共收缴了两万多箱，集中在虎门销毁。

销烟不是放一把火烧掉就行了，没有那么简单，销毁鸦片要有技巧，否则销不彻底。林第一次在湖北销烟，鸦片烧完之后，烟土仍然残存在地上，老百姓就刮地拾取残烟，所以很不彻底。

这次虎门销烟，林汲取了上次经验，先把两万多箱鸦片集中放在海边沙滩上，在沙滩高处挖两个大坑池，先用盐浸泡搅拌，然后再将整块烧透的石灰纷纷抛下，便如汤沸，然后叫人用铁铣木耙，在池中来回翻搅，务使颗粒悉化。等到退潮的时候，打开涵洞，烟卤就随浪流到海里。两个池子这样轮流作业，一共销了二十多天。由于放海水进来，把残存的鸦片冲走，所以这次虎门销烟，做得非常干净、彻底（销毁的鸦片共有四个品种。即每箱约 120 斤重的公班土和小公班土，以及每箱约 100 斤重的白土和金花土。在 6 月 3 日到 25 日的 22 天里，总共销毁各种鸦片 19,179 箱，2,119 袋，共计 2,276,254 斤）。

销烟自道光十九年四月二十二日（阳历六月三日）开始，一个月之后，也就是阴历五月底，九龙尖沙咀村发生了林维喜案。林是个当地的村民，被英国水手酒醉杀死。中国方面要英方交出凶手，但义律不肯交人。于是，林则徐就封锁了澳门，将义律驱逐出境。

阴历七月下旬（阳历八月底），义律率军舰到广州。既然与英方决裂，当然要先做好作战准备，水师提督关天培（1780—1841）已经做好迎敌准备。所以，当英舰开进来的时候，关天培令水师还击，结果把英舰赶走了。这时已是八月中旬，就是中国人的中秋节。在这天晚上，林、邓、关三人登上了沙角炮台，邓为此写了《月华清》这首词，林也和了一首《月华清》。

现在让我们先看林的《月华清》词：

> 穴底龙眠，沙头鸥静，镜奁开出云际。万里晴同，独喜素娥来此。认前身、金粟飘香，拚今夕、羽衣扶醉。无事。更凭栏想望，谁家秋思？　　忆逐承明队里，正烛撤玉堂，月明珠市。鞅掌星驰，争比软尘风细。问烟楼、撞破何时？怪烟影、照他无睡。宵霁。念高寒玉宇，在长安里。

中国的词，在中国的韵文体式里面是非常精美的文体，它的形式参差错落，感情幽微隐约，要很仔细地去体会。所以，西方有很多学者说，他们不愿意讲中国的词，因为不好讲，尤其像这些反映历史的词。第一要熟悉历史典故，第二要熟悉词人所写的词的历史背景。

“穴底龙眠”，要透彻了解这四个字的意思，一定要了解历史的典故，和他当时写词的历史背景。中秋当然是秋天，秋天的海面是平静的，没有风涛，今天晚上海底的龙都安睡了。《水经注》中说“鱼龙以秋日为夜”。龙秋分而降，蛰寝于渊，所以以秋为夜。杜甫据此而在《秋兴八首》中说“鱼龙寂寞秋江冷”，鱼龙在秋天都睡了，这是从典故来看的。而从地理上看，很巧的是广州沙角炮台附近的海面正好叫作龙穴洋，所以林说，“穴底龙眠”。

“沙头鸥静”：晚上海鸥都安静地停在沙岸的海边上休息，沙头就是指沙角炮台。

"镜奁开出云际"：奁是古代妇女用的化妆匣子，月亮像面大的圆镜子，镜匣打开，像镜子一样的月亮从云间露出来，高高地挂在天上。"万里晴同，独喜素娥来此"：清明的朗月照到万里之外，万里同在月光的普照之下。这里借用张九龄（678—740）"海上生明月，天涯共此时"的诗意，隐示神州万里之下，家家团聚，共度中秋良宵。月光是皎洁的，故曰素娥，娥是嫦娥，今天晚上我们特别高兴看到美丽的嫦娥，来到这海天空阔的沙角高台之上。

"认前身、金粟飘香，拚今夕、羽衣扶醉"，词的意义是多层次的，这句一层是从月亮说的，另一层是从林所和的词的作者邓廷桢（嶰筠）说的。月亮里面相传有桂花树，桂花的花苞未开前，小小的像颗米粒，呈金黄色，故称金粟，所以用金粟来形容桂花。他们三个人在明朗的月光中好像看到桂花的影子，甚至闻到了月中飘来的桂花的香气。

"认前身"，这是暗用了李太白的一首诗。词是一种非常精美的语言，张惠言说，词"兴于微言"，微言就是很不重要的语言，但可以给人很多感发。俄国有位符号学（Semiotics 或 Semiology）家洛特曼（Iurii M. Lotman）说，语言是一种符号，如果在一个国家民族中使用了很久，它就带着这个国家民族的历史和文化传统。结果，这个语言符号就变成了一种文化语码（请参看拙文《从符号与信息之关系谈诗歌的衍义之诠释的依据》，载于拙著《中国词学的现代观》，1988 年，台北，页 85—89）。中国文化历史悠久，所以中国的语言里充满了文化语码。由于我们书读得少，不知道这些语码；书读多了，就会认识很多这种语码。

让我们回到"认前身"一句，李白（699—762）写过一首七言绝句叫《答湖州迦叶司马问白是何人》，说："湖州司马何须问，金粟如来是后身。"意思是说，湖州司马你何必问我的来历，我就是金粟如来的后身。李白自认他已经是名满天下的人，例如杜甫（712—770）曾经写过一首《饮中八仙歌》记载李白带醉奉召的情形说："天子呼来不上船，自称臣是酒中仙。"金粟如来在佛家历史中早于释迦牟尼，这里借用李白的诗，以金粟如来比喻邓廷桢，与司空图(837—908)《诗品》中所说的"明月前身"意义相同，是用来赞美邓高洁的品格。

"拚今夕、羽衣扶醉"：今天晚上我们三个人在这里赏月，好像我们是乘风而起，羽衣翩然高举。三个人在高台上，晚风吹拂，衣袂翩翩。羽衣是道士仙人的装束，用来赞美邓的高洁形象。"扶醉"，是说尽兴而醉，醉到须人扶持的地步。

"无事"：刚刚把敌人军舰打退了，所以没有战事。

"更凭栏想望，谁家秋思"：我们靠在栏杆上在想，今天晚上，面对秋月，应该有多少家、多少人，有多少感兴，有多少怀念。这是借用唐人王建的《十五夜望月》这首诗里的一句话："今夜月明人尽望，不知秋思在谁家。"写出诗人对远方家人朋友的思念、对国家的关怀以及对天下沦落离散的人的同情和怜悯。

"忆逐承明队里，正烛撤玉堂，月明珠市"：承明是汉朝一个宫殿的名字，这里用来指清朝的京师，首都；我们想，如果是在京师过中秋，在金马玉堂之中，蜡烛高烧，但因要出去赏月，所以撤掉蜡烛，走到街市上，看到一片灯市的繁荣景象，如灿烂的明珠一样。

"鞅掌星驰，争比软尘风细"：鞅掌是说政务繁忙，出于《小雅·北山》"或王事鞅掌"；星驰是指钦差出使在外，星夜奔波赶路；软尘风细，是指首都的尘土，首都的尘土叫软红尘，软是说细致的，红是说繁华的。这句话的意思是，我们现在都远在广东忙于军政大事，怎么能比得上当年在繁华的京师赏月时那样写意自在。

"问烟楼、撞破何时"：烟楼指的是鸦片烟馆。何时才能撞破鸦片烟馆，把鸦片禁掉？但烟楼也有典，出自苏东坡(1036—1101)《答陈季常书》，其中他说，他写了一篇序，他认为写得很好，所以要把这篇文章拿给青年人看看，庶几可使他们撞破烟楼：可以从我的文章里面得到启发，从烟雾弥漫的烟楼里给他们指出一条出路。还有一个说法是，我们现在面临的难解决的政治难题，像座烟楼，何时能够解开？也暗指在楼中吸食鸦片的人，何时能完全禁绝。

"怪烟影、照他无睡"：深更半夜，有多少抽鸦片烟的人，对着鸦片烟灯抽吸，没有睡觉。

"宵霁。念高寒玉宇，在长安里"：宵霁是说，今天晚上，天气这么晴朗；高寒玉宇这四个字，出自苏东坡的《水调歌头》："明月几时有？把酒问青天。不知天上宫阙，今夕是何年。我欲乘风归去，又恐琼楼玉宇，高处不胜寒。"高寒玉宇，代表高高在上的皇帝的朝廷。长安是唐代的京师，这里是指首都。高寒玉宇在哪儿？在首都。这句词的言外之意是说，烟楼如何撞破，怎样解决这些难题，朝廷是那么遥远，难达天听，真希望什么时候，上下君臣和人民一心，把这件事办好。但他没有明说出来。

林、邓、关三人合力打了一场胜仗，可是不久，也就是第二年的春夏之交，英国军舰大批开到广州，由义律的伯父乔治·义律(George Elliot)统帅。(1840年2月，英国任命驻好望角海军总司令乔治·义律为东方远征军司令兼对华谈判全权公使，其侄查理·义律为副使。6月30日，义律统率的舰队抵达广州海面，其有军舰十二艘、武装汽船三只、运兵船一只、输送船二十七只，士兵四千人。)当他发现广州有备，不易攻打之后，就在这年夏天，直上北方，道经浙江海面，攻下定海，清廷震动。英舰继续北上，抵达大沽口。当时的直隶总督琦善，向朝廷报告英军侵犯大沽口，朝廷惊惶失措，主和派渐得势，道光皇帝已经由主战走向主和。

琦善头一次同英国人接触就送礼，这给英国人的印象很坏，把中国人看低了。琦善表示要跟英国谈和，英国人说好，但有条件，一是赔偿烟款，二是割让海岛，三是赔偿军费。琦善把英国人的要求如实上奏，道光皇帝看了之后大怒说，祖宗从未割过地，此事绝不可答应。英国人既然这样无礼并且步步进逼，只有宣战。于是在道光二十一年阴历一月一日（1841年1月27日），下诏宣战。

鸦片战争就这样正式爆发了。仗打起来之后，这时林、邓已经下台（1840年9月28日，清廷以办理不善为由，命林则徐来京，与邓廷桢一并交部议处，并命琦善移替林则徐职务。五天后，正式革林则徐和邓廷桢职，并命迅赴广州以备查问原委），但关天培仍然担任水师提督。林、邓见情况十分危急，就一起去见琦善，建议增饷加兵，但琦善受命谈和，拒不接受。可是由于条件相差太远，双方谈不拢，英军就进攻虎门。琦善为了向英国人表示求和善意，把虎门炮台拆了，以致关天培战死。中国打败了，道光皇帝被迫下诏谈和，最后签订了《南京条约》，林、邓也先后被发往新疆伊犁（1841年6月28日，命将林、邓发往新疆伊犁效力赎罪。次年2月28日，清廷不顾林在河南协助王鼎治河有功，重申前令）。这是整个鸦片战争的大概情况。

邓廷桢先是于道光十九年阴历十二月一日（1840年1月5日）从两广总督调任两江总督，二十多天后又调任闽浙总督，林这时仍然以钦差大臣兼两广总督名义留在广州抵抗英军。邓就是在闽浙总督任内，也就是道光二十年阴历四月初写了这首《酷相思》词：

百五佳期过也未？但笳吹，催千骑。看珠澥、盈盈分两地。君住也，缘何意？侬去也，缘何意？　召缓征和医并至。眼下病，肩头事。怕愁重、如春担不起。

侬去也，心应碎。君住也，心应碎。

“百五佳期过也未？但箭吹，催千骑”：冬至后一百零五天是寒食节，故称寒食节为百五佳期，应在清明前一二天，这应当是道光二十年的春天。邓问，这个佳节是过了还是没有？但现在军号吹动，催发军骑，战争迫在眉睫。

“看珠澥、盈盈分两地”：你现在还留在广东的珠海那边，而我已经离开珠海到另外的地方去了，我们分开在两个地方。想不久前，我们还同心全力共同销烟，共同抵抗英国军舰，现在我却被调职了，我被调离广州，你现在改以两广总督名义，继续留在广州。

“君住也，缘何意”：他们要把你留下来，为什么缘故？

“侬去也，缘何意”：他们要把我调走，又是什么缘故？

“召缓征和医并至”：缓、和是春秋时代秦国的两个良医，但这里用来比喻清廷和战不定，一下请这个大夫，一下请那个大夫，把医生都请来了，议论纷纭，不知道怎么办？还有一种说法是，邓也有可能用缓、和来比喻他和林则徐，因为单在 1840 年 1 月内，邓从两广总督调任云贵总督，再调两江总督，最后于 1 月 26 日调任闽浙总督，而林则徐从两江总督调任两广总督（1839 年 4 月 22 日，两江总督陶澍因病辞职，清廷命林继任，因林这里以钦差大臣名义在广东处理鸦片问题，故暂由江苏巡抚陈銮代理。现在则将邓、林对调，林接邓任两广总督）。从短短的一个月内邓、林职务调动频繁来看，朝廷已经拿不定主意，不知道如何应付这个危急的局面。

“眼下病，肩头事”：眼下国家的危难，像一个人得了重病一样，对我们做大臣的来说，如何治这个病，是我们肩膀上无可推卸的责任。

“怕愁重、如春担不起”：面对我们国家的忧患，这副担子真是太沉重了，像春愁一样，重得担不起来这样重的悲愁。

“侬去也，心应碎”：我被调开广州，我感到心碎。

“君住也，心应碎”：你留在广州，也应感到心碎。

这首词表达了邓对清廷把他同林分开的做法，感到不满，并表达了对林的深切思念之情，更表达了两人共同对国运日益衰微的忧心和彼此的相知之深。

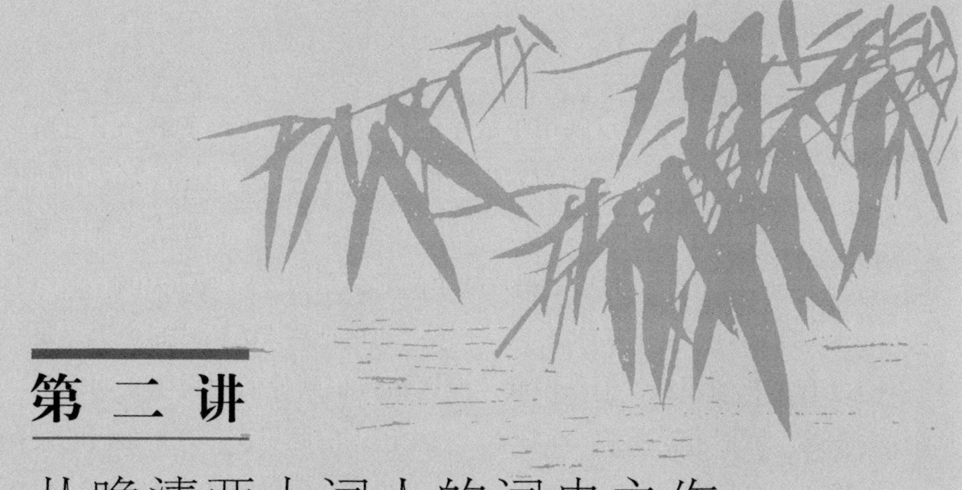

第二讲

从晚清两大词人的词史之作看中日甲午战争

鸦片战争是1840年发生的，五十多年后，也就是1894年，发生了中日甲午战争。现在我们选文廷式（1856—1904）和王鹏运（1848—1904）的词作为代表，来回顾这场战争。虽然文、王二氏只是小小的京官，但他们都是晚清有名的词人，特别是文氏还同光绪皇帝的爱妃珍妃、瑾妃相识，因而也同光绪皇帝有着特殊的关系，所以他们二人的词有一定的代表性。

我们既然是讲反映甲午战争的词史，就要大致了解一下它所反映的历史背景。与鸦片战争相同的是，甲午战争也是一场中外战争，是反对外国侵略的战争，也是一场海上战争。但两者有很重要的不同点，一个不同点是鸦片战争的对手是西方的列强英国，而甲午战争的对手是东洋的日本。中国起初也把西方人看成是蛮夷，是没有文化的民族，很瞧不起，但逐渐认识到他们的物质文明非常发达，就不再轻视了。而日本，在中国人的眼里，一直是落后的民族，一直是学我们的，所以一向是轻视的，所以同日本人打仗，而且打败了，中国人，特别是读书人，是非常难以接受的，是有很深的耻辱感的。

另一个不同点是，英国人和西方人来中国，主要是做生意，鸦片就是一本万利的生意，不大有领土野心，所以英国攻下浙江的定海后又还给中国，割让给英国的香港，当时只是中国南海上的一个荒凉的小渔村，英国的理由是，远来中国，需要一个停脚、休息和处理商务的地方。但是日本人侵略中国，是赤裸裸的领土掠夺，觊觎中国丰富的资源和广大的领土。所以日本人的侵略，使中国的读书人更是感到国势的衰微和处境的危急。

这就是年轻的光绪皇帝为什么要急于维新改革的原因。但是由于遭受到慈禧太后的强烈反对而失败。下面所选的词，就是文廷式和王鹏运在这种大的历史背景下写成的。

文廷式所写的词是《八声甘州·送志伯愚侍郎赴乌里雅苏台参赞大臣之任》，王鹏运所写的词也是《八声甘州·送伯愚都护之任乌里雅苏台》。我们先讲一下他们两人词中所说的伯愚是谁，是个什么样的人。

伯愚就是志锐，伯愚是他的号，他是满族，姓他塔喇氏。满族是以名为氏，名字是按排行命名的。例如满洲皇室姓爱新觉罗，清朝最后一个皇帝溥仪，他的命名叫“爱新觉罗·溥仪”，因为全名太长，就简称溥仪。台湾的名画家溥心畬也是一样，溥是他们的排行辈分。志锐到乌里雅苏台是怎么回事？与当时的历史有什么关系？

志伯愚是光绪皇帝的爱妃珍、瑾二女的堂兄（志锐的祖父裕泰〔1787—1851〕，满洲镶红旗人，姓他塔喇氏，官至湖广总督和陕甘总督。原配瓜尔佳夫人生长子长启；侧室游氏生三子，长子长善，次子长敬，三子长叙。长善官至广州将军，无子女；长敬官至四川绥定府知府，生二子，志锐和志钧；长叙官至侍郎，其赵氏夫人生两女，即瑾和珍。长敬死于绥定府知府任上，生前因长兄长善无子女，乃将长子志锐过继为子，志锐遂从四川至广州，住于长善在广州的将军府〔请参看《碑传集补》《续碑传集》、钱萼孙所编的《文芸阁先生年谱》、章君穀的《慈禧与珍妃》和《德宗景皇帝实录》〕。一般谈论清词的著作不是将瑾、珍二人说成是长善之女，就是将志锐说成是长叙之子，或谓志锐为瑾、珍之胞兄，均与史实不符）。因为志锐同文廷式的关系很密切，我们就先介绍文氏的家世以及他同志锐的关系。

文廷式的祖籍是江西萍乡，咸丰六年（1856）出生于广东潮州，号称是汉朝文翁之后。祖父文晟，咸丰三年做广东惠州府知府，咸丰五年调任潮州府，八年任嘉应州知州，即今广东梅县。这时太平军在广西起兵，咸丰九年太平军的石郭宗带了数万人包围嘉应州，情况非常危急。文廷式的父亲文星瑞当时因公前往北京，所以他与母亲彭夫人随祖父住在嘉应州。他当时只有三四岁，他祖父对他母亲说，他是一城之主，守土有责，誓与城共存亡，而她的丈夫不在这里，没有殉节的必要，应该把孙子带走。所以他母亲就带他和他的哥哥廷俊偷偷地逃出城了，他祖父随城破而殉节死亡。

后来，他父亲文星瑞来广州帮办军务，誓报父仇，于是向两广总督求兵，攻打嘉应州，结果把城收复了，抓到了杀父仇人石郭宗，并将之处死，祭奠父亲亡灵。同治元年（1862），文星瑞调任罗定州知州，太平军来攻城，将城包围了，前后三次，战事非常激烈。但文星瑞智勇兼备，意志坚定，很有谋略，用疑兵之计，使太平军撤退，结果城未破，得以保全。文廷式是在这样的家庭环境中成长的，生长于军旅烽火之中，这对他个性的形成影响很大，从小就培养了忠义奋发的感情。

文廷式喜欢游历交友，同治十一年在广州认识了当时广东的大儒陈沣和其他许多名士。光绪三年（1877），他住在当时的广州将军长善的府上，这是因为长善好客，也可能由于文的祖父和父亲都在广东从事军务，所以长善对文的家世应有所闻。就在这里，文廷式认识了长善和他弟弟长敬过继的儿子志锐，还有志锐的弟弟志钧，后来三人成为知交。

文廷式才华横溢，非常聪明，但考运却很不好，一直到光绪八年他二十七岁时才考中举人，而他的朋友志锐早已于光绪六年成为进士。光绪十二年，文廷式考进士没有考上，但志锐这时在翰林院任职，文就常常到翰林院去找他，翰林院藏书很多，他就利用志锐的关系，借读翰林院的书，他什么都读，什么都看，军事、政治、经济、天文、地理，真是无所不读。可见，文廷式是一个博学多才的人。

但是，一个举人没有职业，在京师飘荡，生活无着，只好寄居在好友志锐的家里，即长善在北京的府第。光绪十四年，志锐的堂妹瑾和珍被选为秀女，这时也寄居在志锐家，学习宫廷礼仪和规矩，准备进宫。在这里，她们听到伯父长善和堂兄志锐常常提到文廷式的名字，而且也可能从他授过读。（按规定，被选中为后妃的秀女在入宫之前，需花半年的时间学习宫中礼仪和规矩。所以礼部衙门会同内务府，指派一大批近支宫眷、内监和其他执事人等，同选中后妃的秀女回到娘家，学习这些礼仪和规矩。但瑾、珍两姐妹被选中时，瑾年十五岁，珍年十三岁，其父长叙早已故世，而且家中房屋狭窄，容纳不了这么多人，所以她们就在堂兄志锐的安排下，搬进长善在北京的府第。这座府第本来是公爵府，豪华宽敞，不但容纳得下这一大批宫里来的人，还有足够的地方让志锐接待他的朋友，与清流党人如文廷式、盛煜、梁鼎芬等常日流连饮宴。瑾、珍二人就是在这里听到长善和志锐夸赞文廷式的才华的，所以她们对文的学问很佩服，进宫后当然就会在光绪皇帝面前提到文廷式。）

古代皇帝到了应该成婚的年龄，就要选后妃，先从民间选秀女，慈禧太后年轻的时候也是这样被选进宫里的。不过，到了清朝，按满族的规定，某一品级以上的满族官员的女儿，凡满十三岁的，都要上报，不得隐瞒。光绪十四年，瑾、珍两姐妹就是这样入选到北京，做了光绪皇帝的妃子。

瑾、珍两姐妹在光绪十五年进宫，先被封为嫔，五年后因得光绪皇帝宠爱被封为妃，叫瑾妃、珍妃。由于瑾、珍两人是志锐的堂妹，而文廷式又是志锐的好朋友，所以光绪对志锐和文廷式具有好感，是很自然的。志锐和文对光绪有超越君臣以外的特殊感情，也是可以理解的。实际上，两人中特别是文廷式，都是忠义奋发的人，而且很有才华和识见，所以深得光绪赏识。

光绪十六年，文廷式终于考上进士，而且是一甲第二名，授翰林院编修，在翰林院任职。这年度假回来时，路过天津，直隶总督李鸿章热烈款待，并且赠予厚礼。翰林院定期举行考试，光绪二十年举行大考，由光绪皇帝亲自主持，文廷式考了一等第一名，升为翰林院侍讲学士。文这时在考场、官场忽然都得意起来了，据说是因为珍妃在光绪面前美言，说文的学问很好，所以，在北京引起物议。

这一年正好发生了中日甲午战争。志锐主张自立图强，要训练自己的军队。光绪就让他到热河练兵，但不到一个月，就被慈禧下令停掉了。甲午战争打起来了，主战派、主和派争论得非常激烈。光绪主战，慈禧主和，所以成了帝党与后党之争。文廷式和志锐当然站在光绪这边，都极力主战，文上奏严参主和派首领李鸿章挟夷自重、畏葸惧战。当与日本议和时，文又极言《马关条约》割地赔款、丧权辱国，决不可签。志锐由于瑾、珍二妃的关系，更是坚定地站在光绪这边，力主对日用兵，严厉指责李鸿章因循玩忽。可见帝后两党尖锐对立。志锐的两个堂妹，当然站在光绪这边。因此，慈禧将瑾、珍二妃以干预朝政为由降为贵人，并将志锐调出京师，派到遥远的蒙古任乌里雅苏台参赞大臣。

在志锐前往蒙古赴任时，文廷式和王鹏运都写了《八声甘州》词，为他送行。现在我们先看文的《八声甘州》：

响惊飙、越甲动边声，烽火彻甘泉。有六韬奇策，七擒将略，欲画凌烟。一枕瞢腾短梦，梦醒却欣然。万里安西道，坐啸清边。　　策马冻云阴里，谱胡笳一阕，凄断哀弦。看居庸关外，依旧草连天。更回首、淡烟乔木，问神州、今日是何年。还堪慰，男儿四十，不算华颠。

“响惊飙、越甲动边声，烽火彻甘泉”：“越甲”典出于刘向《说苑》“越甲至齐，雍门子狄清死之”，越甲指越国士兵，此处借指日本侵略军。甘泉，是汉代一个宫殿的名字，离长安不远，这里指京师北京。这首词写于光绪二十年十一月，中日甲午战争已经打起来了，而且清军失利，所以说日军大举来犯，像惊天动地的大风，警报传遍北京，战局十分危急。

“有六韬奇策，七擒将略，欲画凌烟”：《六韬》是一种兵书，据说为吕尚所编，指有安邦定国的帅才。七擒，指诸葛亮七擒孟获一事，喻有智勇兼备的大将谋略。凌烟是指凌烟阁，唐太宗时将功臣图像画于阁上。这几句是说，志锐具有将帅之才，本想有一番作为，使边境安宁，立功报效国家。

“一枕瞢腾短梦，梦醒却欣然”：指他奉光绪皇帝之命到热河练兵，但不到一个月就被慈禧叫停了，真像是做了一场迷迷糊糊的短梦，不过虽然梦醒，但一点也不消极悲观。

“万里安西道，坐啸清边”：安西是指唐代安西都护府辖境，包括今甘肃、新疆一带，这里借指三音诺颜西境地区。京师距离甘肃、蒙古边陲万里之遥。“坐啸”典出《后汉书·党锢传》，其中说，弘农成瑨做南阳太守时，事情交给下面去办，自己闲坐吟啸，这里指志锐到边疆后做事有方法，将会不费什么力气，就能把事情办好。

“策马冻云阴里，谱胡笳一阕，凄断哀弦”：冻云阴里是说塞外天气的阴沉寒冷，词人想象志锐在塞外寒冷的荒原上，用鞭子催马急驰。表面上是写景，实际上是写情。杜甫在《秋兴八首》中说“江间波浪兼天涌，塞上风云接地阴”，杜甫因秋景而感慨伤怀，表面上他是写长江三峡和塞外的秋天景观，实际上他是写当时长安的战乱。此处写景也是暗写国势的危急。胡笳，是流行于西域一带的管乐器，西域是古代胡人居住的地方，中原人到了胡地，往往吹奏胡笳来表达对故国家乡的思念，凄凉悲切。志锐到了蒙古后，当是同样心境。

“看居庸关外，依旧草连天”：居庸关在北京近郊，古称军门关或蓟门关，是京师通往塞外的第一个重要关口、军事重地。像这样重要的地方应该修理保养得很好才对，然而现在却是一片荒草，暗喻清朝军备废弛，怎么不令忠义爱国之士扼腕叹息？

“更回首、淡烟乔木，问神州、今日是何年”：回头向南方看一看京师，高大的乔木，古老的国家，但是却出现衰败的景象。这大好的神州，大好的山河，现在是什么样子？现在是什么年月？真是处万里之遥的边塞仍忧其国。

“还堪慰，男儿四十，不算华颠”：还好，对志锐来说，还没有到了时不我与的时候。华颠是白头发，他现在才四十岁，正值壮年，不算老，报效君国，来日方长。这是词人对志锐的勉励和期望。

甲午战后，志锐被外调到乌里雅苏台为参赞大臣之后，文与康有为、梁启超在北京发起强学会，鼓吹变法改制，针砭时政，引起主和派和保守派不满，李鸿章遂授意御史杨崇伊奏劾文廷式与内监来往，这是暗指他在利用珍、瑾二妃的关系，介入朝政。慈禧遂于光绪二十二年阴历二月下令将文廷式革职，永不叙用，并赶出京师。他离开京师后，流落江南，光绪二十四年戊戌政变时，由于他同康、梁的关系，要抓他治罪，迫使他一度流亡到日本避难。光绪二十六年，文从日本返国，初居上海，两年后返回老家萍乡。光绪三十年去世，一共活了四十九岁。

王鹏运，字幼遐，一作幼霞，中年自号半塘，因为半塘是他家祖坟所在地，故号半塘，以表示对父母的怀念。他是广西临桂人，娶了妻子，也生了儿子，但都早死。算命先生说他有做和尚的命，所以又号半僧。晚年有个别号叫鹜翁，鹜是一种鸟，其鸣无声，飞亦不远。这是他自觉平生无所成就，故以鹜鸟自比，谦称鹜翁。

他是晚清四大词家之一，是临桂词派的创始人，也是晚清词学兴盛的主要推动者。他一生写了不少词，并将所写的词编了次序，按天干编序，如乙稿、丙稿、丁稿等，但没有甲稿，因为他于同治九年（1870）考中举人后，一直没有考中甲科，即进士，因此终生引以为憾。

同治十三年，王鹏运走上宦途。他做过各种京官，曾经做过监察御史，直声震动天下，因为他敢说话，敢议论朝政。据说当时慈禧常常带光绪住在颐和园，不上朝，他就曾加以弹劾。他还对慈禧的奢侈生活，以游仙词的形式影射暴露。

可见他同文廷式一样，非常关心国事时政，他们虽然不是同一年生，但却同一年死。他们的一生，经历了一次又一次的国难：王氏生于鸦片战争后第九年，次年就发生了太平军的农民大革命；文氏生于英法联军之役（1856—1860）后第六年，后来相继发生了中法战争（1883—1885）、中日甲午战争、百日维新（1898）、八国联军侵华（1900）。庚子国变后第四年，两人都去世了。所以，在他们的一生中，贯串了内忧外患的苦难，这对他们的人生产生了极其深刻的影响。

这里引起了一个问题，就是为什么中国的读书人，海内外的中国读书人，都这么关心国事，这么关心国家和民族的命运？这是因为中国文化一向以儒家思想为主要传统，而儒家的士人则是“以天下为己任”的，所谓“修、齐、治、平”，“任重道远”，所以一般说起来，我们华人，包括海外的华人，其文化的根柢、感情的根柢，一定是在大陆，这是毫无疑问的。大陆上的中国人，本能地关心国家民族的命运，关心他们切身的事情，这是很自然的。这就是古往今来中国读书人为什么如此关心国事的文化和历史传统的深层原因。

王氏不仅是个词人，写了不少词，还是个词学家。他在清代乾嘉考据学风的影响下，致力于词集的校勘。词集往往有各种不同的版本，例如南唐二主的词，就发现了很多不同的版本。词是民间传唱的，不受人重视，把词当作经史一样的学问来研究，对词作加以校订、整理、刻版、印行、推广，王氏作了很大的贡献。

清代词兴盛的原因是，词的作者很多，流派很多，刊印的集子很多，还有就是后来用考据的方法来治词学，把词当作一门学问来研究，提高了词在文学中的地位。

现在我们来看王的《八声甘州》词：

> 是男儿、万里惯长征，临歧漫凄然。只榆关东去，沙虫猿鹤，莽莽烽烟。试问今谁健者，慷慨著先鞭。且袖平戎策，乘传行边。　老去惊心鼙鼓，叹无多忧乐，换了华颠。尽雄虺琐琐，呵壁问苍天。认参差、神京乔木，愿锋车、归及中兴年。休回首，算中宵月，犹照居延。

"是男儿、万里惯长征，临歧漫凄然"：唐诗人李颀说"男儿事长征，少小幽燕客"，男儿当以远征为事，不怕到万里之外长征，这是指志锐要到万里之外的边陲去驻守。乌里雅苏台为今蒙古国扎布汗省省会扎布哈朗特，其地距北京万里之外。临歧是说走到歧路之处要分手了，唐诗人高适《别韦参军》诗中说，"丈夫不作儿女别，临歧涕泪沾衣巾"，朋友分手时，心中不免感到凄然。

"只榆关东去，沙虫猿鹤，莽莽烽烟"：榆关，本指山海关，现借指边关。沙虫猿鹤，《太平御览》卷九一六引《抱朴子》云："周穆王南征，一军尽化，君子为猿为鹤，小人为虫为沙。"谓战死沙场者化为异物，此处指中日甲午之战时中方伤亡之众。莽莽烽烟，莽莽是无边无际的样子，烽烟是烟火，遍地弥漫战火。

"试问今谁健者，慷慨著先鞭"：著先鞭，指占先一著，典出《晋书·刘琨传》："（琨）与范阳祖逖为友，闻逖被用，与亲友书曰：'吾枕戈待旦，志枭逆虏，常恐祖生先我著鞭。'"刘琨、祖逖，是古代抗御外患的著名英雄，这里借祖、刘志业来激励伯愚，暗喻他为今之健者，在边关为国家立功报国。

“且袖平戎策，乘传行边”：平戎策，平定外国入侵的计策。《新唐书·王忠嗣传》说，王曾上“平戎十八策”。辛弃疾《鹧鸪天》词说：“却将万字平戎策，换得东家种树书。”甲午之战，志锐曾向光绪上万言战守策，惜未能采用。“袖”是收起来，王劝慰友人，暂且收起平戎策。乘传，是指古代驿站用四匹下等马拉的车，乘着这种车子，巡视边塞，等待时机重新被起用，到那时，志锐的平戎策就会派上用场了。这里隐含了对志锐处境的同情和期勉，并暗示对慈禧太后的不满。

“老去惊鼙鼓，叹无多忧乐，换了华颠”：“鼙鼓”，典出白居易《长恨歌》：“渔阳鼙鼓动地来，惊破霓裳羽衣曲。”指古代军中的乐器，这里借指战争。华颠，头发花白。这三句是作者描写自己对国事日非的痛心和关怀，作者当时只有四十五岁，然而心态和形态都已经显得垂垂老矣，一头青丝变成了满头白发，并且闻鼙鼓而惊心。

“尽雄虺琐琐，呵壁问苍天”：“雄虺”，见屈原《天问》：“雄虺九首，倏忽焉在。”《招魂》云南方之害，“雄虺九首，往来倏忽”。虺是毒蛇。琐琐，指毒蛇穿行时发出的尖利细碎令人不寒而栗的声音，这里指当时朝廷中谗佞小人对志锐等主战之士的打击迫害，也暗指慈禧等后党人物。“呵壁问苍天”，朱熹《楚辞集注·天问序》说：“屈原放逐，彷徨山泽，见楚有先王之庙及公卿祠堂，图画天地、山川、神灵，琦玮僑佹，及古圣贤怪物行事，因书其壁，呵而问之，以泄愤懑。”呵，是大声斥责。志锐处境很像屈原，因上书言国事而得罪当道，被放逐边荒，心中愤懑可知，故用屈原《天问》之典。苍天，有两个意思，一个是指自然的天，可理解为愤懑地责问上天何以使他满腔忠爱，落得被流放边关的下场；一个是指天子、朝廷，如此则隐隐透露作者当时对慈禧太后的不满，排斥忠义之士，使谗佞小人当道。

“认参差、神京乔木，愿锋车、归及中兴年”：神京，即京都。乔木，高大的树木，喻故乡，江淹《别赋》中说：“视乔木兮故里，诀北梁兮永辞。”锋车，即军车，走得很快的兵车。这是作者祝愿志锐早日回到京师，后来志锐果然回来了，但清朝的中兴之年却再也没有出现。

“休回首，算中宵月，犹照居延”：中宵，指半夜。居延，古县名，在今天甘肃额济纳旗西北，又为古边塞名，这里泛指塞外之地，特别是指乌里雅苏台。作者劝慰志锐不要回顾往事，勇往直前，这是呼应起句“是男儿、万里惯长征”。但毕竟朋友离别，免不了伤感，所以词人说，你我虽分处两地，但仍可共享明月。以此慰勉即将远行的友人，又表示了真挚的友谊。苏轼《水调歌头》说：“人有悲欢离合，月有阴晴圆缺，此事古难全。但愿人长久，千里共婵娟。”李白《闻王昌龄左迁龙标遥有此寄》中说：“我寄愁心与明月，随风直到夜郎西。”这正是词人送别友人时的心境，好像词人的心化作明月，随志锐一同到遥远的塞外。

龚雨村 整理

第三讲

当爱情变成了历史

——晚清的史词

我以前曾经讲过，小词在初起时本来是歌筵酒席之间的艳歌。因为它篇幅短小，而且人们对它轻视，所以称它作小词。但是这种艳歌小词却很妙，它有一种特殊的美感特质，跟诗是不一样的。诗是言志的，是它本身的情意内容就有一份感动你的地方，比如杜甫《闻官军收河南河北》曾云："剑外忽传收蓟北，初闻涕泪满衣裳。"这当然是非常令人感动的作品，杜甫说自己"许身一何愚，窃比稷与契”（《自京赴奉先县咏怀五百字》），并且要“致君尧舜上，再使风俗淳”（《奉赠韦左丞丈二十二韵》），这样的志意当然使我们感动。可是，它们使读者感动的原因，是杜甫本身博大深厚的感发力量所致。小词则不然。对于这点，我们可以借用一个西方女学者朱丽亚·克利斯特娃的观点来说明。她写过一本书《诗歌语言的革命》(*Revolution in Poetic Language*)，该书认为，诗歌语言是一种“符号”，具有不同的作用。一种作用是合乎理性、合乎逻辑，是可以指称、可以说明的。Julia 把诗歌语言的这种可以清楚指称的作用叫作“symbolic function”，即一种象喻性的说明。还有一种作用，不是理性可以说明的，这种作用好像是一个“变电所”(transformer)，即作者的情意只是一种符号的呈现，而无法加以确定的指说。它充满变化的可能性，随时随地都在生长，随时随地都在兴发，随时随地都在变化。Julia 说这种语言不是 symbolic 的 poetic language，而是 semiotic 的诗歌语言，即一种符示性的作用。中国的小词之所以妙，正是因为小词的语言就是如此的。

在我看来致使小词意蕴丰富起来的原因，一种是“双重性别”的作用。比如《花间集》中的作者都是男性，而他们所写的那些形象、情思和语言却都是女性的，这种“双重性别”的现象，就容易引发读者丰富的言外联想。如果换作一个女性作者写她的对镜梳妆，就都是非常现实的动作行为，而当一个男性作者用女性口吻来叙写女性对镜梳妆的时候，就容易促使读者想到这里边有象喻的意思。像温庭筠的“懒起画蛾眉”“照花前后镜”等词句，她的“蛾眉”，她的“簪花”，她的“照镜”，都使读者透过词表面的女性形象，联想到一个男性的如张惠言所说的“感士不遇”一类的感情。致使小词意蕴丰富起来的另一种原因，是“双重语境”的作用。对此，我们可举南唐作者李璟为例。比如其《摊破浣溪沙》“菡萏香销翠叶残，西风愁起绿波间。还与韶光共憔悴，不堪看”数句，王国维认为“大有众芳芜秽，美人迟暮之感”。从表面看，李璟这首词与温庭筠《菩萨蛮》一样，也是写一个 abandoned woman，一个弃妇的形象。实则不同。温庭筠词引起读者联想，是由“双重性别”引起的。因为温庭筠是个士人，所以他使读者想到一个士人的“感士不遇”。可是李璟作为南唐的君主，他无所谓“遇”与“不遇”，所以他的思妇形象没有“感士不遇”的意思。可王国维为什么从他的“菡萏香销翠叶残，西风愁起绿波间”看到了“众芳芜秽，美人迟暮”的悲哀和感慨？就是由于“双重语境”的缘故。因为李璟时代的南唐，偏安一隅，在他所处的这个小环境的相关语境之中是可以安定享乐、苟全一时的；可是在整个晚唐五代这个大环境的相关语境之中，北方的北周对于南方侵略吞并的阴影一天比一天严重，所以他的潜意识中又有一种忧危念乱的恐惧。正是这种大环境与小环境的强烈反差，才使得王国维从他的“菡萏香销翠叶残”数句想到“众芳芜秽，美人迟暮”，那是对于国家危亡、国运难以久长的一种深隐的忧虑。所以我们说小词从一开始就隐藏了多种可能性。

还要补充的一点是：一般而言，小词总是写伤春、怨别的感情。我曾经提到，晚清陈宝琛写过《感春》和《落花》等七言律诗，他是用伤春来表现一个国家的危亡。钱锺书先生也曾写过“伤时例托伤春惯”（《故国》）的诗句。可见，古今诗人感慨时代的时候常常用伤春来喻托，所以五代那些相思怨别、感时伤春的小词就充满了多种诠释的可能性。不过这种诠释的多种可能性，对当时的作者本人而言，只是 unconsciously、subconsciously，无意识地、潜意识地有所流露，和屈原、曹植有心之喻托有本质的不同。正因为小词的作者，在他们的显意识之中写的真的就是伤春和怨别，所以才使得小词那种微妙的作用得以形成，能够引起读者丰富的联想。

更妙的是，小词并没有停止在《花间》五代的创作里。我们仍以南唐作品为例，南唐中主李璟所写的“菡萏香销翠叶残”，还是指一个思妇。可是到了后主，其《相见欢》一词中“林花谢了春红，太匆匆，无奈朝来寒雨晚来风”和“胭脂泪，相留醉，几时重”数句，何尝不是伤春？又何尝不是落花？可是，他最后却写出来：“自是人生长恨水长东。”他不像温庭筠，也不像南唐中主。温庭筠所写的“懒起画蛾眉”，他就停止在这个女子的形象上；而中主所写的“菡萏香销翠叶残”“还与韶光共憔悴”，也还是停止在这个思妇的形象上。但李后主却从伤春写到了他自己的“人生长恨水长东”，所以他所写的不再是思妇的伤春，而是自我的伤春。其《浪淘沙》云：“帘外雨潺潺，春意阑珊，罗衾不耐五更寒。梦里不知身是客，一晌贪欢。　独自莫凭栏，无限江山，别时容易见时难。流水落花春去也，天上人间。”这首词也写伤春花落，可是同样不再是指伤春悲秋的闺中思妇，他从他自己一个人的伤春，一片花的飞落——“林花谢了春红”写起，最后写到了什么？他写到“自是人生长恨水长东”。他是从一己的感情，写出了人类所有的悲哀。“春花秋月何时了？往事知多少”，这是李后主一个人在悲慨往事；“小楼昨夜又东风”，我的“故国”就“不堪回首月明中”了，这虽然仍是他一己的悲哀，可是他却把古往今来所有的无常的哀感，包括盛衰生死等等，都写进去了。所以王国维很有见地，他说后主“变伶工之词而为士大夫之词”。这是小词一个默默的演进，它不再是为歌女而作，而是作者用歌辞的形式进行自我抒写。从李后主开始，词已经由歌辞之词变为诗人自我抒情和言志的诗篇了。这是词的第一步演变，当然是一种开拓。但是李后主这样写的时候，他并非有心为之。在李后主的显意识中，并没有这种反省的觉悟。那么，这种诗化的拓展从何而来？是从他的国破家亡而来。这正是我所要强调的一点，那就是中国词的拓展，与世变，与时代的演进，与朝代的盛衰兴亡，结合了密切的关系。词第一次从“伶工之词”变成“士大夫之词”，是因为李后主的国破家亡。

后来有心要把歌辞之词写成诗化之词的是苏东坡。苏东坡曾说：“近却颇作小词，虽无柳七郎风味，亦自是一家”（《与鲜于子骏》），他说我近来所作的小词，虽然没有柳永那样的风味，却也写出了我自己特有的一种风格。因为柳永所写的很多词都是给歌女写的歌辞之词，而苏东坡现在却把它变成抒情言志的诗篇了。由此可见，苏东坡是有心去改变的。可是你要注意到，苏东坡这一类词在北宋的时候，并没有被大家接受和承认。北宋末年的李清照就曾经说苏词是“句读不葺之诗”，她认为词里边不能写这些东西。所以李清照在诗里边写“生当作人杰，死亦为鬼雄。至今思项羽，不肯过江东”（《夏日绝句》）这样激昂慷慨的句子，但她在词里边从来不写这样的作品。因为那时候人们对词的认识还停留在歌辞之词的阶段，所以苏东坡的拓展在当时并未被广泛接受。这样的创作观念，直到南宋才逐渐被世人接受。南宋为什么会接受苏东坡？因为北宋到南宋之间经历了一次的世变，北宋灭亡了。所以，在南宋像辛弃疾、刘克庄等一派的词人便写出许多激昂慷慨的作品来，即所谓“诗化之词”。

如前所述，词体从“歌辞之词”到“诗化之词”的演进，与世变结合有密切关系。我们在讲李清照时，为了与其对比，还曾提到清代的一个女词人徐灿。我认为李清照不肯把国破家亡写到词中，是因为她那时对词的认识还停留在对“歌辞之词”的美感特质的体认之上。可是经过北宋、南宋之间的世变以后，有了辛、刘一类作品的出现，激昂慷慨的风格就可以写到词里边去，被大家所接受。所以徐灿就写出“龙归剑杳、多少英雄泪血”（《永遇乐》）的句子，把明朝灭亡的那种激昂慷慨的悲哀写到她的词里边去了。同样是女性作者，同样经过了国破家亡，为什么李清照不写，而徐灿写了？这是因为，从北宋到南宋的世变，使大家认识到词里也可以写这种感慨世变的感情。词真是很妙，从最早写伤春怨别到后来写世变，富有这么深刻的含义。这种创作方面的演进是自然而然的、必然的。李后主虽无心拓展，可是他既然习惯于写作词这种文学形式，所以当他遭遇国破家亡的极大悲哀的时候，他自然就将这种感情写到词里边去了。宋朝的词人既然也熟悉了词这种文学形式，所以当他们经历国破家亡的时候，也自然就用词这种形式去写作。从“歌辞之词”到“诗化之词”，从相思怨别的思妇之词到激昂慷慨的英雄豪杰之词，这是词在创作方面的演进。

与词之创作方面的演进相呼应，词学家对于词之美感特质的体认也经历了一个相当漫长的过程。宋代笔记中记录了很多关于词的价值的讨论。黄山谷就曾说过，他写的歌辞是“空中语”。不但北宋人对于词之美感特质没有清楚的认识，一直到了南宋的作者陆游也还说，《花间集》里的作品都是些淫靡的听歌看舞的创作：五代之时，干戈扰攘，而士大夫沉迷如此。(《跋〈花间集〉》)他认为这是不对的，所以他对于小词美感特质的认识，还是认为那是给歌妓酒女演唱的歌辞，写的是相思怨别。可是后来，到了清代的乾嘉时期，就有张惠言出现，他说小词本来就是男女哀乐之词，“极命风谣里巷男女哀乐”，可是这样的小词，却可以“道贤人君子幽约怨悱不能自言之情”(《词选·序》)。所以，像温庭筠写女子的画眉、梳妆、照镜，就有了“幽约怨悱不能自言之情”的深层含义；中主所写的闺中的相思怨妇，那个“还与韶光共憔悴”的女子也同样就有了“幽约怨悱不能自言之情”。

小词为什么会有这种深层含义的可能性？这就是我们刚才所讲

的两个方面的原因：一个是“双重性别”，一个是“双重语境”。作者在词表面所写的是一层意思，可是他在下意识之中，就因为上述两种不自觉的双重情境，他于无意之中又流露出来“幽约怨悱”的“不能自言之情”。而且，这种深层含义并不一定是作者在显意识中所要有意表达的，它只是我们读者所引发的一种感觉和联想而已。可是我所分析的这种原因，从五代一直到北宋、南宋，词学家一直对它没有理性的认识，直到张惠言才想到词里边有这种“幽约怨悱不能自言之情”的可能性。张惠言也只是隐隐约约感受到小词有这种可能性，能引起读者的联想。可是为什么有？张惠言没有说明。这种可能性到底是什么？应该管它叫作什么？张惠言也找不到一个适当的术语来说明，于是他只好说这种可能性大概就是“诗之比兴，变风之义，骚人之歌”，“则近之矣”。意谓小词中这种微妙的作用，与《诗经》之中的比兴，风雅之中的变风，《离骚》之中的美人香草相比较，大概差不多。可是，如我们所反复强调，小词的美感特质既不是比兴，也不是《离骚》美人香草的喻托。因为比兴和《离骚》里的喻托都是有心有意的，而小词中那种微妙的作用则是无心无意的，这正是小词吸引人的地方。

张惠言由于没有将这一点说明清楚，所以他的观点提出以后，大家就开始反对他。本来张惠言在借用“诗之比兴，变风之义，骚人之歌”来对词之美感特质进行理论说明的时候，还是说得很有分寸的。他只是说“近之矣”，指大概的意思，却并没有说一定就有。可是当他解说具体词作的时候，就都指实了。比如他说温庭筠《菩萨蛮》（“小山重叠金明灭”）写的就是“感士不遇”，认为其中“照花四句”有“《离骚》初服之意”。再比如他评欧阳修《蝶恋花》（“庭院深深深几许”）云“‘庭院深深’，闺中既已邃远也；‘楼高不见’，哲王又不寤也；‘章台’、‘游冶’，小人之径；‘雨横风狂’，政令暴急也；‘乱红飞去’，斥逐者非一人而已，殆为韩、范作乎”等等，他讲了很多首词，他把每一句都指实了。本来作者并不一定真的有这个意思，这只是给读者的一种联想的可能性而已。张惠言却将之都讲成是作者的原意，他之所以受到别人讥评，就因为他说得太拘狭、太死板。对张惠言批评态度最激烈的莫过于王国维，他说：“固哉，皋文之为词也！飞卿《菩萨蛮》、永叔《蝶恋花》、子瞻《卜算子》，皆兴到之作，有何命意？皆被皋文深文罗织。”王国维批评张惠言这样说词是牵强附会的，可是他自己为什么又说晏殊等人的词有“成大事业、大学问”的三种境界呢？这是因为，王国维与张惠言的说词方式有本质不同。王国维在提出“三种境界”之后，随即又说：“然遽以此意解释诸词，恐为晏、欧诸公所不许也。”王国维并没有将之指实为作者本来的创作意图，他强调这只是他自己作为读者的一种联想而已。比之于张惠言，这是王国维的高明之处。

对小词与世变的关系，张惠言以后的另一位词学家周济有更进一步的论述。张惠言说词里有“贤人君子幽约怨悱不能自言之情”，那么这种“不能自言之情”究竟应该写什么？张惠言却没有明说。对此，周济《介存斋论词杂著》说：“感慨所寄，不过盛衰，或绸缪未雨，或太息厝薪，或己溺己饥，或独清独醒。”他说词应该“寄托”与时代盛衰相关的内容，词里应有这样的“感慨”。那么小词的这种“寄托”在写作时应该如何加以表现呢？周济在《宋四家词选目录序论》中又说：“词非寄托不入，专寄托不出。”“非寄托不入”指如果小词不能引起读者一种深微的联想，那么它就不深刻。所以我们说一首好的词就是要以能够引起读者这种丰富的联想为美。王国维也是找不到一个合适的词语来说明词之美感特质，因为他认为“比兴”说词方式太拘狭了，所以他不用“比兴”，他用是否有“境界”来作为衡量词之好坏的标准，认为“词以境界为最上”，也是说要有这么一种言外的意蕴才是一首好词。可是周济强调“专寄托不出”，意思是说如果真正有意要去“寄托”，你的词就会写得很死板，不超脱。那么，词究竟应该怎样写？周济说：“一物一事，引而伸之。”意即从一个小小的物件或并不重要的事情就能够将它们引申和发挥。“触类多通”，就是所有相近似的事物，都能够将其联想到一起。接下来怎么样呢？“驱心若游丝之罥飞英”，用心的时候，驱使心力就好像蜘蛛网或者是游丝网住天上飘飞的落花，所以心思是很细腻的。随便看见云行水流，看见花开花落，看见许多很微妙的景物和事情，它们都能在细微的心灵感觉之中被敏锐地捕捉到。这是说首先在内心有了一种感动，所谓“情动于中而形于言”。其实不管是诗的创作，还是词的创作，都是内心先有了感发才去写的。心思是如此精微细密，以至于对于一片花飞，对于一阵微风，都有一种微妙的感受。那么，要怎样去表达这种细致精微的感受呢？周济又说：“含毫如郢斤之斫蝇翼。”“含毫”，因为古人写字都用毛笔，写字前总是用舌头去舔一舔毛笔，把笔尖舔出来，所以是“含毫”。周济这句话的意思是，当你拿起笔写词的时候就如同“郢斤之斫蝇翼”。这是《庄子》中的一个典故。《庄子》记载楚国有一个人，有一点白色的石灰粉粘在他的鼻尖上了。他的一个朋友是善于抡斧子来凿石头的人，他就让他的朋友抡起斧子把他鼻尖上的石灰粉削下去。你想如果你要抡起斧子来削的话，你不是要好好地看着这个人的鼻子来削吗？可《庄子》却说这个人是“听而斫之”，连看都不看。结果斧子一抡，伴着斧子的风声，就把石灰给削下来了，而且“尽垩而鼻未伤”，鼻子却一点都没有受伤。宋国的国王听说了这件事情，就把那个挥斧头的人找来，说你有这个本领，今天你就在我的殿上找个人表演一下。这个会挥斧子的郢人却说：“臣则尝能斫之矣，虽然，臣之质死久矣。”不错，我是曾经这样做过，我曾经听着斧头抡下的风声，就把我朋友鼻子上的灰削下来，但是我那个朋友不在了，那个能够跟我配合的人不在了，我没有一个对象，所以我不能为您表演。那个朋友对我有信心，我们配合得亲密无间，因此我可以将石灰从他鼻子上削下来而“鼻不伤”。可是现在您随便找个人来，他跟我没有这种心灵的默契，我一挥，他一动，他的鼻子不见了，我怎么办？这说的是一种非常微妙的配合。所以周济是说语言表达的能力，就要如同郢人抡着斧头能把朋友鼻子上像苍蝇翅膀那么薄的石灰削下来一样精微。“无厚入有间”，这也是用《庄子》的典故：有个杀牛的人，他的刀很锋利，他已用他的刀杀了无数头牛，用了数十年的刀，但刀刃却一点都没有伤害，就是因为刀刃进去的时候，他知道牛骨之间哪里是有空隙的，这也是非常微妙的。就算心思敏锐，如“游丝之罥飞英”，不管看到的是落花还是飞絮，都有很多很细致的感情，但是能写得好吗？有没有这种“郢斤之斫蝇翼”“无厚入有间”的本领？“既习矣”——熟悉了“游丝之罥飞英”这种感觉，也熟悉了“郢斤之斫蝇翼”“无厚入有间”的这种本领，如果有了这样的经验，“意感偶生”——偶然的情境、偶然的感触，“逐境必悟”——随着任何的情境，都有丰富的联想，都有你的体验，如果这样培养的时间长久了，就会“冥发妄中”，随便地一写，无心之中就写得好了。到那时，“虽铺叙平淡，摹绘浅近”——描摹、描绘虽然很浅近，像我们曾经讲过的贺双卿，她描写天边的晚霞“碎剪红鲜”——这是古人从来没有用过的形容词。天上晚霞的云那么零零碎碎的，一点一点的，像是把红绸剪下来——周济说这时的词虽然“摹绘浅近”，却“万感横集”。再以贺双卿词为例：“青遥，问天不应”，“青”是颜色，“遥”是距离，那么青苍，那么遥远的天，双卿用那么浅近的语言就写出来，可是我们读者读后却有那么多的说不出来的感受。正如周济接下来所说的那样“五中无主”，我们觉得我们的五脏六腑、我们的内心真的是被她摇动了，不能平静下来，没有一个主宰。真正好的作品，是会让你内心有一种摇荡的感觉的。如果以科学而论，你的思想来自你的大脑，不是你的内心。可是有的时候，如果你碰到确实让你动心动情的人或事，你还是觉得那种感受在心，而不在脑，你会觉得你心里有一种感动。周济说如果有了那么敏锐的感觉，又有了那么高妙的表现手法，果然写出了这样的作品，于是“读其篇者”，读你的作品的人，“临渊窥鱼”，就好像一个人在深渊旁边看水里的游鱼，“意为鲂鲤”，看见水里有鱼在游动，于是就猜测：那是鲂鱼呢，还是鲤鱼呢？确实感觉有鱼在里面，可是一指说常常就说得不对了。“中宵惊电”，好像在子夜被一个闪电给惊醒，可是那闪电到底从哪一个方面闪过去？因为它很快，所以“罔识东西”，不能分辨它东南西北的方向。周济这里意在比喻读者确实被一首词所感动，虽确感却又不可确指的情景，因为一说出来就不对了。佛说“不可说”，老子说“道可道，非常道”，就是可确感而不可确指。读这样的作品就像“赤子随母笑啼”，如同一个小孩子随他母亲，母亲哭他也哭，母亲笑他也笑。就是说一看到这样的作品，就被它感动了，就随它“笑啼”。小孩子知道他母亲为什么笑、为什么哭吗？他不一定知道。我们读某个人的作品，被这所感动，好像有笑的感觉，好像也有哭的感觉，我们知道他为什么哭，为什么笑吗？我们并不必然知道。“乡人缘剧喜怒”，乡下人看戏，戏台上高兴他就高兴，戏台上愤怒他就愤怒，但戏中人物生活于哪年哪月、何朝何代，姓甚名谁，他并不知道，但这又有什么关系呢？“抑可谓能出矣”，所以读词，既要能够入进去体会，还要能够跳出来不受它的局限。这是欣赏词的办法，也是写作词的办法。

我们再看周济对词之意蕴的拓展主张。如前所述，周济提出词要抒写与时代盛衰相关的“感慨”。这种“感慨”，有时是“绸缪未雨”，就是国家危亡尚未发生、将要发生的时候，我们就应该提前作好准备：有时是“太息厝薪”，相传古时有一个人的柴火就放在他炉灶的旁边，别人劝他不应该这样做，万一有火警呢？他却回答说，没有啊，现在不是很安全嘛！这是比喻对那些苟安乱世之人的愤慨；有时是“己溺己饥”，看见人民的痛苦就如同我的痛苦，别人淹在水里就如同我淹在水里，别人饥饿也如同我饥饿一样，这是我对他们的关怀；有时则是“独清独醒”，大家都沉迷在这个风气之中，而你是一个清醒的人。总而言之，你对人生的种种情境，你有你自己的深切的感悟。正如周济所说：“随其人之性情、学问、境地，莫不有由衷之言。见事多，识理透，可为后人论世之资。诗有史，词亦有史，庶乎自树一帜矣。”

这里有一个问题，不管是词还是诗，为什么有的就是博大的，而有的虽然它的字句也很精美，可是它却是很狭隘的？究竟是什么拓展了诗词作品的境界？我认为有两点原因：一个是“大我”的关怀，如我常说的“以悲观的心情过乐观的生活，以无生的觉悟做有生的事业”；还有一个是对自然的融入，像陶渊明的诗“有风自南，翼彼新苗”（《时运》），“山气日夕佳，飞鸟相与还”（《饮酒》），如果你真的跟大自然融为一体，你就能够得到拓展，你就不只是写一个人的小我的范围了。人我、得失、利害，如果你一天到晚总是计较这样的事情，你就不能超越。所以周济说要“见事多，识理透”，所写的要能够有这样深远的认识。如果真的能这样，就会“诗有史，词亦有史，庶几自树一帜矣”。因此，不仅是诗里边可以反映历史，词里边也可以反映历史。

可见，小词从“歌辞之词”到“诗化之词”种种的发展，与世变有着密切的关系。而词学家对于词的美感特质的认识也与世变有着密切的关系。从北宋到南宋的变故，成就了一派“诗化之词”；

而南宋的败亡，也成就了宋、元之际的一代作者。所以李清照不写激昂慷慨的词，而徐灿写了，那是因为徐灿经过了明清的又一次世变。到了晚清那个激变、急变、多变的时代，小词与世变的密切关系，就体现得更为明显。

我们以几首晚清的史词为例具体说明。先看朱孝臧（祖谋）《鹧鸪天·九日，丰宜门外过裴村别业》：

> 野水斜桥又一时，愁心空诉故鸥知。凄迷南郭垂鞭过，清苦西峰侧帽窥。　新雪涕，旧弦诗，愔愔门馆蝶来稀。红萸白菊浑无恙，只是风前有所思。

朱孝臧不但是晚清一个有名的词作者，还是一个有名的词学家。《鹧鸪天》是词牌名。“九日”，就是九月九日重阳节。“过裴村别业”，“裴村”是刘光第，戊戌变法牺牲的六君子之一。“丰宜门外”，“丰宜门”是金代故都（北京是从金元开始在此建都的）的南门所在，大概在现在的丰台一带。刘光第在戊戌变法中被杀死了，朱孝臧是他的好朋友，那一年的重阳节，他经过“丰宜门外”，而那里正是刘光第的“别业”（即住所）所在。这首《鹧鸪天》即是哀悼在戊戌变法之中牺牲的六君子。张惠言说词能写出“贤人君子幽约怨悱不能自言之情”，小词的奇妙就在这种“难言”之中，即是说你内心深处有这种“难言”的感情，你没有办法表达出来，而小词却最善于表达这一类感情。这与小词的形式有密切关系，因为小词总是委婉的、曲折的，最适合表现这类感情。“野水斜桥又一时”，“丰宜门外”的刘光第故宅，这里有一湾野水，有一座小桥。当年我经常路过这里，曾经看到这一湾野水，走过这一座斜桥。周邦彦说“当时相候赤栏桥”（《玉楼春》），那写的是爱情。他说当年我常常跟我所爱的人在那个有美丽的红色的栏杆的桥边约会，互相等候，她先来了就等我，我先来了就等她。可是今天我回来，却正如唐代崔护所写的诗：“去年今日此门中，人面桃花相映红。人面不知何处去，桃花依旧笑春风”(《题都城南庄》)，只有我一个人追寻往日的痕迹、往日的情思、往日的旧梦。朱孝臧与刘光第素为好友，所以此次经过，心境也大不相同。“又一时”，感慨极为深重。当时刘光第在的时候，我经过这里，那是满心的欢喜。可是现在我再回来时，就完全不同了，物是人非，事事皆休。“愁心空诉故鸥知”，现在满心的悲愁，向谁去述说？在政治的斗争中，在慈禧的淫威之下，你敢公开去抱怨吗？当年的“野水斜桥”有很多的沙鸥，我现在只好向沙鸥去述说。“凄迷南郭垂鞭过”：这是北京故都的南城门，现在再经过这里，真是难过，情意凄迷，连马鞭都扬不起来。“清苦西峰侧帽窥”：北京西边有山，在南门这里远远地看到西山，真是“清苦西峰”；我现在没有心情看西山，所以低下头来，把帽子戴偏，因为我不能让人看见我在这里凭吊刚刚被斩首的刘光第。六君子殉难的日子是八月十五，现在是九月初九，连一个月都不到，所以我不能让别人看到我。“新雪涕”，“雪”是洗的意思，现在我以泪洗面。“旧弦诗”，我当年到这里来，我跟刘光第两个人，我们弹琴，我们赋诗，我们有这样知己、知音的谈话。“愔愔门馆蝶来稀”：愔愔，幽静的意思；在这个幽静的、寂寞的门馆，没有人到这里来了；当时我们那些人在这里聚会，弹琴作诗，议论风发，现在别说人不来了，就连蝴蝶也不来了。“红萸白菊浑无恙”：又到了秋天，红色的茱萸、白色的菊花仍然像从前一样开放。“只是风前有所思”：只是我独立在风前，想到我从前的朋友，我们的豪情壮志，我们的理想，我们的感情，只能在“风前有所思”。

再看况周颐的《浣溪沙》：

风雨高楼悄四围，残灯黏壁淡无辉，篆烟犹袅旧屏帏。

已忍寒欺罗袖薄，断无春逐柳绵归，坐深愁极一沾衣。

当朱孝臧写《鹧鸪天》的时候，“戊戌六君子”被害，可是清朝还没有灭亡，仍然存在。而当况周颐写这两首《浣溪沙》的时候，清朝已经灭亡了。我以前曾经讲过陈宝琛感春的几首《落花》诗，那真是无可奈何的一件事情。以我们现在的政治观念而言，我们可以说那些人不够进步，不够革命，留恋那个封建帝制的旧王朝。可是对于他们本人而言，他们是生长在那个朝代之中，受那种教育、那种科考，他们是在那个朝廷做过官的。更何况在民国初年，军阀混战，政局多变，时势难明，他们的感情真是复杂难言。举个例子。为什么王国维会跳昆明湖自杀？他不是完全为了殉清，而是出于对时代的悲观和失望。王国维为什么会写《殷周制度考》？就是因为他后来虽然转为考古，但在考古之中仍然寄托了他的理想。一个有理想的人，不管他做什么事情都还是有理想的；而一个没有理想的人，不管他做出的研究多么细致，考证多么精审，也还是没有理想的。据说王国维有一个学生，考证孔子适周的问题，即孔子有没有到周王室去过。他不只考证孔子去没去过周王室，而且还考证了孔子适周的时日。这篇文章给王国维看了，王国维说：“考证虽确，但事小耳。”意思是说你做得不错，考证得的确很细致，但将这个考证出来没有很大的意义。王国维的《殷周制度考》，考证的是从商代到周代武王的立国。这是中国历史上一次很大的变革，很多政治制度都随之改变。王国维所感慨的是，从殷商到了周代，是一个时代的大变化，而从帝制的清王朝到了中华民国，这也是一个时代的大变化，所以一切的典章制度、政策都应该有很大的变革。因此王国维不只是考古，他是有感于周代的那些开国君臣，他们都是有理想的。他们制定的周礼，以及那些制度、那些规定，都是那么详细。而从清朝到民国，却没有立定美好的制度，一切仍然是那么混乱。可见，当王国维写《殷周制度考》的时候，他是隐藏着很深的用意的。他之自沉昆明湖，不只是殉清。如果只为这一点，那他早就该自杀了，为什么又会到民国的清华大学去教书？他对民国初年军阀混战的时局是彻底绝望了。王国维的思想历史在当时的旧文人中很有代表性。

况周颐这首词则写出了他自己的独特感受。"风雨高楼悄四围"，从《诗经》开始，"风雨"就有代表战乱之意。在当时世变以后，在混乱的战争之中，人烟殆尽，一片死寂。"残灯黏壁淡无辉"：高楼外边都是风雨，房间里的灯影却是这样黯淡无光。"篆烟犹袅旧屏帏"：我仍然点了一炉香，而且还是篆香。在中国的传统里边，"篆香"一直有一个象喻的意思。秦少游有一首小词说："欲见回肠，断尽金炉小篆香。"意谓你要知道我那千回百转的感情，而且这感情都已经是柔肠断尽，你何以见得？"断尽金炉小篆香"。"炉"，多么炽热；"金"，多么贵重；"篆"，多么委曲；"小"，多么纤细；"香"，多么芬芳。所以我说过，古人的诗词是好还是坏，从哪里看？语言。有没有深远的意思？还是语言。都是看它的语言里边包含了多少作用。语言真的是非常微妙，每个字都有它的作用。这样芬芳的，这样委曲的，这样纤细的，这样热烈的，这样贵重的，是我的内心的感情，可现在却是"断尽金炉小篆香"。"篆烟犹袅旧屏帏"：旧日的房间，旧日的屏风，旧日的帏幕，仍然有篆香，而那篆香也仍然在袅动。"已忍寒欺罗袖薄"：外面的寒冷我早已忍受了很多，"欺"是外力对我的一种摧毁、一种侵袭。他说我忍住寒冷，那寒冷是侵袭到我的罗袖之中的。如李商隐诗所说"远书归梦两悠悠，只有空床敌素秋"（《端居》），我期待远人给我书信，可是"悠悠"，很久没有来了。那么就让我做梦回去吧，但也很久没有梦了。我所爱的，能够和我亲近的、和我心灵相交的人，现在却离我这样遥远，我还有什么？我怎样抵挡那一切的孤独和寒冷？只有寂寞的空房，没有伴侣，没有保护，我是孤单的一个人，面对那个寒冷的肃杀的秋天。“已忍寒欺罗袖薄”，我也不是说不肯忍耐，我也不是说不肯承担，我已承担、忍耐了很久了。“断无春逐柳绵归”，可是过去的永远不会回来了。你什么时候看见同一个春天随着柳花的飞舞，又回来过？“坐深愁极一沾衣”：我一个人独坐，忧愁是如此之深，以至于当愁到极点的时候就落下泪来。

我们现在看的都是比较悲哀的词，那么有没有比较奋发的作品呢？虽然比较少，但也不是没有。下面这首就是比较激昂慷慨的。王鹏运《满江红·送安晓峰侍御谪戍军台》云：

> 荷到长戈，已御尽、九关魑魅。尚记得、悲歌请剑，更阑相视。惨澹烽烟边塞月，蹉跎冰雪孤臣泪。算名成、终竟负初心，如何是。　天难问，忧无已。真御史，奇男子。只我怀抑塞，愧君欲死。宠辱自关天下计，荣枯休论人间世。愿无忘、珍惜百年身，君行矣。

安维峻是王鹏运的一个朋友，字晓峰。安维峻被谪戍到军台，王鹏运前去为他送行，写下了这首词。安维峻为什么会被谪戍到军台？因为在中日甲午战争之中，帝后两党战和之争十分激烈，而当时王鹏运和安维峻二人都曾做过御史，都是以直言敢谏称誉一时，安维峻就是由于这一点，被慈禧太后一党从朝廷赶走了。王鹏运这首词真是写得激昂慷慨！“荷到长戈”：你本来就是一个勇士，现在当你扛着长枪去边关戍守的时候，其实你已经经历过多少场的斗争。“已御尽、九关魑魅”：所谓“天子之门”有九重，中国古人常说见到天子要经过层层关锁，不容易见到。“九关”，指朝廷大大小小、高高低低的这些政府。你现在是到军台去戍守了，可是当年你在朝廷已经抵挡过，已经战斗过，你已经和朝廷那些大大小小、高高低低的、像“魑魅”一样的、像鬼怪一样的官员斗争过。“尚记得、悲歌请剑”：我还记得，我们两个人“悲歌请剑”，我们悲歌慷慨，希望能找到一把宝剑去建功立业。“更阑相视”：我们两个人谈话，到了夜半，我们“相视”。所谓“相视一笑，莫逆于心”，如果用语言说出话来，就已入下乘。佛教也曾说“世尊拈花，迦叶微笑”，根本不用语言。“惨澹烽烟边塞月，蹉跎冰雪孤臣泪”：你现在到军台去戍守，那里烽烟惨淡，你面对的只是“秦时明月汉时关”的一轮明月。你在边塞，满地冰雪，你一个人在那里，你的悲哀和感慨又将如何？“算名成”，就算你得到一个直言敢谏的名声，“终竟负初心”，因为我们的直言敢谏不是为了一个名声，而是为了真正能够改善当时的政治。“如何是”，有什么办法？根本没有办法。“天难问，忧无已”，屈原写《天问》，就是为了表达自己的无比忧愤，我们也是忧愤满怀，无以排解。“真御史，奇男子”：真正的御史，就应该是直言敢谏的，你无愧是一个“奇男子”。“只我怀抑塞，愧君欲死”：只是我满怀着忧抑悲愤，无法面对你，因为我没有在直言敢谏上协助你做过什么事。“宠辱自关天下计，荣枯休论人间世”：我不是为我们个人的宠辱而忧愁痛苦，你是升官还是被贬谪到军台，不是你个人问题，你的宠辱关系到天下的大计。“愿无忘、珍惜百年身，君行矣”：不要忘了珍惜你的“百年身”，也许你将来还有一天，能够完成你的理想。这是一首比较激昂慷慨的词，写出了对一个朋友的安慰，也写出了作者自己对国家的满腔热情。

我们再来看文廷式反映庚子国变的《忆旧游·秋雁》。先简单介绍一下文廷式。文廷式的祖父叫文晟，在太平天国的战乱中守广州城殉节死去。他的父亲叫文星瑞，接着他祖父跟太平军作战，曾经在危城之中被围困了三次。那个时候文廷式就是五六岁的样子，所以他是在战乱中长大的，而且是受了他祖父、父亲的忠义的影响。文廷式这个人真的是一个天才。有人整理了他的集子，从中可以发现他的学问非常广博。他不但文学好，而且数学、物理、化学什么都通。文廷式祖籍虽然是江西，但是因为他一直跟着祖父、父亲，所以他是在广州长大的。在二十岁左右的时候，他进入广州将军长善的幕府。长善是长叙的哥哥，长叙则是光绪珍、瑾二妃的父亲。长善没有儿子，长叙就把他的一个儿子过继给了长善，这就是志锐。而长叙自己还有一个儿子留在身边，这就是志钧。文廷式在广州幕府的时候，跟志锐、志钧两兄弟有密切交往。这两个人都非常有理想，胸怀大志。王鹏运有一首词《八声甘州 · 送伯愚都护之任乌里雅苏台》。“伯愚”是志锐的号。他为什么会到乌里雅苏台那么遥远的地方去？就是因为中日甲午战争时期，志锐和文廷式等主战，李鸿章一派却主和，而光绪皇帝主战，西太后慈禧主和，所以凡是主战的人，都被西太后给遣走了。志锐本来是在热河练兵，离首都很近，是为了对日本进行抗争，而西太后却把他调到乌里雅苏台，把他赶到边疆，这与安维峻被贬到军台的性质是一样的。在志锐被放逐到遥远的边疆去的时候，文廷式也被免职，离开了首都。他曾经在上海、湖南一带漂泊，而且一度逃亡到日本。在他离开朝廷期间，戊戌变法又失败了。到了庚子，也就是光绪二十六年(1900)，八国联军打进了北京城。不管是主战还是主和，慈禧太后也好，光绪皇帝也好，都逃难走了。在临走之前，珍妃被慈禧太后下令投入井中。因为珍妃是敢讲话的，在西太后要带走皇帝的时候，珍妃站出来说应该让皇帝留下来，所以惹怒了慈禧太后。那时文廷式在南方，在得知这一事件发生之后，他写了《忆旧游 · 秋雁》。词云：

怅霜飞榆塞，月冷枫江，万里凄清。无限凭高意，便数声长笛，难写深情。望极云罗缥渺，孤影几回惊。见龙虎台荒，凤凰楼迥，还感飘零。　梳翎。自来去，叹市朝易改，风雨多经。天远无消息，问谁裁尺帛，寄与青冥？遥想横汾箫鼓，兰菊尚芳馨。又日落天寒，平沙列幕边马鸣。

刚才我们引用周济的词论，他说用心要如“游丝之罥飞英”，用笔如“郢斤之斫蝇翼”，指的是那种最精致、最细微、最深隐的一份感情。文廷式是反抗西太后的，他怎么能写出来？他对珍妃的那一份悲哀，他怎么能写出来？而他对于光绪皇帝逃难的那种悬念，他又怎么能写出来？所以这首词实际上隐含了很多无法言说的感情。《忆旧游》是词的一个牌调，本来跟词的内容没有必然的联系，但就这首词而言，也暗含有怀念追思之意，所以这个词牌选用得很微妙。他写的题目是秋天的鸿雁，并注明“庚子八月作”。庚子八月之时，北京刚刚被八国联军占领。“怅霜飞榆塞”，北方有一个关叫榆林关，关塞上已经是严霜飞降，非常寒冷。秋天，北方是这样寒冷，所以鸿雁就南飞了。可是它飞到南方，这时的南方是什么情景呢？是“月冷枫江”。“枫江”，是说江南，因为唐人有一句诗“枫落吴江冷”。“怅霜飞榆塞，月冷枫江”，好的词作，它的语言都是非常丰富的。文廷式写的是秋雁，所以“霜飞榆塞”，可以是指北雁南飞；从榆林塞到吴江，同时从光绪逃亡的地方到文廷式的落脚之处，也是从北方到南方，所以这两句词也隐含了这一层意思。“万里凄清”，从北到南，当时的国家是一片凄清，都是在敌人的践踏之中。“无限凭高意，便数声长笛，难写深情”，唐代有一位诗人叫赵嘏，他曾经写过两句诗“残星几点雁横塞，长笛一声人倚楼”（《长安秋望》），疏星冷月，鸿雁从塞上飞来，在鸿雁飞过的时候，有人在怀念远方的人。笛声的幽怨代表着对远人的思念。所以文廷式说“便数声长笛，难写深情”，其中隐含着“雁横塞”，也隐含着对在边塞逃难的光绪皇帝的担忧。“望极云罗缥渺，孤影几回惊”，他说他看天上的雁，看到天的尽头有几片像丝罗一样薄的白云，缥缥缈缈。“孤影几回惊”，这里暗含的也是雁。李商隐《春雨》诗云：“怅卧新春白袷衣，白门寥落意多违……玉珰缄札何由达，万里云罗一雁飞。”一层意思，可以从作者的角度来说，他看到天上万里云罗缥缈，有一只鸿雁“孤影几回惊”；另一个意思，也可以从鸿雁的立场来说，这只孤雁飞在天上，看到天上云路之遥远，雁如果有情，它在天上看下来，它应该看见“龙虎台荒，凤凰楼迥”，龙虎台是那么荒芜，凤凰楼又是那么遥远。龙虎台，是当时清朝的一个建筑，代表宫殿；凤凰楼也是指的皇帝的所在。“还感飘零”，表面是说雁的飘零，实际上也指人的飘零。我们的国家在八国联军的践踏之下，变得“龙虎台荒，凤凰楼迥”，无论是皇帝、词人自己，还是普通百姓，都在飘零离别之中。“梳翎。自来去”：雁虽然独自在这么遥远的路上，虽然是在悲哀、孤独寂寞之中，但它仍然是自我要好的，它还是“梳翎”。“梳翎”，指鸟用嘴巴梳理自己的翎毛。“自来去”，一个人孤独地来去。文廷式写的是雁，同时也是自喻。“叹市朝易改，风雨多经”，时代改变得这么快。我们说人多的地方，一个是市井，一个就是朝廷。陶渊明说“一世易朝市”，三十年为一世，三十年后你重新回到一个地方去，你会发现你从前见到的、你当年认识的人都不在了。“市朝易改”，如果鸿雁有知，它会慨叹这个朝廷有这么大的改变。“风雨多经”，经过了多少的风雨。“风雨”一向代表了外界的灾难和打击。“天远无消息”，鸿雁是传书的，但相距那么遥远，鸿雁能传来什么消息？“问谁裁尺帛，寄与青冥”：谁能剪裁一尺的帛书，让鸿雁寄到天上？这些都写的是鸿雁，可是也都流露出文廷式对朝廷、对光绪皇帝的怀念。“遥想横汾箫鼓，兰菊尚芳馨”：“横汾箫鼓”出自汉武帝《秋风辞》：“秋风起兮白云飞，草木黄落兮雁南归。”文廷式用这个典故，隐含着与雁有关的信息。更妙的是后边几句：“兰有秀兮菊有芳，怀佳人兮不能忘。泛楼船兮济汾河，横中流兮扬素波，箫鼓鸣兮发棹歌。”当年汉武帝坐楼船从中流渡过，有箫鼓歌舞，何其风光！现在光绪皇帝和西太后却是仓皇逃难渡过汾河。这只鸿雁当年有没有看见汉武帝渡过汾河？如果见过，现在它再次看见光绪皇帝也渡过汾河，该有多少悲慨？还不止这些。因为汉武帝的诗里边有“怀佳人兮不能忘”一句，意即兰花有秀，菊花有芳，那个佳人是不能忘记的。汉武帝可以怀念李夫人一类的佳人，而光绪皇帝也有他思念的佳人。这个佳人是谁？就是被慈禧太后下令推入井中的珍妃。而珍妃又是文廷式看着长大的，文氏在广州将军长善幕府的时候，珍妃大概只有四岁。她叫志锐大哥，叫志均二哥，叫文廷式三哥。所以珍妃被害，文廷式是非常痛心的。“又日落天寒，平沙列幕边马鸣”：词从雁写起，结尾又回到雁的身上。古人说“雁落平沙”，“平沙”是雁落之处。可是现在却听到战马的嘶鸣，看到数以万计的帐幕列于平沙之上。杜甫诗曾云“平沙列万幕”“马鸣风萧萧”，这实际上写的是战争。综上可见，这首词既反映出当时八国联军对中国侵略的国势，也写出了文廷式对光绪皇帝的思念和对珍妃的哀悼，更写出了词人自己的飘零落拓之悲。委婉曲折地反映出世变的阴影，正是晚清史词中优秀作品的一个共同的特征。

第四讲

庚子国变中的几首词作

1900 年也就是庚子年，发生了八国联军攻陷北京的事，这是晚清所遭受的最后一次，也是最大的一次外国侵略。1840 年的中英鸦片战争是中、英两国之间的战争，1860 年的英法联军侵华战争是中国同英、法两国间的战争，1885 年的中法战争是中、法两国间的战争，1894 年的中日甲午战争是中日两国间的战争，但是 1900 年的八国联军侵华则是中国同俄、英、美、法、德、日、意、奥八国之间的战争，加上在《辛丑条约》上签字的西班牙、荷兰、比利时三国，共十一个国家，也就是十一个国家与中国为敌。这时，中国已经成了人尽可欺的“东亚病夫”!

这场战争的一个重要特点是：广大的中国农民，觉得朝廷、政府、士人都无法保家卫国，所以他们就自己起来抗击外敌，义和团就是农民组成的，他们扶清灭洋，他们用原始的刀、棒甚至肉身来抵挡现代的枪炮，现在看起来是可笑的，但他们保家卫国、不惧强敌的勇气是可嘉的。今之论者谓，是无知的义和团闯下了大祸，但在此之前，也就是1898年，列强在华掀起了瓜分中国的狂潮，它们纷纷在华划分势力范围，这又怎么解释呢？合理的解释是，列强已视中国为贫弱可欺，无力反抗，中国至此已沦为“人为刀俎，我为鱼肉”的悲惨境地，所以义和团运动反而可向列强证明中国是不可灭亡的，中国民气是不可侮的。

联军于8月14日攻陷了北京城，慈禧同光绪皇帝仓皇逃出北京，文廷式这年夏天趁政治局面混乱的时候，自日本返回上海，秋天就发生了庚子之乱。据说，慈禧临行之前，将珍妃叫来，问她怎么办，她建议将光绪留在京师，主持和议。慈禧听了之后大怒，命宦官崔玉桂将珍妃推到井里去了。

珍妃被推下井之后，光绪被迫跟着慈禧向西边逃难。文廷式在这个背景下写了不少诗词，悼念珍妃，其中包括前面所讲的《忆旧游》。《忆旧游》是词牌，本来与内容没有关系，但就这首词而言，也暗示有追怀思念之意。题目是《秋雁》，是咏物的词，借外物抒怀。这首词，写得非常好，很能表现词的特点，有委婉曲折、幽微要眇的意味。咏物的词，一方面要紧扣着物来写，另一方面要借物引申，给予深刻的内涵。文廷式的《忆旧游·秋雁》，自然是一首好词。

下面再看几首其他反映庚子国变的词作。

联军攻陷北京城时，慈禧、光绪和一些达官显贵都逃跑了，一般老百姓和小京官，跑不了只好留下来。王鹏运就是这样留在当时的京师的，另外留下的词人还有朱祖谋、刘福姚等，他们一道避居于宣武门外校场头条。他们被迫留在京师，但内心是非常痛苦的。他们在心境危苦之中，别无他事可做，只好以填词自遣。事后曾收集当时的词作，刊印为一册词集，叫《庚子秋词》。（王鹏运曾为《庚子秋词》写过一首词《浪淘沙·自题〈庚子秋词〉后》："华发对山青，客梦零星。岁寒濡呴慰劳生。断尽愁肠谁会得？哀雁声声。　心事共疏檠，歌断谁听？墨痕和泪渍清冰。留得悲秋残影在，分付旗亭。"这首词充分反映了词人心中的悲苦。但词人深知，写得再悲苦，也只能像历来感时忧国的文人一样，借酒浇愁罢了。）这些词充分反映了他们陷于城中的苦况。

现在让我们来看他的一首《临江仙》词：

临江仙（作于庚子年间）

枕上得家山二语，漫谱此词，梦生于想，歌也有思，不自知其然而然也。

歌哭无端燕月冷，壮怀销到今年。断歌凄咽若为传，家山春梦里，生计酒杯前。　茅屋石田荒也得，梦归犹是家山。南云回首落谁边，拟呵湘水壁，一问左徒天。

中国古人说作诗有三上：枕上，晚上睡不着，胡思乱想，就会忽然跑出来一句，而且日有所思，夜有所梦，枕上得佳句，是苦思的结果；马上，旅行时骑在马上，摇来摇去，如在梦中，也会突得佳句；厕上，上厕所时，闲得无聊，就会胡思乱想，诗兴也会随之而来。王鹏运这首词就是枕上所作。

“歌哭无端燕月冷，壮怀销到今年”：燕，指北京。月冷，唐诗人王昌龄的《出塞》诗中说，“秦时明月汉时关”，尽管时间不断改变，但明月关山今犹如昔，千古未变。张惠言在《水调歌头》的词中说，“闲来阅遍花影，惟有月钩斜”，月亮看到花开，月亮看到花谢，月亮也看到千古的朝代兴衰，如果天上的月亮有知，从秦朝一直照到当时的清朝，看到清朝这种败亡的下场，会是怎样的悲哀？“壮怀销到今年”，王氏年轻时，已经直声震天下，敢在朝廷之上畅言国事之得失，不畏权势，敢于谏劝。他有关心国家前途之仕怀，但没有人用他。慈禧宠信保守派，重用保守派，维新改革失败了，他的壮志豪情全都被消磨光了。一直消磨到现在，到今年。

“断歌凄咽若为传，家山春梦里，生计酒杯前”：他在沦陷的首都城中，同朱祖谋等词人借小词来传达心中的悲苦。断歌，是说唱不出来的声音；凄咽，不敢放声痛哭。为什么这样？因为如果放言高论，就会有生命的危险。这就是写得这么呜咽的原因。那么这种悲哀痛苦，怎么样才能传达出来？他们就借小词来传达，写入小词里。但小词这么悲凉，我们如何传达？“若为”，就是“如何”的意思。“家山春梦里”，我美好的家山在哪里？王是广西临桂人，在那遥远的广西，现在这么乱，是回不去了，我们不知道什么时候才能回到家山去，所以家山故乡只是出现在春梦里。“生计酒杯前”，我们现在怎么度日呢？我们没有豪情了，没有壮志了，没有理想了，只剩下饮酒浇愁。国家落到今天这种下场，家山何在？真是不胜唏嘘感慨！

“茅屋石田荒也得，梦归犹是家山”：茅屋石田，典出杜甫《醉时歌》：“先生早赋归去来，石田茅屋荒苍苔。”石田，杂石横陈、无法耕种的田地。我的老家临桂那里的茅草屋，以及杂草丛生、沙石纷呈的农地，都荒芜了，无法耕种了。但广西是我的故乡，梦里回归犹是故乡。如果有一天能够回到广西，那里至少还是我的故乡，即使田地荒芜了，但毕竟那是我的故乡。我们从这两句词里感到词人在乱世中浓郁的思乡之情。

“南云回首落谁边，拟呵湘水壁，一问左徒天”：可是，现在我回不去了，沦陷在京师里，广西却远在西南，好像在天上云彩的那一边，我回头看一看我的故乡，我究竟要回到哪里去，落向谁边？为什么？他就要问啦。李雯《风流子》开头说：“谁教春去也？人间恨、何处问斜阳？”为什么天下有这么多的苦难和不幸？李雯是在仕清后写这首词的，抒发他对故明的眷念之情。他借思妇面对暮色苍茫的夕阳，心神迷惑，不禁有此一问。那么王鹏运要问谁呢？他说“拟呵湘水壁，一问左徒天”，湘水在湖南，是屈原的故乡，屈原写过一篇文章叫《天问》，他在里面提出了很多问题，为什么这样，为什么那样，他把天地宇宙间的一切问题都提出来质问了。汉朝的王逸给《天问》写了一篇序，序中大意说，屈原被放逐了，他彷徨在楚地的山水之间，看到了楚国先王的宗庙。《左传》中说“筚路蓝缕，以启山林”，意思是说，驾着柴车，穿着破旧的衣服，去开辟山林。楚国到处是高山大河，草木丰茂，古时是很荒凉的地方，楚国人想到他们的先人最初来到这个地方，受了多少苦，流了多少血汗，才开辟这一片土地。楚地有很多先王的宗庙，还有楚国公卿的祠堂，古时楚国人比较迷信，相信鬼神，所以就图画了天地、山川、神灵，楚国的先圣先贤，满墙都是壁画，画的都是这些东西，还有楚国神话的传说。屈原就在壁画的旁边大声向墙壁提出了他的疑问，为什么这样，为什么那样，为什么楚国的山川是如此的，为什么我们楚国的命运是如此的，对宇宙天地他都提出了问题。他提出这些问题，为的是要发泄他内心的愤慨、内心的忧愁。屈原做过楚怀王的左徒，是古代的一个谏官，所以这里称他左徒。

于此可见，要了解中国的古典文学，就要对中国的传统有所了解，这不只是对它的理性的知识上的了解，还要对它的价值信念、它的深挚的感情有所了解。比如，屈原给我们留下了那么多的作品，它们所传达出来的是对完整的、美好的人格、品格的追求。屈原在《离骚》中说“制芰荷以为衣兮，集芙蓉以为裳”，“佩缤纷其繁饰兮，芳菲菲其弥章”，又说“不吾知其亦已兮，苟余情其信芳”，不管人家了解不了解我，只要我的本心确是芬芳，那就不怕芳香不传到各地。这个本心就是他对楚国忠爱的感情。

在古代的中国，春秋战国的时代，那时有很多很多国家，连孔子、孟子都要周游列国，远走到别国去寻求发挥自己抱负的机会。鲁国不用我，我到齐国。那楚国不用屈原，屈原为什么不像孔子、孟子那样到别的国家去？为什么死心塌地地待在楚国？因为屈原是楚之同姓，他是楚国王室的宗族，他不是一般的平民、老百姓。你一定要了解他的这份感情，一种同他的国家、民族认同的一份强烈的感情。不是像现在，我们对国家、政府不满，我们就出国，一走了之。中国古时候的人不是这样的，他们对自己的国家民族有一份很亲切的感情，不是说，你不好了，我就离开你了；正因为你不好，我才要留下来把你变好。这是古时传统中国士大夫的感情。所以，王鹏运说“拟呵湘水壁”，我要和屈原一样，像他在《天问》里一样，提出许多问题。

这是讲王鹏运的词，我们应当联系到中国的文化传统、中国传统读书人的情操，来看他这份对清朝忠爱的感情。

下面我们再看郑文焯的几首词。

郑文焯（1856—1918），字俊臣，号小坡，别号叔同，晚年号大鹤山人，还有一个别号叫冷红词客。他是奉天铁岭人，隶属正黄旗汉军籍，是个旗人。后来伪称山东高密郑玄之后，解除旗籍。郑的父亲瑛棨，官至陕西巡抚，有显赫的家世。他们兄弟十个人都很讲究穿着，只有他例外。他性喜治学，天性淡泊，不修边幅，衣服穿得很破旧，但他同那些乘肥马、衣轻裘的达官显贵来往应酬的时候，一点也不觉得耻辱。如果一个人真是认识他自己的价值，就不会去追求外表的虚华，郑就是这种人。清初著名的满族词人纳兰性德（1655—1685）也是这样的，他的父亲叫明珠，是康熙时的宰相，然而他生性淡泊，不追求奢侈浮华的生活，没有一点王孙公子的不良习气。郑于光绪元年（1875）考中举人，官至内阁中书，戊戌维新失败后对朝政深为失望，所以辞官离开京师，到苏州做巡抚的幕客，做了数十年。幕客就是门客，相当于现在的私人秘书，或智囊。他个性诙谐，擅写书信，兼工书画，生性不喜官场，所以做大官人的私人秘书倒是很适合他的性格。

郑在词学方面，雅慕南宋词人姜夔（白石，1155—1221？）之为人。姜精于音律，不仅填词，还为词谱曲，所以姜的词到现在还可以歌唱。郑也精于音律，并研究白石的曲谱。此外，郑还考察中国古代的燕乐乐谱兴起的经过，燕乐是隋唐之间新兴的一种民间音乐。清词的兴盛固然有多方面的原因，其中一个重要原因是有人对词作考证校订的工作，把它当作一门学问来认真研究。比如，有人做校勘版本的工作，有人做考订音律的工作，这些都有助于清词的中兴。特别是晚清集中国词学之大成，其成就尤其显著。

郑晚年生活异常艰苦，以行医卖画为生。民国七年（1918）去世，死时六十三岁，葬于苏州城外邓尉山。因为那里山上有梅花，他爱好梅花，所以死后要与梅花为伴。

下面我们来介绍郑的三首小词。

谒金门（作于庚子年间）

其一

行不得。黦地衰杨愁折。霜裂马声寒特特，雁飞关月黑。　　目断浮云西北，不忍思君颜色。昨日主人今日客，青山非故国。

《谒金门》是词牌名，它最早出现于《花间集》。“行不得。黦地衰杨愁折”：黦地，是说黄黑色，柳条在秋风秋雨的吹打中长出黑斑，这是说，杨柳树上已经长出黑黄色斑点，已经开始衰败。不要忘了，这时八国联军攻陷北京，慈禧和光绪都已逃难逃出京师。“愁折”有两层意思：一个是古人在同友人分别时有折柳相赠的习俗；一个是说面对大局，束手无策，愁苦无奈，惟有折柳枝以表达对逃难中之君王的相思之情。这里是指第二个意思。时局艰危，路途遥远，他想到光绪在一路上将受到多少折磨，步步艰难，他只有浩叹“行不得，行不得”。

“霜裂马声寒特特，雁飞关月黑”：前一句可以有两个意思。一个是说，在这样霜寒肃杀的季节，敌人的战马在京师城内来回驰骋，“特特”是马蹄声，在冷风之中，传来敌人阵阵的马蹄声。另一个意思是，慈禧、光绪在逃难中，乘着马车，一路上单调凄清，寂寞愁苦，只有寒风中特特的蹄声相伴。秋天的时候，鸿雁由北往南飞。雁飞是代表旅途上的行人，走在那荒凉的关塞之中，在那昏黑的月色之下，日复一日，夜复一夜，不停地奔走。慈禧、光绪，从北京到西安，一路上经过了多少山川关塞，度过了多少月黑风冷的夜晚。

“目断浮云西北，不忍思君颜色”：郑在庚子事变前已经离开京师前往南方，所以他这时在南方向西北方眺望，真是不忍心想象君王的脸色是什么样子。当时像郑这般具有革新思想的文人对光绪是很有感情的，是非常同情他的处境的，光绪很有理想，要锐意革新，但为慈禧所阻，无法施展抱负。

“昨日主人今日客，青山非故国”：昨日光绪还是大清帝国的皇帝，今天却在关塞的昏暗月色之中逃难。京城外面，即西山，你看那青青的山色，还是故国的山色，可是现在，京师已经沦陷在列强的手中，尽管有美丽的江山，但已非我有，已经不是故国，故国的面目全非。

其二

留不得。肠断故宫秋色。瑶殿琼楼波影直，夕阳人独立。　　见说长安如弈，不忍问君踪迹。水驿山邮都未识，梦回何处觅。

《花间集》中有一首《谒金门》的词，开头就是“留不得”。然而《花间集》里面所收的词，都是写男女的感情，是说我要留下来，不跟你分别，可是我不能够留下来，郑现在是模仿《花间集》里的男女感情，所以两者的形式和模式是很接近的。

“留不得。肠断故宫秋色”：那么，光绪能不能不逃难，留在京师？不能，因为京师已经被敌人占领，光绪若留在京师是很危险的，所以说“留不得”。当年的国家宫殿，在凄凉的秋色之中，真是让人肠断！当时郑不在京师，他的朋友王鹏运和朱祖谋等却沦陷在京师，所以他一方面怀念故国江山，怀念光绪；另一方面，他也怀念他沦陷在京师的朋友。

“瑶殿琼楼波影直，夕阳人独立”：故宫外面有中南海，有北海，北海是皇家的花园，有那么多美丽的宫殿，那么多宏伟壮丽的建筑，这些宫殿和建筑的影子倒映在水中。北海里面有太液池，唐代长安的皇宫中就建有太液池。词人说，你看那华丽宫殿的影子倒映在太液池中，倒映在御河中。直，是高大雄伟的样子。“夕阳人独立”，词人说，那些沦陷在京师的好朋友，当你们面对着这种景色的时候，假如你们独立在御河桥上的时候，你们是什么心情？

“见说长安如弈，不忍问君踪迹”：见说，是说从别人那里听到。弈，是说下棋。杜甫《秋兴八首》中说：“闻道长安似弈棋，百年世事不胜悲。”因为长安也曾经沦陷过两次，一次是唐玄宗时候的安史之乱（755），一交是唐代宗时代的吐蕃入侵（765）。长安第一次沦陷时，杜甫亲身经历；第二次沦陷时，他已经在四川。长安是首都，既是首都，就应当是安定的、稳固的，怎么能像下棋一样，输输赢赢，主人换来换去？这怎么像是一国的首都？北京在近代也沦陷过两次，一次是英法联军（1860），一次是八国联军（1900）。一国的首都落到这种风雨飘摇的境地，真是令人痛心疾首。至于光绪皇帝的行踪，他现在到底逃到哪里去了，身在何方，真是叫人不忍闻问。

“水驿山邮都未识，梦回何处觅”：光绪皇帝究竟逃到什么地方？走到哪个水边的驿站、哪座山旁的邮亭？我都不知道。我多么想在梦里回去寻找他，但到什么地方去找他呢？我不知道他在什么地方啊！

其三

归不得。一夜林乌头白。落月关山何处笛，马嘶还向北。　　鱼雁沉沉江国，不忍问君消息。恨不奋飞生六翼，乱云愁似幂。

“归不得。一夜林乌头白。”有人说，郑想回京师，但回不来。

北京既然已经沦陷了，他当然回不来。其实，这句仍然是讲的光绪，是说京师已经被敌人占领了，光绪要回也回不来。这三首小词，其实都是怀念光绪皇帝的。“一夜林乌头白”，清初词人顾贞观（1637—1714）的《金缕曲》中说“盼乌头马角终相救”，是说要等到乌鸦的头变白了，马的头上长出角来，才放你回去。词人不知道光绪皇帝哪一天才能回来，思君情切，盼望树林里乌鸦的头发在一夜之间变白了，盼望把不可能的事变为可能。

“落月关山何处笛”：逃难是昼夜兼程，晚上还在赶路，词人说，一路上，月落在关塞山河之上，何处闻笛声？为什么这样说呢？因为杜甫《洗兵马》的诗中说：“三年笛里关山月，万国兵前草木风。”《关山月》本来是汉代乐府横吹曲的名字，横吹曲是军队里面的音乐，《关山月》是写军队半夜里行军的情状。比如岳飞的《满江红》词中说“八千里路云和月”，打仗的时候，军情紧急，兵士们在关山之中披星戴月地急着赶路，这时士兵之中就会有人吹笛子，表达怀念故乡之情。唐朝诗人王昌龄《从军行》说：“撩乱边愁听不尽，高高秋月照长城。”这是说，从军戍守边塞的士兵，在边地宴乐，以琵琶助兴，但哀怨的琵琶声反使征人的心情更加纷乱，撩起无限的乡愁。《关山月》多是这类曲子，所以词人说“落月关山”，词人问，是什么地方奏出这种哀怨的笛声？

“马嘶还向北”：光绪继续往北逃，词人似乎听到马嘶叫的声音，光绪是愈逃愈远了。“鱼雁沉沉江国，不忍问君消息”：古人说鲤鱼传书，这有两个可能。一个是秦代末年，陈胜、吴广革命，为了制造胜利的预言，他们就抓了一条鱼，然后用条白布，在上面写道“陈胜王”，陈胜要做王，将布条塞在鱼肚里传出去，于是他们就揭竿起义了。另一个说法是，古代的书信传递，在没有纸张之前，就用帛，一块白色的丝绸，写好之后，放在木匣子里，这个木匣子做成鱼的形状，分成上下两片，中间用线连起来。所以鱼是传信的象征。还有雁，雁也是古代传信的象征。据说，汉代苏武沦陷在匈奴十八年，他就写一封信给汉朝的朝廷，将这封信绑扎在雁的腿上，让雁替他送回去，所以雁是为人传书的。词人说，我现在要传一点信息，但是我不知道往哪里送。沉沉，是没有一点消息；江国，是说天上水中，不论是天上水中，都无法把信息传送出去。而且我也不忍心听到光绪皇帝的消息，听到他在旅途中备受煎熬的消息。

“恨不奋飞生六翼”：我真是恨不能自己长出六个翅膀，六翼并不是真的六个翅膀，而是比喻羽毛丰满，翅膀雄健，这样就可以飞到他那里去，看看日思夜想的君主。“乱云愁似幂”，阴云密布，我被沉重的忧愁笼罩了。幂，是笼罩，我纵有丰满的羽毛、雄健的翅膀，但漫天的阴云密布，我就是要飞也难高飞呀，何况我身上还长不出雄健的翅膀、丰满的羽毛呢?

于此可见，郑的这三首小词是写得极其沉痛的，不仅表达了他对光绪皇帝的一片悃悃至诚，也反映了词人对时局的无奈。

龚雨村 整理

第五讲

无可奈何花落去

——从晚清两大词人的词史之作看清朝的衰亡

自1895年中日甲午战争起，清朝的衰亡日益明显，经历戊戌变法的失败和庚子八国联军的国难后，像晚清四大词人王鹏运、郑文焯、朱祖谋、况周颐（一般都以这四位词人为晚清的四大家，这主要是从词学方面的成就而言的，如对词的声韵的研究、词集的校勘刊刻等方面的贡献。如果就词的创作而言，文廷式堪称大家，所以也有人将王鹏运、文廷式、郑文焯、况周颐合称为晚清四大词人，不包括朱祖谋在内）等倾向于改革变法思想的词人，对时局更是心灰意冷，彻底失望。这种忧愤悲观的心情反映于他们的作品里，现在我们举朱祖谋和况周颐两位词人的作品为代表，以便说明。这两位词人的一生，不仅跨世纪，而且跨时代，他们促进了清词的中兴，同时也代表清词的终结。

首先介绍朱祖谋（1857—1931）。朱另外有个名字叫孝臧，字古微，一字藿生，号沤尹，又号彊村，他是浙江归安（今湖州市）人，生于咸丰七年，死于民国二十年，活了七十四岁。光绪九年（1883）考中进士，做过侍讲学士、礼部侍郎，侍郎相当于今天的副部长，还做过广东学政，相当于现在的教育厅厅长。民国成立后，以遗老自居，晚年著述自娱。

他早年擅长写诗，后来在翰林院同王鹏运交往后，受王的影响，弃诗攻词，师法吴文英（梦窗）。他是影响清末民初词风的一位很重要的词人，整理出版了很多词集，如《彊村丛书》《彊村遗书》《彊村语业》等。叶恭绰誉其词为集清代词学之大成，可见朱的词作和词学在清词中的地位有多么重要。

现在我们来介绍朱在戊戌政变后不久所写的一首小词：

鹧鸪天·九日，丰宜门外过裴村别业

野水斜桥又一时，愁心空诉故鸥知。凄迷南郭垂鞭过，清苦西峰侧帽窥。　新雪涕，旧弦诗，愔愔门馆蝶来稀。红萸白菊浑无恙，只是风前有所思。

丰宜门，即北京城的南门，裴村，是“戊戌六君子”之一刘光第的号。“六君子”是八月十三日被处死的，二十六天后，也即九月九日，朱写了这首词。所以，这首词不是写戊戌政变发生时的情况，而是

写事后的一种心境。别业，就是别墅。

“野水斜桥又一时，愁心空诉故鸥知”：刘光第住的地方有水、有桥，朱在刘生前想必常去刘宅拜访，现在路过，看到水是旧日的水、桥是旧日的桥，景色依旧，但人事全非：不只是朋友死的死了，散的散了，他们这些人变法图强的理想、希望，也随着政变的失败而破灭了。愁心，是说我的悲哀、我的忧愁，去向谁倾诉呢？也许只有旧日那水上的鸥鸟才知道我的心思吧。

“凄迷南郭垂鞭过，清苦西峰侧帽窥”：南郭，是说北京城的南门，我骑着马经过南门的时候，触景生情，我的内心是这样沉痛，这样凄迷悲哀，以致连马鞭都举不起来。垂鞭，典出陆游《定风波》：“敧帽垂鞭送客回，小桥流水一枝梅。”清苦西峰，借用姜夔《点绛唇》中的词句“数峰清苦，商略黄昏雨”，西峰，是指西山的山峰，从南门可以远远地看到西山的山峰，但景随情变，这时的西山对词人来说，是如此凄清悲苦。词人说，我是如此悲伤，我头也抬不起来，马鞭也举不起来，我是侧着头，斜戴着帽子，一边偷偷地看西山，一边骑马慢慢地走过了刘的住宅。

“新雪涕，旧弦诗，愔愔门馆蝶来稀”：词人禁不住泪流满面，雪涕，形容眼泪之多。词人这时心里想到什么？想到往日的弹琴吟诗，往日的纵论国事时政，往事历历在目，而今竟然人事全非。愔愔，是说一点声音也没有，死寂般地沉静。当时，刘获罪死了，家人搬迁了，人去屋空，现在不但门前车马稀，连蝴蝶也很少飞到这里来了。

“红萸白菊浑无恙，只是风前有所思”：红萸是红色的茱萸花，古人重九的时候，胸前佩戴红萸，相传九月初九，佩戴红萸可以避免灾难。这两句词是说，红色的茱萸花、白色的菊花，仍像以往那样开放，可是，我们以前在此相聚的那些朋友现在到哪里去了？

我们当时维新救国的理想、热情、希望，现在到哪里去了？在风前，我对这些往事只有深沉的怀念！对那些殉难的朋友只有无限的哀思！

诗人对国事时局，痛心疾首，但只能以泪洗面。我们常说，哀莫大于心死，百日维新的失败使许多忠义之士心灰意冷，改革的路走不通了，剩下来的只有一条路，那就是革命，用革命的非常手段，推翻腐败的清朝。孙中山就是走的这条路，在他的领导下，辛亥革命成功了，清朝被推翻了，民国代之而起，一个旧的时代结束了，一个崭新的时代开始了。

再看况周颐的一首词。

况周颐（1859—1926），字夔笙，号蕙风，又号玉梅词人，和王鹏运是小同乡，广西临桂（今广西桂林）人，所以二人代表临桂词派。况本名周仪，因与宣统皇溥仪的名字相同，为了避讳，改为周颐。光绪五年考中举人，官至内阁中书，后来对官场失望，自己不做官，为了生活而去做大官的幕客，先进入两江总督张之洞的幕府，后进入两江总督端方的幕府。晚年避居上海，以卖文为生。

况爱好词学，同王鹏运一道向江宁的端木埰请教词学，并同王相互切磋。况一生以词为专业，特别致力于评词的衡量准则、方法和门径的探讨，他所写的词，严守声律，一声一字，皆无错误。他是词评大家，著有《蕙风词话》，这是一本非常重要的词评论著，它集合、承继了清朝研究清代词学的成果，所以况被视为是集清代词学之大成的学者。此外，况还著有《香海棠词话》《餐樱庑词话》《蕙风词》等。

现在让我们来欣赏况的一首《浣溪沙》小词：

一向温存爱落晖，伤春心眼与愁宜，画阑凭损缕金衣。

渐冷香如人意改，重寻梦亦昔游非，那能时节更芳菲。

这首小词是况氏于清亡之后写的，所以他的心情很复杂，一方面对清朝从失望到绝望，一方面对民国的新社会不能适应，怀有遗老恋旧之情。这首小词就是借写春景来表达这种矛盾复杂的心情。

“一向温存爱落晖”：词有一种特别的功能，它可以表现一种难以言喻的精神和思想境界。落晖，当然是指太阳要落未落时那残留的一点光辉，既然是日光，即使是残辉，还是温暖的。但是，落日快要沉下去了，残辉还会长久吗？不能够，一向，是说非常短的时间。李后主的《浪淘沙》词中说：“帘外雨潺潺，春意阑珊，罗衾不耐五更寒。梦里不知身是客，一晌贪欢。”李后主在囚禁的日子里，贪恋那梦中片刻的欢乐。

词人的心是伤春的心，词人的眼是伤春的眼，春天虽然很美，万紫千红，百花争艳，但转眼间就零落了。杜甫的《曲江》诗中说“一片花飞减却春，风飘万点正愁人”，现在花絮纷飞，迷茫一片，使人兴起春天即将消逝的哀愁。欧阳修写过一首送春的词，他在词中说，“过尽韶华不可添，小楼红日下层檐”，今天是春天的最后一天，今天的屋角上还留下一角的斜阳，剩下那一点点的温暖。况说，我的心和眼都伤春，眼前景色最适合表达我的哀愁。词人觉得那么悲哀、那么寒冷，只剩下夕阳残留的那一点点的余温，岂能不爱恋？

“画阑凭损缕金衣”：我就是为了看这一点点的落日的余晖，身子靠在栏杆上面，一靠就靠得那么久，竟然把我衣服上缕金的金线都磨损了。这是词人夸张的写法，不见得真的磨损了，只不过喻他凭栏的时间之长而已。

“渐冷香如人意改，重寻梦亦昔游非”：香炉里面的香慢慢地烧完了，慢慢地冷却了，这如同我们人的情意一样，从炽热到冷却，人的情意都改变了。我们不再有当年的理想、抱负、追求，一切都改变了。我们寻找我们昔日的梦、那昔日的环境，那昔日同朋友玩乐的地方，但一切都改变了，都消失了，是不可能找回来了。

“那能时节更芳菲”：过去了，就是过去了，花已经凋谢了，怎能再度芳菲？季节已经消失了，怎能再转回来？

况的这首词，写得真是凄凉悲切，他真是晚清最后一个送春的词人，无可奈何地看着花谢花落。我们从况这首词和上面所举的朱词可以看到历史的兴亡盛衰、人世间荣辱哀乐的消息。

龚雨村 整理

3 第三章 词与词学家

第一讲　张惠言与王国维对词之特质的体认

第二讲　从西方文论看张惠言与王国维两家的词学

第三讲　王国维《人间词话》的境界说

第 一 讲

张惠言与王国维对词之特质的体认

我过去讲书时的一个毛病，就是喜欢任凭自己的联想来发挥。我把它叫作“跑野马”。最近这些年我在西方理论中给我的“跑野马”找到一个根据。西方语言学的符号学认为，语言除了有一个表示语言文字排列次序的“语序轴”之外，还有一个由语言文字符号而引起联想的“联想轴”。而且不仅有语汇的联想轴，还有文本的联想轴。所以我就想到，我的“跑野马”，大概可以把它归属到文本的联想轴这种理论之中吧？为什么说我怀念当年在台湾的教学生活呢？这和我的“跑野马”有什么关系呢？那是因为我想起了我刚到加拿大的时候。那时候我得到了一个临时的职位，就是用英文来教一门由全校学生选修的课程“Chinese Literature in Translation”。听课的学生中有的连一个中文字都不认识，在地图上都找不到中国在哪里。课要用英文来讲，所有的诗都被译成英文了。可是要知道，诗的特色、诗的美好，完全是由语言传达的。现在语言不存在了，我觉得简直无从下手来分析和讲解，更不用说“跑野马”了。我在刚到加拿大的时候曾写了一首诗，虽然写得不好，但确实是我当时的感慨。我的诗是这样写的：“鹏飞谁与话云程，失所今悲匍匐行。北海南溟俱往事，一枝聊此托余生。”“鹏”是庄子说的那个从北海迁到南溟去的大鹏鸟。当它张开翅膀飞起来的时候，庄子形容说“其翼若垂天之云”，“抟扶摇而上者九万里”。“鹏飞”就是可以海阔天空，任意地发挥。我说，我现在还能跟谁再像以前一样地讲课呢？我已经失去了适合我的所在，就像从空中跌下来，不得不匍匐在地面上行走了。来台湾之前，我在大陆也教过书，我把大陆比作北海，把台湾比作南溟。而我既离开了北海，也离开了南溟，只能像庄子所说的那巢林的鷦鷯，借人家那一点点的地方来栖息了。而今天，我又回到了台湾，能够重温我过去在这里“跑野马”的教学生活，所以非常欣喜。尤其是看到我二十年前甚至三十年前教过的学生现在都在学术上很有成就，更是特别高兴。这就是我所说的“一则以喜”。至于“一则以惧”呢？那是因为我平生经历过很长时间的乱离生活，不能够完全安下心来从事学术研究，今天在座的不都是学生，还有一些很有学术成就的教授，所以我感到有些惶恐。如果我讲的有不正确或疏漏的地方，请大家多多指教。

首先我要讲词的特质是什么。我们常常把诗和词连在一起说

"诗词"，因为它们都是韵文，都是抒情言志的。其实，诗和词有相当大的不同。诗有一个言志的传统，早在《尚书·尧典》中，就说"诗言志，歌永言"；《毛诗大序》又说诗是"情动于中而形于言"；孔颖达的疏说，"诗者，人志意之所之适也"，又说，"情谓哀乐之情，中谓中心，言哀乐之情动于心志之中，出口而形见于言"。可见古人认为，诗是表达内心的志意和情思的，这志意和情思指的是人的显意识（consciousness）中的情意的活动。词和诗的一个最大的区别，在于词在初起的时候只是歌辞，并没有深意。它是隋唐以来为当时流行乐曲配写的歌辞，最初流传于市井里巷之间。由于音乐很美，吸引了士大夫阶层的诗人文士，但他们觉得曲子虽美，那些市井歌辞却太俗浅庸陋了，于是就自己下手为那些好听的音乐配写美丽的歌辞。

而原来在市井里巷流传的歌辞就有很长一段时间被湮没了，直到敦煌石窟被发现，早期的歌曲才有一部分重见天日。而在这之间长长的历史年代里所流传的就都是诗人文士为流行歌曲配写的歌辞。当时的诗人文士们，他们是在什么样的背景下写这些歌辞的呢？欧阳炯为《花间集》所写的序文中说："则有绮筵公子，绣幌佳人，递叶叶之花笺，文抽丽锦；举纤纤之玉指，拍按香檀。不无清绝之辞，用助娇娆之态。"那些风流浪漫的诗人文士们在华美的筵席中把美丽的歌辞写到有花纹的五彩笺纸上，递给漂亮的歌妓舞女去演唱。他说那些歌辞像五光十色的锦缎一样不断地从文士手中抽出，歌女们拿到之后就举起她们柔细的、玉一般的手指打着檀香拍板来演唱。你们想，在这样的环境下，当然只有那美丽的女性化的歌辞才适合演唱者的身份，才能为演唱者的娇娆美丽增添姿态。这就决定了花间词的风格和内容。我们中国人一向喜欢用伦理道德、政治教化的标准来衡量文学作品，可是现在居然出了词这种文学作品，它根本就不存载道和言志的用心，明目张胆、大大方方地去写美女和爱情。在中国文学的历史演进中，这不能不算是一个值得注意的突破。由此可见，词的性质与诗歌是不同的，它是不受伦理道德和政治教化之约束的。

但是我们一定要注意到，当文士诗人们插手来写小词之后，小词逐渐就发生了一些奇妙的变化，正如张惠言在《词选·序》中所说的："传曰：'意内而言外谓之词。'其缘情造端，兴于微言，以相感动，极命风谣里巷男女哀乐，以道贤人君子幽约怨悱不能自言之情，低徊要眇，以喻其致。""传曰"就是引证前人的话，张惠言在这里所引的是许慎《说文解字》中的话。但许慎所说的"词"是"语词"之"词"，因为汉代还没有小词这种文学体裁。可见张惠言"传曰"这句话是断章取义，他只是借用"意内而言外"这个意思。他说，词是以写男女爱情为主的，可是就在那些委婉含蓄的字句之中，就引起了人的兴发感动。当那些里巷男女之间的离合悲欢写到极点的时候，由于写得真诚，写得富有感发力量，结果就产生了一个作用，就可"以道贤人君子幽约怨悱不能自言之情"。那些有品德、有志意、有理想的人，他们内心有所追求向往却不能实现，这种感情很难用显意识的文字明白地说出来，甚至他们在显意识中本来也没有打算把这种感情表达出来，但结果却竟于无心之间在写男女爱情的小词之中表达出来了。表达得如何呢？表达得有一种婉转低徊、深微隐约的意致。这是张惠言的说法，我们先把它放在这里。他说得对不对？有没有根据？等一下我们要逐步来进行探讨。

接下来我们就看王国维的《人间词话》，他说："词之为体，要眇宜修，能言诗之所不能言，而不能尽言诗之所能言。诗之境阔，词之言长。"你看，刚才张惠言说词是"低徊要眇"，现在王国维也说词是"要眇宜修"。可见这"要眇"的性质，正是词的一种特质。

什么是“要眇”的性质呢？我在国外教书多年，认识了很多汉学界教中国诗词的学者，他们常常跟我说，词比诗更难讲。因为诗总会有一个主题，有一些典故，比较容易掌握；而词都是春花秋月、伤离怨别，而且常常写得很浅俗，接近于白话，有什么可讲的呢？其实词里边可以有深隐的意思，但你应该怎样来追寻、探索这深隐的意思？那就要注意到“要眇”这个特质。“要眇”一词出于《楚辞》里的《九歌·湘君》“美要眇兮宜修”，是形容湘君的美丽。关于湘君是谁，历代《楚辞》注解有不同说法，我所用的是王逸的注解和洪兴祖的补注。我国古代传说，舜帝南巡的时候死于苍梧，舜的两个妃子娥皇和女英在湘水边上哭泣，据说她们流下的泪滴在湘水边的竹子上，留下了许多斑痕，那就是今天的斑竹。后来，她们就成了湘水的女神。王逸的注解说，“要眇”是“好貌”，“修”是“饰也”。就是说，要眇是一种美好的样子，修是一种装饰美。而洪兴祖的补注就说，此言娥皇容德之美。“容德之美”就是不但有外在容貌的美，而且有内在品质上的美。小词的美也正是这样一种美。传统的词学批评家张惠言和接受了新思想的词学家王国维都看到了这一点。

那么，是什么原因使词形成了“要眇”的特质呢？第一个原因是外表形式上的原因。诗的句子比较整齐，而词的句子长短错综。当然，诗也有长短错综的，如汉乐府“上邪！我欲与君相知，长命无绝衰。山无陵，江水为竭，冬雷震震，夏雨雪，天地合，乃敢与君绝”，也是长短句。但是这种长短句说得比较直接，因为汉代乐府诗是先有了歌辞后配的音乐，而词是先有了音乐后配的歌辞。我在国外教书的时候，我的学生同我讨论过一个问题：如果写同样的内容，诗和词到底有什么不同？我举了一个例证，那就是王之涣的《凉州词》：“黄河远上白云间，一片孤城万仞山。羌笛何须怨杨柳，春风不度玉门关。”这是一首大家都很熟悉的边塞诗。关于这首诗，相传有一个故事。清朝的学者纪晓岚有一次给朋友写扇面写了这首诗，他不小心丢掉了一个字，就是“黄河远上白云间”的“间”字。朋友说：“你写的不对，你丢掉了一个字。”纪晓岚不承认，他说：“我没有丢掉字。我写的不是诗，是一首词。”怎么会是词呢？纪晓岚就念了：“黄河远上，白云一片，孤城万仞山。羌笛何须怨？杨柳春风，不度玉门关。”你们看这有多么奇妙！内容完全不改变，只因为声律不同了，那感觉就起了变化。“黄河远上白云间，一片孤城万仞山”，多么开阔，多么博大，多么直率！而一改变音节，“黄河远上，白云一片，孤城万仞山”，马上变得那么委婉，马上就是词的味道了。你们也许已注意到我对“笛”字的读音跟说话时的读音不同，我在大陆教书时有同学问我：“老师，你讲话是北京人的口音，可一念词就不像北京人了，那是什么缘故？”那是因为，词是有音乐性的一种文学体式，你一定要保持音律的美。词里边有入声字，它们属于仄声，其中有的现在读平声了，如果在词里也读平声就不好听。例如这一首《忆秦娥》：

> 箫声咽，秦娥梦断秦楼月。秦楼月，年年柳色，灞陵伤别。　　乐游原上清秋节，咸阳古道音尘绝。音尘绝，西风残照，汉家陵阙。

这首词韵脚的字都是入声。其中“别”“节”“绝”等字现在是平声了，但读词时还是要念成入声。我是北京人，不会念入声字，可是这几个字念成平声就不好听，所以我把它们念成仄声。总之，读词的时候一定要把它的音律读出来，才能有一种外表的形式和内容的情意配合起来的完整的美感。

现在有一些流行的版本很不注意音律。例如苏东坡《念奴娇·赤壁怀古》中的"遥想公瑾当年，小乔初嫁了，雄姿英发。羽扇纶巾谈笑间，樯橹灰飞烟灭"几句和"故国神游，多情应笑，我早生华发"几句，其中的"羽扇纶巾谈笑间"七个字一定要连读下来，"多情应笑，我早生华发"一定要断开。而现在流行的版本常常只看外表的文法，读成"羽扇纶巾，谈笑间，樯橹灰飞烟灭"，"多情应笑我，早生华发"。这样读就失去了这首词原来那种曲折抑扬的音律美，也难以表现原来那种感叹的意思。还有姜白石那首《扬州慢》的最后几句一般点作："纵豆蔻词工，青楼梦好，难赋深情。二十四桥仍在，波心荡，冷月无声。念桥边红药，年年知为谁生。"文法上是对的，音律上不对，应该是"念桥边，红药年年，知为谁生"。念起来一波三折，感情也就都出来了。词里边越是长的句子，它的停顿就越重要，不能马虎。以上是词有"要眇宜修"、低徊婉转情致的第一个原因，是音律上的原因。

第二个原因是内容上的原因。词的内容多半是男女爱情，写的是人世之间最浪漫、最温柔的一种女性感情。我们看温庭筠的一首小词《南歌子》：

> 倭堕低梳髻，连娟细扫眉。终日两相思。为君憔悴尽，百花时。

古时的女子能够把头发梳出许多花样来，不同的发型可以代表不同的身份，表现不同的感情。李商隐的《燕台诗》说："高鬟立共桃鬟齐。""高鬟"就是在头上盘一个高髻，不但美丽，而且显得高贵。美国的奥黛丽·赫本平时头发是短的，一扮演公主就把头发盘上去了，立刻就显出高贵、骄矜的姿态。有的妇女职业是老师，平时把头发盘着梳起来，像个老师的样子，晚上去谈恋爱了，适合那种浪漫的环境，她的头发就垂下来了。电影里边不都是这么表现的吗？还有小姑娘梳的“丫鬟”，是在头的两边一边梳一个髻，代表一种青春的、纯真的美丽。那么什么是“倭堕”髻呢？“倭堕”髻就是把髻斜梳在头的一边并且垂下来。它不像“高鬟”那么严肃端庄，也不像“丫鬟”那么天真幼稚。那正是女孩子刚刚懂得感情之后的一种浪漫的发式。“连娟”是形容眉毛美好的样子。古代不但有那么多种发式，还有眉谱，可以画各种不同的眉毛。有的眉像远山，有的眉细长入鬓。“连娟细扫眉”就是画出那种细长的、修整的眉毛样式。温庭筠写了一个这么美丽的女子，这个女子内心之中有一段深隐的爱情，所以“终日两相思”。她为了她所爱的那个人而憔悴，特别是在春天百花开放的日子里，就像柳永所说的，“衣带渐宽终不悔，为伊消得人憔悴”。像这种小词，我们不必要求它有什么伦理道德、政治教化的那些载道言志的含义。因为爱情是人类最纯真、最热烈、最深隐的一种感情，一首小词能够把这种感情的本质表现出来就很不错了，这也是人类的一种美好追求。温庭筠的另外一首《南歌子》说：

手里金鹦鹉，胸前绣凤凰。偷眼暗形相。不如从嫁与，作鸳鸯。

头两句人们有不同的解释。俞平伯先生认为这是女子在绣花，她手里拿着一个小的绣花绷子，绣的是金鹦鹉；胸前架着一个大的绣花架子，绣的是凤凰。我以为也不一定非得这样讲，因为词最微妙的地方在直觉的感受，这里给人的直觉感受一个是手里，一个是胸前。手里是你的才艺、你的技巧；胸前是你的内心、你的感情。一个“手里”，一个“胸前”，一个“金鹦鹉”，一个“绣凤凰”，从语言学的符号学来说，这就是几种符号的对举。在这几种符号的对举之中，自然就产生了一种感发的力量。同时，符号的两两对举还表现一种周遍的、无所不包的意思。例如古代的史书《春秋》，它不是只记载春秋两个季节所发生的事情，春与秋两个字对举就包含了春夏秋冬四季所发生的整个历史事件。那么，“手里”“胸前”、“金鹦鹉”“绣凤凰”的对举就是说，我无论内在还是外在，无论情思意念还是技艺才能，都是十分美好的。孔老夫子说：“沽之哉！沽之哉！我待贾者也。”（《论语·子罕》）这个女子有这么美好的技能和感情，这一切应该交付给谁呢？她偷偷地用眼睛看一看那年轻人的形状和相貌，我不如就真的把我的终身都托付给他，从此之后永远也不分离。韦庄的《思帝乡》说“春日游，杏花吹满头。陌上谁家年少，足风流。妾拟将身嫁与，一生休。纵被无情弃，不能羞”，也是这个意思。以上我们讲的是小词具有“低徊要眇”之情致的第二个原因。

此外还有第三个原因，那属于文学传统上的原因。我们中国的文学从历史上就有“美人香草以喻君子”的传统。司马迁的《史记·屈原贾生列传》赞美屈原说：“其志洁，故其称物芳。”你们看屈原的《离骚》，那么长的一首诗歌，所写的都是什么？到处是对美女的追寻。“忽反顾以流涕兮，哀高丘之无女”，是说我登上了这么高的山，竟然也找不到我理想中的那个女子。“路漫漫其修远兮，吾将上下而求索”，求索的也是那完美高洁的女子。那女子就是一个象征，他最终也没有追求到。我们知道，《诗经》中所写的美女，还多半是现实之中的美女，例如《卫风·硕人》里的“螓首蛾眉”，那真的是形容庄姜夫人的美丽。可是从屈原开始，中国文学就有了一个以美人和爱情来作象征喻托的传统。建安时代曹植所写的《杂诗》说“南国有佳人，容华若桃李”，又说“时俗薄朱颜，谁为发皓齿”。南国有一个美人，她的容颜像春天的桃李花一样美丽，可是当时的世俗不看重这种美丽。那么，她为谁而开唇露齿，展颜一笑呢？哪一个人值得她这样做呢？曹植还有一首《七哀》诗说："君若清路尘，妾若浊水泥。浮沉各异势，会合何时谐？愿为西南风，长逝入君怀。君怀良不开，贱妾当何依？"自从曹丕做了皇帝以后，曹植一直抑郁不得志。"清路尘"是那种只要微风一吹就能飞上天去的尘土。《红楼梦》里的薛宝钗的《柳絮》词说，"好风凭借力，送我上青云"，在这里曹植说，你就像那凭借风力直上青云的尘土，我就像那沉淀在浊水底下的污泥，我们以前虽然亲近，但如今两人的情势已经如此不同，什么时候还能会合在一起呢？我多么愿意变成从西南吹来的一阵好风，一直投入你的怀抱之中，可是你接受我吗？如果你的怀抱不肯为我而展开，那么我这么卑贱的一个女子将依靠谁呢？这完全是喻托。既然中国文学上有这样一个传统，那么写小词的诗人文士们在"递叶叶之花笺，文抽丽锦"的时候虽然不必有深刻的命意，读者却不妨有喻托的联想。前几天我在清华大学讲过温庭筠的一首小词，写的不过是一个女子起床、画眉、簪花、照镜、穿衣。但屈原在《离骚》里说"众女嫉余之蛾眉兮，谣诼谓余以善淫"，又说"制芰荷以为衣兮，集芙蓉以为裳""佩缤纷其繁饰兮，芳菲菲其弥章"，那美好的容貌和服饰就都有了象征的含义，所以张惠言才从温庭筠那首小词里看出屈子《离骚》的托意。

我在清华大学还提到过在文本（text）中隐藏有引起读者丰富联想的可能性（potential effect），但引起联想的因素不同。张惠言是通过语码来联想的，王国维是通过感发的本质来联想的。我先说一说张惠言的方法，是一种传统的说词方法。我给大家举个例证，欧阳修的《蝶恋花》：

庭院深深深几许，杨柳堆烟，帘幕无重数。玉勒雕鞍游冶处，楼高不见章台路。　雨横风狂三月暮，门掩黄昏，无计留春住。泪眼问花花不语，乱红飞过秋千去。

这首小词本来也见于冯延巳的词集，可是李清照说这是欧阳修的词，所以后来大家就都说是欧阳修的了。它写的是一个闺中女子思念丈夫的感情。在古代，男子可以到处去游历，到处去放纵浪漫的感情，女子却不行，只能被闭锁在闺房之中。“庭院深深深几许”，女子的被封锁，就都表现在几个“深”字里边了。文字的作用就是这样，看起来很平易、很浅俗，但你如果不细心品味就容易把很好的句子忽略过去。“深几许”，简直就不知道那闭锁、那限制到底有多么深！下边一句写得更好，不但写出了这个女子的不自由，而且写出了在闭锁限制之中她的那一份不能自已的浪漫感情。“杨柳”是代表相思怀念的。阴春三月，柳丝茂密随风飘摇，远远看去，一片朦胧的绿色，这就是“杨柳堆烟”。现在我要提醒大家，不要小看小词中这些“微言”，一定要体会这些看起来不重要的东西起着什么样的作用。温庭筠的《菩萨蛮》“玉楼明月长相忆，柳丝袅娜春无力”，也是写相思怀念。你看他那“玉楼”“明月”是多么美的背景！住在“玉楼”之中的女子，该有何等纯洁美好的心灵；面对天上的明月思念远人，该有何等光明皎洁的感情！李太白的《玉阶怨》说：“却下水精帘，玲珑望秋月。”我眼睛望的是天上那一轮皎洁的秋月，我心中望的是我所爱的那个人。这样一来，无形之中，心中所望的人也就和眼中所望的月一样皎洁了。既然我所期待的对象是光明皎洁的，那么，我的这种感情就更是光明皎洁的。小词不同于诗，不能像“朱门酒肉臭，路有冻死骨”那样说得那么明白。小词那温柔美好的感情，往往在闲澹的、似乎是不重要的景色之中表现出来。“玉楼明月”“庭院深深”“杨柳堆烟”，都是在“微言”之中传达了深隐的情意。

那么，这个女子所思念的人在哪里？“玉勒雕鞍游冶处，楼高不见章台路”：那个荡子到处去寻花问柳，我登上最高的一层楼也望不见他所在的地方。“玉勒”是马的缰辔，上面有珠玉的装饰；“雕鞍”是很珍贵的马鞍；“章台”是男子游冶的地方。在孤独的相思怀念之中，那三春的好景转眼之间就消逝了——“雨横风狂三月暮，门掩黄昏，无计留春住。”这写得真是好！什么是“雨横风狂”？那就是李后主所说的:“林花谢了春红，太匆匆，无奈朝来寒雨晚来风。”女子常常用春花来比喻自己容颜的美好，韦庄说“劝我早归家”，因为那“绿窗人似花”。而花被摧残了，就等于说一个女子在感情上受到了摧伤。“三月”是春天的最后一个月；而“三月暮”又是三月的最后一天。欧阳修还有一首小词说：“过尽韶华不可添，小楼红日下层檐。”春天是一分一寸也增加不了的，照射在小楼上的日光已渐渐从屋檐下隐没，这一天已经过完了；门外的春花已经在风吹雨打之下摧残凋零，这一个春季也过完了。女子的青春能有多少？“如花美眷”怎禁它“似水流年”？所有这一切都是留不住的。

“泪眼问花花不语，乱红飞过秋千去”——我为什么这样不幸？我为什么这样痛苦？有谁能给我一个答复？我含着满眼的泪水问花，但花已经憔悴了，零落了，被一阵风卷走了。我这才知道，一切都是无可追寻、无可挽回的了。前些时候我在清华大学讲课，恰好有一位朋友送给我一本波斯诗人奥马伽音的《鲁拜集》，里面有这样一首诗：“搔首苍茫欲问天，天垂日月寂无言。海涛悲涌深蓝色，不答凡夫问太玄。”他说，人间为什么有这么多不幸呢？我问天，天上有日月星辰在运行，却不给我一句答话；我问海，海水波涛汹涌，也不给我一句答话。屈原写过《天问》，也向天提了许多问题。但天是无法答复的，千古以来谁也无法答复。

你们看，一首写闺中思妇的小词，它在感情的本质上就给了我们这么丰富的感发和联想！当然，从感情的本质进行感发和联想是王国维的方法而不是张惠言的方法。事实上，我讲词的方法是比较接近于王国维的。那么张惠言对这首词是怎样联想的呢？他说："'庭院深深'，闺中既以邃远也；'楼高不见'，哲王又不寤也。'章台'、'游冶'，小人之径；'雨横风狂'，政令暴急也；'乱红飞去'，斥逐者非一人而已，殆为韩、范作乎？"（张惠言《词选》）首先，他肯定了这首词是欧阳修的作品。你要是熟悉宋朝的历史你就会知道，北宋初年仁宗时代有一次庆历变法，在这次变法运动之中，欧阳修、韩琦、范仲淹他们是意见相同的，后来相继都被贬出去了。张惠言所说的"闺中既以邃远"和"哲王又不寤"是屈原《离骚》上的话，它们本来就有喻托的深意。司马迁说屈原"信而见疑，忠而被谤"，他对国家的忠心耿耿却遭到别人的猜忌和谗毁，遭到国君的疏远，所以他把楚国的国君比作深闺之中的女子，说我无法把我对朝廷的关心对国君表达，而且贤明的君主他竟然始终也不明白我对他的忠心。既然"庭院深深"说的是深，"闺中既以邃远"说的也是深；"楼高不见"是眼中不见，"哲王不寤"是心里不明白，张惠言就从字意表面的相近产生了联想，这是他解释小词的一种方法。我在清华大学曾经引用过诠释学的说法，那本是西方解释《圣经》的一门学问，而《圣经》上的故事表面上是故事，实际上都隐藏着一种宗教的哲理。中国的小词也是除了表面所写的意思之外往往还可以引发读者有更深一层的联想，张惠言解释小词的方法就是从字面所引起的联想来解说小词的。

王国维不赞成张惠言的说词方法。他在《人间词话》中说："张皋文谓飞卿之词深美闳约，余谓此四字惟冯正中足以当之。"又说："固哉，皋文之为词也！飞卿《菩萨蛮》、永叔《蝶恋花》、子瞻《卜算子》，皆兴到之作，有何命意？皆被皋文深文罗织。"张惠言说温庭筠《菩萨蛮》的"照花"四句有《离骚》"初服"之意，说欧阳修《蝶恋花》的"庭院深深"是"闺中既已邃远也"，他对苏轼的《卜算子》又是怎么说的呢？我们先来看苏轼的《卜算子》：

> 缺月挂疏桐，漏断人初静。谁见幽人独往来，飘渺孤鸿影。　惊起却回头，有恨无人省。拣尽寒枝不肯栖，寂寞沙洲冷。

张惠言的《词选》引鲖阳居士的说法，说"缺月"是"刺明微也"。就是说，光明太少了，整个社会都是黑暗的。又说，"漏断"是"暗时也"；"幽人"是"不得志也"；"独往来"是"无助也"……总而言之，张惠言的解释都是从字面上来比附的，显得比较勉强。所以王国维就不满意了，他说张惠言这种在文字上推敲比附的办法就像是织了一面大网把小词都罗织进来，这种办法是勉强的、造作的、不自然的。然而奇妙的是，王国维反对张惠言的说法，但他自己却也有类似的说法。例如他说："南唐中主词'菡萏香销翠叶残，西风愁起绿波间'，大有众芳芜秽，美人迟暮之感。乃古今独赏其'细雨梦回鸡塞远，小楼吹彻玉笙寒'，故知解人正不易得。"那"众芳芜秽""美人迟暮"是谁说的？正是屈原《离骚》上的句子！张惠言说温庭筠的"照花前后镜"有《离骚》的意思，王国维说人家深文罗织；可他自己也把南唐中主的词讲出《离骚》的意思来了，他怎么就可以？而且还不只如此，他还说："古今之成大事业、大学问者，必经过三种之境界。'昨夜西风凋碧树。独上高楼，望尽天涯路'，此第一境也。'衣带渐宽终不悔，为伊消得人憔悴'，此第二境也。'众里寻他千百度，蓦然回首，那人却在，灯火阑珊处'，此第三境也。"他把前人写爱情和相思离别的小词说成是成大事业、大学问的三种境界，有什么根据？凭什么可以这样说？王国维对词的解说方式和张惠言有什么不同，这正是我们今天所要讨论的。

刚才我们念过王国维的一段话："词之为体，要眇宜修，能言诗之所不能言，而不能尽言诗之所能言。诗之境阔，词之言长。"现在我们已经知道了什么是"要眇宜修"，那就是指词的那种美好、温柔、婉约的特质。"庭院深深深几许，杨柳堆烟，帘幕无重数"，在那幽约委曲的女性化感情之中，潜藏着一种感发的力量，它可以使我们联想到人的被限制、被拘束和美好向往的不可能获得，这种幽微要眇的意境不是诗所能够明白表达出来的；"倭坠低梳髻，连娟细扫眉""手里金鹦鹉，胸前绣凤凰"，是从爱情这种人类最基本、最真诚、最热烈的感情出发，写出人的内心之中追求美好的一种基本心态，这种幽微要眇的意境也不是诗所能够明白表达出来的。词虽然能表达出诗所不能表达的这些幽约委曲的情意，但词也有缺点，它也不能够完全地表达出诗所写出的境界。像杜甫的《自京赴奉先县咏怀五百字》《北征》，像李商隐的《行次西郊作一百韵》，那种反映整个时代的历史长卷的内容，就不是女性化的小词所能表现的。诗的境界可以开阔博大，而词的好处在余味深长。"庭院深深深几许"，很简单的几句话可以引发那种丰富、遥远的联想，真是言有尽而意无穷。

然而，小词难道就永远停留在写男欢女爱和相思离别之中吗？不是的，小词也在演进。为什么会演进？因为当诗人文士下手来写词的时候，不知不觉地就把自己的思想品格和性情修养从词里边流露出来了。为什么欧阳修的小词能给我们这么丰富的联想？就因为欧阳修有他自己的品格、学问、修养和政治上的种种经历，有一颗丰富的心灵，所以才能写出有如此丰富潜能的小词。而这种潜能，他是无心之中流露出来的。从温庭筠到北宋初年的晏殊、欧阳修等作者都是如此。所以，我就把小词的演进分成了几个阶段。

第一个阶段是歌辞之词。温庭筠的“倭堕低梳髻”之类固然是歌辞，欧阳修的词也是歌辞。欧阳修写过十几首《采桑子》，前面有一段开场白说：“因翻旧阕之辞，写以新声之调，敢陈薄伎，聊佐清欢。”意思是我虽然不会唱歌，不会跳舞，但我把我所写的歌辞给你们，让你们去唱去跳，聊且为你们增加一些欢乐。欧阳修还写过春夏秋冬十二个月的歌辞，说春天怎么样好，正月怎么样好，二月怎么样好……完全像今天我们唱的“正月里来百花香”“二月里来二月二”之类的定格连章的歌辞。但是欧阳修在写小词的时候，无心之中就更多地流露出了自己的修养和品格。这种趋势慢慢地发展，小词也就逐渐地演进。到后来，小词就慢慢地诗化了。也就是说，作者不是潜意识地流露心态，而是通过显意识来表现自己的情志了。

真正用显意识来表现自己情志的，首先当数苏东坡。苏东坡已经不再是简单地给酒席筵宴上的歌女写爱情的歌辞，他在歌辞里写出了自己的“一腔浩气”。在苏东坡之前的歌辞都是只有牌调没有题目，从苏东坡开始就有了题目，而且像《念奴娇·赤壁怀古》，居然用了“怀古”这种诗的题目。我刚才说，词有词的特质，词不是诗。好，现在就发生了一个问题了：小词诗化了以后还能不能保持它那份曲折、幽深、含蓄的特质？词是不是就和诗一样了呢？那我们还是要看具体的词。苏东坡的词一般来说可以分成两类，一类写得比较直率，一类写得比较曲折。《唐宋名家词选》引夏敬观《吷庵手批东坡词》曰：“东坡词如春花散空，不着迹象，使柳枝歌之，正如天风海涛之曲，中多幽咽怨断之音，此其上乘也。若夫激昂排宕、不可一世之概，陈无己所谓‘如教坊雷大使之舞，虽极天下之工，要非本色’，乃其第二乘也。”“春花散空，不着迹象”说得很妙，就是说这一类词你很不容易从表现上真正抓住它的意思。“使柳枝歌之”，这是一个故事，见于李商隐的《燕台诗》。如果你看了李商隐的四首《燕台诗》就会知道，那真是扑朔迷离的、非常美的四首诗。尽管你不懂，也会被它吸引。关于这四首诗有一个故事，说是洛阳城中里巷间有一个美丽的女子名字叫柳枝，有一次李商隐的堂弟让山吟诵李商隐的四首《燕台诗》，被柳枝听到了，她就惊问：“谁人有此？谁人为是？”接下来就发生了一个美丽的故事。据说这个柳枝不是一个寻常女子，她从来不肯梳妆完整，但是却能唱出像天风海涛一样开阔飞扬的曲调，而在这开阔飞扬的曲调里又隐藏有幽深哀怨的一种感情。夏敬观就是借用了李商隐形容柳枝的一段话，说苏东坡有一类词也是这样，表面上看起来是天风海涛之曲，可是里边就隐藏有幽咽怨断之音，你很难一下子就把它很明确地说出来。他说“此其上乘也”——这才是苏东坡第一等的好词。所以你看，小词在诗化了以后仍然和诗有所分别，仍然保持了它那深隐曲折、耐人寻味的一面。不只苏东坡的词如此，辛弃疾—— 一个英雄豪杰的词人，他所写的上乘的词也有曲折深隐的一面。陈廷焯在《白雨斋词话》中说：“辛稼轩，词中之龙也。气魄极雄大，意境却极沉郁。”正因为如此，所以苏辛的词才耐人咀嚼，耐人寻味。有一些表面上豪放的词人，把词写得那样叫嚣，那样浮浅，比之苏辛，实在有层次的不同。

时间马上就到十二点了，今天我们只讲了如何欣赏歌辞之词，至于诗化之词我们只好明天再讲。但是在结束之前我还要简单说明几句。我以为，在诗化之词以后，词的发展又演化出第三种类型的词，就是赋化之词。苏辛可以代表诗化的词，谁能代表赋化的词呢？是周邦彦。周邦彦词的出现是词在演化中的又一个转折。而周邦彦的词又带起了南宋姜夔、史达祖、吴文英、王沂孙这一派词人，他们的词都有要眇宜修、深隐曲折的这一面，但是需要我们从不同的途径，用不同的方式去推寻。不过，在诗化之词和赋化之词中间还有一个作者，我们今天也要作一个交代。这个作者和歌辞之词、诗化之词、赋化之词都有关系，是它们之间转折的一个枢纽，这个作者就是柳永。柳永的词是可以给歌女和乐工们去演唱的，表面上看起来也是属于歌辞之词。但柳永很有音乐才能，他开始写一些长调——并不是说从柳永开始才有长调，敦煌曲子词里边就有了，只不过早期的词人温庭筠、韦庄、欧阳修、晏殊这些人都不大使用长调。因为他们是文学家但不是音乐家，既不肯也不能填写那些长调的歌辞。柳永就不同了，他既是文学家，也是音乐家，同时还是一个性格比较浪漫的人，他肯写长调，也能写长调。所以，从他开始，就有文人填写的长调出现了。但随着长调的出现又产生了一个问题：小词是讲究委婉含蓄的，而长调却讲究铺陈。什么都说出来了，余味在哪里？例如柳永有一首《定风波》：

自春来、惨绿愁红，芳心是事可可。日上花梢，莺穿柳带，犹压香衾卧。暖酥消，腻云亸，终日厌厌倦梳裹。无那！恨薄情一去，音书无个。　　早知恁么，悔当初、不把雕鞍锁。向鸡窗、只与蛮笺象管，拘束教吟课。镇相随，莫抛躲，针线闲拈伴伊坐。和我，免使年少光阴虚过。

你看，他把男女爱情的词写得这么浅俗，什么话都说出来了，哪里还有贤人君子幽约怨悱之情？哪里会引人想到成大事业、大学问的三种境界？然而，柳永的词却有另外一面的好处，就是他把词从闺房带出去了，带到了广阔的天地之中。过去的小令都是写闺房女子、闺中思妇，柳永则不然，他自己站出来，以一个登山临水的游子身份来写词。“对潇潇、暮雨洒江天，一番洗清秋。渐霜风凄紧，关河冷落，残照当楼。是处红衰翠减，苒苒物华休。惟有长江水，无语东流”，写得多么开阔博大！尽管柳永也为市井歌女写了不少淫靡浅俗的词，但是把词从“庭院深深”中的“春女善怀”引向广阔天地之中，写出了“秋士易感”的悲慨，这是柳永了不起的地方。他为词开出了一条崭新的路子：以男子的口吻，写出有才华、有志意的人生命的落空。柳永写登山临水的词多是在秋天——“景萧索，危楼独立面晴空。动悲秋情绪，当时宋玉应同。”多么开阔，多么高远，真是“摇落深知宋玉悲”！你们看到没有，苏东坡老是和柳永比：“我词何如柳七？”“虽无柳七郎风味，亦自是一家。”他总是忘不了柳永，可见苏东坡对柳永的词相当重视。他不赞成柳永的《定风波》那一类淫靡的词，却认为柳永的《八声甘州》“对潇潇暮雨洒江天”于诗中不减唐人高处。既然苏东坡看到了这一点，那么我想，他自己所开拓出来的“天风海涛”之曲也未必不是从柳永那里得到了启发。

此外还有一点是值得重视的，那就是——柳永的开阔博大影响了苏东坡，苏东坡开拓出去，有了他自己的变化；柳永的铺陈叙述影响了周邦彦，周邦彦开拓出去，也有了自己的变化。柳永的长调是直接的、一步一步的叙述：“冻云黯淡天气，扁舟一叶，乘兴离江渚。渡万壑千岩，越溪深处……”他乘船出发，经过这里又经过那里，一层一层地按顺序写下去。周邦彦则不然，他的词在时间和空间上有了错综的变化，这种变化也影响了南宋的词人。然而，从柳永到苏东坡再到周邦彦，在这段演变过程之间，小词的那种“要眇宜修”的本质还是依旧保存着。

安易 杨爱娣 整理

第二讲

从西方文论看张惠言与王国维两家的词学

我所要谈的，是从西方文论来看中国两位词学家的词学。既然要谈中国的词学，我们先要对词有一些简单的认识。一听到“词”这个名字，一般人就只想到它是一种文学体式。其实，最早的时候词的意思本来是歌辞之词。在隋唐时期，外来音乐传到了中国，与中国传统音乐结合起来，就形成了一种新的音乐，叫作“燕乐”。词，就是配合这种新兴音乐来歌唱的歌辞。最早的词是在民间流行的，晚清时期在敦煌石窟发现的一些唐人写本中记载的歌辞，就是这种在民间流行的词，我们把它叫作敦煌曲子词。但曲子词是直到晚清才被发现的，在晚清之前，大家所能读到的最早的歌辞就是《花间集》里的歌辞了。《花间集》是由文人编定后印刷流传下来的，它是我们中国最早的一部词集，对后代产生了很大的影响。它的书名很美，我在国外讲词的时候把它翻译成 *Songs Among the Flowers*，意思是“在花丛中唱的歌”。从这个名字可以看出，编书的人并没有很严肃的道德伦理观念，他只是为美丽的流行歌曲编一本供歌唱的集子而已。那么这些流行歌曲是在什么地方演唱的呢？《花间集》有一篇序文，序文中说：“则有绮筵公子，绣幌佳人，递叶叶之花笺，文抽丽锦；举纤纤之玉指，拍按香檀。”他说那是年少的诗人墨客在华美的筵席上给那些在绣花帘幕中歌唱的美丽的女子所写的歌辞。文士们递出一张张漂亮的印花纸笺，纸笺上的文字美得像华丽的锦缎，于是歌女们就举起她们的纤纤玉指，拿起檀香木制作的拍板，来唱这些美丽的歌辞。在这种场合下，歌辞内容能写些什么呢？那主要就是美女与爱情。

可是，在中国旧日传统的文学观念中，人们一直认为诗是应该言志的，文是应该载道的，而现在兴起的词这种文学体式则都是写爱情的流行歌曲，这不合乎传统文学观念，更不合乎传统文学批评标准。然而，当时很多文人都喜欢写词。这固然由于他们感到词是美丽的，但另一方面也是由于他们感到词是自由的。因为，他们平时写诗写文章都要恪守言志载道的标准，从来不敢放开手写爱情，而现在居然有词这样一种文学体式给他们提供了一个机会，使他们可以大胆地去写爱情，对于才子们来说，这真是一件很好的事情。所以，很多诗人文士就都来下手给流行歌曲填写歌辞。为什么说“填写”呢？因为歌曲的曲调和句子长短都是固定的，写的时候要按照曲调的固定格式把歌辞填写进去，所以我们一般不说“写词”，而说“填词”。

但文人们填写了这些美女和爱情的歌辞之后，就觉得心里有点儿不安。尤其是士大夫们，他们就想：我填了这些美女和爱情的词，别人会对我产生什么看法呢？于是，就产生了困惑和争论。其实诗和词在本质上相当不同。《毛诗大序》说，诗是“志之所之也”，是“情动于中而形于言”。用西方的话来说，诗是 conscious 的，也就是说，诗是显意识的，是你清清楚楚地知道你所要说的话。词则与此不同，它是在歌舞宴会的场合填写出来交给歌女去唱的，不但不能抒情言志，而且还要写得适合歌女的身份，所以往往模仿女子的口吻。然而奇怪的是，当晏殊、欧阳修、范仲淹等这些道德文章不可一世的人物也都下手来写小词的时候，小词就发生了一种微妙的现象。那就是，作者在不知不觉之间就把自己潜意识里边的某些最深隐的情思流露到词里边去了。因为，一个人在写作时为什么用这个字而不用那个字，为什么选择这个形象而不选择那个形象，这与作者本人的品格修养有很大关系。比如说，同样是写一个美丽的女子，你是用“美人”还是用“佳人”，用“红粉”还是用“红妆”？这里边都有很细微的差别。又比如，杜甫《秋兴八首》里有“香稻啄余鹦鹉粒，碧梧栖老凤凰枝”，有人说它不通。因为香稻没有嘴巴怎么能啄？碧梧没有脚怎么能栖？但如果把它们倒过来，那就不是杜甫的结构组词了。总而言之，每一个诗人在写作时所选择的字、词、形象、文字组合，必然带着他自己的色彩，所以每个诗人的作风才不一样。而小词虽然不像诗那样言志载道，却也能够把作者下意识中某种连他自己都不自觉的特质流露出来。常言道：“观人于揖让，不若观人于游戏。”一个人在大庭广众之间揖让进退道貌岸然，举手投足莫不中规中矩，那是他做给大家看的。如果真的观察一个人，就不要光看他在大庭广众之间的表演，而要看他在游戏时的表现。也许他赌钱输了几次就急了，就把真实的本性都流露出来了。小词也是如此，正是由于作者没有言志载道的用心，所以有时候反而容易流露出内心本质的东西。五代宋初的一些著名的词人如韦庄做到西蜀的宰相，南唐的冯延巳也做到宰相，北宋的晏殊也是宰相，欧阳修做到枢密副使，范仲淹防守西夏，人称“小范老子腹中自有数万甲兵”，这些词的早期作者，都是些出将入相的人物，所以当他们写美女和爱情的时候，他们心中那种感情的本质就都流露在小词里边了。

所以，同样写美女与爱情，不同的人所流露出的东西是不一样的。王国维在《人间词话》里写了两段话：一段是“词之为体，要眇宜修，能言诗之所不能言，而不能尽言诗之所能言。诗之境阔，词之言长”；另一段是“词之雅郑，在神不在貌”。“要眇宜修”四个字出于《楚辞》的《九歌》，用来形容湘水的女神。“要眇”，是一种深隐幽微的、曲折的美，常常用来形容女子。有的女孩子把眼圈涂成蓝颜色的、嘴巴涂成红颜色的，那是追求外表的美；而有的女孩子的美是从内里透出来的，“要眇”就是从内里透出来的这样一种美。“宜修”，是装饰，代表一种装饰的美。诗可以写得很朴素，但小词一定要写得精致美丽。那么什么是“能言诗之所不能言”呢？那就是我刚才讲的那种 subconscious 的不自觉的流露了。词能够写出人们在显意识的诗里边无法表达的情思，这真的是很妙的一件事。可是话又说回来了，词也有词的缺点。由于它的篇幅短小，所以不能像杜甫的《北征》《自京赴奉先县咏怀五百字》那样去反映整个一个动乱的时代。词只是在深隐幽微这一面有它的好处，却不能尽言诗之所能言。诗的境界开阔博大，而词的特点是词之言长。这个“长”并非指篇幅的长，而是指余味的长。它的一句话可以给你思索不尽的回味，使你产生很多的联想，这是词不同于诗的特质。

那么“词之雅郑，在神不在貌”又是什么意思呢？“雅”，是正当的；而“郑”是不正当的、淫靡的。因为《诗经》的十五国风里有郑风，郑风里有很多写爱情的诗歌，所以孔子在《论语》中说“郑声淫”。早期的词，十之八九是写美女与爱情，从表面看起来都是淫靡的、不正当的。然而其中有一部分，虽然同样是写美女和爱情，却表现出一种高雅的、正当的情思。为什么会有这样的区别呢？这就是今天我们所要探讨的一个问题了。

大家都认为小词是淫靡的、不正当的，因此就产生了词学的困惑。而词人和词学家们则想要突破困惑，给小词找出它存在的价值和意义来。怎样找呢？于是就产生了张惠言和王国维两位词学家所用的不同的方法。我们先看张惠言。张惠言是清代常州人，受他影响的词人和词学家形成了常州词派。张惠言编了一部《词选》，在《词选》的序言里他有这样一段话：

> 其缘情造端，兴于微言，以相感动，极命风谣里巷男女哀乐，以道贤人君子幽约怨悱不能自言之情。

他说词这种体裁是从写爱情开始的，可是写爱情的结果就产生了一种很微妙的现象，那就是“兴于微言”。所谓“微言”，就是不重要的话。词里边没有治国安邦的大道理，所写内容常常是美女的穿衣、描眉、梳妆、照镜等，都是些不重要的事情。然而就是这些“微言”，却能够引起读者的兴发、感动和联想。市井里巷的少男少女，他们遇到离别就悲哀，相见重逢就快乐，这些表现他们悲哀和欢乐的歌辞发展到极点就怎么样？就能够“以道贤人君子幽约怨悱不能自言之情”。那些有道德有理想的人，内心有时也会有某种深隐的哀怨，那些哀怨甚至连他们自己也难以言说，奇怪的是，居然就在他们所写的小词中表现出来了！词的这个特点，张惠言和王国维都看出来了。我们现在就要通过一个具体例证来看一看词的这个特点。

我们要看的第一首词是温庭筠的《菩萨蛮》：

小山重叠金明灭，鬓云欲度香腮雪。懒起画蛾眉，弄妆梳洗迟。　照花前后镜，花面交相映。新帖绣罗襦，双双金鹧鸪。

大家要注意，早期的词只有曲调，没有题目。这首词的曲调为什么叫《菩萨蛮》呢？据说唐朝时女蛮国的人来到中国，衣服和装饰都很奇特，就像佛经中所说的菩萨的样子。当时的人们用歌曲来歌咏他们，歌曲的曲调就叫《菩萨蛮》。后来的人填写《菩萨蛮》时只是用它的曲调，与它的内容就没有什么关系了。而温庭筠的这首《菩萨蛮》是《花间集》里的第一首词，对后代很有影响，各家的选本几乎都选，各家的词论中也常常提到。

那么张惠言从这首写美女的歌辞里看到了什么？在他的《词选》里，对这首词有几句评语。他说："'照花'四句，《离骚》'初服'之意。"但这首词明明是写一个女子如何起床、簪花、照镜、穿衣，与《离骚》"初服"有什么相干？司马迁《史记》说屈原"信而见疑，忠而被谤"，所以写了《离骚》来寄托自己的忧愁幽思。屈原是一个对国对君都非常忠爱的人，当然是一位贤人君子了。可是温庭筠也是贤人君子吗？也有屈原那样的用心吗？史书上记载温庭筠"士行尘杂，不修边幅，能逐弦吹之音，为侧艳之词"，显然，他不会有屈原那样忠爱的用心。但张惠言说他有，这究竟有道理还是没道理呢？王国维认为张惠言没有道理。他在《人间词话》中说："固哉，皋文之为词也！飞卿《菩萨蛮》、永叔《蝶恋花》、子瞻《卜算子》，皆兴到之作，有何命意？皆被皋文深文罗织。”他说张惠言讲词真是太死板了，就好像织了一张网，把人家那些写美女和爱情的词都网到里边，硬说人家有什么贤人君子的忠爱之心。这是牵强比附，是不对的。可是，奇怪的事情就出来了。你再看一看王国维《人间词话》中的另一段话，他说：“南唐中主词‘菡萏香销翠叶残，西风愁起绿波间’，大有众芳芜秽，美人迟暮之感。”这“众芳芜秽”“美人迟暮”是哪里的话？也是屈原《离骚》里的话！你说人家张惠言没有道理，难道你这样讲就有道理了吗？

奇妙就奇妙在这一点了：不管是张惠言也好，王国维也好，他们都从写美女和爱情的小词里边看到了深一层的意思！而且王国维还不只是在南唐中主的词里看出了《离骚》的意思，他还从北宋几位词人的小词里看到了“成大事业、大学问”的“三种境界”。可以这样说吗？有没有理论的依据？中国传统的文学批评不大重视理论的依据，常常只凭直觉的感受。比如说这首诗风清骨峻，那首诗气韵悠长，什么是风？什么是骨？什么是气？什么是韵？你很难体会它的意思。可是这风骨啦，气韵啦，难道就完全没有道理吗？同样，说温庭筠和李璟的词里边含有《离骚》的意思，难道也完全没有道理吗？

说到这里，我就要谈几句题外的话。我们中华文化的发源是很久远的，已经有三四千年以上的历史。我们现在总是觉得中国很落后，可是你要知道，有些西方人在现代才认识的东西，我们的祖先在千百年前就已经有了体会和认识，只不过由于时代太早，我们的文字、思维等手段还没有进步到能够把这些宝贵的体会和认识用很科学很逻辑的道理说出来，我们还没有现在这种深刻的、细密的、辩证的思维方式。这不是因为我们落后，恰恰是因为我们起步太早。西方起步较晚，所以就有了种种逻辑性、思辨性理论的便利。作为一个从事中国古典文学研究的工作者，我常常想：每个时代都有每个时代的要求，我们在这个时代所能完成的是什么？我是在一个旧家庭长大的，从小就写诗填词，可是我有自知之明，知道我的诗永远也不会胜过唐人的诗。因为古典诗毕竟有体式和语汇的限制，而且古代的体式和语汇也不能够完全适应当代人更为复杂的生活和情感。唐诗、宋词、元明的戏曲和小说，还有清人的考据，每个时代都有每个时代的特点和要做的工作。从 18、19 世纪以来，西方的文学理论那真是日新月异。我们现在正在对外开放，信息交流十分发达。我认为，我们在这个时代所应该做的就是：抓紧时间引入西方思辨性、逻辑性的理论，运用这些理论对我们几千年来的旧文化作出符合实际的衡量，用现代的、世界性的语言为我们古老的文化找到一个坐标，给它以应有的地位和价值。也就是说，不但要让我们自己能够用现代的眼光承认我们古老文化的价值；而且要用西方文学批评的术语向西方介绍我们的文化，使西方人也认识到我们文化的价值。要使我们古老的、优秀的传统文化从我们这一代人手里走向现代，走向世界。

现在我们回过头来接着讨论张惠言与王国维的联想究竟有没有道理，我要引用一些西方理论来加以说明。首先我要引用西方的阐释学，也有人把它译成诠释学，英文是 Hermeneutics。阐释学的来源是解经学，也就是解释《圣经》的一门学问。为什么解释《圣经》的学问叫 Hermeneutics 呢？因为古希腊神话传说，Hermes 是大神宙斯和女神美亚的儿子。大神宙斯如果有什么旨意要传达给人间，就通过他的儿子 Hermes 来传达。因此，后来人们就把解释《圣经》的学问叫作 Hermeneutics 了。有的人以为宗教是迷信，《圣经》是不可以看的，这种看法不对。如果你研究西方的文学和文化，那么《圣经》是一定要读的，因为很多事情都与它有着密切的关系。《圣经》里的故事很多都是寓言，就跟我们当年战国诸子的寓言一样，都是表面上讲一个故事，其实里边包含着某种更深的意思。所以，凡解释《圣经》，至少应该看到它的两层意思：一个是它表层的意思，一个是它深层的意思。而到了后来，解释《圣经》的学问就发展成对哲学和文学进行诠释的学问，不再限于宗教的《圣经》了。我现在所要说的是，有一位诠释学家狄尔泰（W. Dilthey）就提出了关于作者"本意"（meaning）的说法。狄尔泰说，我们不管是解释哲学、文学还是解释诗歌、小说，对其理解都可以分成两类，一类是作品的衍义，一类是作者的本意。作者的本意是根本无法完全了解的，因为你的时代、你的生活、你的性格和作者完全不同，你怎么能够透过他的作品就一丝不差地懂得他的意思？更何况，作者本人在写作的时候果然能够把自己的意思完全准确地表达出来吗？恐怕有时作者自己也不敢这样说。所以，西方诠释学家就说了：没有一个人能完全懂得作者的本意，每一个读者所懂的都是作品的衍义。所谓"衍义"，就是衍生出来的含义。那是你从你自己的性格、你自己的读书背景和生活背景出发所理解的作品的含义，它不必是作者的本意。但你是通过什么来理解的呢？是通过 text。有人把 text 译成"文本"，有人译成"本文"，我以为译成"文本"更好些。因为西方的诠释学不仅包括文字、诗歌，也包括音乐、绘画，一个"文本"既可以指一首诗、一篇小说，也可以指一首乐曲、一张图画。读者通过文本来了解作者的原意，可是你所了解的只是你自己所能够体会到的意思，也就是衍义。于是诠释学就有一个专指这种现象的名词术语叫作诠释的循环（hermeneutic cycle）。这个词包含两个意思。一个意思是说，你不懂个别的部分就不会懂得全体，可是你不把全体都弄懂了也不会弄懂个别部分，就像人们问先有鸡还是先有蛋一样，这是诠释学的一个怪圈。第二个意思还是个怪圈，他说你通过文本所最终了解到的并不见得是作品真正的意思，你所得到的，乃是你已经了解的。就是说，你的目的是追求作者的原意，但你转了一圈，仍然回到从你的性格、思想、阅读背景出发所能够了解的东西。

好，现在我们就可以从这种理论的角度来看张惠言的词学了。张惠言对温庭筠《菩萨蛮》的解释就是一个 hermeneutic cycle，那是张惠言读了这首词才产生了这种意思，而不是温庭筠本来就一定有这个意思。张惠言的说法和王国维的说法，都是读者理解的"衍义"，而不是作者的"本意"。可是现在就出现一个问题：根据这一理论，是否读者就可以随意解释作品了呢？在 1960 年代，台湾有些人到美国去留学，回来后就用西方理论来解释中国文学。唐诗中有一首李益的《江南曲》："嫁得瞿塘贾，朝朝误妾期。早知潮有信，嫁与弄潮儿。"说的是一个女孩子嫁给了一个跑长江做买卖的商人，长江风浪险恶，丈夫从来没有按时回来过，而潮水的涨落是最守信用的，所以这个女孩子就说：早知如此，我还不如嫁给江边弄潮的男子，他至少不会让我这样长期地等待。1960 年代，西方正在流行弗洛伊德的心理学，认为各种心理都与性变态有关。于是有人就解释这首诗说，"潮有信"就是"潮有性"的意思。这真是妄说谬论了。首先，他不知道"信"与"性"的声音不同；另外，他也不知道中国古人所说的"性"都是"人之初，性本善"的那个"性"，与西方的"性"是风马牛不相及的。由此可见，读者的解释也要掌握一个尺寸，不可随意胡说。你的解释，一定要在 text 里边找到一个依据才行。

说到文本，它的作用是很微妙的。你怎样去了解，了解得是否正确，你的观点是否能够成立，都与文本有很密切的关系。通过对文本的研究你会发现，每一个作者都与别人不同。比如，他为什么要用这个字而不用那个字？他为什么要这样说而不那样说？这就是一个人表现在作品里的特色。温庭筠的语言就很有特色，他的特色是感性的、不清楚的、不明白的。难道不清楚不明白也是优点吗？对于诗歌来说，有时候确实如此。

西方理论很重视文本，西方的符号学认为，符号有两种情况：一种属于认知（cognition）的符号，像“粉笔”“茶杯”等；一种属于感官的印象（sense perception），像温庭筠的这首词中，有很多符号就属于感官的印象。例如，“小山”指的是什么？由于他说得不清楚，所以产生了很多争论。有的人说是眉毛，这个解释我以为不妥。什么缘故呢？因为这首词的第三句就是“懒起画蛾眉”，这么短的一首小词，原则上是不应该重复的。而且，他说是“小山重叠”，你们见过眉毛有重叠的吗？还有人说，“小山”是山枕，就是睡觉用的枕头。我认为也不妥。当然，现在我们用的枕头都是软的，可以重叠，但古人用的枕头是硬的，是瓷的或者竹子的，根本就没有办法重叠。我以为，这个“小山”指的是屏山。因为温庭筠本人在另一首《菩萨蛮》里就说过“无言匀睡脸，枕上屏山掩”。“屏山”就是屏风，也叫“山屏”。有的同学就要问了：“屏风都是摆在大门口的，而这一句的下边一句是‘鬓云欲度香腮雪’，说的是一个女子头部的样子，和大门口的屏风有什么关系？”其实他不懂得古代的风俗习惯，古人睡觉的时候，枕前常有一个小屏风，就像我们今天的床，床头都有一个挡板立在那里，起的也是屏风的作用。而且，屏风当然是可以重叠的。然而既然是屏风，他为什么不说“小屏重叠”却说“小山重叠”呢？这就不是理性的认知而是审美的感知了。这枕前的小屏风上，有金玉的装饰，所以太阳一照进来，上面就好像有金光在闪动。日光照到脸上，这睡着的女子就醒了。她的头发本来是散开在枕头上的，现在她一转动，乌黑的鬓发就遮住了雪白的香腮——多么生动的一幅美人春睡图！这个地方用词很微妙：明明是乌云般的黑发和雪一样的香腮，可是他却把鬓发和香腮都用作形容词去修饰“云”和“雪”，变成了“鬓发的乌云”和“香腮上的白雪”。所以你看他用的字，“小山”的“山”，“鬓云”的“云”，“香腮雪”的“雪”，都是大自然中的景物，把眼前人的美推远了一步，变成了大自然的美。假如他只是形容女子身体的美，有时候就难免浅俗和淫靡，可是他推远了一步，给了你一个美感的距离，这是很巧妙的。

“懒起画蛾眉，弄妆梳洗迟”，这“蛾眉”，我们中国古人总是用来形容女子眉毛的美。《诗经·卫风》里有一篇《硕人》，形容卫庄公的夫人庄姜，说她“手如柔荑，肤如凝脂，领如蝤蛴，齿如瓠犀，螓首蛾眉”。这是一个身材修长的美女。《诗经》之后就是《楚辞》了，屈原《离骚》说，“众女嫉余之蛾眉兮，谣诼谓余以善淫”，说那些女孩子都嫉妒我美丽的长眉，因此说了我很多坏话。屈原是女子吗？不是的。所以他这是比喻，用蛾眉比喻自己的才德之美。这种说法就影响到后来的人。例如李商隐，就写过一首五言的《无题》：“八岁偷照镜，长眉已能画。”他说，我八岁的时候就懂得偷偷照镜子，能够把眉毛画得很长很美。其实，爱美要好绝不是坏事，尤其是那种表里一致的美。李商隐在这里就是用女孩子对美的追求来象征他自己对才德之美的追求。我刚才说到过符号学，符号学认为，在一个历史文化悠久的国家或民族，它的语言中往往有很多“语码”，英文叫“code”。你只要敲响了一个语码，就可以引起读者一系列的联想。“蛾眉”这个词就是一个语码，它可以使我们联想到才德之美等等很多的东西。

中国的语码可真多，“懒起”，也成为有托喻性的一个语码。唐朝诗人杜荀鹤有一首诗说：“早被婵娟误，欲妆临镜慵。承恩不在貌，教妾若为容!”天生丽质难自弃，如果你许身给一个不该许的人，你一辈子生命的意义和价值就断送了。但是，那些正在走红得宠的人，果然是因为才志美好吗？不是。是因为他们会吹牛拍马，是因为他们会走后门送红包。所谓“黄钟毁弃，瓦釜雷鸣”，美好的事物没有人欣赏，怎能不“欲妆临镜慵”呢？当然，一个人最需要的是完成自己生命的意义和价值。如果你非得等别人的欣赏和任用，这是有待于外，有求于人——难道别人不肯定你，你就没有价值了吗？在这点上，陶渊明就高人一筹。他说：“知音苟不存，已矣何所悲!”但是一般人却很难达到陶渊明那样的境界，所以就因为“承恩不在貌”而“欲妆临镜慵”，也就是“懒起画蛾眉”了。可是要注意：“懒”，并不是不画了，而是“弄妆梳洗迟”。这个“弄”字，同时也隐藏着一种精神上的境界。她不是像杜甫在《北征》诗中所写的他的小女儿那样“移时施朱铅，狼籍画眉阔”，胡乱涂抹，而是十分仔细，十分珍重，尽量化妆得更精致更完美。既然没有人欣赏，为什么还要画？要知道，“兰生空谷，不以无人而不芳”，“葵藿倾太阳，物性固莫夺”，这种追求完美的要好之心实在是才人志士的一种本性，也就是屈原在《离骚》里所说的“余独好修以为常”。现在我们就可以知道，张惠言从温庭筠写美女和爱情的词里看到《离骚》的比兴寄托不是没有原因的。

现在，她的眉毛也画好了，妆也化好了，开始对镜簪花了：“照花前后镜，花面交相映。”为什么要“前后镜”？因为好的化妆不只在前面看着好看，要在前后左右各个角度看着都好才行。而在这“照花前后镜”的时候你就注意到，由于镜子的反射作用，前面的镜子里有后面镜子里的影子，后面的镜子里也有前面镜子里的影子，于是就变成一连串的人面、一连串的花朵——“花面交相映”！这一句的笔力真是饱满极了，把这个女子化妆后的美好推向了一个高峰，把她那种追求美好和完美的心情也推向了高峰。

接下来就该换衣服了，“新帖绣罗襦，双双金鹧鸪”。“襦”，是上衣。什么样的上衣？是罗做的上衣，你看这资质多么美好。而且不仅资质美好，还是“绣罗襦”，上面还绣有美丽的花。而且不仅如此，还是“新帖绣罗襦”。“帖”，是熨帖的意思，但这个“帖”也通“贴”，那就是“贴绣”，是一种绣花的方法。不管是贴绣还是刚刚熨帖，总之这是强调衣服的美好。那么衣服上绣的是什么花呢？是“双双金鹧鸪”，一对对用金线绣出来的鹧鸪鸟。这一句真是很微妙，还不只是说它象征着对一个美好配偶的期待，不只是说男女之间的爱情。李太白的《梁甫吟》上说：“张公两龙剑，神物合有时。”晋朝有一个宰相叫张华，他夜观天象，见有紫气上冲斗牛，就派雷焕去搜寻。雷焕在丰城县监狱的地底下挖到一对宝剑，他送了一把给张华，自己留下一把。后来张华被杀，宝剑不知所终；雷焕的那一把死后传给了他的儿子。有一次，他的儿子带着宝剑经过延平津，宝剑忽然自己跳进水里。过了一会儿，人们就看见两条巨龙从水中腾飞而去。这就是“神物合有时”的典故。在人世之间，找到一个与自己相配的对象是很不容易的，所以诸葛亮与刘备的相遇，千古以来被传为君臣遇合的佳话。而这里这个女子把自己修饰得如此美丽，也是期待着有一个和自己配合的对象，这是一种很美好的愿望。

刚才我提到，张惠言说这首小词中有“照花前后镜”四句，含有《离骚》“初服”的意思。“初服”是什么意思？《离骚》中有“进不入以离尤兮，退将复修吾初服”之句。就是说：我对国君指出了楚国危亡的危险，可是他不听我的，而且我还因此遭受了很多诽谤；既然如此，我就要退回来保持我本身的一份清白。有的人得意时就自大自满，失意时就自暴自弃。但儒家的教导不是这样的。孔子说，用之则行，舍之则藏。越是在失意的时候，越是要保持自己的修养。所以屈原说“制芰荷以为衣兮，集芙蓉以为裳”，又说“佩缤纷其繁饰兮，芳菲菲其弥章”，这就是“退将复修吾初服”的含义。所以你看，温庭筠在这首小词中写一个女子的梳妆打扮，就给了读者这么多的暗示和联想。张惠言的说法不是完全没有道理的。作者虽未必有此意，读者却何妨有此想。因为这首词的文本，它所用的那些符码，就已经包含了产生这种联想的可能性。

那么作者温庭筠本人究竟有没有这个意思呢？我在前边也提到过，史书上记载他“士行尘杂”，最喜欢那些放浪的、不正当的生活，那么他是不会有屈原那种忠爱之心的。可是你要看到，这个人很有才能，诗文都写得很好，但大家都认为他的品行太不检点了，所以他在仕途中很不得意，这是他深深隐藏在内心的寂寞和痛苦。也许他并没有想到屈原或《离骚》，可是当他描写一个美女的孤独寂寞时，不知不觉地就把自己潜意识中那种怀才不遇的感情流露出来了。

再就西方接受美学而言，一篇文学作品如果没有读者来接受，就只是一件没有生命、没有意义和价值的“艺术成品”；只有在读者对它有了感受，受到启发之后，它才有了生命，有了意义和价值，成为“美学客体”。但是，由于读者的修养、文化背景各不相同，对同一作品的感受也不相同。我刚才说过，西方诠释学主张追寻作者的原意，但诠释到后来才知道，原来任何一个人的解释都带着自己的色彩和文化背景。既然如此，张惠言认为“照花”四句有《离骚》“初服”的意思，那就是张惠言对温词的诠释，为什么不可以呢？当然，张惠言这种以比兴寄托说词的方法也有缺点，那就是拘狭。尽管他运用了文化背景的联想，但他的比附非得落实到政教上不可，有时就显得牵强附会，很不自然。

这是一件很有趣的事件：张惠言所用的带有政教意味的、比兴寄托的方法本来是中国古老的传统，可是能够为他作证明，说他可以这样联想的，却是一些西方的新理论！

下面我们再来看王国维的说词方式。王国维说南唐中主李璟的“菡萏香销翠叶残，西风愁起绿波间”，有“众芳芜秽，美人迟暮”的感慨，这也是一种言外之意。张惠言的说词方法我们可以从西方最新的理论中给他找根据，如果我们也试图给王国维找一些理论根据的话，那我们首先要回到中国更古老的传统中去，那就是中国的诗歌中重视“兴”的作用的传统。

我一向认为，“兴”是中国诗歌里真正的精华，是我们的特色所在。有的同学曾经问我：“学古典文学有什么用？”我说，孔子说过，做人的道理第一就是“兴于诗”。要知道“哀莫大于心死”，兴是一种感发，它能使你内心之中产生一种生生不已的活泼的生命。而诗，就可以给你这种兴的感发。《论语》记载孔子跟子贡有一次谈话，子贡问：“贫而无谄，富而无骄，何如？”孔子回答说：“未若贫而乐，富而好礼者也。”孔子的回答把子贡的境界提高了一步。子贡就说：“《诗》云‘如切如磋，如琢如磨’，其斯之谓与？”于是，孔子就赞美子贡说：“赐也，始可与言《诗》已矣，告诸往而知来者。”还有一次，子夏问孔子：“‘巧笑倩兮，美目盼兮，素以为绚兮’，何谓也？”为什么白色是最绚丽的呢？孔子回答说：“绘事后素。”先要把质地弄得洁白了，才好作画。子夏就领悟到：“礼后乎？”先要有一颗守礼的心，然后才讲到外表的礼。孔子赞美说：“起予者商也。始可与言《诗》已矣。”由此可见，孔子赞美的是富于联想的学生。“兴于诗”，是孔子教育学生的根本。他要求学生有一颗富于感发的心，而且经常能够从诗里面感发到做人的道理。子贡是从做人联想到诗歌，子夏是从诗歌联想到做人。这种自由的感发和联想，正是中国最宝贵的传统。遇罗克的日记里引了杜甫的诗：“尔曹身与名俱灭，不废江河万古流。”杜甫是说“四人帮”吗？不是。他是论唐初四杰的诗歌，但这两句诗却能感动千百年之后的读者，给他们的内心一种启发和激励！这也就正是"诗可以兴"的感发作用。

王国维在《人间词话》中有三则例证，就都是发挥了"诗可以兴"的传统：

第一则词话说："南唐中主词'菡萏香销翠叶残，西风愁起绿波间'，大有众芳芜秽，美人迟暮之感。乃古今独赏其'细雨梦回鸡塞远，小楼吹彻玉笙寒'，故知解人正不易得。"

第二则词话说："古今成大事业、大学问者，必经过三种之境界。'昨夜西风凋碧树。独上高楼，望尽天涯路'，此第一境也。'衣带渐宽终不悔，为伊消得人憔悴'，此第二境也。'众里寻他千百度，蓦然回首，那人却在，灯火阑珊处'，此第三境也。此等语皆非大词人不能道，然遽以此意解释诸词，恐为晏、欧诸公所不许也。"

第三则词话说："尼采谓：'一切文学，余爱以血书者。'后主之词，真可谓以血书者也。宋道君皇帝《燕山亭》词亦略似之，然道君不过自道身世之戚，后主则俨有释迦、基督担荷人类罪恶之意，其大小固不同矣。"

这三则词话的评说同样出于自然联想，但仔细看来却各有不同。王国维在第二则词话中说他所讲的不见得是作者的原意，这是相当客观的，可是在第一则中他却十分肯定地说别人都不是"解人"，只有他才得到了作者的真意，这是为什么呢？我们先要看李璟的全首词，那首词叫《山花子》：

菡萏香销翠叶残，西风愁起绿波间。还与韶光共憔悴，不堪看。　　细雨梦回鸡塞远，小楼吹彻玉笙寒，多少泪珠何限恨，倚阑干。

《南唐书》上记载说，中主李璟写了这首词，交给了一个乐工去唱。你要知道，古往今来，一般的流行歌曲多数是写相思与爱情的，不见得有什么深刻的含义。所以我们先来看这首词表层的意思。“菡萏香销翠叶残，西风愁起绿波间”，我去年秋天十月回来的时候，我们校园里就有这样的景象。荷花的花瓣零落了，香气没有了，荷叶也残破了，西风吹来，池塘的水中波纹荡漾，就像一段荡漾的愁思。宋人有两句词说“春慵恰似春塘水，一片縠纹愁”，写的也是那种细碎波纹一样的愁思。看到这种大自然的景色，词中这个女子就说了，“还与韶光共憔悴，不堪看”。花草与美好的时光一样，是不能久长的，女子的容颜、年华也是一样不能久长，所以眼前这种景象真是让人不忍心再看下去。《古诗十九首》说“思君令人老，岁月忽已晚”，《牡丹亭》说“如花美眷，似水流年”，女子的容貌和花一样短暂，而这短暂的时光还不能和所爱的人团圆。所以“细雨梦回鸡塞远，小楼吹彻玉笙寒”，她在梦里梦见她的丈夫就在身边，但梦醒之后，窗外下着细雨，征人远在鸡塞，自己仍然是这么孤独、凄凉。由于难以再成眠，所以她只好吹笙。阮籍《咏怀》诗说，“夜中不能寐，起坐弹鸣琴”，对于那些无法安排的感情，古人往往把它们寄托在音乐之中。“吹彻”，就是吹了很久很久。“多少泪珠何限恨”，有的本子是“无限恨”，我以为“何”字更好一些，因为那是一种说不尽的离愁别恨。“倚阑干”，是倚着栏杆思念远人，但倚栏杆时所看到的景色是什么？仍然是“菡萏香销翠叶残”！

冯延巳和王安石都曾称赞过这首词里的“细雨梦回鸡塞远，小楼吹彻玉笙寒”两句。他们的眼力一点儿都不错，这两句写得确实很好，而且这两句所写的情意正是这首词的主题所在。可是王国维还说过：“词之雅郑，在神不在貌。”同是写女孩子，欧阳修《蝶恋花》（越女采莲秋水畔）和欧阳炯的《南乡子》（二八花钿）所表现的感情的品质就完全不同。其中那最深微幽隐的感情是隐意识的，是一种不自觉的流露。就李璟这一首词而言，写思妇的感情写得最好的地方一定是“细雨梦回鸡塞远，小楼吹彻玉笙寒”两句，那是不错的；但如果从其所传达的感发生命而言，则给人以最强的感动力量的却是头两句“菡萏香销翠叶残，西风愁起绿波间”。王国维说，“菡萏香销翠叶残，西风愁起绿波间”两句大有“众芳芜秽，美人迟暮”的悲慨。什么是“众芳芜秽，美人迟暮”？屈原《离骚》说：“余既滋兰之九畹兮，又树蕙之百亩。畦留夷与揭车兮，杂杜衡与芳芷。冀枝叶之峻茂兮，愿竢时乎吾将刈。虽萎绝其亦何伤兮，哀众芳之芜秽。”他说我一个人种的花死了没有关系，可悲哀的是大家种的花都死了，楚国面临危亡，这局面已经没有人能够挽回。《离骚》还说：“日月忽其不淹兮，春与秋其代序。惟草木之零落兮，恐美人之迟暮。”意思是说，天上的太阳和月亮跑得那么快，一刻也不肯停留，春天过去了，秋天也过去了，草木都凋零了，而人也是一样，白白地度过了一生，年华老大却志意无成。

张惠言说温庭筠的小词里有屈原《离骚》的含义，我们从符号学的理论中给他找到了根据；那么王国维说南唐中主的词里也有屈原的悲慨，我们是否也能给他找到一些理论上的根据呢？德国语言学家伊塞尔在他所写的《阅读活动——一个美学反应的理论》一书的序文中，就曾提出过他对于文本和读者之间关系的看法。他认为，是文本提供了一种可能的潜力，而这种潜力是在读者阅读的过程中加以完成的。另外，艾柯在《符号学的一种理论》一书中提出了“显微结构”这个词。他认为，“语码”所传达的是一种已经定型的意义；而“显微结构”所传达的则是符号本体中所具含的一种质素。拿南唐中主的这首词来说，如果我们把“菡萏香销翠叶残”改为“荷花凋零荷叶残”行不行？意思当然是差不多的，但那种质素就不一样了。“菡萏”这个词出于我国最早的辞书《尔雅》，是荷花的别名。但“荷花”给人的感受是通俗的、写实的；而“菡萏”给人的感受则是古雅的、高贵的。“翠叶”其实也就是绿叶，但“翠”字却和“翡翠”“翠玉”等珍宝相联系，从而使人联想到一种珍贵美好的品质。“香”，是芬芳的，也是一种美好的品质。这三个名词的连用使你感到，所有珍贵美好的东西都集合起来了。可是你看，紧跟在这些珍贵名物后边的述语是什么？是“销”和“残”——这些珍贵美好的东西一下子就都消亡了！还有没有挽回的可能？他说，“西风愁起绿波间”。“绿波间”，是珍贵的菡萏与翠叶的托身之所；而“西风”是一种萧瑟的、强大的摧伤力量。这就是说：一切珍贵美好的东西都消亡了，这种结果是无法逃避也无可挽回的。这就是文本中显微结构的“潜能”所提供的联想。也许，李璟本来是要写一个闺中思妇，可是他的国家南唐当时正在后周势力的威胁之下，这样一个小国，进不可攻，退不可守，朝不保夕，处于风雨飘摇之中，这是南唐中主的隐意识。他这种隐意识于无意之中流露在写思妇的一首小词中，而恰好这种“众芳芜秽，美人迟暮”之慨与这首词中显意识所写的思夫的悲慨也暗中有相合之处，王国维正是掌握了这一感发的生命的本质，所以说那开头两句大有“众芳芜秽，美人迟暮”之感，而且敢十分肯定地以“解人”自居。

至于“昨夜西风凋碧树。独上高楼，望尽天涯路”，这是北宋晏殊《蝶恋花》词里的两句。这首词本来是写相思离别的，但是其中这两句却使王国维产生了成大事业、大学问之第一种境界的联想。叔本华认为，每个人都跳不出意欲的圈子，不过每个人目光的广狭和远近都不相同。一般人为庸俗浅薄的东西所吸引，而成大事业的人则意欲远大。所以，一个人要追求更高远的理想，就一定要先打碎眼前五光十色的繁华世界，经过一个“昨夜西风凋碧树”的阶段，才能有“独上高楼，望尽天涯路”的目光。于是，王国维就从这种感发的作用看出了成大事业、大学问的第一个境界。

“衣带渐宽终不悔，为伊消得人憔悴”，是柳永《蝶恋花》词里的两句。柳永的词原来是写男女之情的，但是他这两句也能给人一种联想，使人想到人类为追求理想而殉身不悔的精神。衣带宽松了，表示一个人憔悴消瘦。但是他说：“为了我所爱的那个人，我不后悔。她是值得我为她而憔悴消瘦的。”这种激情，也与我国传统诗歌里的一种感情相合，那就是屈原《离骚》里所说的“亦余心之所善兮，虽九死其犹未悔”，也就是“择善固执”的意思。所以王国维把它列为成大事业、大学问的第二个境界。

“众里寻他千百度，蓦然回首，那人却在，灯火阑珊处”，是辛弃疾《青玉案·元夕》里的句子。现在有些青年人急功近利，总想一下子打出一个知名度来，这样的人永远不能成就大事业、大学问，充其量只能得到眼前小小的名利。要知道，坚持不悔，而且耐得寂寞，这是成大事业、大学问的第三个境界。

王国维从这些小词里看到成大事业、大学问的境界，这是一种“兴”的联想，但这种联想与原词的主题显然不同。所以他在列举了这三种境界之后说，如果真的这样来解释这些词，“恐为晏、欧诸公所不许也”。

再看第三则词话，例如李后主的一首《相见欢》词，“林花谢了春红，太匆匆，无奈朝来寒雨晚来风”，这几句表面上是写林花的凋零，但实际上是写生命的短暂无常，而在这短暂无常的生命之中还有那么多的折磨与痛苦——“朝来寒雨晚来风”。这样的悲哀是一切有生之物都有的。王国维所谓“后主则俨有释迦、基督担荷人类罪恶之意”，并不是把后主比作释迦和基督，而是一种借喻的说法。因为后主词中所表现的虽然只是他自己的悲哀，但却包容了所有人类的悲哀。王国维的这种“兴”的联想与前边所说的那两种又有不同。在这里，他所感受的是后主词中那种感发力量的强大。

那么现在我们就可以总结一下了。张惠言和王国维的说词方法是不同的，如果用现代西方理论来分析就可以看出：张惠言用的是语码的联想，而王国维用的是显微结构的潜能。这两种方法有什么区别呢？语码，是受限制的，就是说，它已经被建造好、被固定成型了。例如“蛾眉”这个词代表才德的美好，在我们的文化传统中，千百年来你也这样用，我也这样用，就形成了一个语码。用这种方法来说词，很近于传统诗论中“比”的性质。显微结构的潜能相比之下就显得更活泼更自由，不受限制。例如“菡萏”这个词用的人并不多，“翠叶”也不是语码，它们只是具有那种使人联想的潜在能力，而这种联想是一种自由的感发。因此，用这种方法来说词，比较接近于传统诗论中“兴”的性质。

其实，除了我们以上讲的那两大类例证之外，词还有第三种的言外之意。比如，秦观和周邦彦有一些词，它们是以一种感受上的余味来取胜的。秦观有一首《画堂春》说：“柳外画楼独上，凭栏手撚花枝。放花无语对斜晖，此恨谁知？”那真是一种他自己也不能说清楚的感觉，完全是凭着词人的敏感，引起读者内心中一点微波的动荡，并不一定使人产生什么政教或哲理上的联想。这就需要读者自己去细心地体味了。

第三讲

王国维《人间词话》的境界说

上次我们谈的是从“双重性别”看词的美感特质。我们讲到，《花间集》本来是配合流行乐曲歌唱的歌辞，其中一共收录了五百首作品，作者共有十八人，都是男性。因为这些歌辞都是给歌妓酒女写的，是男性作者用女性的口吻女性的情思，所以当然就形成一种所谓“双重性别”的作用。我前天刚讲完，昨天就有香港中文大学的一位朋友打电话来，询问用“双重性别”讲词的美感特质，是否也适用于女性作者？我的回答是不适用。因为像上次所讲的温庭筠的那首词，“懒起画蛾眉，弄妆梳洗迟”，如果换成是一位女性作者，读者就不会有双重的言外想象了。就会想，这就是一个真正的女子，自己写她早晨起来化妆而已。正因为作者是男性，所以才形成了一种“双重性别”的作用，有了一种“双重意蕴”。从那时起所形成的这种衡量词之美感的标准，即小词要有一种言外的意境，始终没有改变。

关于这种标准的具体内容，我们以后还要详细讨论。这里先谈王国维的见解。他说：

> 词以境界为最上。有境界则自成高格，自有名句。

词一般的内容，都是写美女和爱情，但同样写美女和爱情的词，有的就是典雅的，有的就是淫靡的。所以早期词界对于词的衡量标准，曾经产生过一种困惑。比如王安石做了宰相以后，就曾经在谈话中向别人说：“做了宰相，还可以作小词吗？”因为这种写美女和爱情的内容，在过去的儒家传统里说起来，是不正当的。那么，其中的区别在哪里？王国维说，衡量的标准就在于“境界”。“词以境界为最上”，不在于表面写的是什么。王国维不但说“词以境界为最上”，而且还说了一句话：“词之雅郑，在神不在貌。”就是说，词的内容是典雅的还是淫靡的，在它的精神，不在它的外表。

我们上次曾经提到，对于温庭筠“懒起画蛾眉”这首词，清代词学家张惠言曾评说道“此感士不遇也”，认为温庭筠的《菩萨蛮》，就是感慨一个读书人的“不遇”，即他在科第、仕宦等方面的不得意。而且，他又评“照花前后镜”四句有“离骚初服”的意思。其实张惠言这里就是用“双重性别”的标准来读词。当然，他那时没有我所说的“双重性别”的观念。但是他看出来，词表面所写的是一个失去爱情的闺中女子，而实际上是用妇女来象喻在仕宦上失意的男子。因为在中国古代本来就有这样的传统，屈原的“美人”是有托喻的，曹植的“贱妾”也是有托喻的，所以张惠言是用传统托喻的方式来解释温庭筠的小词。

屈原，我们根据《史记·屈原贾生列传》对他生平的记载，知道他“信而见疑，忠而被谤”，所以忧愁幽思，才写了《离骚》；而曹植，根据历史的记载，我们也知道其父曹操去世后，其兄曹丕继位，将他远放在遥远的外地，封为东阿王、陈思王等等，他想回到朝廷来，却没有这样的机会。所以我们从屈原、曹植的生平可以证明，他们的作品果然是有这种托喻的可能性的。但是，温飞卿这个人，历史上记载他“能逐弦吹之音，为侧艳之词”，说他善于追随弦管吹出的乐曲，作一些不正当的、不合乎传统道德标准的小词，这样就产生了一个疑问：温飞卿“照花前后镜”四句果然有《离骚》“初服”的意思吗？并不一定有。屈原，我们都知道他是忠爱缠绵的，可温飞卿却是一个非常浪漫的才子、诗人，他会有这样的托喻吗？所以王国维就反对张惠言了，说：“固哉，皋文之为词也！飞卿之《菩萨蛮》……皆兴到之作，有何命意？皆被皋文深文罗织。”意即像飞卿《菩萨蛮》等都是兴到之作，是偶然给一个歌女写了歌辞，写她的“簪花照镜”，哪里有什么深刻的意思？都是因为张皋文有意在文字深处去追求，编了一个罗网，说这些词都是比兴，都是喻托，把它们都网在里边。王国维说这些词本来没有这层意思。

但是，如果说小词不用它里面有无托喻来衡量它的意义和价值，那么这些写美女和爱情的词篇，其意义和价值在哪里呢？哪一首是好词，哪一首是坏词？其衡量的标准何在？所以王国维就提出来，“词以境界为最上”，认为不管你的词表面是美女还是爱情，只要它里面有一个境界，自然其品格就是高的，其句子自然就是美好的，“有境界则自成高格，自有名句”。

只是王国维虽然提出“境界”这一个衡量标准，但他对于“境界”两个字内涵的使用，却非常杂乱。这是其《人间词话》引起后人很多争议的缘故。具体表现在两大方面。首先，王国维的“境界”说并非仅仅局限在文学创作的领域之内。比如他欣赏两宋的词作，曾特别指出说，“五代北宋之词所以独绝者在此”。所以如此，就是因为王国维认为它们是有“境界”的。他举例说明道：

> 古今之成大事业、大学问者，必经过三种之境界。“昨夜西风凋碧树。独上高楼，望尽天涯路”，此第一境也。“衣带渐宽终不悔，为伊消得人憔悴”，此第二境也。“众里寻他千百度，蓦然回首，那人却在，灯火阑珊处”，此第三境也。此等语皆非大词人不能道，然遽以此意解释诸词，恐为晏、欧诸公所不许也。

可是，王国维所说的古今成大事业、大学问的人有三种境界，这就出现了一个矛盾。因为由刚才所引他的话语来看，“词以境界为最上”,“境界”应该指的是词所特有的美感特质。但现在当王国维说“古今成大事业、大学问者，必经过三种之境界”的时候，这种“境界”却不是指词的美感特质，而是说古今“成大事业、大学问”的人所经历的三个阶段。这是因为，王国维当时的词学观念还没有成熟，所以他评词的时候有杂乱的地方。其次，就词本身而言，王国维的“境界”说也有不尽一致之处。在指出“境界”是词的美感特质以后，王国维开始分析“境界”的类型。他举例说道：“有有我之境，有无我之境”，“泪眼问花花不语，乱红飞过秋千去”，“可堪孤馆闭春寒，杜鹃声里斜阳暮"，"有我之境也"；"采菊东篱下，悠然见南山"，"寒波澹澹起，白鸟悠悠下"，"无我之境也"。"有我之境，以我观物，故物皆著我之色彩。无我之境，以物观物，故不知何者为我，何者为物。"可见，王国维所谈的"造境""写境""有我之境""无我之境"等等，其内容又混杂起来。因为现在他在讲"造境""写境"的时候，已经不是指词所特有的美感特质了，而是兼指诗词里边的意境而言的。

由此可见，王国维"境界说"包含很多层面的意思。我们分别看一下。先谈"造境""写境"。我们讲杜甫的时候曾经引过王国维的一段话："大诗人所造之境，必合乎自然，所写之境，亦必邻于理想。"我们说像杜甫写马，"所向无空阔，真堪托死生"，他说这匹马真是一匹好马。真正的好马不只因为它外表形貌的美好，也不只因为它能力的杰出——"竹批双耳峻，风入四蹄轻"，而是要"所向无空阔，真堪托死生"。因为这样的好马，在它的面前从来没有遥远这一说。"士不可以不弘毅，任重而道远。"人说拿破仑的字典里没有"难"字，路只要我坚持走下去，就一定能达到目的。还不止如此。"真堪托死生"，只要有一个人骑在我的背上，我就一定用我的生命和他结合在一起，让他把"此生"都托付在我的身上。可见，虽然这是写实，杜甫写的就是房兵曹部队里的一匹胡马，一匹现实之中的马，但是却写出他理想之中的一种境界。

而"造境"似乎为现实中没有的一种境界，但我们也曾讲过，像卡夫卡所写的《变形记》，一个人早晨翻身翻不动了，因为变成了好像大甲虫一样的东西。人变成虫子，天下间哪里有这样的事情？可是他所写的早晨的那张床，那个翻不过身来的感觉，却都是现实人生世界的感觉。所以说"造境"从哪里造？还不是从作者自己的人生体验里造出来的吗？可见，虽然"有造境，有写境，此理想与写实二派之所由分”，可是两者之间却很难分别。因为大诗人所造的“境界”，一定是取材于现实的；而他所写的现实的“境界”，也一定包含着他的理想。而且，越是伟大的诗人，越会把他的感情、精神和志意都投入到他所写的东西里边去。这是通用的，所有的文学都包括在内，并非单指词而言。词里边有“造境”“写境”，诗和小说里边也有“造境”，有“写境”。

再谈“有我之境”和“无我之境”。“有我”的境界，是以作者的眼光、作者的心情来看外物，自然就把作者自己的感情、感觉和心意投注到外物之上了。“泪眼问花花不语，乱红飞过秋千去”，当春天迟暮、春花零落的时候，就像陈宝琛说的，“生灭元知色是空，可堪倾国付东风”，你“泪眼”问花，花是不会给你一个回答的。为什么春去了，为什么花落了？春天没有回答，花也没有回答。你看到“乱红飞过秋千去”，那零乱的落花，一阵风吹，都吹走了，“泪眼问花花不语”，是因为有情之人看落花，才会如此。所以李后主说：“林花谢了春红，太匆匆，无奈朝来寒雨晚来风。胭脂泪，相留醉，几时重？自是人生长恨水长东。”（《相见欢》）那美丽的花，上面有雨点，像泪痕一样，它留你再跟它喝一杯酒。因为你今天不跟它喝这杯酒，明天你再来，连这点残花都没有了。“几时重”，人生真的能够有几次这样相遇的机会？所以“自是人生长恨水长东”。以我们的感情投注到花里边，这是“物皆著我之色彩”。

“可堪孤馆闭春寒，杜鹃声里斜阳暮”，是秦观的词。当秦少游被贬官到郴州去以后，离开他的故乡，离开他的家人，离开他的朋友，他一个人孤独地住在贬所之中。他说我怎么能忍受“孤馆闭春寒”这样的孤单，而听外边，是杜鹃的叫声。相传杜鹃的叫声是在说“不如归去”，但秦观能够回去吗？何况又是斜阳西下的时候。所谓“过尽韶华不可添，小楼红日下层檐”，那美好的光阴，美好的季节，一切都完全消失了。你想增加一天、一刻，不可能了。你只能眼看那天边的红日从高高低低的屋檐上慢慢沉落。人生苦短，有多少天能够给你等待呢！是因为作者有这样悲慨的感情，所以才写出这样悲慨的词句，这是“有我之境”。

“采菊东篱下，悠然见南山”，是陶渊明的诗。“悠然”二字非常妙。杜甫也有写山的诗：“荡胸生层云，决眥入归鸟。会当凌绝顶，一览众山小。”自然写出杜甫境界来，但与陶渊明不同。其实每个作者所写的山都是不同的。所以辛弃疾才说“岁岁有黄菊”，虽然每一年都有黄色的菊花，可是却“千载一东篱”，千载我们才遇到一个陶渊明。因为菊花虽然每年都有，但像陶渊明这样的诗人却不是每一个时代都有的，“悠然政须两字”，只是这两个字，就把一种境界写出来了，“长笑退之诗”，就可以让我们嘲笑韩愈了。因为韩愈曾写过一首《南山》诗，有两千字那么长。辛弃疾说陶渊明只用两个字，就写出一种超妙的意境，可韩退之虽然写了两千字之多，但也没有达到这样的效果。那么，“采菊东篱下，悠然见南山”，究竟是什么样的境界？陶渊明说，“此中有真意”，这里边真是有一种意境，而我也确实想告诉你，可是“欲辨已忘言”，却不知道怎样说给你听。因为世界上最妙的境界，都是难以言说的。这两句诗的关键在于“悠然”两个字。“悠然”有遥远之意，也有从容不迫、逍遥自在之意。有一次讲课，别人问我：“你在国外，要用英文讲诗，情况怎么样？”的确，我的学生是用英语写论文，但你看他们翻译这首诗：“I saw the southern mountain from afar”，就变成主观意识很强烈的行为了。而陶渊明根本没有把自己说出来，他没有把主观的感觉很强烈地投进去。

再看“寒波澹澹起，白鸟悠悠下”，这是元好问的诗句，写他跟朋友的分别。李白《黄鹤楼送孟浩然之广陵》曾云：“故人西辞黄鹤楼，烟花三月下扬州。孤帆远影碧空尽，唯见长江天际流。”李白的才气真是博大，所以他写的景象高远。他说孟浩然所坐的那条船，远远地只望见船帆的影子在天尽头，然后船就消失了，只留下长江滔滔不绝地在天边奔流下去。而元好问也是写朋友坐船走了，可是他看见什么呢？“寒波澹澹起，白鸟悠悠下”，水面上澹澹的一层波浪，几只白色的鸥鸟，在空中盘旋而下。他的悲喜没有明白地说出来，有一种超然物外的境界，真是“此中有真意，欲辨已忘言”。可是，那“悠然”的，是南山，也是“我”；那“澹澹起”的是“寒波”，“悠悠下”的是“白鸟”，但也是“我”，所以王国维说这是“无我之境”，“以物观物”，虽然是比较客观地写这样一种景物，但是却不知何者为我，何者为物，因为“我”已经和物融为一体了。

“古人为词，写有我之境者为多，然未始不能写无我之境，此在豪杰之士能自树立耳”，王国维所举的“有我之境”，如“泪眼问花花不语，乱红飞过秋千去”“可堪孤馆闭春寒，杜鹃声里斜阳暮”等，都是词里面的例证；而他所举的“无我之境”，如“采菊东篱下，悠然见南山”“寒波澹澹起，白鸟悠悠下”等，却都是诗里面的例句。诚然如此，诗里边容易找到“无我”的境界，词里边却不容易找到“无我”的境界。有一次我在南开大学讲课，我的秘书问我：“王国维所举的‘无我之境’都是诗的境界，没有词的境界，您能否举一个词里边‘无我之境’的例证？”还真是很难举。我想了半天，只想到五代时孙光宪的一首词，其中有“蓼岸风多橘柚香，江边一望楚天长。片帆烟际闪孤光”数句，似可算作“无我”的境界。江南吴楚之地长满了蓼花的岸边，有橘子树、柚子树，一阵风吹来，“橘柚香”；江水接天际地，有一片白帆映着水，在天边光影闪动，这大概是“无我”的境界了。

我只是想说，诗词里边如果你把主观的色彩、你的哀乐悲喜有意投注进去，有强烈的感情，就是“有我之境”；如果你没有有意把你的感情投注进去，而是“以物观物”，你和物化成一片了，就是“无我之境”。关于这点，可举陶渊明另一首诗为例：“迈迈时运，穆穆良朝。袭我春服，薄言东郊。山涤余霭，宇暧微霄。有风自南，翼彼新苗。”这是一首四言诗，题目叫《时运》，指四时一直向前不停地运行。“穆穆”，和睦的样子。这么和美的一个早晨，我穿上春天的衣服，步向东边的郊外，看见那山好像刚刚被新雨洗过，把那些烟气都洗涤了。“霭”，朦朦胧胧的样子。“微霄”，有淡淡的一层薄云。“有风自南”，一阵好风从南方吹过来。“翼彼新苗”，“翼”，翅膀，田里的那些秧苗都像飞起来一样，在风里摇动。写得多么美！这里有悲喜吗？这里有哀乐吗？真是“以物观物”，没有我的色彩。因为陶渊明的感情真是融入大自然的景色之中了，还不只是融入到大自然的景色之中，而且融入大自然的生命之中了。你的生命在哪里？

一次我在佛教学院讲课的时候，我说了两句话：“我是以悲观的心情，过乐观的生活；以无生的觉悟，做有生的事业。”我的老师顾随先生说，大诗人和小诗人的分别在于，小诗人就是写那非常狭窄的、一己的、自我的一点点感情；而大诗人之所以大，就是因为他打破了自己的小我，扩大了自己的关怀面。比如杜甫所写的“致君尧舜上，再使风俗淳”（《奉赠韦左丞丈二十二韵》），“杜陵有布衣，老大意转拙。许身一何愚，窃比稷与契”，“盖棺事则已，此志常觊豁”（《自京赴奉先县咏怀五百字》），意谓我是要用我的一生去做的，棺材盖盖上了，那就没有办法，不得不停止了。不然的话，我是一定要做的。他把他的生命扩大了。杜甫的小儿子饿死了，其《自京赴奉先县咏怀五百字》曾写道：“入门闻号咷，幼子饥已卒。”意即我进入家门，听见全家号啕痛哭，因为我最小的儿子在这样饥荒的年代饿死了。“所愧为人父”，他说真是惭愧，作为父亲，却使孩子“无食致夭折”，实在没有资格做这个父亲。可是他最后说什么？“生常免租役，名不隶征伐”，他说我不用像农夫纳租纳粮，也不用去当兵作战，而“抚迹犹酸辛，平人固骚屑”，他想到的不是他自己。再如他自己的茅屋为秋风所破，他却说“安得广厦千万间，大庇天下寒士俱欢颜，风雨不动安如山。呜呼！何时眼前突兀见此屋，吾庐独破受冻死亦足”（《茅屋为秋风所破歌》）。这是杜甫之所以了不起之处，因为他想的是所有国家、所有人民。

诗人何以伟大？一个是扩大关怀面，另外一个就是跟大自然合而为一。这两点都可打破自己小我的局限。陶渊明的“山涤余霭，宇暧微霄。有风自南，翼彼新苗”，宇宙之间那种欣然的生意，是我的生命跟大自然的生命合而为一后，方可感受到的，这真是“无我”的境界。

以上是说，诗里边和词里边都可以有“有我之境”和“无我之境”，所以王国维虽然使用了“境界”两个字，却并非专指词而言。另外，王国维又说：“境界有大小，不以是分优劣。”他说“境界”有博大的，有狭小的，我们不因为他写的“境界”大就认为是好，也不因为他写的“境界”小就认为是劣。“细雨鱼儿出，微风燕子斜”，杜甫这两句诗，真是跟大自然合一。我也常提到辛弃疾的词句：“一松一竹真朋友，山鸟山花好弟兄。”你不用那么自私那么狭窄，总想到你自己，大自然有那么多事物是可以观赏可以喜爱的。“细雨鱼儿出”，小鱼在水里这么一跳，“微风燕子斜”，顺着微微的春风，燕子这么斜斜地飞过来。王国维说，这些都是很细小的事物，但“何遽不若‘落日照大旗，马鸣风萧萧’”呢？两者同样都是好的。王国维又以秦观词为例，说“‘宝帘闲挂小银钩’，何遽不若‘雾失楼台，月迷津渡’”，所以不在你外表所写的事物是博大还是狭小，你能够真的有生命有感情，真的把它那一份生命写出来，就是好的作品。

前面所提到的王国维的“境界”说，都是泛指。还不单单是泛指诗词，像我刚才讲“造境”“写境”时，还举了卡夫卡的小说为例，所以可泛指一切的文学作品，不是专指词的“境界”。我以为，这是因为中国小词的美感特质，是很难被认识的。同样写美女和爱情，怎么说这个人有“境界”，那个人就没有“境界”？张惠言说因为这个人，比如温庭筠，他的词里有寄托，是“感士不遇”，但是他的词果然有这种寄托吗？不见得有。王国维认为张惠言用比兴寄托来讲太死板了，批评张惠言说“固哉，皋文之为词也”，所以王国维评词不用比兴，也不用寄托，而用“境界”，认为“词以境界为最上”。可是他的“境界”说有时也用来说诗，用得很混乱。那么，词的美感特质究竟在哪里？王国维所说的词里专有的“境界”究竟是什么意思？

其实，王国维的确有用“境界”专指词的意念。只是他论述时说得不清楚，所以增加后人很多的迷惘。下面我们再看一看王国维专门提到词的美感特质的几段词论。

他说：“词之为体，要眇宜修。能言诗之所不能言，而不能尽言诗之所能言。诗之境阔，词之言长。”“要眇宜修”，“要眇”出于《楚辞·九歌》。《九歌》是祭祀鬼神的歌辞，里边有一篇叫作《湘君》。湘君是湘水之上的一个女神。当中描写湘水女神说“美要眇兮宜修”，意谓湘水女神的美是“要眇宜修”，即不是那么具体、那么现实的，而是一种非常微妙、非常幽微的一种美。她不是很质拙、很粗疏的，而是一种很精致的美。所以诗不能写得像词，如果诗写得像词，就不是好的诗；而词也不能写得像曲，词如果写得像曲，就不是好的词。可见，诗、词、曲各有不同的美感的境界。

比如说元代王实甫《西厢记》中有两句：“休直待眉儿淡了思

张敞，春色飘零忆阮郎。”写莺莺和张生两个人相会，又要分别了。古人说张敞给他妻子画眉毛，所以是“眉儿淡了思张敞”。又传说刘晨、阮肇进到天台山，遇到一群仙女，等到春色飘零，桃花凋谢，阮郎还未回来。这是很美的曲的句子，可是你写到词里边，就不是好的词句。曲以流利、直接为美，不怕浅白。词则不然。词之美是要眇宜修，要写得细致、幽微、深隐。“能言诗之所能不言”，是说词能传达出诗所不能传达的一种意境。很多微妙的意思，是只能用词来传达的。也就是说，你不能说出来，说出来就不对了。词要含蓄，要隐藏，要有很多言外的细致曲折之处，叫读者去体会。“而不能尽言诗之所能言”，可是它又不能完全写出诗所能写的境界。像杜甫的《北征》，写了整个安史之乱、天宝之乱的乱离，是一首长篇的诗。在词则根本不可能。因为词没有那么长的调子，根本不能够把那些都写进去。所以说，词能够写出诗所不能写出的一种精致的、深隐的、难以言说的情思，可是诗里那种大块文章，也不是词所能表现的，诗和词各有不同的美感特质。

王国维在他的另一本著作《文学小言》中说，宋人“皆诗不如词远甚，以其写之于诗者，不若写之于词者之真也”。王国维认为宋人的诗写得不如词好，因为他们写在诗里的，不如他们写在词里的真挚。为什么这个样子？就因为写诗时作者要摆个架子出来。一般而言，诗里都是直接写作者的思想、作者的感情，所以有些话他不敢在大庭广众中说，有拘束。填词的时候就不同了，因为歌辞并不代表作者自己。比如有人批评黄山谷说：“你不要写小词了！”黄山谷却回答说：“空中语耳。”因为小词都是写美女和爱情，所以就有朋友劝他，说这个不正当，一个读书人怎么能老写美女跟爱情呢。黄山谷则辩解说这不是代表他自己有什么浪漫的感情。就是因为有这个“空中语”，所以这些读书人在千百年的约束之中，可以放开笔去写了，而且不用负什么责任，“空中语”嘛。

但正所谓“观人于揖让，不若观人于游戏”，在一个大的场合之中，看这个人跟人家打招呼、行礼、进退等等，却不如在他游戏的时候去看他。因为他揖让的时候，摆着架子，而游戏的时候，却什么都表现出来了。写词的时候，由于是“空中语”，可以不负责任，所以词作者就往往写得真挚。这个真挚，就是他的本质。不是说他的言语是什么，而是说他本来的品质是什么，他写诗，写的是冠冕堂皇的言语，就像写一篇报纸的社论，但是词里边，因为他是放开了去写的，加之爱情又是一种一个人真的应该把自己的全部都投注进去的感情，所以反而把一个人真正的本质表现出来了。这是词最微妙的地方，所以王国维又说：“词之雅郑，在神不在貌。”词是典雅的还是淫靡的，在它的精神而不在它的外表。也就是说，同样写美女和爱情，它里面所流露出来的本质却有根本不同。因为五代北宋大半写的都是歌辞之词，是给歌妓舞女去演唱的。“永叔、少游虽作艳语”，欧阳修和秦少游就算是他们写的也是美女跟爱情，是香艳的词句，可是“终有品格”，流露出来的是他们思想感情中真正的品格。

现在回过头来再看王国维所讲的成大事业、大学问者必经的三种境界。王国维说张惠言用比兴寄托来讲温飞卿的词是“固哉，皋文之为词也”，说张惠言这样讲词真是太牵强了，可是他又怎么能从写美女和爱情的词里看到“成大事业、大学问者”的三种境界呢？这正是词的妙处。词的美感特质恰在于词可以引发人的言外联想，“能言诗之所不能言”。下面就以王国维所引的这三首词为例，看一下词是如何引发读者的言外联想的。

“昨夜西风凋碧树。独上高楼，望尽天涯路”，王国维说这是第一种“境界”。这是晏殊的句子，全词为：

槛菊愁烟兰泣露。罗幕轻寒，燕子双飞去。明月不谙离恨苦，斜光到晓穿朱户。　　昨夜西风凋碧树。独上高楼，望尽天涯路。欲寄彩笺兼尺素，山长水阔知何处！

“槛菊愁烟兰泣露”，词人感情最为丰富，是“有我之境”。意谓我的栏杆外面开满了菊花，在那烟霭迷蒙之中，我觉得那菊花都有一种哀愁的姿态；而我的房间外面也有兰花，我看到晚间的露水滴在兰叶上，好像那兰花也流出了泪来。这是一个女子的一种悲哀的感情。女子在什么样的情境之中呢？“罗幕轻寒，燕子双飞去。”天气慢慢冷起来，罗幕之中，已感到一片寒意，燕子也都飞到南方去了。我与所爱的那个人离别了，时光这么短暂，又是一年过去了。在这样的孤单寂寞之中，我觉得真是“明月不谙离恨苦，斜光到晓穿朱户”。明月升上来了，可它并不懂得我这个离人的痛苦。从月亮自东边升上来，到它自西方落下去，那月光照了我整夜。可见，这是无眠的一夜。

而且昨天晚上刮起了秋风——“昨夜西风凋碧树”，那秋风把我的窗前碧绿的树叶都吹落了。“独上高楼，望尽天涯路”，今天早晨我一个人独自登上高楼，望到天边那么遥远，而我所怀念的人，什么时候才会回来呢？因为我是如此思念他，所以我希望尽可能望得更远一些，以便在他回来的时候，我能更早一刻见到他。可是像温庭筠所说：“梳洗罢，独倚望江楼。过尽千帆皆不是，斜晖脉脉水悠悠。肠断白蘋洲。”女子为了等她所爱的人，化好妆，梳洗得这样美好，可是那么多船从我楼前过去，都不是我所盼望的。夕阳西下，斜晖脉脉，江水东流，什么都不可挽回了，真是“肠断白蘋洲”。现在晏殊所写的女子也是“独上高楼，望尽天涯路”，那么，他不回来，我可不可以给他写封信？“欲寄彩笺兼尺素”，“兼”字说得真是好，我有这么多的情思要对他说，我要寄给他的，有“彩笺”那样美丽的感情，也有“尺素”那样淳朴的情意。“欲寄彩笺兼尺素”，是两重的形容。“山长水阔知何处”，可是山却这么绵长，无情地将我们阻隔，“相去万余里，各在天一涯。道路阻且长，会面安可知”！“彩笺”“尺素”是两重的思念，“山长”“水阔”则是两重的阻隔。

这是一首闺中的思妇之词。与大多数五代北宋的词一样，写的都是伤春怨别、相思怀念的感情，有什么“成大事业、大学问者”的三种境界？可是，王国维竟然从“昨夜西风凋碧树。独上高楼，望尽天涯路”，女子对她所爱的人的那种期待、追寻、盼望的感情中，看到这与一个人期待、追寻、盼望他的理想、事业和信仰有相近之处。

我上次讲“双重性别”的时候，曾经提到一位美国学者，名叫劳伦斯·利普金，他写了一本书叫 *Abandoned Women and Poetic Tradition*，他认为怨妇的形象是诗歌中一个重要的传统。另有一位女性主义的女学者玛丽·安·弗格森（Mary Anne Ferguson）也写过一本书叫 *Images of Women in Literature*，她提到了妻子形象、母亲形象、偶像形象、性对象形象等等。我们不是要把他们的这些形象套到我们的作品上，而是他们提出来的这些形象的分别，引起我的一个联想。中国诗歌中的女性形象是什么样的呢？《诗经》中的女性形象都是现实中的女性，而且是家庭伦理之中的女性。《楚辞》中写的女性都是象喻的形象，但这种象喻比较单纯，重点是注重女子的美，以女子容颜之美，代表男子才德之美。到了曹植，他写的“贱妾”，就是“弃妇”了。因为她不只是美，还有一个被抛弃的因素，象喻曹子建自己被弃置不用。曹子建常常被他的哥哥曹丕放逐外地，他是有心用“贱妾”作为象喻的。可是，晏殊是宰相，他没有被抛弃，那这还是一个“弃妇”之词吗？当然不是。

我们说过，从五代的《花间集》开始留下一个传统，就是词都写闺中的、相思的、怀春的美女。因为作者都是男子，男子要写女子，就写女子对他怎么样相思，怎么样怀念，所以歌辞之词大半是“思妇”之词，而不是“弃妇”之词。这些歌妓酒女属于哪一类形象？她们是母亲？不是。是妻子？不是。是姐妹？也不是。是女儿？更不是。她们从家庭伦理之中脱离出来，不在家庭伦理的限制之中了。因此，这时的“她”就单纯了。男性作者只写她的美，她的爱。而美和爱这两种事物，当它们脱离了外表的现实的拘限，而只剩下本质的时候，它们本身就具有了象喻的意思了。所以当温庭筠和晏殊突出来写美跟爱的时候，他们的叙写就给了读者这样的联想。这就很妙了。

比如说北宋著名词人柳永《定风波》曾写道：“自春来、惨绿愁红，芳心是事可可。日上花梢，莺穿柳带，犹压香衾卧。暖酥消，腻云亸，终日厌厌倦梳裹。无那！恨薄情一去，音书无个。”也是“思妇”之词。他说自从春天来了，红花绿草本来这么美好，可是女子现在充满愁苦之感。“芳心是事可可”，用英文就是“so so”，写的是女子无聊的形象。太阳已照到柳梢，黄莺鸟在柳间穿梭，这个女子却睡着不肯起来。“花前谁与共”，纵然花是美的，春是好的，可是没有人跟我一起赏花。所以柳永笔下的女子是“日上花梢，莺穿柳带，犹压香衾卧”。她头上擦的很多油此时消掉了，云鬓也散乱下来。“厌厌”，无精打采的样子。“女为悦己者容”，那个男子不在了，所以她就没有精神起床，也不梳洗打扮了。可是柳永这样的思妇之词，就不给人言外的联想。因为他写得很直白，什么都非常现实地写出来。如果作者不把现实生活写得这样指实，只从美跟爱的感情的本质来写，就会给人丰富的联想。所以写美跟爱虽然是一样的，但叙写的口吻却有根本区别。柳永说“恨薄情一去，音书无个”，而敦煌曲子词中也曾写有“为奴吹散月边云，照见负心人”之句，这些虽然也都是思妇的感情，却并没有言外的意思。

而晏殊写的是什么？“昨夜西风凋碧树。独上高楼，望尽天涯路。”他只是写女子的期待、女子的追求。我们说过，你追寻、期待、盼望一个你所爱的人，与你追寻、期待、盼望你的事业、理想、信仰，在感情的本质上有相似之处，这是“成大事业、大学问者”的第一种境界。讲得更透彻一些，“昨夜西风凋碧树”，你要看得远，要“望尽天涯路”，看到天的尽头。而如果窗前是一棵枝叶繁茂的大树，你还能看得远吗？所以是昨夜的西风，把那无数的浓荫都吹落了，你的视野才广阔。如果你总是被眼前现实的利害所约束，目迷乎五色，耳乱乎五音，每天都在声色犬马之中，耳目都被遮蔽了，你还有什么高远的理想？同时，你要站得高，才能望得远，“欲穷千里目，更上一层楼”。而且如果你和一群人登楼，那也不行。因为大家东说一句，西说一句，你还看得成吗？所以是“独上高楼”，是你自己“独上”，你才有登楼的体验，你也才有望远的体会。我以前讲过，“花开莲现”，“花落”才“莲成”。你不摆脱遮蔽你耳目的繁华，你什么时候才能看到那最珍贵最美好的东西？所以王国维说这是“成大事业、大学问者”的第一种境界：先要开阔、抬高你的眼界，你才能从现实的迷乱之中摆脱出来。

《圣经》上说，你求你就得到；你叩门，我就给你开门。世间有那么美好的事情吗？求，就一定能得到吗？不一定啊！所以接着王国维又举了柳永的一首词：

> 伫倚危楼风细细，望极春愁，黯黯生天际。草色烟光残照里，无言谁会凭阑意。　　拟把疏狂图一醉，对酒当歌，强乐还无味。衣带渐宽终不悔，为伊消得人憔悴。

"伫"，站在那里，一动不动。"倚"，靠在高楼的栏杆上。"风细细"，那微微小小的风吹拂过去。"望极春愁"，极目远望，直到天际，那无边春色带给你的，都是无边的哀愁。"黯黯生天际"，苍然暮色，自远而至，那迷迷茫茫的天边，你觉得你的愁绪就和那天边的烟霭连成了一体。"草色烟花残照里"，楼前的草色，楼外的烟光，就在这夕阳西下的时候，你该是什么样的感觉？秦少游写过一首很妙的小词，词牌为《画堂春》，其中有这样两句："柳外画楼独上，凭栏手撚花枝。放花无语对斜晖，此恨谁知？"真是词的境界。春天的季节里，在高高的垂柳旁边，有一座美丽的画楼。这当然也是写闺中的思妇。晏殊那首词说"明月不谙离恨苦，斜光到晓穿朱户"，写的是离恨，女子怀念远人，却"欲寄彩笺兼尺素，山长水阔知何处"。可是，秦少游说的是什么？ "柳外画楼独上，凭栏手撚花枝"，这种感情真的很难说。楼外有花，花枝在栏杆旁边，而女子就靠在栏杆上。女子的手拈起一枝开满繁花的花枝，她要把它折下来吗？有人写过一句诗："独向花前忏悔深，折花原是爱花心。"折花原来是爱花。可秦少游是说折下来吗？不是。是"凭栏手撚花枝"。"撚"，是用手指轻轻地把它拿着。更妙的是，"放花无语对斜晖"，女子只是拿着它，非但没有折，而是在凝视它一刻以后，把手又放开了，什么话都没有说。"此恨谁知"，这样一种幽恨，真是一种精微细致、难以言说的感情，是小词里所特有的一种微妙的情思。再看柳永的词，"草色烟光残照里"，"草色烟光"深意何在？在落日残照之中，作者无话可说，真是"欲辨已忘言"，所以接下来一句是"无言谁会凭阑意"。

"拟把疏狂图一醉"，"疏狂"，把一切都摆脱了。作者打算抛弃矜持，拚上一醉。但是，既然眼前有酒，有人唱歌，他为什么不对酒听歌？因为他所真正怀念的那个人不在这里。因此，就算有酒、有歌，但正如冯延巳所说“花前失却游春侣”，纵使有花，也有酒，可是没有一个陪我看花游春的人。冯延巳又说：“独自寻芳。满目悲凉。纵有笙歌亦断肠。”尽管满园都是繁花，对我却是“满目悲凉”；尽管有美丽的笙歌，对我却也听来断肠。“对酒当歌，强乐还无味”，只因为我所爱的那个人、我所怀念的那个人，他不在这里。“衣带渐宽终不悔”，为了怀念的那个人，就算为他而消瘦，而“衣带渐宽”，我也终究不会后悔。“为伊消得人憔悴”，那个我在这一生中所发现的唯一值得我去爱的人，值得我为他而憔悴、消瘦。可见，这首词仍为表现相思的爱情之词。但是，“衣带渐宽终不悔，为伊消得人憔悴”，这种执着，这种专一，这种持守，却有深刻的象喻内涵。因为，如果你能找到一个值得你爱的人，你当然应该如此；而如果你能找到一份事业，一份理想，同样也是值得如此的。这是“成大事业、大学问”的第二种“境界”。

可是王国维说的还不止在此。他说的是“成大事业、大学问”的第三种“境界”。强调一个“成”字，意谓不只是追求，不只是坚持。而且要完成，那么，“成”的时候应该如何？这就是王国维所说的最后一种境界：“众里寻他千百度，蓦然回首，那人却在，灯火阑珊处。”这两句词出自辛弃疾《青玉案》，全词为：

> 东风夜放花千树，更吹落、星如雨。宝马雕车香满路。凤箫声动，玉壶光转，一夜鱼龙舞。　　蛾儿雪柳黄金缕，笑语盈盈暗香去。众里寻他千百度，蓦然回首，那人却在，灯火阑珊处。

“东风夜放花千树”，写的是元宵节，每一棵树上都装点着灯火。“更吹落、星如雨”，人们放的那些鞭炮、烟火如星星般洒落下来。“宝马雕车香满路”，多少看灯的人，男骑宝马，女坐香车。“凤箫声动，玉壶光转，一夜鱼龙舞”，有人奏乐吹箫，天上月影移动，一夜之间有各种表演。“蛾儿雪柳黄金缕”，这是宋代元宵的妆饰。“笑语盈盈暗香去”，每一个人都在欢乐之中，因为是夜晚，这些美丽的女子中哪一个是我要找寻的人？“众里寻他千百度”，我在这么多“笑语盈盈暗香去”的女子中找来找去，“蓦然回首”，我忽然间一回头，“那人却在，灯火阑珊处”，我所追求的人，原来她在灯火阑珊的暗处。这有两种可能。一个是说，如我们刚才所讲的一种境界，“独上高楼”你真正得到的，一定不在嘈杂、喧闹之中；另一个则是说，人与人互相之间要感情心灵交流沟通，一定要在一个孤独寂寞的所在。“灯火阑珊处”，已经是游人将要散尽之时，就在元宵节将要结束的那个灯火阑珊的地方，在这个寂寞、孤独、快要终结的时候，我忽然间发现我所要找的那个人。

综上可见，王国维之所以从上面三首词中看到“成大事业、大学问”的三种“境界”，是因为他认为好的词都可以引起人丰美的言外联想。但是他没有找到合适的说法，遂将其名为“境界”。词能够引起人这么丰美的言外联想，他就说这是一种“境界”。就算你不能把它讲成“成大事业、大学问”的三种境界，比如秦观的“柳外画楼独上，凭栏手撚花枝。放花无语对斜晖，此恨谁知”，有那么多话都没有说出来，那同样是一种无以名之的感受，让读者只能在言外去体会、去思索，而这正是词与诗在美感上的一种本质区别。

4 第四章 词与词人

第一讲

苦水先生作词赏析举隅

晚唐的温庭筠写的词，是给歌女写的歌辞，他以一个女子的口吻写女子的歌辞的时候，写出来某一种女子的感情，而里边也包含了他潜意识之中的自己的感情，因此使小词具含了一种可能的潜在的作用，男子透过一个女子的口吻把日常不敢说的话表现出来了。这样的词在中国传统中被认为是好词，因为它意义更丰富，给读者更多想象的余地。

一千多年前的人是写这样的词。现代人写现代人的生活和感情，是不是也可以用词这样的文学体裁？是不是也可以用词来表达现代人的感情呢？我现在要给大家看几首词，我所选的是我的老师顾随先生的作品。

顾随先生号羡季，别号苦水，他生在1897年，1960年去世，曾在燕京大学、辅仁大学、河北大学等大学做教授。他的著作有《顾随文集》《顾羡季先生诗词讲记》《顾随诗文丛论》等。我们现在先看他的一首小词《鹧鸪天》：

不是新来怯凭栏。小红楼外万重山。自添沉水烧心篆，一任罗衣透体寒。　凝泪眼，画眉弯。更翻旧谱待君看。黄河尚有澄清日，不信相逢尔许难。

《鹧鸪天》不是题目，是乐调的名字。首句“不是新来怯凭栏”的“凭”，文集（京注：指《顾随文集》，上海古籍出版社1986年出版）印书者以为是这个“凴”，靠的意思。可是他原来的稿子（京注：指1941年所印之《霰集词》）是这个“凭”，这两个字可以相通，但为什么我要坚持这个“凴”呢？因为“凴”只有一个读音，文凴、凴什么；“凭”有两个读音，可读平声，可读仄声，而在词的调子里，都是平仄声的调谱。中国文字单音节单形体，可是它有抑扬起伏，音乐性是非常丰富的，在这句词里，此处应读仄声，所以不是这个“凴”，这个“凴”不能读仄声。

这首词写的是什么意思呢？我国古代孟子说：“颂其诗，读其书，不知其人，可乎？是以论其世也。”（《万章下》）读一个人的作品，应该知道他所处的时代，应该知道他是一个怎样的人。我是1941—1945年跟随顾随先生读书的，那是一个什么时代？那是抗战八年的后四年，是最艰苦的一段时间。我们辅仁大学的老师都是对祖国有很深厚的感情的，国家民族的观念很强。有的老师冒着危险到后方去了，有的在沦陷区从事地下工作，顾随老师有忠贞的爱国情操，但他没有到后方去，那是因为他有六个小孩，他没有办法放弃他做父亲的责任，他的妻子又是一个没有工作能力的人。他在沦陷区，把他对国家民族的情感、内心的抑郁悲慨的情怀，都写进这些小词里了。温庭筠的词透过字面能使读者有一个深层的联想，可他自己不一定有那个意思。我的老师顾随的小词，他是否曾有心放进去一些深层的意思或是无心的呢？我们若想作出判断，若想欣赏解说中国的古典诗词，要对中国的文字有很敏锐的感受和分析能力。

先看开端两句："不是新来怯凭栏。小红楼外万重山。"中国的旧诗词之所以妙，就是因为它能在那么简单的、那么短的篇章里面，表达那么丰富的、那么深厚的意思。"凭栏"，靠在栏杆旁边。我现在先引用一个西方理论。有一位很摩登的西方学者，名叫朱丽亚·克利斯特娃，一个非常出色的女学者，生在保加利亚，在法国拿到学位，她有多方面的语言能力，而且阅读范围非常广泛，她提出一个说法，即"互为文本"，当一个"文本"出现时，从一个"文本"可以联想到很多"文本"，所以叫"互为文本"。其实，这在中国过去，老早就已经注意到了，虽然我们没有这个批评术语，但给李白诗作注解的，给杜甫诗作注解的，常注明许多出处和典故，说这两个字古人什么人什么人用过，给你丰富的联想，你可以看到一个语汇联想到古人一连串的诗歌。这是因为古人在写作时，他本来就阅读过那些作品，所以他这样用，是带着这个联想用出来的，你没有这个联想，所以你读不懂，这是你对不起作者。"凭栏"，表面只写一个人靠在栏杆上，但内容深意却没这么简单。不知大家是否联想到了李后主的一首《浪淘沙》？其中有“独自莫凭栏，无限江山，别时容易见时难”几句。那是李后主亡国以后的作品。那么我老师的这首《鹧鸪天》是在什么地方什么时候写的呢？是在沦陷区写的，在抗战八年的后四年最艰苦的时期，他的多少好朋友有的被捉进日本宪兵队关起来了，有的已经离开沦陷区到后方去了，而他自己由于家累还留在沦陷区，自己的国家，国土沦陷在敌人铁蹄践踏之下。李后主“凭栏”看到的是“无限江山”；杜甫的《春望》说“国破山河在”，难道凭栏看到的不是我们祖国的山河？这万里江山不是我们祖国的江山吗？李后主说“莫凭栏”，老师说“怯”，怯是害怕，害怕去靠近栏杆，因为一靠近栏杆看到的就是我们祖国的大好河山，而现在为什么处处招展着太阳旗呢？他说我“不是新来怯凭栏”，不是真的害怕栏杆的危险才不肯到栏杆旁边去。那是为什么？是“小红楼外万重山”，我住的这个小红楼外有万水千山——这正是李后主所说的“独自莫凭栏”，因为栏外有“无限江山”——那是我们祖国的大好河山，我一靠近这栏杆，我就想到我们的沦陷，想到大好江山被敌人占领的悲哀和苦难。下面“自添沉水烧心篆”一句，“心篆”是一种篆香，篆字的香，盘成一个篆字的心字形。我们中国文字是非常美妙的、精致的，他说我要烧的这个香是篆曲的、纤细的、婉转缠绵的。什么样的篆？心字的篆。我自己的心是那么热烈的、真诚的一份感情，我虽然身在沦陷区，我每天难道能忘了我的祖国吗？所以我的“心篆”是燃烧的，不断燃烧的。也许你们又要问了，你这盘香烧完了还有第二盘吗？我记得四十多年前我大学毕业后不久，有一天我的亲戚请我到教会去听布道会，讲道的是一位女士，她说你们如果内心觉得干渴，你们到我这里来听我讲道，我给你们喝的是水，可是你们喝完了就没有了，你要从你的内心里涌出来自己的甘泉，不是向别人讨来一杯水喝，是内心涌出来的甘泉。对祖国的爱正是内心涌出的水泉，难道一两天、一两年就能没有了吗？“自添沉水”，“沉水”是一种香，香的气味，那样的芬芳；“心篆”是香的形状，是缠绵的，是发自内心的。“自添”就不会烧完，永远在烧。因为不是别人给你添上去的，而是我“自添沉水烧心篆”，我不是今天一天要好给别人看，而是自己凭靠自己的本心要好下去，对祖国的爱凭靠自己，不假借别人的鼓励和帮助而一直延续下去。“自添沉水烧心篆”，短短的七个字，有多么丰富的意义！多么深厚的感情！我的心是芬芳的、热烈的，这不是为了得到别人的欣赏和赞美。如果你的环境没有人支持你、赞美你，你的周围是寒冷的，你自己还燃烧下去吗？所以后边就说“一任罗衣透体寒”。只要我心里有一片火在燃烧，不管我周围的环境是多么恶劣、冷酷，我心头的这一点火也是不会灭掉的。而且这寒冷不只是在我身体之外，这寒冷一直侵袭进来，所以说“透体寒”，是寒冷直侵入到我的身体上来。下半首“凝泪眼，画眉弯”，在沦陷区，在苦难的环境里，为了祖国能做些什么？记得“七七事变”之时，我正在北平上中学，“七七事变”以后，学校逼迫我们去街上游行，庆祝南京陷落、汉口陷落、长沙陷落，我们祖国的城市一个个陷落了，敌人还让我们去庆祝，而南京陷落时我父亲在南京，汉口陷落时我父亲在汉口，可是敌人逼迫我们上街去庆贺我们祖国一个城市一个城市地陷落，那是一种什么样的环境啊！在这种痛苦的环境中，我们一般人常犯自暴自弃的毛病，自暴是觉得我什么都了不起，自弃是觉得我什么都不成。自暴是不对的，自弃也是不对的。在恶劣的环境里，自己就不要好了吗？你看，在“凝泪眼”的悲哀痛苦之下，接下来是什么？是“画眉弯”。刚才讲“互为文本”，“画眉”在中国有一个传统。如果我们讲符号学，一个语言符号，当一个国家民族使用了很久之后，这个符号已经结合在它的文化传统之中，它就变成一个代表这个传统文化的语码了，可以通过它连起一大片文化联想。“画眉”在中国文化里，在文学里，已经形成一个语码的作用，从屈原就说“众女嫉余之蛾眉”，唐朝诗人李商隐的诗：“八岁偷照镜，长眉已能画。”总而言之，画眉在中国文学传统中是代表一个人对于自己的品德才智的美好的追求。爱美，要好，不是坏事情，就看你要的是什么美，只是涂一涂黑色和红色在脸上就美了吗？不是的，是真正心灵里你的灵魂、你的性情、你的品格是不是美。屈原用描眉来作爱美的象征，他说：“余独好修以为常。”“凝泪眼”就不画眉了吗？还要画，“画眉弯”，画美丽的弯曲的眉。古人还有一句话：“兰生空谷，不以无人而不芳。”因为香是它的本性，杜甫诗说：“葵藿倾太阳，物性固莫夺。”要把爱美、要好变成你的本性的一部分，不是今天只在某一场合专给哪一个人看，不因环境恶劣我就不要好了。那么，“画眉”，画什么样的眉呢？古人有“眉谱”，远山眉，八字眉，正八字眉，倒八字眉，各种眉，顾随先生说：“更翻旧谱待君看。”如果原来的主人喜欢远山眉，现在的主人喜欢八字眉，你是描远山眉还是八字眉？唐代秦韬玉的《贫女》诗说：“敢将十指夸偏巧，不把双眉斗画长。”近人书法家沈尹默的诗说“幽靓难成时世妆”，所写的都是不紧追那个摩登时尚，要有自己的持守。所以“更翻旧谱”，翻出来的是旧日的谱，画出来的是旧日眉谱的样子，因为以前的主人喜欢旧日的眉样。“待君看”表现的是什么？表现的是对祖国的希望和等待。这首词是我的老师在沦陷区时写的，所以有这么多的含义。我认识他，我知道他，如果我不认识我的老师，也不知道这首词是在沦陷区写的，那还有没有这些联想呢？这些联想还存在不存在呢？这首词是只写一个美丽的女孩子，还是果然有另外的寄托和含义呢？我要告诉你，尽管你不认识这位作者，你仍然可以判断，他是有言外的意思的。因为他有最后的两句——“黄河尚有澄清日，不信相逢尔许难。”黄河还有澄清的日子，这句给了我们一个暗示：因我们中国向来说天下太平是海晏河清；又说黄河三千年一清，这代表的是太平安乐的时代。所以我的老师说，难道我们祖国的破碎就永远破碎下去了吗？一定不会的，“黄河尚有澄清日”，三千年一清，不是也有一清的日子吗？“不信相逢尔许难”，我就不信我的祖国打回来会是那样困难！我就不相信跟我的祖国相逢会有“尔许”（如此）艰难。

这是当代人用词这种形式来写当代人的感情，一样写得很好。

如果说，这是作者在沦陷区，在沦陷区这样的背景，所以他写出了这样的词，那么现代人写古典诗词，更可注意的一点是现代人把现代化的情意跟思想写进古典诗词里去了。

再看他的一首《临江仙》：

记向春宵融蜡，精心肖作伊人。灯前流盼欲相亲。玉肌凉有韵，宝靥笑生痕。　　不奈朱明烈日，炎炎销尽真真。也思重试貌前身。几番终不似，放手泪沾巾。

如果用西方的话来说，这是一首很象征化的作品，而且整个好似在说一个故事，一个事件，整个的故事是象征，还不是说一个语汇的象征而已，例如说松树经冬不凋是一个坚贞的象征，这不是这个意思，它是整个的，一个作品是一个象征。他写的是一个人用蜡做了一个蜡人，“记向春宵融蜡，精心肖作伊人”，记得一个晚上，“向春宵”，就是面对着那样一个春宵。中国语言是十分丰富的，有很多意思，春天，那么浪漫的、多情的、温柔的日子；“宵”，夜晚，那么安静的、沉静的时刻，常常你在白天时，有很多身外的、乱七八糟的事情，分散你的感情和你的心意，晚上的时候才能真正把你的心思集中。春天，而且是春宵，把融化的蜡“精心肖作伊人”，“精心”，是用了精微细致的心意，“肖”是像，“伊人”，那一个人，理想中的那一个人。我精心用蜡做了我理想中的一个人，非常美，非常真切，非常生动，而且“灯前流盼欲相亲”，深宵夜晚，所以是灯前，蜡人的眼光仿佛会流动，目光转动，眼睛是人的灵魂，眼睛像活了一样，能流动，似乎是在多情地看着我，而且表示了这么亲切的感情。“玉肌凉有韵”，摸一摸蜡人的肌肤，那么清凉润滑；“宝靥”是腮心，美丽的腮边好像在微笑，而且有一个浅浅的酒窝的痕迹。“宝靥笑生痕”，写得这么生动，这么真切，这么美丽。这是上半首。下半首的“不奈朱明烈日，炎炎销尽真真”，把情景突然改变了。无可奈何，又红又亮又热的像火一样燃烧的太阳晒在这个蜡人身上，“炎炎”像火一样，“真真”，是古人对所爱的人的一个称呼，“销尽”，把所爱的蜡人完全融毁了。“也思重试貌前身”，我也想重新试一试，努力再去做一个蜡人，这个“貌”是个动词，杜甫有咏图画的诗“貌得山僧及童子”，“貌”是做出一个像来。就想做出一个以前那么美的人，可是“几番终不似”，试了多少次，再也做不出先前所做的那么美丽的一个蜡人。“放手泪沾巾”，只好放下手，流下泪来。有很多人年轻时有一个理想，一个梦想，后来被现实给毁了，你再想完成它也完成不了了。整个这首词全以形象喻写这么一种对于理想的追求及幻灭的悲哀。这是一种很现代化的感情，也是一种用了很现代化的手段、写法来写的一篇作品。

本来，中国古典诗词有悠久的历史传统，从先秦两汉魏晋南北朝到唐宋元明清，不断地在演进变化之中。在晚清的时代，当我们自己的东方文化接受了西方文化的时候，在我们古典文学领域里，也引起了一种冲击和波动，当这个冲击波动开始以后，所形成的发展方向有两个：一个是用旧的形式写新的思想，一个是把新的名词用到旧的古典诗歌里去。当时做这样尝试的有两个很有名的人，一个是黄遵宪，他有《人境庐诗草》。他曾去国外，做驻外公使，所以他的诗写美国的大选，用了很多新名词在里面；还有一个就是王国维，他曾读过康德、叔本华的哲学，他把很多西方哲学思想放在旧体诗词里，形式是用的旧的，但思想是新思想。我的老师在王国维以后，也是一个尝试把新的思想、新的形式、新的语言放进旧体诗词里的一个作者。

我的老师的一首《木兰花慢·赠煤黑子》便是写了一个"煤黑子"的形象。煤黑子是旧日北方冬天送煤的人，用驴车拉煤运煤，这个题材是古人没写过的，是一种新鲜的题材，选取了旧传统中所不曾叙写过的人物形象。这是新的题材、新的内容。而他的《鹧鸪天·佳人》四首，都是写美人的，是旧的题材，可是旧的内容有新的意思，《佳人》四首都是象征的，是以"佳人"的形象来抒发"美人香草"的幽约悱恻的情思，用一个美丽的女子来象征一种美丽的品格和修养，那"倚楼""倚栏"的"绝代佳人"，都并非眼前实有的景象，而完全出于一种假想的象喻，是将抽象的情思转化为具体的形象来加以表现的。由于时间的关系，我现在就结束到这里。

附一：

木兰花慢·赠煤黑子 (1930)

策疲驴过市，貌黧黑，颜狰狞。倘月下相逢，真疑地狱，忽见幽灵。风生。暗尘扑面，者风尘，不算太无情。白尽星星双鬓，旁人只道青青。　豪英。百炼苦修行。死去任无名。有衷心一颗，何曾灿烂，只会怦怦。堪憎。破衫裹住，似暗纱、笼罩夜深灯。我便为君倾倒，从今敢怨飘零。

附二：

鹧鸪天·佳人四首（1928）

绝代佳人独倚楼。薄情何处觅封侯。天连燕赵沉沉死，日下江河滚滚流。　红袖冷，绿云秋。泪珠欲滴又还收。自从读会灵均赋，不爱欢娱只爱愁。（其一）

绝代佳人独倚阑。江头看惯去来船。当楼花似迎人笑，人笑花开似去年。　依旧是，著春衫。看看能否耐春寒。腰肢瘦到堪怜处，不受人怜谩自怜。（其二）

绝代佳人独倚床。水沉销尽尚闻香。熏笼已爇罗衾暖，却拥云鬟懒卸妆。　曾记得，理丝簧。曲中也爱凤求凰。而今再把罗襦绣，便绣鸳鸯不绣双。（其三）

绝代佳人独敛眉。簪花插鬓故迟迟。妆成重复看鸾镜，不是含羞欲语时。　梁燕去，塞鸿归。熏香人自在深闺。今生判得情缘短，千转芳心尚恨谁。（其四）

顾之京 整理

第二讲

一位当代自然科学家对生命的反思
——谈石声汉先生的一组小词《忆江南·春蚕梦》

我生在北京一个很保守的旧传统的家庭，从小读的都是中国的旧书。我的女儿六岁在台湾上小学，她回来就背书说："来来来，来上学。去去去，去游戏。见了老师问声早，见了同学问声好。"你们都背过吗？但是我六岁的时候，我开始读的是旧书。我很早就认字了，在我很小的时候我的父亲就教我认字，我们那时候叫认字号。是把纸裁成小方块，我的印象中是一种黄色的纸，好像北京叫黄表纸。我父亲的毛笔字写得很好，他就用毛笔在上面写上字，然后拿朱砂笔在字的旁边画上很多圈圈。他说我们中国字呀，有很多破音字，同样的一个字，读音可以有很多的不同。我父亲呢，在家里念的是中国的旧书，所以他旧学的修养很好，也作诗。我应该上小学的时候，他没让我上小学，给我请来家庭教师。但是他本身是老北大英文系毕业的，所以他懂英文。小的时候教我们背一些英文的儿歌，“one two，tie my shoe，three four，close the door”，然后我父亲就用他英文的经验来教我读中国的字号。他说，你知道西方的语言是表音的语言，所以当词性改变比如名词变成动词或者变成形容词，那个时候就在字形上表示区别。但是我们呢，是方块的字，不能在形体上有改变，所以我们中国的字当词性有改变的时候，就是用拼音来改变。如果你说“我学习英文”，I learn English,“learn”就是一个动词，学习。如果说：“English learning is not very difficult.”“learning”就变成了一个名词，加上了“-ing”了。有的时候，我们说一个很有学问的人——a learned person，“learned”就变成了一个形容词。所以有的时候加“-ed”，有的时候加“-ing”，那么它的词性就不一样了。那我们中国的文字，写出来都是一样。所以当词性改变的时候，就在读音上改变。比如说我父亲教我一个方块字，“数目”的“数”字，我父亲就在字的四角画很多红圈圈。他说如果当名词讲，the number，“数目”念“shù”；如果当动词，counting the number，就念“shǔ”；还有的时候，这个字可以当作副词，比如说，“数询之”，很多次询问他，就念“shuò”，就是一个副词，adverb。他说这个字还有一个用法，平常我们用的机会很少，可是确有这样一个读法，念“cù”。我父亲说这个读音出于《孟子》。《孟子》上有一句话，说“数罟不入污池”。这个“罟”是网字头，从古得音的，是网罟的意思。“数罟”是繁密的网。“数罟不入污池”，繁密的网不到深的有很多鱼的水池里面去，因为网很繁密就把小鱼都捞起来了，小鱼都捞起来，以后鱼就不能繁殖了。这个字平常很少用，但是有这么一个用法就念“cù”。所以我从小就是这样念字号的。

当我女儿六岁上小学背“来来来，去去去”的时候，我六岁背的是什么呢？我们请了一个家庭教师，我第一本正式读的书是孔子的《论语》：“子曰：学而时习之，不亦说乎。有朋自远方来，不亦乐乎。人不知而不愠，不亦君子乎。”其实那个时候六岁的小孩懂什么君子不君子、愠不愠呢？其实是不懂，但是我觉得读《论语》是很有意思的一件事情。而且这个家庭教师也不是外人，我们小孩子也没有什么名师大儒来教我们，这个教师就是我的姨母。不但我家里边喜欢读旧书，我外婆家的人也喜欢读旧书。而且我的外曾祖母是个女诗人，还出过一本诗集，叫《仲山氏吟草》，起的名字跟个男人差不多。所以我们家都是读旧书的，我们正式读课本就是背《论语》。课外的闲余时间呢，现在的小朋友就唱儿歌了，“两只老虎，两只老虎”，而我们小时候就是唱诗、背诗，而且诗是用一种吟唱的调子，我伯父和我父亲都大声吟唱诗。我伯母家里边也是读书的人家，所以他们也都念诗。当我伯父和我父亲大声念诗的时候，我母亲和我伯母就小声地唱诗。我从小就听他们背诗、唱诗，就跟唱儿歌一样也跟着他们唱，懂不懂都跟着他们唱。不但我，我堂兄，还有我弟弟，我们大家都读这些旧书。我对古典文学特别有兴趣，而且我读到《论语》里边很难懂的东西，讲到人生的东西，就受到了一种很大的冲击。比如说《论语》里面有一句话：“朝闻道，夕死可矣。”就是说早晨听到了“道”，晚上死都可以了，好像这一辈子都没有白过的样子。我小的时候读了这句话，给我很大冲击。我就在想，这“道”到底是什么东西呢，为什么这样重要？为什么我们如果知道了"道"，死了都可以呢？总而言之，我的印象很深刻，给了我很大的冲击。还比如《论语》里说"五十而知天命"，天命是什么，为什么五十而知呢？那个时候我不过五六岁，但是这些话给我一种很强的冲击，我要弄清楚它们是什么东西。可是那个时候我的姨母主要是教我们背，她不给我们仔细讲解。但我觉得背了很有用，现在我偶然经历了一件事情，或者听到一个人讲话，或者看到一个什么东西，然后忽然间《论语》里的一句话就跑到我的脑子里来了，所以我觉得小孩子从小就读古书是很有用的。我们教他们背"来来来，去去去"，是我们把儿童的智能看低了，我们真是把他们估量得太低了。其实你知道在幼儿的时代，大概在九岁以前，正是他们记忆力最强的时候，所以你要在这时候让他背一些非常有价值有意义的东西。他是记忆力先发展的，而且是直觉的、直观的。听到了，那个东西马上就跑进大脑，他就记住了。所以要利用这种直观的能力，从小给孩子灌输一些很好的东西，等到孩子的理解力发展了，自然而然就把他小时候背下来而不懂的东西一步一步都懂得了。有很多人说，我的小孩子将来也不学古典文学，背这些有什么用？其实不然，我觉得中国古典文化有些是做人的基本道理，你要对这个有些了解。中国古典文化也有对人生价值、意义的体认，你将来学什么都可以，而且你小的时候如果学了中国的古典文化，绝对不会妨碍你长大了去学任何先进的科学。

我们今天要讲的内容是一位研究古代生物学的学者对于生命的反思。但是因为他是一个研究古代生物学的学者，不是属于研究古典文学的，而且古生物学也不是一个 popular 的学科，所以知道他名字的人不多。这个人叫什么名字呢？这个人的名字叫作石声汉。很多人都不知道他的名字，可是西方科学界的人都知道他的名字，他是个非常有名的学者。英国有个研究中国古代科学的人叫李约瑟，他曾经编了一套书叫《中国科技史》。当李约瑟讲到中国古生物学和古农学时，在《中国科技史》里边有一大段的篇幅都是对石声汉先生的介绍，因为石声汉先生是研究古生物学和农学的。本来研究古生物学和农学的人就不多，而有成就者则更少。因为中国古生物学与古农学的所有著作，像《齐民要术》之类的，都是用非常古老的语言写成的，现在的人很难看懂。所以我觉得真的是天生下石声汉这样一个人，古典的修养非常好，而英文、德文也非常好的一个学者，他从事了古生物学和古农学的研究，所以李约瑟在《中国科技史》里边有一大段的篇章是对石声汉先生的介绍。今天我们大家都不研究古生物学、古农学，如果你今天到 UBC 大学亚洲图书馆找古代的生物学、农学的参考资料，你检索石声汉的名字，就会有一串的古生物学、古农学的著作，那都是石声汉先生的著作。可是大家却不怎么知道他的名字，因为我们都知道有名的人，石声汉不是很有名。但是石声汉的弟弟石声淮的妻子却是个名人的妹妹，就是《管锥编》的作者钱锺书的妹妹。

石声汉先生为什么有能力介绍中国的古生物学、古农学？因为他的古典修养很好，他从小的修养就很好，所以我说你从小背一些中国古典的东西决不妨碍你长大学科学。我们都知道著名的物理学家，获得诺贝尔奖的杨振宁先生，他在南开大学有个研究所，所以常常到南开去。有一次，杨振宁到南开去，我那时候也正好在南开。杨振宁先生听说叶嘉莹在这里，说他在美国看了我一些文章，没有见过面，要跟我见一见。刚才系主任说过我在美国很多学校教过书，也在美国一些刊物上被他们介绍过，所以那次外事办主任就把杨振宁带来了。突然之间来了这么一位贵宾，我也没有什么招待，大家都知道我讲课的时候都很少喝水，也很少泡茶的。可是我们河北蓟县出产山楂，北方也叫山里红，也有人叫它红果，我很喜欢吃煮红果。恰好那一天，我的助教把一堆红果带来，我就煮了一大锅红果汤来招待杨振宁先生。他和我谈话的时候背了很多诗，不但背了很多诗，还发表了很多议论。他说他是念过私塾的，从小念的是旧书，所以念旧书决不妨碍你将来学科学。而且我以为人要有一些古典的修养，古典的修养在中国就是所谓儒家的学说。儒家的学说讲的是什么？讲的是基本的做人的道理，是对人生的一种修养、一种反思。所以不管你将来学什么，如果你从小有一点古典文化的修养，对于你终身的做人与修养都是有帮助的。杨振宁先生常常在讲，物理学也有个境界。不但是做人有一个人生修养的境界，物理学也有物理学的境界。你无论研究哪门科学，如果你原来人文修养的境界高了，你在你科学的境界成就也可以相对提高，所以从小的古典的教育是非常重要的。我前年回到台湾去，台湾还有些有心人找我，专门给小学生讲了十课唐诗。我也在大陆给幼稚园的小学生讲了十课唐诗。我以我自己得到的受益，我平生求学的受益来说，我知道从小背诵中国的古书和古诗是很有好处的，所以我一直就提倡在幼稚园加一个科目，这个科目叫作古诗唱游。从幼稚园开始就教给孩子吟诵古诗，越小越好，只要他能够说话就开始教他。不用很难，也不用给他讲解。你教古诗不要很严肃，要用唱歌和游戏的方式教他。如果你能够从幼稚园开始到初小三年级，一直教他古典的东西有四五年这么长久，那么他的脑子就记了不少的东西。等到他升学的时候，再去忙他的升学一点都不妨碍。而且他长大无论学商贸，还是会计或自然科学，一定有它的好处，可以有更多的智慧。石声汉先生就是一个很好的证明。

我怎么知道石声汉先生的呢？我又不学古生物学、古农学，所以没听说过这个名字。说来就是很巧，石声汉先生1933年考上了第一批的庚款留学，他到国外留学的时候有个同学叫吴大任，在南开大学做副校长，吴大任就是原台湾“中研院”院长吴大猷的弟弟。我 1979 年到南开大学讲过一次课，以后他们就经常约我回去讲课。不过我到南开讲课的因缘还是很久远的。当时南开大学外文系的主任李霁野老师，李霁野当年就在辅仁大学外文系教书，我是辅仁大学国文系的学生，本来不认识他。可说起来就是很妙啊，我的父亲教我读古书，但他是北大外文系毕业的，而我到辅仁大学去读书时，教我唐宋诗的老师也是北大外文系毕业的，这是一种巧合。所以我的老师虽然在国文系教书，但他的很多朋友都是外文系的。我的老师跟李霁野先生是很好的朋友，是李霁野先生把我邀请到南开大学去的。刚才我说吴大猷的弟弟吴大任校长是个科学家，也喜欢古典文学。你看石声汉有这么好的文学修养，杨振宁有这么好的文学修养，吴大任和他的妻子两个人都是学数理科学的，两个人都是留学生，两个人也都喜欢古典文学，所以我到南开大学讲课他们夫妻两个就来听课。石声汉先生研究古生物和古农学，他喜欢诗词，可是不允许人发表他的诗词，不愿意以诗词出名，“文革”的时候，都被抄去了。石声汉先生 1907 年出生，1971 年去世，“文革”期间去世的。“文革”过去之后，到了差不多 1979 年的时候，大家就清理搜集来的所谓反动材料，这些反动材料里面就有石声汉先生手写的诗稿。“文革”过去了，石声汉先生人也不在了，搜集来的材料也没有用处了，于是要把他的诗词稿烧掉。幸好被石声汉先生的一个学生看到了，就把它们抢救回来。石声汉先生手写的诗稿书法很好，而且还会篆刻，旧学修养真是非常好。到了 80 年代后，才把这些拿回来。他的儿子叫石定机，是清华大学电机系的教授，他就想把父亲的手稿整理出来。有一回我回到北京，住在我老家的四合院里。我不是说我在一个古老的家庭长大吗，我的老家是一个四合院，最近已经被拆掉了，不在了。忽然有一天来了个不认识的人，就是石定机。他说他是清华电机系的，要我帮他父亲的一本诗集写一篇序。我当时就想科学家写什么诗呢？我本来不是很愿意替他写，因为我以为若是没话找话，不好还要说好，是很勉强的。我正在犹豫，他就把他父亲手写的诗稿给我了。我一看那字真的是好，因为书法是第一眼给人看的，是非常直观的。然后我就读他的诗词，我一读觉得太好了。我说我一定帮你父亲的诗词集写序。

他的诗词有几点的好处，最重要的我认为有两点的好处。

第一个就是石声汉先生的本质，他不只有诗人的气质，更有词人的气质。当然，泛泛而言诗就包括了词在里边，但是如果仔细分辨，诗跟词是不一样的。诗是比较直接的，一种直接的感发，一种直接的打动，"君不见黄河之水天上来，奔流到海不复回。君不见高堂明镜悲白发，朝如青丝暮成雪"，诗给人一种直接的兴发感动。可词不是，王国维先生说得好，他说词是"要眇宜修"。"要眇"，是一种非常深隐、非常幽微、非常精致、非常纤细的美，是隐藏在里面的美。词，你要仔细地去吟味，仔细地去体会。它是要你慢慢地才能体会出它的好处，它有很多非常深隐的意蕴和情致。石声汉先生天生就有这种禀赋，真是无可奈何的一件事情，天生来他的感觉就特别纤细幽微，他天生来有词人的气质，这是他的一个特色。

另外还有一个特色就是他虽是学科学的，可他有很好的古典的修养，我觉得这很可贵。我从小就学古典文学，我大学同班同学也有不少古典修养很好的，也作诗填词，可你会发现，如果一个人单纯地只学古典文学，有时就会有一种说不出来的酸腐的气味，我们说这是酸秀才。我喜欢古典诗词，但并不喜欢酸腐。你如果单纯地只学古典文学，吟风弄月，真是觉得实在太酸了。所以石声汉先生之所以好，因为他本质有诗人词人的气质，但他绝对没有诗人词人的酸腐，而且他不用我们的套语。古典文学太熟的人就酸腐，就有一套一套的套语，写伤春一套伤春的话，写悲秋一套悲秋的话，摇笔即来。可石声汉先生是以他真正的感觉、真正的感受、真正的对于人生的体认写他的诗词的。石声汉先生，说起来好像一帆风顺：1907 年出生，小时候就学古典，1933 年考中了庚款留学，二十几岁的时候就出国留学了，所以他刻过“洋翰林”的图章。人们都以为他很幸运，其实不然。石家是一个大家族，他出生在云南昆明，老家在湖南湘潭。他回到老家以后，没有房子住。可大家族的人有个公庄，家里没钱没房子的人都可以来住，所以他就住在那里。他这一支是非常穷困的，大家族的那些人对他态度非常不好，所以他是在一个艰难困苦的环境中长大。不但如此，他上了三年小学就交不起学费了，就回家在田地里帮着干农活。他在艰难困苦的学习之中，转了几次学，因为他成绩确实好，这个人真的是天才。他古典的修养好，从小他父亲教他外文，外文也很好。后来他考进了武昌高等师范学院，他初试与复试都是第一名，后来又考取了庚款的留学生。回国以后曾在陕西农林专科学校教过书，在复旦大学教过书，在武汉大学教过书。他最后一任，被批判、被斗争一直到他死，是在西北农业大学。他的诗词写得很好，文学也很好，所以有一次一个姓范的好朋友对他说：“以你对于生物的认识，人也是一种生物，人是万物之灵，在所有生物中做一个万物之灵，而你又是研究生物学的，中英文的根底也这么好，你应该写一本论生命的书。”他说他听了以后，觉得这个题目太大了，不知道能不能做，但他有了这么一个观念。而就在他和他朋友谈话不久，他的老师张镜澄办了一个教学三十周年的纪念会。当时中国正在抗战，是个积贫积弱的国家。1943—1944 年是我们跟日本人打仗最艰苦的时代，石声汉 1943 年的下半年在大后方参加了他的老师张镜澄教学三十周年的纪念会。在当时的讲话中，大家就说张镜澄这位老师毕生完全投入教学之中，而且是在极其艰难困苦的生活环境之中。杨振宁先生告诉我说后方的生活真的艰苦，睡的木板床都是臭虫，要烧开水来烫，吃的也都是非常粗劣的食物。可是那个时候的师生真是艰苦奋发，就在这样艰苦的环境中，张镜澄投注在教育事业上这么长久。在当时的大会上，大家就介绍张镜澄教授平生的艰苦生活和他这种投注在教育上的精神。石声汉先生听到台下有人说这才叫作人生，没有白活，这对他有很大的触发。所以在参加完纪念会之后，他就下定决心要写成一本论生命的书，于是他就写成了《生命新观》这本书，讨论生命的价值和意义何在。

前些天我讲陶渊明的诗时曾经引用过我老师的两句话：以无生的觉悟为有生的事业，以悲观的心情过乐观的生活。而陶渊明诗里也常常写到“人生似幻化，终当归空无”。人生都是一个短暂的旅客，人生就是大梦一场，百年后就“相与还北邙”，“游魂在何方”？这是陶渊明对于人生的短暂无常之空幻的认识。那么对于人生的短暂无常、空幻的认识是不是就是悲观？是不是就是消极？所以我在讲陶渊明这类人生短暂无常的诗歌的时候，就引用了我老师的两句话：以无生之觉悟为有生之事业，以悲观之心情过乐观之生活。也许你认识到人生岂止是短暂无常，人生有多少挫折，有多少苦难！特别是当时的中国正在艰苦困难的时代。李后主的“林花谢了春红，太匆匆”，真是短暂无常。而且哪里只是短暂无常，更何况还有“朝来寒雨晚来风”，在你短暂的生命之中有朝来的寒雨晚来的寒风。人生有很多挫折不幸让你悲观，所以我老师又说以悲观的心情过乐观的生活。讲到人生，我还听到两句话：“生命的意义在创造继起的生命，生活的目的在增进人类全体的生活。”石声汉先生从生物学中所体认的生命的意义是创造继起的生命。上天给予任何有生之物一个非常强盛的生命的能力，不但是人类，禽鸟虫鱼也是这样。你看那些禽鸟虫鱼，它们平生最重要的事情就是传宗接代。我们现在认为中国古代儒家“不孝有三，无后为大”的说法太古老了，但确实如此。生活的目的是你个体的生命对大的团体的生命做出来什么。我们现在说到这里呢，就要看石声汉先生——一个古生物学家对于生命的反思。

他怎么样反思生命的呢？他写了一系列咏蚕的作品，一共有十二首，词调是《忆江南》，题名为《春蚕梦》。在这一组词的前边有一段小序，序文如下：

> 岁暮检书，案头纸堆中一束，乃昔写《生命新观》时属稿誊真，排付成叶，诸函幅上簇之后，悉归捐弃者，自视亦复怅然。因就原函题记各作《望江南》一章，连缀成篇，总目为《春蚕梦》。别补《眠起》四首，庶梦境不中缺。

他说“岁暮检书”：到一年岁暮的时候，我就查点我的书。“案头纸堆中一束”：在我书桌的纸堆里边有这么一堆，“乃昔写《生命新观》时属稿誊真”。“属”，念“zhǔ”，是连接的意思。写稿叫属稿，一个字一个字积字成句，积句成篇。我案头的书稿是当年写《生命新观》的时候草稿的一个誊清的本子。“排付成叶”：已经去排印了。“诸函幅上簇之后”：“函”，就是套子，他就把他的文稿一堆一堆放进里边；“上簇”，“簇”就是一堆，他就把他的文稿放在那些套子中。“诸函幅上簇之后，悉归捐弃者”：书都已经排印了，清稿就可以扔掉了。“自视亦复怅然”：他自己看一看他的稿子也很惆怅。我过去做过这样的事情，有时候我与我女儿清理我们家的东西，整理的时候一看都是昔人往事。像我八十岁的人，看到当年的老师、学生、朋友给我的书信，很多真是故人与往事了。过去我的草稿，当年我在台湾写《杜甫秋兴八首集说》的时候没有复印，几十万字都是我一个字一个字手写的。搜集资料的时候，都是善本的书，我都是大热的夏天搭公共汽车挤车去图书馆一个字一个字抄写下来的，真是"自视亦复怅然"。"因就原函题记"，不是装在封套里嘛，每个封套上就各写了一首词，"各作《望江南》一章"，所以他就作了很多首《望江南》，"连缀成篇"，他给它们题了个总的名字为"春蚕梦"。李商隐说"春蚕到死丝方尽，蜡炬成灰泪始干"嘛，一个人把你自己的能力贡献出来，就如同春蚕吐丝一样。你只要有一天生命，有没吐完的丝，你都要把它吐出来才对。所以石声汉就把他的《望江南》词题为"春蚕梦"。

中间他"别补"，另外增加了《眠起》四首，那是后来增加的，他说："庶梦境不中缺。"因为蚕都是要眠的，蚕要经过三眠才吐丝。石声汉先生是科学家，研究生物学，他用科学整理出对生命的看法。他研究动物，动物最重要的就是对于生存的执着本能。你看黄山的松树，为什么黄山的松树与北美的松树不一样呢？北美的松树环境顺利，直上参天。你看黄山的松树长得歪歪扭扭，因为山风之强劲，它没有办法直立，所以它为了生存就呈现出偃仰的姿态。有时候从石头里面忽然间长出东西来，只要有一个小的缝隙里面就有生命，就长出东西来了。所以追求生命、生存是一切生物的本性。要实现自己的生存，动物植物会有很多不同的方法，有的树叶会变颜色，有的昆虫身体会变颜色，有的冬天会到地下去冬眠。适应自己的生存之后，就要创造集体的生命。可是人与一般的动物又不完全一样，只有人才会想到生命的价值和意义。人之所以是万物之灵长，就因为人可以想到生命的意义和价值，而其他的动植物只是生存，只是一种本能，它们没有思想，没有反省。石声汉他把每个封套都装进了书稿：这个原来是白纸，这个是原来我著作的纲领，这个是我的初稿，这个是我的积稿，这个是我的誊真。这就是当年他一堆一堆的稿子。那么他现在给每一个稿子起了个题目。但是石声汉先生是个诗人，他富有这种感发想象的能力，他给这些稿子分别起了诗意的哲学化的名字。

我们先看他的第一首：

道 素纸

无限意，渊默自堪传。未著迹时皆妙谛，一成行处便陈言，春梦几时圆？

素纸就是白纸，石先生称之为“道”，这真是妙。什么也没有以前，天地间的道在那里。“无限意”，基督教说：“太初有道，道与神同在。”道就是神，太初是混沌一片，但是原来混沌一片之中不是没有生命的。如果混沌一片没有生命，那些生物哪里来？所以是“无限意”，就是最原始的那个生命还没有落地成长以前有一个生机在里头。“渊默自堪传”，“渊”是深藏在里边，“默”是沉默，什么话都不说。孔子所说“天何言哉？四时行焉，万物生焉”，天没有说话，什么话都不说，但里边有无限的生意。“无限意，渊默自堪传。未著迹时皆妙谛”，还没有写下来，没有落笔之前，在你的心里面感觉真是妙。中国晋朝有一个很有名的文学批评家叫陆机，写过一篇很有名的文章。他写的是文学批评，但用的却是文学创作的赋体形式，叫《文赋》。他说他每当写作的时候，常常烦恼的是什么呢？他说：“恒患意不称物，文不逮意。”每当拿起笔来，他常常发愁的是他的文辞不能配合他的意思。《文赋》里又说，“意”是“翻空而易奇”，你在脑子里想得天花乱坠，是空想，所以是“易奇”。“辞”呢，你一下笔写就“征实而难巧”。“意”是空想，你可以浮想联翩，想得很热闹。所以我很多学生作诗，没写下之前有很多话要说，可是下笔一写就什么都不对了。“辞”是“征实而难巧”，所以石先生说“未著迹时皆妙谛”，真是美妙，“一成行处便陈言”，写成一行字就是陈言了。我的一个朋友沈先生给我写过一封信，他说，他最赞成的就是知堂老人的说法，凡事一说便俗，一说出来就俗了。所以你最好什么都不要说，保持一种无言之美。所以是“无限意，渊默自堪传。未著迹时皆妙谛，一成行处便陈言”。你不说出来，虽然妙了，虽然“道可道，非常道”了，但是那没有办法达成传述。所以你还是要说出来，因为你有“翻空易奇”的一个情思、一个感动在里边，这是一个梦，这个梦什么时候才能够真的让它实现出来，让它延长下去呢？好，这是第一首。

下面看第二首：

蚁 纲领

舒造化，生意谢天工。素壳晶莹留旧梦，黑头攒动醉春风，辛苦种无穷。

“蚁”是纲领，你知道蚕变成蛾子生成蚕卵是一个一个小黑点，出来的幼虫就叫作“蚁”。他说，那一个一个的小黑点忽然间就变成了小小的黑虫子，慢慢就会动了，真是“舒造化，生意谢天工”，这真是上天创造万物的奇迹啊。等到小蚕像蚂蚁一样一个一个跑出来，外面那一层壳就脱掉了。蚕卵的壳都是很小的小白壳，所以“素壳晶莹”。“留旧梦”，留着它当年的旧梦。“黑头攒动”，像蚂蚁一样的黑头爬来爬去的，真是“醉春风”，它们正陶醉在刚刚生成的生命之中，陶醉在未来的这么多的可能性之中。可是庄子说："劳我以生……息我以死。"有生命就有劳苦，生命就是劳苦的开始，因此是"辛苦种无穷"，从有了生命也就种下了将来无限的辛苦。佛家说花开莲现，花落莲成，你的烦恼是从你有了生命就开始的。

第三首是写初稿：

桑 初稿

揉墨浪，阑格任欹斜。纸响低沉风飐柳，梦痕凌乱蟹行沙，春蚓间秋蛇。

那个时候还是用毛笔写字，所以他说"揉墨浪"，在纸上龙飞凤舞地写。"阑格任欹斜"，写得歪歪扭扭。我要告诉大家，据石先生的学生说，"文化大革命"中当石教授被批判的时候，白天去受批判，晚上回来写稿子。人家不许他写，不给他纸笔，他都是在报纸的边上、香烟纸的旁边写下他的稿子，写下来几十万、几百万字，那是什么样的精神？他觉得他要把这件事情完成。因为他觉得他所研究的古生物学、古农学，他如果不做，以后很少有人能做了。即使以后有研究生物的、研究生物科学的，没有人有这样的古典修养了。前几天我看到电视上的一个访问节目，有关敦煌的一个管理人常书鸿。常书鸿已经去世了。他的妻子是留法学美术的，后来跟常书鸿终身投注在对于敦煌壁画的整理与描摹上，吃着最粗的粮食，整天晒不到太阳，她第一个小孩流产了，现在患了癌症。记者在医院里采访她，她说她现在最不放心的就是敦煌的壁画，只要她能起来还要回去工作。这就是一个人对于自己工作的一种投注，就是你生命的意义和价值。你所能做的事情，你要尽你的力量做好和完成。他说我写的时候，"纸响低沉风飐柳"，那纸哗哗地响，像风吹柳叶一样。“梦痕凌乱蟹行沙”，那纸上写的都是我的梦，都是我的心思意念。我写下来的字歪歪扭扭，像春天的蚯蚓一样，像秋天的蛇一样，所以是“春蚓间秋蛇”。

《眠起》四首是后来增加的，我们现在把《眠起》空过去，看他接下来的《丝》：

丝 积稿

抽不尽，一绪自家知。烂嚼酸辛肠渐碧，细纾幽梦枕频移，到死漫余丝。

蚕就成茧了，后来就吐丝了。李商隐说“春蚕到死丝方尽”，像常书鸿的夫人在最艰苦的环境之中工作了几十年，现在身患绝症，在医院里边想的还是她的工作，那真是“抽不尽，一绪自家知”。杜甫有一句诗说“老去才难尽”——你只要有一口气在，你就一定要把你的丝吐出来。“烂嚼酸辛肠渐碧，细纾幽梦枕频移。”蚕吃的是桑叶。你们如果养过蚕就知道，蚕吃桑叶吃到一定程度，它的身体就变成绿颜色。等到蚕把桑叶消化掉，变成白颜色的时候，就快吐丝了，所以“烂嚼酸辛肠渐碧”。石声汉先生真是个诗人，他研究的是科学，观察的是蚕的生命。但是他所用的形象，是诗人的想象。“烂嚼酸辛”，吃的是酸辛的桑叶，鲁迅说挤的是奶、吃的是草。蚕的肠子都变绿了，一方面合乎现实，蚕的身体真的变绿了；另一方面，我们中国有一句话说“碧血丹心”，那“碧”同时也是满腔的碧血啊。“细纾幽梦枕频移”，它有很多很多的理想，要把它们述说出来，要把它们表达出来，要细细地把内心幽微的东西表达出来。“枕频移”，蚕在眠以前摆来摆去的，好像一个人在枕头上翻来覆去的样子。所以石声汉他写的是科学的生物，刻画得也很真实，但象喻的都是人生。“到死漫余丝”，到死它觉得它的丝还没有吐完。杜甫说“盖棺事则已，此志长觊豁”，到我的棺材盖盖上，那时候我的工作才结束，才只好结束了；但只要我有一口气在，我就“此志长觊豁”，我内心的一份理想，就总是希望能实现。这就是“到死漫余丝”。

茧 眷真

情宛转，洄复诉凄清。倾鬲漫夸忘冷暖，化身旋梦薄苍旻，山上世缘生。

后来蚕做成茧了，那就是他的眷真，就是他的清稿。“情宛转”，蚕作茧真是婉转，作茧自缚。为什么作茧自缚？这是生命的力量，这就是它的生命。蚕的生存，蚕的生命的延续就是这样。我曾经跟我女儿一家从温哥华坐游船到了阿拉斯加，加拿大有一种很有名的鱼叫鲑鱼，阿拉斯加是这种鱼的源头。这种鱼每年从这里成长，然后入海到大洋中去，到明年产卵的时候，它不远万里要回到源头去产卵。要想回到源头，就需要逆流而上，因为有山石，所以向上就高低不平，它们就拼了命往上跳，我们看到它们在跳，我们说鱼跃龙门嘛，它们跳得遍体鳞伤，浑身是血，那些跳不过去的，就力尽而死。为什么？鱼为什么这样拼命跳？因为它不跳上去就不能产卵，就不能繁衍下一代，这是它的本能。为什么？这就是生命，没有办法。它要把它的生命延续下去，它要尽自己最大的力量把生命延续下去，所以是“情宛转，洄复诉凄清”。你看蚕把自己包在茧里边，还要动来动去在吐丝不是吗，它在茧壳里边还要吐丝不是吗？“洄复诉凄清”。“倾鬲漫夸忘冷暖”，“鬲”本来念“hè”或者念“gé”，但是这里念作“lì”。念作“gé”时当隔断讲，念作“lì”的时候是一种铜器。古时候有三角的鼎，有的鼎足是实的，很重，有的鼎足是空的，就是鬲。“倾鬲漫夸忘冷暖”，你要知道茧完成了，就要把它放到锅里去煮了。整个这一锅都倒进去了，“忘冷暖”，它不在意锅里的水是如何沸腾。“化身旋梦薄沧旻”，转眼它就死了，它的梦就到了苍天上。“山上世缘生”，“山”是蚕簇，就是蚕吐丝的地方。蚕就上山了，在山上做了茧。如果要缫丝的话，不能让它破茧而出。这就是残忍的人，要断绝它的生命。因为它把茧一咬破，丝就断了，所以要带着蚕蛹放到锅里煮，然后把一条丝抽出来。所以他说“化身旋梦薄苍旻，山上世缘生”。蚕一生的因缘就是如此的。

锦 印幅

洴澼洸，椎练染成纁。雾縠冰绡非夙分，残绵剩帛袭余温，蝶翼梦离魂。

再后来就是“锦”了，“印幅”是书一张一张印好了。“洴澼洸”是什么呢？它出于《庄子》，有一个地方的人所过的生活就是漂洗棉絮，那个棉絮收来的时候是很脏的，要漂洗，这种生活叫洴澼洸。蚕丝也是要漂洗的，把它漂白。“洴澼洸，椎练染成纁”，“纁”是一种浅红的颜色。我想到“纁”字，又想到一位词人陈曾寿写的一首很好的词，是在西湖雷峰塔倒塌的时候写的，他说：“修到南屏数晚钟，目成朝暮对雷峰。纁黄深浅画难工。”那就是写夕照淡红的颜色。“雾縠冰绡”是质地非常轻薄的丝织品。把它织成雾縠冰绡，这不是蚕自己从前想过的，“非夙分”，那不是本来它想过的。“残绵剩帛”，连剩下来不用的那些残棉剩帛，也还能给人留下来温暖。“蝶翼梦离魂”，这时候蚕就变成飞蛾了，所以是“蝶翼梦离魂”。

衣 成册

裁制可，依梦认秾纤。敢与绮纨争绚丽，欲从悲悯见庄严，压线为人添。

然后就订成书了。“裁制可，依梦认秾纤。”书要有设计，版面的大小，封面的图画题签。“裁制可”，剪裁好了。“依梦认秾纤”，原来不是有个梦吗？现在完成一本书，书里所写的跟原来你的梦完全一样吗？跟当初你内心的情意完全一样吗？这就如同一块丝帛，你要把这块丝帛剪成衣服，“认秾纤”，要这里看一下，那里找一点，是肥是瘦呀？是宽是窄呀？所以“依梦认秾纤”，是不是跟你的梦完全符合？“敢与绮纨争绚丽，欲从悲悯见庄严，压线为人添。”他说，我这个蚕吐的丝怎么胆敢跟那些最美丽的绮纨争绚丽呢？但是我尽到了我一生的责任。“欲从悲悯见庄严”，一个人辛苦地经历了这样的悲哀：人生的短暂、人生的无常、人生的一切苦难，可是就在你所经历的艰难、辛苦、悲哀之中，看到了人生的庄严。这是你的一生，你辛苦吐丝的一生，你下到锅里被煮的一生，就是在你的辛苦之中见到了你的庄严。“欲从悲悯见庄严，压线为人添”，我们抽出丝线能够织成这么美丽的丝绸，是为我们自己吗？不是，是“压线为人添”。石先生用的是唐朝秦韬玉的《贫女》诗：“蓬门未识绮罗香，拟托良媒益自伤。谁爱风流高格调，共怜时事俭梳妆。敢将十指夸偏巧，不把双眉斗画长。苦恨年年压金线，为他人作嫁衣裳。”是“为他人作嫁衣裳”，我这一切的牺牲不是为了我自己，是为了他人。石声汉先生研究古生物、古农学的书还留在我们UBC的图书馆里，你要研究古生物、古农学，石声汉先生的书是最好的参考资料。但石声汉先生何在？石声汉先生不在了，早已经不在了。所以，“压线为人添”，那正是我们生命艰苦中的庄严。

蜕 原稿

春梦醒，梦醒惜春残。身后早甘长覆瓿，蜕遗无益更藏山，翼粉任阑珊。

后来就是“蜕”了，书已经出来了，这些草稿就没有用了。“春梦醒”，人生一场大梦醒了，你醒的时候生命就结束了，所以就“梦醒惜春残”。“身后早甘长覆瓿”，你的书已经出来了，草稿就该丢掉了。“覆瓿”用了一个典故，说是轻视一个人写的东西没有价值存留，那就用来盖酱坛子吧。瓿，就是做酱菜的坛子。“身后早甘长覆瓿，蜕遗无益更藏山”，那么等蚕脱了皮，就对人没有用处了；书出来之后，草稿也没有用处了，也不必藏之名山了。“翼粉任阑珊”，就好像飞蛾翅膀上的粉，就不要了，可以任其零落。所以这些残稿也可以丢弃了，不再要它们了。石声汉他观察了蚕的一生，写的却是人的一生，是对于生命的新观。你对生的执着，对生的追求，对生的延续，你在你整个的群体之中做出什么样的奉献，那就是生命的意义和价值。石声汉先生他曾归纳出来几句话，他说：“生命根据过去，利用现在，创造未来，是连续和谐的变化。”

好，这次就结束在这里。

附：石声汉先生简介

石声汉（1907—1971），湖南湘潭人。著名的植物生理学家、农业教育家，当代农史学科重要奠基人。一生从事教学、科研工作，后期致力于中国农学史的研究和古代农学典籍的整理。他学识渊博，勤于笔耕，著作甚丰，在国内外学术界享有很高的声誉。他的传记被收入中国科学院主持编写的《中国现代科学家传记》和中国科学技术协会编写的《中国科学技术专家传略》。其重要科学著作有《齐民要术今译》《氾胜之书今译》《从〈齐民要术〉看我国古代农业科学知识》《农政全书校注》《农桑辑要校注》《中国农业遗产要略》《中国古代农书评介》《辑徐衷南方草物状》等，另有手书词集《荔尾词存》。

孙爱霞 整理 〉

第三讲

传统诗词中簪花照镜的反思

——谈石声汉先生的三首小词

我想诸位同学一定记得上次年底的时候，我曾经念了一首我的词。我为什么将近八十岁了还不辞劳苦地往返加拿大与南开？真的是不辞劳苦。我要远渡重洋，从收拾行李到搬运行李，都是我一个八十岁的老人做的。我为什么这样做？上次给同学们念的那首《浣溪沙》词，可以表现出来一点我这样的感情。我还要把我的这首词再背一下：

又到长空过雁时，云天字字写相思，荷花凋尽我来迟。
莲实有心应不死，人生易老梦偏痴，千春犹待发华滋。

“又到长空过雁时”：岁月如流，每一年春去秋来，每一年长空过雁，今年又是长空过雁之时，又是我们开学欢迎新同学的日子。“云天字字写相思”：在云天上鸿雁排成了一个一个的字，或者排成“一”字，或者排成“人”字，而且古代还有鸿雁传书的说法，代表相思怀念的感情。李清照说“雁字回时，月满西楼”，当鸿雁排成“人”字回来的时候，就想到所怀念的人，所以我说“云天字字写相思”。但是我说“又到长空过雁时，云天字字写相思”，这相思不是狭义的，不是一定指爱情的固定的某个人的相思。我们同学要养成一种欣赏诗歌的角度和能力。诗是一种感发的生命，它的含义常常是超越文字以外的。所以我过去给同学讲课，常常讲到诠释学、符号学。那符号的多义性在诠释的时候，每一个读者、每一个说诗的人都有自己不同的诠释，所以王国维才从那些写爱情的小词里面看到成大学问、大事业的三种境界。相思者，不只是狭义的男女之情的相思，而是我们对于人类、对于事业、对于未来的一种感情。所以“又到长空过雁时”，那云天字字写的都是相思。我如果没有相思之情，我为什么在八十岁的高龄不远万里地回到我们的南开？我回来的时候是“荷花凋尽我来迟”。我上次就提到了我与荷花有一段因缘，因为我的生日就是荷花的生日，我的乳字叫“荷”，所以我对荷花有一种特殊的感情。而且南开校园马蹄湖里边种满了荷花，我每一年回到南开，马蹄湖的荷花都已经凋谢了。人生有很多理想，有很多愿望，人生也有很多失落，也有很多失望。我与荷花的因缘，我与南开大学荷花的因缘，我每年秋天九月初回来，总是荷花开始零落的时候，是“菡萏香销翠叶残”。荷花凋尽，而我来晚了，我没有赶到荷花盛开的季节，所以是“荷花凋尽我来迟”。狭义地说起来，这是写实，我来的时候荷花果然凋尽了。可是王国维在《人间词话》里说，“大诗人所造之境，必合乎自然，所写之境，亦必邻于理想”。这是我们读诗词的一种基本态度、一种方式，这样你才有多层次的感发。“荷花凋尽我来迟”，现实的荷花零落了，我回来了。其实我是什么时候到南开来的？我第一次到南开是1979年。那时候我们经过了“文化大革命”，我们的文化经过了很多摧残，那时候我申请回国教书。当加拿大与中国建立邦交之后，1974年我就申请回国，但那个时候，我只能够回国探亲。我想我没有机会来贡献我自己的所学。因为那个时候正是“文化大革命”，我所学的一切是受批判的。我纵然热爱我的祖国，但是我知道我不能以我的所学来报效祖国。到1977年我第二次回来的时候，“文革”刚刚过去。我到处旅游的时候，不管是到西安，是到桂林，接待我的人都会背诵一些诗。我到西安，接待我的人背一大套有关西安的诗，有关慈恩寺塔的诗。我到桂林，桂林接待我的人也可以背一套有关桂林的诗。所以那时候，我真是满怀的欣喜。虽然经过了“文化大革命”的挫折，但是我们中华文化的生命是不死的。我回国看到这种情况，1978年我就申请回国教书。然后国家批准我到北大教书，我就到了北大，可就这时候外语系的李霁野先生给我写了一封信，李霁野是我辅仁大学的老师一辈。我在北平辅仁大学读书的时候，李霁野先生在那里教书。虽然没有正式教过我，但他是我的老师一辈。李霁野先生写信告诉我说，“文化大革命”的时候我们南开大学受到了很大的冲击，很多老教授不在了，我们更需要你来到南开，所以我1979年就来南开了。那是我们的传统文化在受到很大的冲击以后，我们的很多老教授在冲击中不幸去世之后，我来了，所以是“荷花凋尽我来迟”，是我们的祖国文化受到挫伤与打击之后。那个伤是硬伤，是外在的

“文化大革命”给它的打击与挫折。当我 1979 年来南开教书的时候，那个时候听我课的同学今天也在这个教室。他们自从 1979 年听我的课，直到现在他们的热情没有改变，这是我非常感动的。二十多年来，只要我回来讲课他们还是照样来，所以我非常感动。当时他们觉得很难得有这样的机会重新进入大学，能够重新接触中国传统古典文化的生命。但是现在我觉得也有一种挫伤，这种挫伤更值得注意，更值得我们努力纠正过来。过去是“文化大革命”的外伤，现在是我们青年人的本心、内心之中对于物质、对于物欲的一种追求，而对于生命这种精神忽略了，我想也可以同样说是“荷花凋尽我来迟”。

我在旧传统的文化中长大，生长在北平一个非常古老的家庭。以前我们国内有一位讲中国旧文化的老学者——邓云乡先生，他已经不在了。他有一篇文章发表在《光明日报》，题目是《女词家及其故居》。“女词家”他指的就是我，为什么不说我是词人呢？他说因为我除了写词之外，还以研究为主，所以说“女词家”。“故居”指的是我北京的老家。他说叶嘉莹为什么对于古典诗词有这么深厚的感情？为什么终生献身给她的诗词？我的女儿到现在都说，我的妈妈就是爱她的诗词。为什么有这样的感情？邓云乡先生说，那是与她生长的环境、与她们家的院子有关系。你试想现在住在高楼的公寓房里，你怎么能理解中国旧传统的“庭院深深深几许”？怎么能够理解诗词中的庭院？我想如果按照杜甫《自京赴奉先县咏怀五百字》的“许身一何愚”来说，你把你的身体、你的生命许给什么了？杜甫说“许身一何愚，窃比稷与契”，他把他的身体生命许给了一个理想，杜甫所许的那个理想在现代人的眼里真的愚蠢，大家莫不为名、莫不为利，而杜甫许身要做稷、契。后稷教人稼穑，使人有饭吃。夏禹治洪水，使人得安居。如果有一个人吃不饱，有一个人被水淹死了，夏禹说那是他的责任。你为什么以天下为己任？你为什么许身稷、契？你为什么有这样愚蠢、这样傻瓜的想法？因为杜甫有治国安邦的高远理想，他说他要“致君尧舜上，再使风俗淳”。我也有个许身，这是我八十岁仍不远万里年年归来的原因。我许身给我们的传统文化，给我热爱的古典诗词，所以我说“荷花凋尽我来迟”。“莲实有心应不死”，虽然这一代的荷花凋落了，但是荷花结有莲蓬，莲蓬有莲子，莲子有莲心，莲心就是荷花的生命。莲实有心，只要你的生命存在，就不会死。“莲实有心应不死，人生易老梦偏痴。”人生不过数十寒暑。刚才我说的很多 1979 年听过我课的学生，到现在只要我讲课他们还来听，我们就讲到 1979 年见面的时候如何如何。当时我的女学生还没有结婚，现在她们的孩子都上大学了。真是人生几十年就过去了，我都是八十岁的老人了。真是“人生不满百”，人生易老。我不知道我能这样站在讲堂上给大家再讲多少时间，但是我真的热爱诗词。现在有朋友希望把我的讲课录下来，因为不知道我能够给同学再讲多久。“人生易老梦偏痴”，“人生不满百，常怀千岁忧”，我八十岁了，人生易老，可是我的梦、我的理想真是“痴”。很多人认为我真是有点傻，问我为什么八十岁了要把一切都献出来？真是“人生易老梦偏痴”。“千春犹待发华滋”，我们刚才说过莲花莲子的象喻，写实的是南开马蹄湖的荷花，现实的莲蓬莲子，但是莲花莲子在诗里面出现就有了象喻的意义。我就想到几年前我看到一个考古的报道，在一个汉墓中发掘出来一颗两千年前的莲子。拿来种植后，居然发芽、长叶、开花、结子，这就是我说的生命。所以我说“莲实有心应不死”，虽然我“人生易老梦偏痴”，我总想着尽管千年以后只要生命存在，只要我们诗歌之中感发的生命存在，只要是心灵不死的人就都可以感受到这份感发的生命。“千春犹待发华滋”，“庭中有奇树，绿叶发华滋”，将来有一天，也许我不一定亲眼看见，但是我相信，只要我们文化生命不死，总有一日会更加发扬光大起来。

今天我除了讲我个人的体会之外，我还要讲当代一位自然科学家石声汉先生的几首词。石声汉先生的词集叫《荔尾词存》，为什么叫“荔尾词存”？荔尾是个地方，本来荔是一条江水的名字，荔尾就是广西荔江的下游，是石声汉先生在广西跟他的妻子生活的地方。《荔尾词存》的作者石声汉先生是学古代农学的，是自然学科的学者，在他的专业上有很高的成就。他是第一批考中庚款留学到国外去留学的。石声汉教授的词确实写得好。一位自然科学家写这样好的词，我觉得有几点使我感动的地方。第一，我们是学文科的，我也是学文科的，我是旧日辅仁大学国文系毕业的。我觉得我们学古典文学的人写词作诗，常常会被我们传统的古典文学的习套约束住。我们说的话，我们用的语言，都是古人常用的语言，我们被套住了。而石声汉先生是一个自然科学家，当他写的时候，有一种新鲜的生命在里边，这是使我感动的。虽然现在也有一些科学家喜欢写古典诗词，但是生熟之间、似与不似之间要恰到好处，石先生的作品是恰到好处的，因为一方面他是学自然科学的，没有被我们旧的习套约束住，一方面石先生天生就是一个词人。他确实有词人的品质，有非常锐敏、非常纤细的感受，而且他能够恰到好处地表现出来，所以使我非常感动。另外使我想到的一点是学自然科学的人为什么对于诗词有这么深的感情，有这么高的修养？为什么？这使我想到了近来我看的一本书——《西方20世纪的诗性哲学》，中间有一位西方哲学家狄尔泰。狄尔泰的哲学有许多的话使我感动，狄尔泰说，作为人类，我们追求一个生存的真理，追求一个生命的意义。是什么？他说，是诗歌、文学使我们找到生存的真理，找到生命的意义，进入到一个生存的境界。我们在思古的幽情之中体认到自己的生命，我们读古人的诗词，杜甫读到宋玉的诗词说“摇落深知宋玉悲”，辛弃疾读到陶渊明的诗说 “老来曾识渊明，梦中一见参差是”。因为有诗人，只要这个诗人是真正的诗人，是把自己的感发生命写到诗词中去的，他的诗歌就千古不死，千古存在。我们每一个读者都可以从他的诗里边体会到我们现在的自己，所以狄尔泰说我们在思古的幽情中怀念古人，在思古的幽情之中成为当下的存在。就在你的身上，就在你的心灵上，成为当下的一种存在。他说一般人所看的都是外在的物质世界，诗歌使人的目光从物质世界转回来凝视你自己，来反省你自身，反省你的生存，反省你的生命。而且狄尔泰还说，当我们读诗歌的时候是在对象的上面既凝聚了主体客观化的生命，也凝聚了我们自己的生命。而且他还说，怎么样使其为一体呢？怎么样能够在古今之诗人中凝聚成自己？那是什么？那是表达。如何表达？如何诠释？在表达诠释之中你对于古人有着理解，对于自己也有了更深刻的理解。你读诗不但认识了这个诗人，同时也认识了你自己。而且你对于诗歌、对于古代诗人的理解是与你现在的情境息息相关的。你是处身在什么样的情景之中，你有什么样的心境、什么样的感情，所以你喜爱什么样的作品。不同的时候你对于不同的作品有不同的感受，不但你对于不同的作品有不同的感受，就是对于相同的作品你也可以有不同的感受，是随你的心情改变的。所以我说诗歌感发的生命不但永恒存在，而且是生生不已。生生不已不是一对一的感发，是一可以生二，二可以生三，三可以生无穷的。所以王国维不但从古人的词里边看到了成大事业、大学问的三种境界，而且他今天看这个“昨夜西风凋碧树。独上高楼，望尽天涯路”，说是成大学问、大事业的一种境界，过两天他又读了这一首词，同样是晏殊的词，同样是这几句话，他说是“诗人之忧生也”。所以他不同的时间，不同的心情，可以读出不同的感受。我现在所说的是狄尔泰的理论与王国维的《人间词话》，而我要用石声汉先生的作品证明这一点，证明今人与古人心息相通。

我今天要讲的是石声汉先生《荔尾词存》里关于“簪花照镜”的几首小词。石声汉先生写过一篇文章，文章的题目叫《忧馋畏讥—— 一个诗词的故事》。这篇文章的开头就说：“遭遇拂逆是精神修养的必要科目。”“拂逆”，是碰到不顺利的事，遭到打击挫折。你们同学们很年轻，生在中国蒸蒸日上的年代，你们是幸运的，是幸福的。石先生经过了很艰苦的时代。他经过了艰苦的抗战八年，经过了“文化大革命”。我也经历了抗战八年，从我初中二年级到大学毕业恰好是抗战的八年。父亲远在后方，母亲去世了。我带着两个弟弟，度过了最艰苦的日子。结婚以后，因为我先生工作的调动去了台湾。第二年我刚刚生下第一个女儿，还没满四个月，我先生就被关起来了。又过了一年，我的女儿还不满周岁，我就带着我吃奶的女儿也被关起来了。台湾把那段日子叫作白色恐怖，因为那个时候是 1949 年和 1950 年，国民党害怕共产党打过海峡去。所以对于我们大陆去的人，要调查你思想是不是有问题，是不是“左”倾。我是在忧患艰苦中过来的。我过过无家无业的日子，既没有住所，也没有职业，寄居在人家，我带着我吃奶的孩子在人家地板上打地铺。石声汉先生经过了 1957 年的“反右”，经过了“文化大革命”，但是他说遭遇拂逆其实是精神修养必修的科目。遭遇忧患拂逆在我们每一个人的人生修养中是必修的科目。判断力、理解力的增进，意志力的加强，对于别人的了解与同情的增进，种种的修养都与你所接受的痛苦成为正比例。不但石先生这样说，我从前读过的法国小说家法朗士（Anatole France）写的一本小说 *The Red Lily* 也这样说过，他说没有经过忧患苦难的人是肤浅的。如果一个人没经过忧患，连一场重病也没害过，那么他一定是肤浅的。不要害怕忧患，忧患是一个人成长的力量。孟子说："天将降大任于是人也，必先苦其心志，劳其筋骨，饿其体肤，空乏其身，行拂乱其所为，所以动心忍性，曾益其所不能。"石先生说，挫折忧患是一个人精神修养必经的条件。石先生在国内经过了 1957 年的"反右倾""文化大革命"的种种斗争，也经过了抗战的八年。抗战的时候石先生在后方过着最艰苦的生活。当他在后方过最艰苦的生活的时候，写过一共六首《浣溪沙》词。我们在讲他的"簪花照镜"的词之前，还是先看一看抗战时期石先生所写的关于他日常生活的这些词。这六首词的题目是《嘉州自作日起居注》，是他 1944 年在四川嘉定写的，我这里只选其中的三首：

其二

白足提篮上菜场，残瓜晚豆费周章，信知菰笋最清肠。

幼女迎门饥索饼，病妻扬米倦凭筐，邻厨风送肉羹香。

其四

双袖龙钟上讲台，腰宽肩阔领如崖，旧时原是趁身裁。

重缀白瘢蓝线袜，去年新补旧皮鞋，羡它终日口常开。

其六

骤雨惊传屋下泉，短檠持向伞边燃，明朝讲稿待重编。

室静自闻肠辘辘，风摇时见影悬悬，半枝烧剩什邡烟。

其实他的六首《浣溪沙》词写得都很好，但因为时间的关系我们只能简单地看他这三首。第二首写的是当时生活的贫困，第四首写的是人的消瘦和贫穷，第六首写的是工作条件的艰苦。像第四首他说“双袖龙钟上讲台”，一件衣服穿了多年了，肥肥大大的；“腰宽肩阔领如崖”，石先生越来越瘦了，所以觉得衣服的腰也宽了，肩也阔了，领子好像也高了；“重缀白瘢蓝线袜”，蓝线的袜子，只是蓝线的袜子穿久了，洗得褪色了，像一块一块的白瘢，而且袜子破了以后要补袜子的，所以石先生说重新补过的袜子是“重缀白瘢蓝线袜”；“去年新补旧皮鞋，羡它终日口常开”，他在这样艰苦的生活之中还不失幽默，说羡慕皮鞋破了，嘴总张着像是开口在笑。第六首写当时的艰苦生活，他说是“骤雨惊传屋下泉，短檠持向伞边燃”，大雨好像泉水一样从屋檐上泻下来。屋子里漏雨，所以外边下大雨，屋子里下小雨。而他明天还要上课，“明朝讲稿待重编”。讲稿在哪里编？在油灯下。你们真是生在一个幸福美好的时代，我是点过油灯的。石声汉先生的油灯点在哪里？他是坐在桌子旁边撑着伞挡着雨，就着伞下的油灯旁来编写明朝的讲稿的。而且“室静自闻肠辘辘”，写讲稿到夜深人静的时候就饥肠辘辘。他刚才不是说吃的是青菜菰笋吗，那当然就很容易饿了。所以他说当夜深人静编写讲稿的时候，就听到“室静自闻肠辘辘”。“风摇时见影悬悬”，电灯风一吹是不改变的，但是油灯风一吹，灯影就摇动，在墙上摇动。“半枝烧剩什邡烟”，什邡烟是四川的一个村子里生产的最廉价的香烟。石先生是在最艰苦的环境当中，不但是物质上的艰苦，还有精神上遭受的挫折和打击。但你看他的态度是什么？是“骤雨惊传屋下泉，短檠持向伞边燃，明朝讲稿待重编”。

石先生写了多少著作？石先生已出版的作品，专著总计 17 种，2308 千字；翻译的作品 3 种，1133 千字；已发表的论文 24 篇，169 千字；其他杂著 10 种，67 千字；没有印行的著作 10 种，782 千字。而且据他儿女们记载他被迫害的时候，最后的著作是写在香烟纸上、写在报纸的边上的。石先生为我们留下了这么多宝贵的著作，这是只有石先生才写得出来的著作。因为他有很好的古典修养，也有很好的现代自然科学的知识，所以他才能够把古代农学的书加以编辑，加以注解，而且能够翻译成英文，也能够把英文的书翻译成中文，只有石先生能够做到。而他把他终身的生命、终身的精力奉献出来，在这样艰苦的生活之中，在他没有足够的纸张的时候，写在香烟纸的旁边，写在报纸边上，为我们留下这么多宝贵的著作。石先生为什么有这样的精神？为什么有这样的品格？人，你的生命，你的精神，你的意义，你的价值在哪里？石先生之所以可贵，是因为他既有现代的科学的知识，又有中国最好的传统的修养。我们刚才所看到的不过是他外表的生活，他曾过过“重缀白瘢蓝线袜，去年新补旧皮鞋”“短檠持向伞边燃”的生活，这是他外表的生活。我们看到的著作有几百几十万字，这是外表的数字。他内心过的是什么样的生活？为什么他有这样的品格，有这样的精神？这就需要回到他的诗词来了。

中国有诗，也有词。我们说诗词诗词，都是押韵的美文。但是诗与词的性质是不同的。诗是言志的，抒写自己的怀抱。杜甫说：“致君尧舜上，再使风俗淳。”“许身一何愚，窃比稷与契。”词本是歌筵酒席间写出来给女子歌唱的歌辞，作者虽然是男子，但是要假借女子的口吻来写女子的感情和思想，所以词是双性人格。为什么今天说双性人格呢？石先生这几首小词就是双性人格，因为他所写的都是女子。男子所重视的是自己的才能，古代的时候女子无才便是德。你没有才能可言，女子就要以色事人，“女为悦己者容”，女子就以她的美色取得男子的喜爱，这是古代女子唯一能够找到自身价值和意义的办法。那么你的美色有没有得到男子的欣赏和喜爱，有没有因你的美色而得到男子的爱情呢？这也是不一定的。唐朝的一个诗人说了“承恩不在貌”，得到皇帝的宠爱，不一定都是美女。

你虽然容颜很美丽，但是如果你每天对皇帝说你这做得不对，那做得不应该，你就是再美丽皇帝也不理你，所以巧言令色的人才能得到当权的喜爱，得到喜爱的人不一定是因为美色。于是石先生就写了这三首关于簪花照镜的词：

清平乐

漫挑青镜，自照簪花影。镜里朱颜原一瞬，渐看吴霜点鬓。　宫砂何事低回，几人留得芳菲？休问人间谣诼，妆成莫画蛾眉。

柳梢青

缱绻残春，簪花掠鬓，坐遣晨昏。臂上砂红，眉间黛绿，都锁长门。　垂帘对镜谁亲？算镜影相怜最真。人散楼空，花萎镜暗，尚自温存。

柳梢青

休问余春，水流云散，又到黄昏。洗尽铅华，抛空翠黛，忘了长门。　卷帘斜日相亲，梦醒后、翻嫌梦真。雾锁重楼，风飘落絮，何事温存？

镜子的形象在中国传统之中由来久远，最早讲到镜子的形象的是《诗经》。那个时候还没有簪花，只有镜子。《诗经》分风雅颂，雅又分大小雅。《大雅》的《荡》里边有这样一句诗："殷鉴不远，在夏后之世。"镜子的形象最早在诗歌中出现是在《诗经》的《大雅·荡》。前两天我们讲陶渊明的诗时说，你现在得到天下，你也会失去的，每个事物都是不久长的。"殷鉴不远"，"鉴"，就是镜子的意思，你看底下从的是“金”，因为中国古代还没有现在这种水银跟玻璃的镜子，中国古代都是铜镜。可是后来我们给它多加一个“金”，就是“鑑”。我们说夏商周三代，夏朝以后就是商朝，商朝以后是周朝。周朝以商朝为借鉴，商朝以夏朝为借鉴，商朝的失败是一面镜子，离你周朝并不远。其后，我们所说《诗》《书》《礼》《易》《春秋》是中国的经书，而《礼记》有《大戴礼》《小戴礼》两个版本。在《大戴礼》的版本上有一篇《保傅》，保姆呀师傅呀，你怎么样来教养，你怎么样来教育，怎么样来培养下一代。《大戴礼》讲到《保傅》的时候说：“明镜者，所以察形也。”曾子说：“吾日三省吾身。”就是反省，反省是非常重要的。我从1953年开始在台湾大学教书，在台湾大学教了十几年，是专任。但是开始的一年我同时也在台北的二女中教书，也是专任。其实我是先在二女中专任，后来被台大请去了。二女中的是个女校长，学校门口学生出入的地方有个大镜子，每个人从这经过都要照一照，看看仪容是不是整齐。“明镜者，所以察形”，就是一种反省，一种借鉴。在中国，镜子最早在人身上的意义就是反省，反省你自己的行为举止有没有错误的地方。

后来到女子的簪花照镜，这就是一个演进了。女子的簪花照镜表示什么呢？女子的簪花照镜表示爱美。李清照写的一首词：“卖花担上，买得一枝春欲放。泪染轻匀，犹带彤霞晓露痕。”她说要把买来的花“云鬓斜簪，徒要教郎比并看”，是要得到一个男子的欣赏。所以簪花照镜是爱美，爱美是要得到别人的欣赏。我们说“士为知己者死，女为悦己者容”，所以女子之簪花照镜是为了爱美，是为了得到别人的欣赏。可是在中国，男女这种感情的关系跟君臣的伦理关系有相近似之处。中国古代讲三纲，一个是君为臣纲，一个是夫为妻纲，所以这个君臣的伦理与男女的感情关系有近似之处，也因此在中国有另外一个传统，即屈原《离骚》的美人香草。屈原在《离骚》里边写了很多美人。他说“众女嫉余之蛾眉”，那些女孩子嫉妒我的蛾眉，蛾眉代表一个女子的美貌，那些女子嫉妒我的美貌。但是屈原不是女子，所以在《离骚》里边美人代表贤人君子。贤人君子可以自喻，我自己是个美人。屈原是个男子，不是说容貌的美，而是才德之美。才能、品德的美好可以自喻，所以他说“众女嫉余之蛾眉兮”。有时候也可以比喻他人，比喻圣君贤臣，比喻美好的国君，比喻美好的臣子。所以屈原在《离骚》中自比为美女，说“众女嫉余之蛾眉兮”。另外，屈原《离骚》中有一大段都是写的求女，追求美女，所以屈原有时候以美女自喻，有的时候以美女来比喻圣君贤臣，他要找到世界上一个真正的美好的人。“路漫漫其修远兮，吾将上下而求索”，代表他要追求一个理想，在宇宙之间。但是他结尾“忽反顾以流涕兮，哀高丘之无女”，最后他离开了楚国，“哀高丘之无女”，我没有找到一个美女。那么美女簪花照镜是女子追求美，而美女追求容貌的美好被比喻成男子追求才德的美好。我们讲过李商隐，李商隐写了很多首诗都是《无题》。有的《无题》是七言的，像“春蚕到死丝方尽，蜡炬成灰泪始干”。有的是五言《无题》，像“八岁偷照镜，长眉已能画”，有一个女孩子八岁的时候就知道照镜子了。八岁的时候，她母亲不许她化妆，也不让照镜子，可是女孩子就偷偷地照镜子，而且学着画眉，不但学着画眉，而且已经能画出这么美好的长眉了。这首《无题》写这个女孩子的慢慢成长，过了两年就十岁了。“十岁去踏青”，“踏青”代表什么？踏青代表寻春。陶渊明的诗：“仲春遘时雨，始雷发东隅。众蛰各潜骇，草木纵横舒。”李商隐还写过“飒飒东风细雨来，芙蓉塘外有轻雷”。春天来了，他说“金蟾啮锁烧香入，玉虎牵丝汲井回。贾氏窥帘韩掾少，宓妃留枕魏王才”。所以踏青就是寻春，代表春心的萌生，春心的萌生就是对于爱情的追求，所以她十岁去踏青。十岁去踏青当然要穿很美丽的衣服了，“十岁去踏青，芙蓉作裙衩”，裙子的开衩的地方都绣着芙蓉花。芙蓉花出自屈原《离骚》的“制芰荷以为衣兮，集芙蓉以为裳”。所以李商隐说“十岁去踏青，芙蓉作裙衩”。他一个一个写下去说：“十二学弹筝，银甲不曾卸。十四藏六亲，悬知犹未嫁。十五泣春风，背面秋千下。”当春天来的时候，这个女子就哭泣了。她不肯让人家看见她流泪，所以背面在秋千下。这首诗从“偷照镜”写起，这是女子的照镜，是李商隐所写的照镜。从古代的《诗经》到《礼记》，照镜是对自身的反省。到唐代的诗人演化成女子之爱美，女子之爱美是对美的追求。如果说女子是容颜的美，那么美女象征圣君贤臣，就是才德之美。所以簪花就是爱美，爱美有一个象喻的意思，就是要追求才德的美，“簪花照镜”是你自己对于你自己美的认识和肯定。我们现在要跑一个野马。欧阳修有一首《蝶恋花》，写的是一个女孩子出去采莲，“照影摘花花似面，芳心只共丝争乱”，当她低头要采一朵莲花的时候，忽然间就看到了自己的美丽了，就像李清照说的“云鬓斜簪，徒要教郎比并看”，当一个女子发现了自己的美好，她就会期待一个人欣赏自己的美好。于是她的心就动了，是“芳心只共丝争乱”。

“簪花照镜”在中国诗词里边有一个传统，现在我们就要讲石声汉先生在“簪花照镜”的中国诗词的传统之中对于“簪花照镜”的反省和反思。我们的附加参考资料还有王国维的两首词，也是讲“簪花照镜”的，第一首是《蝶恋花》：

莫斗婵娟弓样月，只坐蛾眉，消得千谣诼。臂上宫砂那不灭，古来积毁能销骨。　手把齐纨相决绝，懒祝秋风，再使人间热。镜里朱颜犹未歇，不辞自媚朝和夕。

他说你不要跟人家斗你的美丽，斗你的像弯弓一样的眉毛。“弓样月”，代表眉毛，新月弯弯的形状。“莫斗婵娟弓样月”，你不要在一个地方逞能好强，炫耀自己。“莫斗婵娟弓样月，只坐蛾眉”，坐，就是坐罪。你为什么犯罪？因为你的蛾眉，所以你犯了罪。屈原说“众女嫉余之蛾眉”，我们俗话也说“枪打出头鸟”，因为你的美好遭到了人的嫉恨。“消得”，经受、忍受，你就承受了这么多的诽谤。“臂上宫砂那不灭”，你本来是贞洁的。古代男子有一个方法测验女子的贞洁，点上守宫的红砂证明你的贞洁，就是守宫砂。把壁虎的血刺下来，用朱砂混之，再把女子的手臂刺破，把朱砂与壁虎血的混合物揉进去，就有一个红点，就是守宫砂。你如果一旦失去了贞洁，红点就消失了。王国维说“臂上宫砂那不灭”，就算你手臂上真的有守宫砂，又怎知它不会消灭？因为“古来积毁能销骨”。积毁销骨，大家都骂一个人就把一个人毁掉了，不但把你的身体毁掉了，你的骨头也毁掉了，是极言其伤害毁损之重。“手把齐纨相决绝，懒祝秋风，再使人间热”，“齐纨”是个典故，古代有一个女子班婕妤，她曾经写了团扇词。她说我就像男子手中的雪白团扇，给他送来舒适凉爽的清风。可是一旦季节改变了，秋天来到了，他就把我抛弃了。所以现在王国维说齐纨的美丽扇子被你抛弃了，当年你曾经把我一直握在手中，藏在怀袖之中，现在是“决绝”了。“懒祝秋风，再使人间热”，因为秋风来了，天气寒冷了，所以你把我抛弃了。我是不是要祷告让秋天走，让夏天再来到呢？我不做这样的期望，我不再这样期待。我原来希望有人欣赏我，但是我现在放弃了，我不再追求别人的欣赏。“镜里朱颜犹未歇，不辞自媚朝和夕”，虽然是你不欣赏我了，但是我自己觉得我镜子里美丽的容颜还没有完全消失。我现在不再祷告天气变化，让热天再回来，让扇子再拿在你的手中。我不做这样的希望，但是我仍然美好。“不辞自媚朝和夕”，我就自己在镜子里欣赏我自己。王国维还有一首词《虞美人》：

碧苔深锁长门路，总为蛾眉误。古来积毁骨能销，何况真红一点臂砂娇。　　妾身但使分明在，肯把朱颜悔？从今不复梦承恩，且自簪花坐赏镜中人。

“长门”，汉武帝有个陈皇后，陈皇后的小名叫作阿娇。汉武帝没有做皇帝之前曾经说过，如果得到阿娇做他的妻子，他用金屋藏之。后来阿娇失去了汉武帝的宠爱，贬到长门宫去了。现在长门路上长满了青苔，皇帝君王再也不到她这里来了。为什么？“总为蛾眉误”，因为她的美丽遭到别人的嫉妒和诽谤，“古来积毁骨能销”，连骨头都销了，“何况真红一点臂砂娇”？你手上有这个红点，谁相信你呢？谣言之传布把一切都抹杀了。但是王国维说“妾身但使分明在”，只要我自身真是果然清白的，“肯把朱颜悔”？我不会后悔我自己的美好。纵然我的美好招人的嫉恨和诽谤，我不后悔。“从今不复梦承恩”，以后我不再梦想得到你的恩宠。“且自簪花坐赏镜中人”，我就姑且自己簪上花，坐在那里对着镜子欣赏我自己的美好。这也就是屈原说的纵然君主不任用我，“进不入以离尤兮，退将复修吾初服”；也就是陆放翁说的“零落成泥碾作尘，只有香如故”，我的本质是不改变的，你们欣赏不欣赏没有关系。

我先讲了王国维，为什么呢？因为石声汉的词是从王国维来的。你想石声汉生在中国艰苦的年代，又经过“文化大革命”，受到的诽谤还能少吗？所以石声汉看到王国维的这两首词，非常之感慨。他就写了那首“漫挑青镜，自照簪花影”的《清平乐》。过了几天呢，他又写了一首“缱绻残春，簪花掠鬓”的《柳梢青》。以这两首词来说，石声汉先生比王国维写得更婉转。“漫挑青镜”，镜子干吗叫“挑”？因为从前的镜子有一个镜帘，要把这个帘打开就是“挑”。他说你轻轻地把这个镜子的帘打开了。打开以后“自照簪花影”，我自己照见我自己簪上的花，照见我的美丽形象。一个人对于自己美好的认识，对于自己才能的认识，你有没有觉悟到你的生命，你要不要留下一个有意义有价值的生命？所以“漫挑青镜，自照簪花影”。“镜里朱颜原一瞬”，你要知道你的生命可以有意义的时间并不多，你要用你的生命做出有意义有价值的事情，这段光阴是非常短暂的，镜里朱颜转瞬就会消逝，人生数十寒暑，转眼就过去了。“渐看吴霜点鬓”，你慢慢就发现你头上已经有很多白发。人生是这样短暂，你如果有美好的才能，你就应该珍重。你对于你的时间，你对于你的生命应该掌握。所以“镜里朱颜原一瞬，渐看吴霜点鬓”。“宫砂何事低回，几人留得芳菲?”面对自己臂上的守宫砂，你觉得你保存了这样一种清白完美的品质，你觉得你保存了自己真正的完美品质，可是为什么“低回”？为什么这样婉转呢？“几人留得芳菲”，这样美好的品质，有几个人能完全留住呢？“休问人间谣诼”，何况世间有这么多的诽谤与谣言，你想石声汉“文化大革命”被抓出去都是被批斗的，“休问人间谣诼”。“妆成莫画蛾眉”，就算你本来是美好的，你也不要画你的蛾眉。刚才我们说，蛾眉是容颜的美好，画蛾眉是追求容颜的美好，所以蛾眉是你生来的本质的美好。你再画蛾眉，是人工增强你的美好。你本质的美好就是你本质的美好，而当你画蛾眉的时候，“敢将十指夸偏巧，不把双眉斗画长”，画眉，就有了跟人斗的意思。你本身的美好是无可奈何的，是你生来就如此的，但是你画眉就有跟人斗的意思。我女儿小的时候，我跟她说，你不必要争抢考第一名或者第几名，你要尽到自己的能力就可以了。本来你只有考七十分的能力，你特别努力考了八十分，我对你很满意。但是如果你有考 120 分的能力，你就是考了 100 分，你也没有对得起我，也没有对得起你自己。所以你自己的能力是什么样的，你就要珍惜你自己的能力。不要跟别人竞争，不要跟别人去比较，那是丝毫的意思也没有的。所以“休问人间谣诼，妆成莫画蛾眉”，你的美好是你本身的美好，不是跟别人去竞争的。这是一层，是对于人生的反思。你画眉不画眉？你不画眉，你对于你自身的美好是自暴自弃，这是不对的。你自己珍重你的美好，但是不要跟人去竞争，孔子说:“不患人之不己知，患不知人也。”孔子还说过：“如有周公之才之美，使骄且吝，其余不足观也已。”就是说，你就算有周公这样的才能跟美德，你如果一骄傲，你马上就“其余不足观也已”。人是不可以这样的。你的美好是天生的，你应该珍重，但你决不可以此为骄矜，所以“不患人之不己知”。人生反省的觉悟有几个层次，刚才我们所讲是一个层次。

好，接下来讲《柳梢青》:“缱绻残春，簪花掠鬓，坐遣晨昏。臂上砂红，眉间黛绿，都锁长门。”当然了，我们说我们自己不骄傲自己的美好，但是你也愿意有人欣赏你的美好。所以他说“缱绻残春”，春天就要过去了，人终究也要老去的。你现在还有美好的一天，所以你“簪花掠鬓”，尽量保持住你的美好，簪花梳你的鬓发。“坐遣晨昏”，你每天追求的是这样的美好，但光阴无情，消磨了多少晨昏。“臂上砂红”，而且你的品格是贞洁的，你手臂上的守宫砂是如此鲜红。“眉间黛绿”，你的蛾眉也是美丽的，黛色如此之深，可是没有人欣赏你。“臂上砂红，眉间黛绿，都锁长门”，就算陈皇后现在和以前一样的美好，但是皇帝不欣赏她了。她失宠了，“都锁长门”。据石声汉学生记载，石声汉白天去挨批斗，晚上伏案写他的著作，“垂帘对镜谁亲”，什么人欣赏你？什么人珍重你？什么人爱惜你？所以他“垂帘对镜谁亲？算镜影相怜最真”，只有镜子里的影子是知道自我赏爱的。“人散楼空”，有一天人也散了，楼也空了，陶渊明说的百岁后“相与还北邙”了。“人散楼空，花萎镜暗”，你簪的花已经蔫了，已经干了，你的镜子也被尘土遮满了。但是你如果有一份爱美要好的心情，“春蚕到死丝方尽”，“零落成泥碾作尘，只有香如故”，就“尚自温存”。你自己对于你自己还是应该珍重爱惜的。珍重爱惜跟骄傲不一样。骄傲是跟别人去竞争，去争强斗胜，那是不可以的。但是你自己对于你自己的美好品质是应该珍重爱惜的，所以是“零落成泥碾作尘，只有香如故”，是“人散楼空，花萎镜暗，尚自温存”。

好，这是石先生的这首词。石声汉先生虽然是科学家，但是他来往的朋友中间有词学家，因为他词写得好。他写了这首词以后，一个有名的词学家刘永济先生看到了他的词，就送给他一首词。我们就说这是给你下一个转语，佛家说的给你下了一个转语，你这条路走不通的时候，给你下一个转语，给你开了一扇门，打开一只眼睛，有另外一种可能性。刘永济这首词的牌调是《鹧鸪天》：

镜里朱颜别有春，莫教明月翳纤云。蛾眉招嫉何缘画，犀角通灵自辟尘。　　寻絮影，认萍根，春泥春水总愁痕。何如十二楼中住，放下珠帘了不闻。

刘永济到底是个词人，写得好。“镜里朱颜别有春”，你就是花萎镜暗，这个春天不在外表的春天，这个美丽也不在外表的美丽，你镜里的朱颜永远有一个春天。这个春天不是世界上的春天，世界上的春天会消失的，你镜子里的春天是不消失的。“镜里朱颜别有春”，真是写得好，世界上的东西会改变，但是你的一点美好是不会改变的，是不跟人间的春天一同消失的。“镜里朱颜别有春，莫教明月翳纤云”，如果你本身的心性像天上的光风朗月那样圆满，那样晶莹，那样澄澈和明亮，你“莫教明月翳纤云”，不要教你的明月被一缕云彩给遮蔽了。你不要被世俗的那些谣诼、毁谤和干扰把你本来光明的本性与品质给遮掩了。“镜里朱颜别有春，莫教明月翳纤云。蛾眉招嫉何缘画”，你说妆成不要画蛾眉，我就不画蛾眉了，我不跟人家比赛。可是人家要嫉妒你，你画不画他都会嫉妒的。“蛾眉招嫉何缘画”，你就是不跟人竞争，你不画蛾眉，因为你的美好生来就是遭人嫉妒的。但是你不要在意，“犀角通灵自辟尘”。李商隐说“心有灵犀一点通”，据说犀牛角是可以辟尘的，不沾染尘埃。你如果在桌子上放一个犀牛角，桌子上就没有尘埃了。而且“心有灵犀一点通”，犀角通灵。这都是神话传说，刘永济是说你的本性、你的心地只要皎洁光明，你不要在乎别人说你什么。你内心如果有一个犀角通灵，你自然辟尘。陶渊明说：“结庐在人境，而无车马喧。”他的喧哗不干扰到我，我不受他的干扰。而且陶渊明还说：“知音苟不存，已矣何所悲！”你为什么要让人家欣赏，人家不欣赏你还是你，你的美好没有因为他的不欣赏而减损。“蛾眉招嫉何缘画”，你“犀角通灵自辟尘”。“寻絮影，认萍根”，絮影萍根，佛教上讲的絮果因缘，兰因絮果。什么叫兰因絮果？佛教上讲你今生的一切是因为你前生的作为得到的结果，所以“欲知前世事，今生受者是。欲知来生事，今生造者是”，你做了什么得到什么样的结果，可是兰因怎么得到了絮果呀？兰，是美好的芬芳的。也许你遇见一个人，感觉真是如此之圆满、如此之美好，但是为什么得到一个絮的结果呢？絮是柳絮，随风飘散的。《红楼梦》说：“若说没奇缘，今生偏又遇着他？若说有奇缘，如何心事终虚话？”你种的是兰因，怎么得到了絮果？这是难以预料的，而且从佛家来说这个因果岂止是去来今的三世而已，在千年万载的亿万尘劫之中你不知道有多少因果。所以刘永济说“寻絮影，认萍根”，絮影，柳絮可以飞花，可以落在泥里边，浮萍是漂在水上的。你看一看平生的遭遇，那兰因絮果的种种的因缘，“春泥春水总愁痕”。凡是你的沾惹，凡是你春心的动荡，不管是春泥还是春水都是愁痕。今年二三月份，我在香港一个学校讲课，我讲了几首落花诗。“燕衔鱼唼能相厚，泥污苔遮各有由”，说的是落花。落花飘零了，落花落在哪里？有的落在青苔上了，有的落在蜘蛛网上了，有的落在厕所之中了，你怎么知道你落在哪里？所以“寻絮影，认萍根，春泥春水总愁痕”。刚才的落花诗“燕衔鱼唼能相厚，泥污苔遮各有由”，落花你是被小燕子叼去了吗？是被那个鱼在水里“唼喋”，吞来吞去吗？表面上看起来它们跟你还是很亲厚的。“泥污苔遮”，你是落在泥土里边玷污了，还是落在青苔上了？“各有由”，各有缘由。你本身的美好是一件事情，你的遭遇是另外的一件事情，而且他写得最悲哀的一句诗是“罥入情丝奈网虫”。我们刚才说了落花落在厕所了，落在泥土里了，落在水里边，落在青苔上了，不知道要落在哪里。而落在蜘蛛网上的落花，蜘蛛网好像对它很多情。它不愿意你落下去，所以把你托起来。“罥入情丝”，你落在多情的网丝上了。它对你很多情，不让你落在地下，把你接住了。所以诗人说“罥入情丝”，蜘蛛网网住你的是情丝。可是蜘蛛网网住的不只是你美丽的花朵，还有那些蚊子和苍蝇呢。这句写的人生真是可怕，你有多少情丝绕在别人的身上，别人有多少情丝绕在你的身上。你们中间的感情有宝贵的美好的，但是中间也有错误，也有怨恨，这是很难说明的一件事情，你“罥入情丝奈网虫”。你现在“春泥春水总愁痕”，不管你落在泥中，不管你落在水中，你只要有沾惹，只要你有了情丝，你就有了哀愁。现在怎么样？他说“何如十二楼中住”，你最好找一个高楼，在十二楼中住下来。“放下珠帘了不闻”，你把帘子放下来，外边所有的谣诼纷纭、是非争论，你都把它隔绝，“放下珠帘了不闻”。这是刘永济先生对于石声汉的一个安慰。

好，石声汉拿到他的词，接下来又写了一首词。刚才讲的有两首王国维的词，一首刘永济的词。王国维的两首词是石声汉写“簪花照镜”以前读的，引起他“簪花照镜”的反思。“簪花照镜”的反思，就是你自己要不要认识你自己的品德才能，要不要追求它的美好完整，要不要有这种追求。这是一层。你追求了美好之后，别人不欣赏你的美好，甚至别人毁谤你的美好，你应该用什么态度来对待他们？石声汉写了《清平乐》和《柳梢青》两首词以后被刘永济先生看到了，所以刘永济安慰他说你把这些都放开，说是“春泥春水总愁痕。何如十二楼中住，放下珠帘了不闻”，这就是陶渊明说的“知音苟不存，已矣何所悲”。你管别人说你什么呢？你还是你嘛，你要有这样的自信。这是刘永济给他的安慰，我们说这是另外给他开一扇门，另外放一道光。石声汉就写了那第三首《柳梢青》：“休问余春，水流云散，又到黄昏。洗尽铅华，抛空翠黛，忘了长门。卷帘斜日相亲，梦醒后、翻嫌梦真。雾锁重楼，风飘落絮，何事温存？”真的把一切都否定了。“休问余春”，你不要再追求那美丽的春天，“春心莫共花争发，一寸相思一寸灰”。一切人世的事情，不管是爱还是恨，是美还是丑，“水流云散”，一切都会过去。“又到黄昏”，一天是会迟暮的，人是会有衰老和死亡的。他说我把一切的铅华都洗尽了，我当年追求过美好，现在我都放弃了，因为一切都是空幻的。“洗尽铅华，抛空翠黛”，我把描眉的翠黛也抛弃了。我把我的得失，有人欣赏没有人欣赏，有人爱没有人爱，都放开不在乎了，是“忘了长门”。“卷帘斜日相亲”，你卷起帘，那西天上还有一轮斜日，你黄昏的年华，天上黄昏的斜日。台静农先生有一首诗：“淡淡斜阳淡淡春，微波若定亦酸辛。昨宵梦见柴桑老，犹说闲情结誓人。”这是台大系主任台静农晚年写的诗。“淡淡斜阳淡淡春”，淡淡的斜阳，淡淡的春光。你的心还动不动了？孟郊说：“妾心古井水，波澜誓不起。”我的心不动了。台静农说“淡淡斜阳淡淡春，微波若定亦酸辛”，真的是非常微妙的感觉，真是写得好。说我的心再也不动，好像能够定住了。真的定住了吗？因为他说“微波若定”，你说不出来的一种酸辛，你平生做了什么？完成了什么？台静农先生的诗集是我给他写的序言，在香港出版的。因为台先生年轻的时候其实是很进步的一个人，参加鲁迅先生的未名社，他说决不写旧诗，写新诗。后来到了老年，他留在了台湾。那个时候台湾白色恐怖，你们想，像我这种不问政治的人都被关起来，所以他什么都不敢说，什么都不敢做。因此他就有很多事情要做没有做的，“淡淡斜阳淡淡春，微波若定亦酸辛。昨宵梦见柴桑老”，柴桑老是陶渊明，“犹说闲情结誓人”，陶渊明一生躬耕田园，淡泊自甘，但是他写了一篇非常美丽的《闲情赋》。写一个美丽的女子，姿态美丽，品格美丽，弹琴的才情怎么样美丽。“愿在衣而为领，承华首之余芳”，我要变成她衣服上的领子，就可以接近她头上的芳香。然后呢？“悲罗襟之宵离，怨秋夜之未央”，可是到晚上她把衣服脱下来，漫漫寒冷的长夜我都不能跟她在一起。他一共写了十个愿望，十个落空。那是非常美的十个比喻。南朝萧统说陶渊明的品格是非常高尚清高的，但是“白璧微瑕”，白璧上有一个点，就因为陶渊明写了这篇浪漫的赋。陶渊明说希望在女子的衣服上变成她的领子，在她裙子上变成腰带，在她眉毛上变成她画眉的黛色，在她脚上变成她的鞋子，在她头发上变成她的头油，都是很美丽的。十个愿望十个落空，他说我要跟这个女子定一个盟誓，指天誓日，“愿生生世世为夫妇”，这是长生殿的盟誓。台静农先生说“淡淡斜阳淡淡春，微波若定亦酸辛。昨宵梦见柴桑老，犹说闲情结誓人”，我以为在台先生这首诗里边有双重的意思：一个是象喻的意思，我平生有多少的美好志愿、美好的理想都没有完成，这是一种追求的落空，这是一层。所以他“微波若定亦酸辛”，我垂老的暮年你是不是把这些真的就忘记了，是不是果然就放弃了？所以“淡淡斜阳”可是还留下了“淡淡春”，淡淡斜阳是今天的光阴，也是台静农先生的生命，“淡淡春”，我当年的理想、当年的追求，都放弃了。为什么？“微波若定亦酸辛”，可是我心里有那么一种酸辛的感觉，白天我放弃了，可是晚上我做梦，梦见了柴桑的陶渊明。我们还说起来“闲情结誓人”，我们要追求那么一个美丽的女子，我们要变成衣服上的领子、裙子上的腰带，“犹说闲情结誓人”。这是对于过去美好理想的不能忘怀。

我们现在还回来看石声汉，石声汉得到刘永济先生的词说“何如十二楼中住，放下珠帘了不闻”，所以石声汉又写了一首词说：“休问余春，水流云散，又到黄昏。洗尽铅华，抛空翠黛，忘了长门”，“卷帘斜日相亲”，你真的忘怀了吗？“梦醒后、翻嫌梦真”，我现在梦醒了，年轻时代的那种理想、那种美好的追求的梦醒了。“翻嫌梦真”，我现在反而嫌当年的梦太真了。从今是“雾锁重楼，风飘落絮”，就是在十二楼中，在重重的烟雾笼罩之中，像落絮已经坠溷飘茵，完全都消失了。“何事温存”？你还管什么温存不温存？你还管什么是否有人对你相爱，对你知赏？这一切都放弃了，是“雾锁重楼，风飘落絮，何事温存”！

这几首“簪花照镜”的词写下了人生几种不同的境界，从青年时代的爱美要好，中年时代的对于外边一些苦难、挫折、谣诼的烦恼，到现在说什么都放弃了，什么都不在乎了。当然石声汉写的是落空的悲哀，但陶渊明也说过“知音苟不存，已矣何所悲”，就算一切都落空了，但只要你完成了你自己，你的价值意义就存在在那里，那是谁也拿不走的。

总而言之，我读了石先生的集子以后，对于他的词的成就之精微，对于他的理想之高远，都深感敬佩。由于我非常尊敬石先生，所以我就给石先生的《荔尾词存》写了序。我也愿意把石先生介绍给大家。我们的学者里边有这样的人，不但自然科学好，而且有古文学的修养。我以为正是古文学的修养才成就了他这样的品格，这样的持守。这是我们中国文化的一个美好的传统。今天时间很短促，我就结束在这里。

孙爱霞 整理

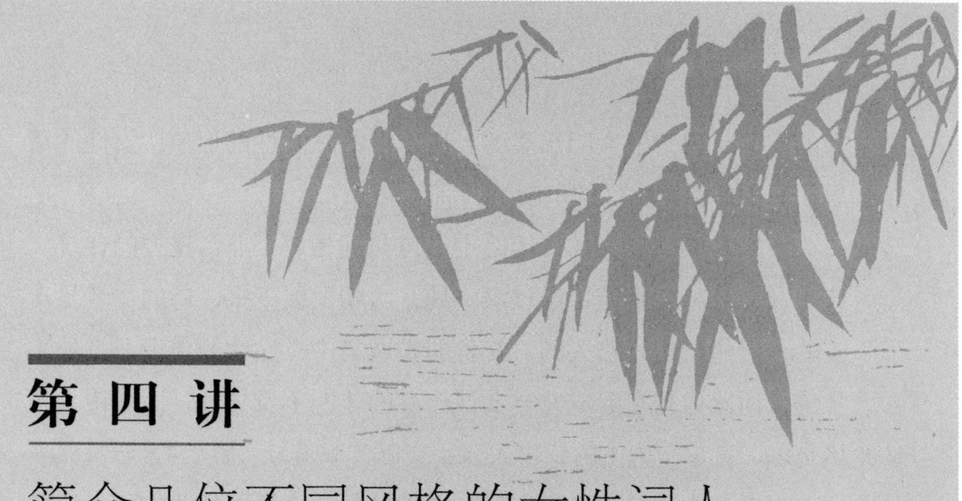

第四讲

简介几位不同风格的女性词人
——由李清照到贺双卿（上）

今天我们先从李清照讲起，因为李清照是我国妇女从事词之创作以此成名，而又自成大家的第一人。在讲李清照之前，我们先简单地说明一下：就是以前我们在讲男性词人时，我曾提出一个双性的说法，特别是《花间集》里的作者，因为《花间集》里的作品都是男性作者，为歌妓酒女而写的歌辞。在这种场合之中男性作者写些什么呢？一是写这些歌妓酒女的美女，再则写她们的爱情。他们写的歌辞是要给歌女唱出来的，所以写的是女性的形象、女性的情思，而用的也是女性的口吻。

本来在中国韵文的传统之中，诗与词是两个非常重要的传统。诗从《诗经》三百篇，经过汉、魏、六朝发展下来，诗的作者是众多的，诗的历史是悠久的。在诗的领域之中，女性的作者一直处于劣势，而此劣势之形成并非女性作者的才能不及男性，而是诗人领域是以“言志”为主的，古人云：文以“载道”，诗以“言志”。

朱自清先生的《诗言志辨》里曾解释说：诗可从两方面来说。一个是说作者的情思，包括喜、怒、悲、欢、爱、恶等内心的情志；另一个是中国的传统，所谓“志”另有一个狭窄的意思就是“志意”，也就是你的理想、你的志意。所以杜甫在中国被称为“诗圣”，他是中国正统诗歌中集大成的一个诗人。美国的洪煨莲教授说他是“最伟大的一个诗人”。而杜甫都说些什么呢？杜甫写过一首题为《自京赴奉先县咏怀五百字》的长诗，这首诗五字一句，共有一百句，是一首五言古诗。在这首诗开头杜甫是这么说的：“杜陵有布衣，老大意转拙。许身一何愚，窃比稷与契。”杜甫是晋朝时为《左传》作集解的杜预的后代，他们在杜陵有旧家根基的田园。而杜甫写这首诗的时候，他功名尚未显达，所以说“杜陵有布衣”。“老大意转拙”，我的年岁已经如此老大，但是我的心意反而愈来愈笨拙了。本来俗话说“老奸巨猾”，人老了经历很多世事，得失利害的分辨计较就非常清楚，愈来愈会算计，愈来愈聪明。但是我杜甫的心意从那些计算精巧的人看起来反而是愈来愈笨拙了。为什么我是最笨又最傻呢？因为“许身一何愚，窃比稷与契”。大家所追求的升官发财，现实的利禄，现成的享乐，纵然是用不正当的方法得到这些财利地位，大家也认为你有办法，你聪明。可是你如果没有这些得到财禄地位的方法，那么你许身给什么呢？你是许给权利地位金钱享乐，还是许身给什么？杜甫说自己许身的真是愚蠢，真是笨拙，“一何愚”？这是多么傻，多么笨。因为他所许身的不是权利，不是地位，不是享乐。他说“窃”是私自的意思，我私自追求的，我所要比拟的，我希望我能够做到像稷和契一样。稷是谁？稷是后稷，教民稼穑，使天下每一个人都能吃饱，这是我的理想。契又是谁？他是在舜的时候做司徒，司徒在古代是掌管民事的，让每一个人都有安乐的生活，这是我的理想。

儒家的传统，孔子曾说：“士志于道。”诗是言志的，“志”不是私心私欲。儒家又认为，士当“以天下为己任”。这些都是诗言志的传统。这就是我说为什么我们妇女在诗里是处于劣势的地位？因为诗是言志的，中国传统的士，他是“志于道”的。士的理想是正心、诚意、修身、齐家、治国、平天下，这是一个士人的志意，士是要以天下为己任。所以杜甫作为一个男子，他说：我希望能做出像后稷、像契的事功，这是我杜甫的志意。我希望一旦国家任用我，我能使天下的老百姓过安乐的生活，“达则兼善天下也”。这正是儒家所说的志，我如果显达了，我要使得每一个人不但生活安乐，而且使每一个人的思想、品格都能纯正，这就是士的志意。

但是中国女性的传统是说：女子无才便是德。女子要“三从四德”，女子在家从父、出嫁从夫、夫死从子。女子没有独立的地位。古代女子有几人能有名姓流传下来？如果是儿子显达了，给母亲办寿写的寿屏也是张母李太夫人或王母赵太夫人，女子很少有名字流传下来，所以女子没有资格去言志。假如女子说“以天下为己任”，像女扮男装的孟丽君，好不容易考中举，一旦脱了靴发现她是女子，她也要老老实实回家去为妻为母。社会上是没有女子的地位的，哪一个女子敢说她自己“窃比稷与契”？在“言志”为传统的诗歌里，女性天生就占劣势的地位，你写不过男子，你能写什么？你足不出闺阁之中，你能写天下吗？你不能够！所以在诗的领域里，尽管有少数的女才子，但在整个的诗的领域，没有办法去和男子相比拟。因为诗的体式是言志的，而妇女天生来就受到约束，你生来就站在劣势的地位。

现在词这种新的体式出现了，词写的是女性的形象、女性的情思、女性的口吻。这是我们女子可以写自己情思的文学的领域，照说我们应该可以使用它了，应该可以用这种文学体式自我抒写了。可是要知道，在词初起的时候，有哪一个良家女子敢写词的？她们更不敢写！诗虽然写不过男子，但这种体式还能写，人家认为诗是正当的，诗是言志的。可是词呢？词要写什么？词要写美色，词要写爱情，而在古代的传统之中，爱情对女子来说是禁忌，女子只是家庭里传宗接代、侍奉公婆、教养子女的工具，她是没有资格谈及自己的感情生活的，没有资格谈及爱情。她奉的是“父母之命，媒妁之言”，若自己去谈爱情，那是耻辱，那是家门的不幸，所以女子是不能谈爱情的。

而早期的歌辞在《花间集》里形成了一个传统，那都是男子写的，而且都是写给美丽的女子的。我在读了西方的女性文学理论后，他们分析作品里女性的形象，同时我也反思到我们中国诗歌里女性的形象。在《诗经》里的女性，都是现实世界的女子。不管是《硕人》里卫国的庄姜，还是被丈夫虐待的《氓》《谷风》中这些弃妇或者怨妇，都是现实之中的女性，而且都是在家庭伦理之中的女性。不管是《摽有梅》里怀春的女子，还是《将仲子》里谈恋爱的女子，她们谈恋爱最后是要结婚的，都是在家庭伦理之中。结了婚以后被虐待、被抛弃了，也是在家庭伦理之中。所以《诗经》所写的，都是在现实之中的女性。

最早的诗歌文学作品除了《诗经》还有《楚辞》。屈原的《离骚》

里写的美人香草，都是举那些美好的事物作为一种象喻，是非现实的。从《楚辞》的美人到曹植的弃妇“君怀良不开，贱妾当何依”，这些都是象喻，这些都是非现实的。但是词就很微妙了，词里所写的女性真是奇妙，奇妙在哪？词里所写的女性，她是介于现实与非现实之间的女性，这是非常奇妙的一点。词，是中国一种非常奇妙的文学体式。《花间集》是中国最早的一本词集，是影响词之美感特质最大的一本词集。《花间集》所描写的女性是介于现实与非现实之间的女性。而这又为什么呢？因为《花间集》所描写的那些歌妓，那些舞女，是在你眼前唱歌跳舞的女孩子，你清清楚楚看到她们的美色，那些歌妓舞女她们是在现实中真正有的女子。所以词人所写的那些美色与爱情是非常真实的，因为这些现实真正的歌妓舞女就在你眼前，你对于她们美色的欣赏，你对于她们萌生的爱情，都是非常真实的。

可是有很奇妙的一点，就是《花间集》里所写的美女，这些歌妓酒女她们是不属于家庭伦理之间的女子，她们不是母亲，不是妻子，不是女儿，甚至连弃妇也不是。她们代表的就是美色与爱情，她们就是在酒筵歌席的“语境”里所形成的一种文学角色。也正因为词所产生的这种微妙的语言环境，所以形成了微妙的词之美感。怎么奇妙呢？因为歌妓舞女是介于现实与非现实之间的一种微妙产物，而词的美感特质，是它有一种象喻的可能，可以引发读者的联想。这与刚才所说的屈原的《楚辞》里的美人、曹植的《七哀》诗或《杂诗》里的弃妇是不同的。屈原、曹植是有心的托喻，是心里先有一个情意，有心造出一个美女的形象来假托的。

小词之所以妙，是因为小词所写的就是酒筵之间的歌妓舞女，作者不必有托喻的用心，他写的就是眼前的这个美女，可这个美女既是现实的，也是非现实的，而且是脱离于家庭伦理之外的，所以产生了引发读者联想象喻的可能性。张惠言就说温庭筠的《菩萨蛮》词一定有《离骚》的托喻，温庭筠是个很浪漫的才子，其实他不一定有托喻。他只是给歌女写一些小词，可是小词的微妙作用，就是作者未必有此意，而读者可以有此想。作者未必有托喻的意思，但是读者可以从那里看到温庭筠所说的“懒起画蛾眉”而有托喻的联想。这是小词的一个非常微妙的作用，这是《花间集》出现以来，词所产生的、最特别的一个美感特质。这个美感特质是什么？这是中国历代研究词的人，和那些希望给词的特质下定义的人，一直在追寻的一个问题。宋朝的笔记里所表现的困惑：小词有什么意义和价值？从那个困惑一直演变下来，经过了很长久的演变，我们现在没有时间列举这些词学家的理论，我们只能归纳出我们上次所谈到的，清朝常州词派的张惠言所归纳出的几句话。张惠言在他自己所编的《词选》的序言中说：“极命风谣里巷男女哀乐，以道贤人君子幽约怨悱不能自言之情……盖诗之比兴，变风之义，骚人之歌则近之矣。”

“里巷”就是大街小巷左邻右舍，有年轻的男孩子，年轻的女孩儿家。“哀乐”，是指他们的爱情，他们的悲欢离合。把他们这种感情写下来。“极命”，就是写男女相思怨别、悲欢哀乐的这种小词，当它发展到极点的时候，就更微妙了。当描写男女相思怨别、悲欢哀乐的这种小词，发展到极点的时候，就可以说出什么？说出贤人君子幽约怨悱不能自言之情。真难为张惠言说出这么长的句子，他可以说极命风谣里巷男女哀乐，以道贤人君子之情，不就好了吗？你说写男女哀乐，但表现贤人君子的情思，不就可以了吗？但张惠言写的不是这么简单，他是要写那些贤人君子最幽微、最隐约、最哀怨、最难以满足的……这还不够。如果说贤人君子幽约怨悱之情也就够了，他还说是“不能自言之情”，这就更微妙了。真是难为他想出这么长的句子。他说：这些写爱情的小词本来就是大街小巷、左邻右舍、男孩子、女孩儿家谈恋爱的歌辞嘛！悲欢离合、相思怨别，可以写出来，特别是贤人君子最幽微、最隐约、最哀怨、最悱恻的，而且是自己不能用普通的言语说出来的情思。因为小词内的感情是在有意无意之间，它不像《楚辞·离骚》，也不像曹子建的《七哀》，你可以明白地说：因为楚国的君王不用他，或是曹植的哥哥曹丕对他不好，所以他有心托喻。而《花间集》里的小词它没有可以确指的托喻，它写的就是歌筵酒席间的美女，而且在写这些小词的时候也没有托喻的用心，是作者不知不觉表现出了他的生活、他的仕宦、他的科第之中有一些说不出来，不能用普通言语表达出来的感情，无心之中在写美女和爱情、相思怨别的小词时流露出来。而这些又是什么呢？这是后来中国的词学家一直在探讨的问题，小词里的这些东西究竟是什么？张惠言也找不出适当的话来说，他只好说"盖"，是大概的意思，或然、不确定的意思。"盖诗之比兴"，大概相当于诗里面的比兴。"比"，是由心及物。"兴"，是由物及心，就是用外边的事物来表现自己的情志。"变风之义"，《诗经》里有"国风"，反映国家的风俗教化。写和乐美好的政治和生活的是"正风"，写国家危乱痛苦不安的就是"变风"。这变风之义就是内心有一种悲哀而难以言说的感情。"骚人之歌"就是《离骚》的美人香草。"则近之矣"，这就差不多了，差不多就是这个意思了。所以张惠言的这两个长句都是很妙的。

他不能确定这词里写的是什么，那感情很难说，而且作者未必有此意。所以他只能说：贤人君子幽约怨悱不能自言之情。到底是什么情？实在是没有办法指说。这种感情用这种作法，所呈现出来的一种美感特质的境界是什么呢？实在也很难说。大概就是：诗之比兴，变风之义，骚人之歌，则近之矣。那就差不多是这个意思吧！张惠言是个传统的学者，他找不到答案，他只能在旧传统里去找他的评说术语。旧传统就是比兴变风、《离骚》……他只能说“盖”，大概。但我刚才说了，小词里面的美女及感情与《诗经》及《楚辞》是不一样的，它不是有心用美人为托喻，小词中的女性是介于现实与非现实之间的，这些女性是现实的女性但又是不属于家庭伦理的。因为不属于家庭伦理，所以没有社会人伦的关系，词人所看重的只有美色及爱情。而把美色及爱情抽象地脱离了周围现实的网络，其本身就有了一种象喻的可能性。可是作者他是有心用这些美女来表现像屈原那样美人香草的寄托吗？没有呀！所以他只能说大概差不多是如此。

后来王国维的《人间词话》就批评了张惠言，他说：“固哉，皋文之为词也!”张惠言的号叫皋文，张皋文讲词真是顽固呀！飞卿、永叔“有何命意”？像温庭筠、欧阳修他们这些词人有什么用意？其实没有啊！他们就是写美女，写爱情，就是写歌辞而已！他们又有什么用意呢？“皆被皋文深文罗织”，都被张皋文深文周纳，就是在文章里找深的意思，编一个比兴寄托的网把它网住了。可见王国维是反对张惠言的。但是王国维自己讲词，说什么大事业、大学问的三种境界，这些写爱情的小词有什么成大事业、大学问的三种境界，你凭什么这样说呢？而且王国维还说：南唐中主的那首“菡萏香销翠叶残”，“菡萏香销”这两句“大有众芳芜秽，美人迟暮之感”。“众芳芜秽，美人迟暮”这是谁的话？这是《离骚》里屈原的话。张惠言说温庭筠的词有《离骚》的意思，你说他是“固哉”！那你王国维凭什么说南唐中主的小词有《离骚》的意思？可见小词果然有一种非常微妙的美感特质，可以引起人的联想，可是大家都找不出理论来述语。在中国的传统中从来没有过这种专门写美女及爱情的小词，而且作者可以说那是“空中语耳”。词人们说：这又不代表我实在的生活，那都是空中无有的话。中国以前没有这样的作品，现在突然间出现了这类作品，而且这作品有这么微妙的美感特质，你叫它什么呢？张惠言说不出来，王国维也说得语焉不详。

所以王国维又说：“词以境界为最上。”他提出“境界”二字，而“境界”一词又被他用得很模棱。本来“境界”在中国传统里已经使用得很混乱，佛经《俱舍论颂疏》就提到“境界”：眼、耳、鼻、舌、身、意这六识，“眼能见色，识能了色，唤色为境界”。这是在佛教，在中国传统里的说法。王国维认为词之美感特质是什么，其实也是找不到一个适当的说法。他只能说“词以境界为最上”，凡是眼睛能看到的，六识所能分辨的，你真切地写出来就有境界，那么这就不仅是词里有境界，诗里岂不也有境界？王国维举了例证：“落日照大旗，马鸣风萧萧”“细雨鱼儿出，微风燕子斜”。这是什么？这是杜甫的诗呀！他说这有境界。凡是你能够很真切地把你的感受写出来，就是有境界。可是这又跟王国维说的第一句话矛盾了，他说：“词以境界为最上。”但是诗里面也有境界，凭什么说词以境界为最上呢？因为王国维他也找不到词里这一个很微妙的美感特质，它不是词的外表形象之物。词里除了那些美女、爱情现实的东西以外，还有一种贤人君子幽约怨悱不能自言之情。有那么一个东西，而那个东西既不是《诗经》的比兴，也不是《离骚》的托喻。张惠言找不到，所以他说大概就跟那比兴寄托差不多了吧！王国维说那个太拘狭了，既然不是有心的比兴，那就是有了“境界”吧！

如果一首小词除了美女爱情以外还能引起你很多幽约怨悱的言外的联想，这首词就是有境界了。凭什么说它是有境界呢？而境界的说法又这么混乱，中国一直到现在还没有把小词里这种特有的美感特质，找到一个适当的名词来指称。那不是比兴，也不是寄托，不是有心的，也不能够泛泛地说它就是境界。词有境界，诗也有境界。那么词里最微妙的境界是什么？

我这几年读到西方的接受美学，其中有一个术语，就是“potential effect”。小词之中有一种潜能，它有一种潜在的可能性。作者未必有此意、读者却可以有此想的一种非常微妙的作用。而这种作用大半都是男性的作品，写的女性化的歌辞，是一种双重性别的作品。温庭筠是男子，他科举不得意，做官总是做低层的职位，所以他的内心真的是有一种不得志的感情。因此，他写的“懒起画蛾眉”就引起人的联想，以为是可能有托意的，因为作者温庭筠是男人。如果作者是女子，那画眉就指的是描画眉毛，也就不觉得它有什么言外的托意了。

今天我们讲女性的词要换一个标准，我上次讲过的“双重性别”就不合适于女性词的评赏。女性的作者可以站出来说自己。而且若以诗跟词的传统来说，男性的词作对诗之传统是一种突破。因为以前的诗都是言志的，文是载道的。现在可以放开来写，说我写的就是空中语，不代表我自己，不是言我自己的情志。就男性的作者而言，词对言志的传统是一种突破，我不再言志了，我就是只写美女跟爱情，我就是为歌女写歌辞。尤其是《花间集》里的小词，形成了一种双重性别的特质，这种双重性别适用于男性作者，但却不见得适合女性作者。

我现在所讲的词的美感特质，都是指词早期的作品如《花间集》。这些作品大都是歌辞之词，都是写给美女歌唱的歌辞。到了后来有了苏东坡、辛稼轩，词又变得怎么样了呢？那又是另外一种美感的衡量，因为时间的关系我们无法去作细微的分辨。但是男性阳刚的作品和女性化的作品不同。苏、辛的作品和温庭筠、韦庄的作品也不同。在变化和演进之中，它有一个保留而不变的东西，这保留而不变的东西是什么？就是王国维说的：“词之为体，要眇宜修。”

他说词这种文学体式是非常深微美妙的。“要眇”，这是出自楚辞的《九歌》，写一个湘水上的女神仙。“美要眇兮宜修”，是一种非常女性化、深微、幽隐的一种美感特质。

这词的美感特质是不变的，不管你是男性作者、女性作者、是“花间派”的作者，还是苏、辛豪放一派的作者。词之为体“要眇宜修”，词这种文学体式生来就要求这种美感。天下之万物我们通常习以为是，其实是各有其原因的。词之为体与诗就是不同的，诗是整齐的，五字一句或七字一句，它是整齐的，音律和节奏是适宜吟诵的。我们上一讲提到诗歌的吟诵传统，曾引清朝的声韵学家江永的一段话，他说：曲子可四声通押，而诗不能四声通押。诗可以换韵，但诗不能四声通押。我曾举马致远的《天净沙》：“枯藤、老树、昏鸦。小桥、流水、人家。古道、西风、瘦马。夕阳西下，断肠人在天涯。”像“涯”“鸦”这是平声的韵，“马”是上声的韵，“下”是去声的韵，这首曲子主要是用“阿”的韵，四声通叶，阴阳上去四声都可通押。但是诗不可以通押，它可以换韵。像《长恨歌》《琵琶行》它可以从平声换仄声，它可以换韵，但不能够把四声通押。这是为什么？这正是中国吟诵的传统之所以重要，吟诵和歌唱之所以不同。歌唱是配合音律的，它可以婉转变化四声通押。可是诗是吟诵的，押韵非常重要，它不能够通押。曲子是可以通押，词大部分不能通押，但可以换韵。

例如“小山重叠金明灭，鬓云欲度香腮雪。懒起画蛾眉，弄妆梳洗迟。　　照花前后镜，花面交相映。新帖绣罗襦，双双金鹧鸪”，“灭”“雪”入声韵，“眉”“迟”平声韵，“镜”“映”上声韵，“襦”“鸪”又变成平声韵，它有八句词，共换了四个韵，但没有四声通押。词里只有少数的词牌如《西江月》之类可以通押。词不能通押但可换韵，像温庭筠的《菩萨蛮》每句押韵，两句就换一个韵，它换韵换得非常快，而且短暂。诗则是隔句押韵，往往都是四句、六句才换一个韵，长篇歌行都是如此，都押一个韵。

诗、词是可以换韵的，跟曲不一样；曲则是可以通押但不能换韵。诗的字数是整齐的，五个字或七个字。词别称长短句，它是不整齐的，这里边又有一个很微妙的地方。如果是一个不熟悉不会创作中国旧韵文的人，学词，也就是按谱填词，比写诗更容易成功。因为写诗一定要有一种吟诵口吻的气势，如果只是很死板地填上去，那个气势就不对了。而词则不是以吟诵为主，它的词句是长短句，句子长短不齐，和诗歌不同。五言、七言诗歌是二、二、一的形式或者是二、二、三，如杜甫的《秋兴八首》："玉露—凋伤—枫树林，巫山—巫峡—气萧森。"它的节奏是如此的，你如果一口气吟诵下来，它本身就有一种气势。

而词这个长短句呢？像柳永说的"自春来惨绿愁红"，不是二、二、三的停顿，也不是二、二、一的停顿。它是"自春来"三个字停下来，"惨绿愁红"另外一次停顿。诗的停顿最后一个音节不管是一个字，还是三个字，最后的停顿是单数，我们叫它单式的句子。词呢？"惨绿愁红"你算它是四个字也可以，把它分别为二、二的停顿也可以。不管是二或是四，它是双式的句子，但它不是整首都是双式的句子，它是夹杂、参差地来应用。"自春来、惨绿愁红，芳心是事可可。日上花梢，莺穿柳带，犹压香衾卧。"柳永的这首词都是双式的句子。"自春来、惨绿愁红"，"自春来"三字一个顿号，"惨绿愁红"是四个字二、二的句式。"芳心是事可可"，这也是双式。"日上花梢，莺穿柳带，犹压香衾卧"，只有最后一句是二、二、一或是二、三的句式。因为杂用单式或双式的句子，所以念起来是破碎的。它不像诗，诗是贯串的，"玉露凋伤枫树林，巫山巫峡气萧森。江间波浪兼天涌，塞上风云接地阴"；还有"君不见黄河之水天上来，奔流到海不复回。君不见高堂明镜悲白发，朝如青丝暮成雪”，它是滔滔滚滚，一口气就写了下来。所以诗的吟诵、诗的体式有一种气势之美，就像李太白的“君不见高堂明镜悲白发，朝如青丝暮成雪”“五花马、千金裘，呼儿将出换美酒，与尔同销万古愁”，这些内容并没有太深刻的思想，但是一念下来，那气势滔滔滚滚，它的感人不在于它的思想。

诗是“情动于中而形于言”，作者先要有感动，而且用文字把它传达出来，使得千百年以来的读者都随着它感情的指挥棒而起舞，都跟它有同样的感动，这感动传达出来的方式有多种。所以《诗经》说“赋、比、兴”，“赋”是用直接的叙述传达出感动，“比”是用一个形象来传达出感动，“兴”是因外在的物件引起感动，它感动你的方式非常微妙，有千变万化的不同，而诵读的气势是感动你的其中一个原因。

而小词则和诗不同，它是破碎的、零乱的。我们上次用了西方女性主义文学批评的理论来讲，我们说词是女性的形象、女性的情思。我们说它是女性的语言，不只是指它的内容，词里头说画眉，说相思，这种情思就是女性的语言吗？不是。我们是从语言的本身来说，词是女性的语言，诗是男性的语言。一位法国学者说，女性语言跟男性语言的区别在于，男性的语言是明晰的、有逻辑的；女性的语言是零乱的、破碎的。他的文学理论不只是讲内容深浅如何，还说形式。诗的形式是固定的，五个字一句或七个字一句滔滔滚滚一口气就形成一种气势。而词则不同，它两个字就停下来了，转个弯又说到那边去了，它是破碎的。这种零乱的、破碎的语言，像柳永的“自春来、惨绿愁红，芳心是事可可。日上花梢，莺穿柳带，犹压香衾卧”，它有它的好处，它细腻、绵密，但缺少了气势。它的细腻、绵密把什么都说出来了，把什么都说出来就显得比较直接，比较浅，它缺少了含隐和深韵。就是词这种语言形式的破碎，造成它如此。

现在我们要言归正传到李清照。李清照是北宋以来最有名、最出色的女词家，而徐灿则是明清之间最出色的一位女性词人。李清照大约生活在 1081 年到 1155 年之间。她出生于宋神宗时代，历经靖康之变、北宋沦亡，而卒于南宋高宗绍兴年间。徐灿则生于明朝末年，经历了甲申国难，也是经历了国变，而在康熙年间才去世的。她们两个生卒的年代相差有五六百年之久。徐灿生于 1619 年，卒于 1678 年，这五六百年产生了很大的变化。这变化何在呢？一是女性写词在当时社会上有什么看法？在李清照的时候，良家妇女从事写词的很少，因为小词里所写的都是美女跟爱情。前面我们提过，妇女在诗的传统中是处于劣势的。哪一个妇女在当年能说自己有“窃比稷与契”的志向？没有一个女子能言志，在言志为传统的诗里，妇女总是处在劣势。那么词是写美女跟爱情的，女子应该可以写词了？但女子是更没有资格写美女跟爱情。女子写爱情是大逆不道，没有一个良家妇女敢写作歌辞。早期的那些女性作品，都是女性在非常痛苦和不幸的生活经历之中的血泪之作。所以宋人的笔记偶然记载了一些女子的歌辞，都是女子在极大的不幸痛苦中偶然写下的作品，如：

> 目送楚云空，前事无踪，漫留遗恨锁眉峰，自是荷花开较晚，孤负东风。　　客馆叹飘蓬，聚散匆匆，扬鞭那忍骤花骢，望断斜阳人不见，满袖啼红。（幼卿《浪淘沙》）

这是宋人记载的故事，这个女子幼卿有一个感情非常好的表亲，一个男子。后来因为她的父亲不满意不赞成，两人就分别了，她的表哥就另外结了婚，这个女子也结了婚。然后有一天在路上碰到这个表哥，她想跟表哥打一个招呼，表哥骑着马过去，连理她都不理，所以是“客馆叹飘蓬，聚散匆匆，扬鞭那忍骤花骢，望断斜阳人不见，满袖啼红”，因为她有一段悲哀的感情故事，所以写了这首词。

这首还不是最悲哀的，再看戴复古妻的一首词。戴复古是宋代有名的诗人，他本来在家里已经结过婚，后来在外面有一个有钱的人家欣赏他的才华，要把女儿嫁给他，当时他隐瞒了，没有说他结过婚，就跟第二个妻子结了婚。可他毕竟是有了家室的人，所以他就怀念他的家人，被他第二个妻子发现了，也被他的丈人发现了。他的丈人很生气，就要责备他，可是他第二个妻子对他感情很好，很同情他，看到他有以前的妻子，便不再留他，于是就写了这首歌辞《祝英台近》把戴复古送走了。词是这样写的：“惜多才，怜薄命，无计可留汝”，我是欣赏你的才华，可惜只是我自己没有福分跟你在一起结为夫妇，我没有办法把你留住。“揉碎花笺，忍写断肠句”，我想写一首给你送别的词，但是我真不知道从何下笔，我几次写了，几次我把纸揉碎了，我怎么忍心写下这样断肠的词句呢？“道傍杨柳依依，千丝万缕，抵不住、一分愁绪”，要送你走，你看那路旁柔线飘拂的杨柳依依，“柳”有“留”的声音，可是千丝万缕的杨柳也留不住你，而且那千丝万缕的长条也抵不住我内心离别的愁绪。“如何诉。便教缘尽今生，此身已轻许”这几句有人说是后人添的。“捉月盟言，不是梦中语”，当年你跟我结婚的时候，你也曾经指天誓日，说过天长地久不相背负的，那不是梦中的语言，可是现在你毕竟已经结婚，你有家室，你要走了。“后回君若重来”，如果你再有一次回到这里来，“不相忘处”，如果你没有忘记我，还怀念我们当年的一段感情，“把杯酒、浇奴坟土”，你就拿一杯酒浇在我的坟土上。这个女子后来就投水死去了。所以女子没有资格、没有胆量写爱情的歌辞，早期的那些女子都是在极大的不幸痛苦中用血泪写自己的歌辞，是真的悲哀痛苦、无可奈何的时候，偶然留下了一些歌辞。

我们在此就要说李清照是一位非常勇敢的、有才华的、不平凡的女子。而李清照之不平凡也是有其原因的。李清照家学渊源，她的父亲李格非是个很有名的文学家，曾受知于苏东坡，写过《洛阳名园记》，曾官拜江东提点刑狱。李清照从小在家庭之中就受了很好的教育，她读了很多书，她是生长在一个诗书传世的名宦之家。她又嫁给了一个很有名望的家庭，她的丈夫叫赵明诚，他们结婚的时候赵明诚是太学生。赵明诚的父亲赵挺之在徽宗朝官至宰相，两个人的家庭都是仕宦科第之家，衣食无忧。而且两人都喜欢诗词，婚后充分享受宴尔新婚之乐。明诚亦能文词，与清照伉俪甚笃。尝屏居乡里十年，席父之荫，衣食有余。他们两人都喜欢收集金石、古董、字画。两个人枕藉其间，校雠考订，诵读唱和，“乐在声色狗马之上”。清照博学强记与明诚赌书为乐，这种生活真叫人“只羡鸳鸯不羡仙”。

但是大环境改变了个人的命运，靖康建炎间，金兵南下，首都开封沦陷，士人渡江避难。他们二人曾收集金石、古董、字画，将之整理成册，称之为《金石录》。但国变后不久明诚即死去，李清照没有子女，晚年在其弟家中寄居，生活很孤苦。她后来为《金石录》写《后序》说“至东海，连舻渡淮，又渡江……”在这种国变的时候，“连舻渡淮”，可以想见李清照当年家庭之盛况。但是在大时代的环境之中，“破巢之下岂有完卵”，国破当然就家亡了，赵明诚随后不久也死了，李清照晚年孤苦无依，她的金石字画已散失一空。李清照经历了这样的家变国难，所以她的词作有两种风格。国变之前，她和赵明诚有一段恩爱美好的生活，所以说“堕情者醉其芬馨”，真是写得柔婉动人。

现在我们就先来看李清照属于芬馨的作品，以下是《减字木兰花》：

卖花担上，买得一枝春欲放。泪染轻匀，犹带彤霞晓露痕。　　怕郎猜道，奴面不如花面好。云鬓斜簪，徒要教郎比并看。

这种生活真的是美好，她说："卖花担上"，女人都是爱花的多，"买得一枝春欲放"，买了一枝春天的花含苞待放，"泪染轻匀"，花朵上仿佛有泪珠，"花如解语"，花可以拟人，花上的露珠就如同女子面上的泪点，"胭脂泪"，红色的花朵像女子胭脂一样的粉面，花朵上的露珠就像泪点轻匀。"犹带彤霞晓露痕"，那种粉红的颜色像早晨朝霞的美，花朵上的露水好像女子容颜上的泪点，那是早晨新鲜的露水留在粉红色的美丽花朵上，花是这么美。"怕郎猜道，奴面不如花面好"，我恐怕我的丈夫会觉得我没有这花朵漂亮。所以"云鬓斜簪"，我就在像乌云一样的鬓发上，斜斜地插上这朵粉红色还带着早晨露珠的花朵。"徒要教郎比并看"，我为什么要把这花朵插在鬓边？我就是要我的丈夫看看到底是我美，还是花更美呢？赵明诚和李清照生活在一起的日子，真是芬馨美好。

赵明诚和一般中国男子一样，男儿志在四方，所以有时他要和妻子离别到外地去做官，在家的妻子就不免要写一些相思怨别的小词。李清照是个有才华、有勇气，当然也是个好胜的女子，如果她不是有勇气的女子，她也不会在当时的社会环境中写下那么多首男女爱情的小词。同时她是个好胜要强的人，她往往跟丈夫比赛谁记的书多、谁写的词好。有一个传说：李清照写了很多首词，她的丈夫也和了她的词，然后拿给朋友看，结果大家都说，只有"帘卷西风，人比黄花瘦”这几句是最好的，而那正是李清照的作品。她和丈夫离别的时候，也写些“雁字回时，月满西楼”“才下眉头，却上心头”，这都是写她丈夫出门做官，她在家里的相思怀念。

李清照好胜要强，她不喜欢用人家用过的句子，她喜欢创新。一样是写相思怀念，李清照不像一般男性作者那样明白直接地叙写，她说“薄雾浓云愁永昼，瑞脑销金兽”。写寂寞，写孤独，她是绕着弯子说话，并不是直接地说我寂寞、我孤独。她说“薄雾浓云”，女子在房间里焚香，香烟从香炉里升上来好像烟霭一样，而且外边也可能是阴雨的天气，像秦少游所说的“漠漠轻寒上小楼，晓阴无赖似穷秋”。“薄雾浓云”，我房子里边的炉香缭绕如同薄雾，而这同时可能也是外面的天气，面对薄雾浓云消磨长长的日子。“瑞脑销金兽”，“瑞脑”是一种香；“金”就是铜，中国古代的香炉都是用铜做成鸟或兽的样子；“金兽”就是铜做的兽形的香炉，瑞脑这种香就烧在香炉里边；“销”，是说都烧尽了，可见真是日长寂寞之难耐。

“佳节又重阳”，又到了一个美好的佳节，就是九月九日重阳节。但是我的丈夫却还没回来。“玉枕纱厨，半夜凉初透。”“玉枕”，古人的枕头大都是硬的，更讲究的就用玉石做枕头。“纱厨”，江南地方雕刻的木床四周用薄纱围起，女孩子睡在其中。《红楼梦》也提过纱橱，《红楼梦》第三回贾母说：“今将宝玉挪出来，同我在套间暖阁儿里，把你林姑娘暂安置碧纱橱里。”重阳节天气渐渐变冷了，她的相思，她的怀念，特别是在晚上长夜无眠的寒冷之中，她的孤枕单衾，还透着玉枕的凉，这都意在言外。

“东篱把酒黄昏后”，重阳节菊花开，在黄昏时候，于东篱之下拿着酒杯饮酒。“有暗香盈袖”，菊花的香气飘满了我的衣袖。“莫道不销魂”，你不要以为我没有销魂。“帘卷西风”，一阵秋风把帘子都吹了起来。屋内的人和屋外的黄花相对之下，人儿竟比那黄花更加消瘦。这是劝她的丈夫早早归来，做妻子的在闺中为他相思而憔悴消瘦。李清照写来多么婉转、多么细致。所以赵明诚的朋友看了，都说“莫道不销魂，帘卷西风，人比黄花瘦”这几句写得最好。

可是这种甜美的日子过不了多久就发生了国变，而后再渡江南下，不久赵明诚也死去了，李清照的一段温馨的日子也一去不返了。接着我们就来看李清照晚年所写的词。李清照晚年写的词最有名的就是这首《声声慢》：

寻寻觅觅，冷冷清清，凄凄惨惨戚戚。乍暖还寒时候，最难将息。三杯两盏淡酒，怎敌他、晚来风急？雁过也，正伤心，却是旧时相识。　　满地黄花堆积，憔悴损，如今有谁堪摘？守着窗儿，独自怎生得黑！梧桐更兼细雨，到黄昏、点点滴滴。这次第，怎一个、愁字了得！

这一首词连用十四个叠字，大家都赞美李清照比男人更有气魄，男人都没有这样的手笔。李清照原是个争强好胜的人，而且是个有敏锐的思想和感受的人，所以她有很多创新的手法和词语，而且写得很好，又不浅白。即如写相思，若是写成我真是怀念你，那就说得太浅白，太没意思了，而她写成“莫道不销魂，帘卷西风，人比黄花瘦”，这才写出她的孤独，她的寂寞。像这首《声声慢》开端的一串叠字，它的声音从柔婉到迫切，这感情一步一步地进展。“寻寻觅觅”，你最亲近的人没有了，你本来已经是那么习惯了，你一进家门，就有一个人在那里，就有一个人在等待你，可是现在那个人不在了，你觉得是应该有的一个人呀！所以就“寻寻觅觅”，寻寻觅觅的结果才发现是“冷冷清清”。李商隐在妻子死了以后曾写了两句诗："更无人处帘垂地，欲拂尘时簟竟床。"李商隐是个非常细腻的人，他的感觉非常敏锐。他的妻子死了，"更无人处帘垂地"，那帘子背后本来总是有我的妻子在那里，可是现在妻子不在了，"更无人处"，只有帘子还在那里，那帘子一直垂到地上，整整都遮蔽住的是那一片空寂；"欲拂尘时簟竟床"，簟，是竹席，妻子在的时候，竹席上的尘土一定是妻子去拂拭的，可现在满竹席都是尘土，我现在自己要去擦拭尘土的时候，只觉得空空旷旷，只剩下一床空洞的竹席。所以李清照说"冷冷清清"，这是外在环境给我的感觉。

然后她开始写"凄凄惨惨戚戚"，这都是舌齿之间的声音，真是悲切呜咽。杜甫写的《哀江头》说："少陵野老吞声哭，春日潜行曲江曲。江头宫殿锁千门，细柳新蒲为谁绿？"杜甫用的都是入声的韵。吞声，不敢放声而是暗地里哭，"少陵野老吞声哭"。你可以放声号啕，那是环境许你放声号啕大哭。你虽然悲苦虽然痛哭，要是能够让你放声号啕地哭出来，那是你的幸运。真正的悲苦，是你连号啕的自由都没有了，你只能吞声哭，在暗地里哭。你在沦陷的地方，你敢放声在曲江边号啕吗？你不敢呀！你只能吞声。杜甫的《哀江头》都是入声韵，用广东话读入声都是吞声，吞回去的声韵。

"乍暖还寒时候，最难将息"，这写的是秋天了，秋天真是乍暖还寒。春秋之际阴晴不定，在这冷暖不定的时候最难将息。将息就是休养，休养保养，在这时候你最难保护你身体的健康。表面写的是身体的难得将息，但承接着前面一串写心情的叠字，于是身体之难将息中就更有着心情之难以将息了。

当然她也喝酒，前一首她说"东篱把酒黄昏后"，那时远方有一个可以让你思念的人，你有人可思念也是一种幸福，而如今呢？"三杯两盏淡酒，怎敌他、晚来风急？"我在寒冷之中想喝一杯酒来减少我寒冷的感觉，但是三杯两盏的淡酒，怎么能够抵挡傍晚的时候，那么寒冷的冷风。李商隐写过一首诗说："远书归梦两悠悠，只有空床敌素秋。"那时李商隐的妻子尚未过世，但李商隐总是奔走道途，在四方游幕和家人聚少离多。"远书"，远方我家人的来信；"归梦"，我夜晚回到故乡的梦。近来没有接到远方家人的来信，连我回到故乡的梦都做不成，这两者都离我那么遥远，"只有空床敌素秋"，现在所能庇护我的，我所能依靠的是什么？只有那张空床去面对那寒冷的秋天。你能用什么去面对那寒冷的秋天？包围你的身外的所有寒冷，你用什么去面对它！这就是："怎敌他、晚来风急。"

"雁过也，正伤心，却是旧时相识"：天上一阵鸿雁飞了过去，雁儿凄厉的叫声，真是使人伤心，这些都是旧时的相识。李清照曾经写过"云中谁寄锦书来"，当年她的丈夫在外地做官，她所怀想的是：什么时候收到远方的来信呢？"云中谁寄锦书来？雁字回时，月满西楼。"当年李清照丈夫在时，虽然是离别，但是有一个盼望，什么时候丈夫给我写信呢？当鸿雁排成"人"字形的时候，不管鸿雁是排成"一"字，还是排成"人"字，它都代表书信，代表相思。当雁回来的时候，月满西楼。月亮是没有觉知的，"明月不谙离恨苦，斜光到晓穿朱户"。现在雁儿又飞过去了，当年鸿雁飞过，"雁字回时"我盼着"云中谁寄锦书来"，而现在呢？国破家亡，丈夫赵明诚死了，所以"雁过也，正伤心，却是旧时相识"。雁子依旧在每年的秋天飞回来，可是人呢？他是永远不会回来了。

"满地黄花堆积"：当年帘卷西风人比黄花瘦，有人有花，但是现在是满地的黄花零落了。"憔悴损，如今有谁堪摘"：如此之零落憔悴的黄花，有谁再去摘取呢？她李清照还能再"云鬓斜簪，徒要教郎比并看"吗？她还有心情插花簪花吗？所以她说："如今有谁堪摘？"

"守着窗儿，独自怎生得黑"：我一个人守在窗下，这真是，白天怎么这么难熬、这么孤独。唉！什么时候才盼到天黑！“怎生”，是怎么样的意思。怎么样才能看到它天黑呢？“梧桐更兼细雨，到黄昏、点点滴滴”：窗外的梧桐，晚间的寒雨，到了黄昏的时候，听到滴滴答答滴滴答答都是细雨下在梧桐叶上的声音。

“这次第”，从我开头说到现在，从寻寻觅觅，冷冷清清，到满地黄花堆积，到现在梧桐更兼细雨，“这次第”，这整个的种种感觉和感情，这怎是一个“愁”字能说尽的呢？——“这次第，怎一个、愁字了得！”这词句表面上都是白话，都是破碎的，这是女性的语言，可真是写得细腻，真是写得真切，而且充满了新鲜的感觉，不是陈言烂套，不是大家说过的话。这是李清照的好处，但她的好处不只如此，我们前面说过“堕情者醉其芬馨”，看重感情的人，就沉醉在李清照柔婉芬芳的词句里。而另外还有一种风格就是“飞想者赏其神骏”。李清照真是一个有勇气、有才华的女子，所以她也有飞扬的一面。

李清照从小就读了很多书，西方说“history”不是“herstory”。因此只要是读了书，就接触了男性的气质，所有中国的经典都是男性的作品。女子除非不读书，只要是读了书，一定会受到男性的影响。而李清照对词有一个成见，她觉得词从《花间集》开始写的都是女性的情思，那些男性的感情就不能够写到词里边去。而李清照何尝没有像男子一样飞扬的情思呢？李清照也写过一些文章，就像她怀念她丈夫赵明诚的那篇《金石录·后序》，那真是男性的口吻，是非常理性的、非常清楚的、非常有条理的。李清照的诗也是非常男性化的，像这一首《乌江》（一作《夏日绝句》）：

生当作人杰，死亦为鬼雄。
至今思项羽，不肯过江东。

你们这些男子汉大丈夫，为什么不反抗，就把整个北方的半壁河山都送给了敌人？为什么你们要渡江退守到南方，把北方的大好河山都送给了敌人？

她还写过一首《上韩公枢密胡尚书诗》："嫠家父祖生齐鲁，位下名高人比数。当时稷下纵谈时，犹记人挥汗如雨。子孙南渡今几年，飘零遂与流人伍。欲将血泪寄山河，去洒东山一抔土。"

"嫠家父祖生齐鲁"：嫠，是寡妇的意思，李清照自称，她说我们家的父亲和祖父都是山东人。"位下名高人比数"：我的父祖都是做官的，都是名位很高，人人一说到山东李家，就知道是指我们李家，是人人都知道的。"当时稷下纵谈时，犹记人挥汗如雨"：当年我们家里聚会的时候，真是"稷下多谈士"，从春秋战国以来山东人就喜欢高谈阔论。山东是圣人孔子的故乡，那些人的理想、抱负、学问、才华，当时好多人聚在一起，那种兴盛繁华、高谈阔论，真可谓是挥汗如雨，我到如今都还记得。"子孙南渡今几年，飘零遂与流人伍"：我们家的子孙渡江南来，国破家亡。才不过几年的时间，我们就跟那些逃亡飘零的人一起流落了。"欲将血泪寄山河，去洒东山一抔土"：我要把我的血泪隔着高山大河，寄回我的故乡，洒在东山我的祖先坟土之上。

李清照在国破家亡以后，写了不少慷慨激昂的诗篇，这些诗写得不比男性词人逊色。我们本来要讲徐灿的，但今天已经没有时间了。李清照与徐灿的时代不同，所以作风也不一样。李清照有一篇论词的文章说苏轼词，"句读不葺之诗尔"。她说，苏东坡所写的词，就是用作诗的方法来写词。"句读不葺"，是说没有修剪整齐的句子。苏轼是用作诗的方法来写词。李清照对词的观念则是词要"别是一家"。词从五代的《花间集》演变下来，她以为词都是女性的形象、女性的口吻、女性的情思，都是婉约的，都是温柔的，都是细致的。那些“生当作人杰，死亦为鬼雄”是不能写到词里去的，词是不能写这些的。但是她毕竟是经历了国破亡家，她怎么用词来写这些破国亡家呢？这就更妙了，下面我们就将李清照这一类词的特色也介绍一下。写国破家亡，可以写得慷慨激昂。但我们看李清照是怎么写的？她写些什么？试看《南歌子》一词：

天上星河转，人间帘幕垂。凉生枕簟泪痕滋。起解罗衣，聊问夜何其。　　翠贴莲蓬小，金销藕叶稀。旧时天气旧时衣，只有情怀、不似旧家时。

李清照也写时代的盛衰、国破家亡的沧桑。我们说国破家亡是沧桑之感，是国家的盛衰，是国家的兴亡。但我们看不清楚写国家的盛衰兴亡，她是从哪里切入呢？她不写雄壮的沧桑兴亡、山河变色，而是从纤细处着手。她说“天上星河转，人间帘幕垂”，她写国家的沧桑兴亡，时代的盛衰，是从非常女性的情思切入，是女子之所见，从秋天天上的星河说起。北方有句俗话说“天河掉角，要穿棉袄”。地球在转，天上的银河四时方位不同，所以说“天上星河转”，这正代表了四时寒暖之变，其实也暗示了人间沧桑之变。夏天的时候天热，大家把帘幕都打开。下面的“人间帘幕垂”也写四时寒暖之变。现在秋天天冷了，大家又把帘幕垂下来。这同样也是借四时之变暗示了沧桑之变。

“凉生枕簟泪痕滋”，这一句则写到了个人身世生活之变：我的枕头，我的竹席上都是一片凉意，我的眼泪不由自主地滴了下来。真是国破家亡，人事全非了。“起解罗衣，聊问夜何其”，解衣，是解开衣服表示要上床睡觉。但她一直不能成眠，解开衣服想要就寝，但却睡不着，看看现在到底是几点钟？什么时刻了？“其”念

"jī"，是个发声的语助词，出自《诗经》。这是她寒夜无眠的感觉，写沧桑，写盛衰，写兴亡，而从天上的星河转、人间帘幕垂写起，把沧桑之感写得如此的女性化。

下半阕，拓开去写"翠贴莲蓬小，金销藕叶稀"。我们以前讲温庭筠词的时候说"新帖绣罗襦"，"帖"是什么意思？"帖"有两种可能：一个是熨帖，就是用熨斗把它烫平；另一种就是贴绣，就是像补花一样，剪一个花朵的形状，上面绣上线。李清照这两句应该是兼指季节及衣饰来说的。这季节已经是"菡萏香销翠叶残"，荷花都已经结了小小的莲蓬。"金销藕叶稀"，"金"，你可以解释成季节，是秋季。古人云："秋于时为金。"秋风也可说是金风。南唐中主说"西风愁起绿波间"，所以那荷叶都零落了。"翠贴莲蓬小"，我小时候看到我祖父的朝服和我祖母的衣服上面的补子，有各式各样的图案，而各式花样往往就是用金线把它们固定在上边。我把它们翻腾出来披在身上试一试的时候，已经是"金销藕叶稀"，那些金线都已经脱落了，金线脱落，上面贴绣的图案、荷花呀、藕叶呀也就掉落了。"翠贴莲蓬小，金销藕叶稀"，说的是季节，同时也可以暗指衣服，更是暗指一切都改变了。

"旧时天气旧时衣"，秋天的天气和以前的秋天是一样的，衣服也是以前的衣服。可是天气是如此之寒冷，衣服是如此之陈旧。"只有情怀、不似旧家时"，天气是旧时的天气，衣服是旧时的衣服，但是只有我的感情，我的内心再也回不去当年的感觉了，那是永远回不来了。她年轻时候的幸福美满的家庭生活永远回不来了。国破家亡，她写出这样的作品，把沧桑、盛衰、兴亡都表现在那些细致的东西里。

而她真正所谓"飞扬"的作品，就是下面要介绍的《渔家傲》，这是双重性别的，是女性而写出有男子理想及抱负的情思：

天接云涛连晓雾，星河欲转千帆舞。仿佛梦魂归帝所。闻天语，殷勤问我归何处。　　我报路长嗟日暮，学诗谩有惊人句。九万里风鹏正举。风休住，蓬舟吹取三山去。

李清照是女性，而她又有一个先入为主的观念，她认为词里不能写那些“生当作人杰，死亦为鬼雄”这么慷慨激昂男性化的词句。可是她毕竟是受了和男子一样的教育，而且她生性要强好胜，所以她也写出过一些这样的词句。

“天接云涛连晓雾”，这起头就起得很妙，你可以说它是写实。有一天早晨她起得很早，天上是满天的云雾，天上白色的云海像波浪一样，而且天上的云海跟地上的浓雾连接成茫茫的一片。“星河欲转千帆舞”，天上的银河正要转移。在每一个季节，天上的银河有不同的方位。而每一天傍晚到破晓，银河也有不同的方位，因为地球会自转，也会公转。在云海的波涛之间，很多的云朵像远远的帆影一样。孤帆远影，“星河欲转千帆舞”。面对这样迷茫的云雾，天上的银河、银河上的白云像帆影一样地飘过去。

“仿佛梦魂归帝所。闻天语”，在这种迷蒙的云雾之中，仿佛我的精神，我的魂魄，都已飞上天际。我的梦魂好像归向天帝的所在，而且我好像也听见天帝在跟我说话。他跟我说些什么呢？“殷勤问我归何处”，这一句真是写得好。因为李清照是个好胜要强的女子，她不甘心她这一生就这样白白空过，她的生命就这么落空。在这一生你完成了什么？你到哪里去？“殷勤问我归何处”？这是一般男子的理想，女子不讲理想，女子不讲成就，可是李清照毕竟是受过和男子相同的教育，而且是个有才华的女子。你李清照以你的才华，你究竟完成了些什么呢？

“我报路长嗟日暮”，我李清照回答天帝的询问，我走的路是漫长的、是艰难的、是困苦的。而我现在已经是到了人生日暮黄昏的时候了。这首词是李清照晚年的作品，她经历了国破家亡之后，走过了这么漫长艰苦的人生，而现在是到了人生的日暮黄昏了。“学诗谩有惊人句”，不错！我李清照是读过书，我会写诗也会填词。“谩”，是徒然的意思。我自诩曾学过诗，也自以为曾写出过一些惊人的诗句，但是空有这些惊人的诗句！我毕竟是要到哪里去呢？

“九万里风鹏正举。风休住，蓬舟吹取三山去。”“九万里风”，《庄子》里的《逍遥游》说：“北冥有鱼，其名为鲲。鲲之大，不知其几千里也。化而为鸟，其名为鹏。鹏之背，不知其几千里也。怒而飞，其翼若垂天之云……抟扶摇而上者九万里。”我要像那鲲鱼化成的鹏鸟一样飞起来，像旋风似的直上九万里高的天空。“风休住”，希望那大风不停地吹，“蓬舟吹取三山去”，希望天上云河里像舟帆一样的云影，那大风真的能够把我吹到一个真正的神仙所在。“三山”指的是蓬莱、方丈、瀛洲。这“三山”说的是一个境界，李清照想要达到的一个境界。

这是李清照飞扬一类的作品。沈曾植在《菌阁琐谈》中说：“堕情者醉其芬馨，飞想者赏其神骏。”她的作品有不同的作风，各有相当不凡的成就。我们只是试简述两类不同风格的作品，因为时间的关系，徐灿只有留待下一讲了。

第五讲

简介几位不同风格的女性词人
——由李清照到贺双卿（中）

今天美国对伊拉克开战了，那是男性的“history”。而我今天要讲的，不是一个作者，而是一系列的女作者，要讲的是“herstory”。我想把女性作者的词之内容，及其美感特质的发展经过作一个简略的介绍。

我们上次介绍了南北宋之间一个非常有名的女词人李清照。李清照的词当然是写得很好，但是在李清照的观念里，她也不能跳脱出她的时代和大环境的拘限。她生于北宋末年，那个时候的词风是从五代花间发展下来，主要是一些短小的令词，早期的花间词都是歌辞之词，而且都是男性的作者写女性的形象，使用的是女性的语言，表达的是女性的情思。李清照受了这种影响，所以她就以为词里只能写那些婉约的女性情思，不过她写的女性情思跟那些男性的作者就有所不同了。当男性的作者为歌妓写歌辞而表达女性情思的时候，就有一种双重性别的复杂性，这就容易引起读者很多言外的联想。可是当一个女子也写女性的情思，也用花间婉约风格的时候，她所写的就是现实的自己的情思，她也就继承诗言志的传统。而《花间集》的词则是脱离了言志的传统，那些写小词的男性作者，自我辩解说：我只是替这些歌妓酒女写歌辞，我不是那个女性的歌者，歌辞里所写的不是我的感情、思想、志意。所以当男性的作者写花间这种女性婉约的歌辞时，他们对于诗之“言志”的传统是一种背离，他们是背叛离弃了言志的传统，他们现在不言自己的志意理想，而只是写歌妓酒女的爱情。

可是作为一个女性来说，从《诗经》开始只要是女性作者所写的，不管是少女的怀春之词，或者是追求婚姻之作，或结婚之后被虐待的歌辞、被抛弃的歌辞，这些都可以说是女性的言志之作。因为女性没有治国、平天下的志意，所以女性所写的就是她自己内心的情思。

朱自清的《诗言志辨》里说：诗所言的志有两种类型，一个是志意、理想、抱负的志，就像孔子说的“士志于道”；一个就是情志，是内心的活动，就像女性的情思。所以当李清照以女性的作者身份写女性情思的时候，她写得婉约，写得细致，写得真切，写得生动。我们讲过她早期婉约一类的作品，例如《减字木兰花》：“卖花担上，买得一枝春欲放……”她最后说我“云鬓斜簪，徒要教郎比并看”，这是一种少妇的情思。晚年的时候，她也直接写她的女性情思：“寻寻觅觅，冷冷清清，凄凄惨惨戚戚。乍暖还寒时候，最难将息。三杯两盏淡酒，怎敌他、晚来风急？雁过也，正伤心，却是旧时相识……”这还是写她的女性的情思。可是作为一个女性的作者，写这样的女性情思，在词里边毕竟是一种新的开拓，因为男性的作者都是用男子的角度来替女性讲话，到了女子自己站出来讲话了，她所写的女性就有新鲜之处。

比如说李清照写过这样的词：“病起萧萧两鬓华，卧看残月上窗纱。”她还说她自己现在是“风鬟霜鬓”。女性写自己衰老的时候是“病起萧萧两鬓华”。经过了国破家亡的乱离，她的丈夫死了，老年时候又孤苦无依，寄住在弟弟家里。这种孤独、这种寂寞，而且老病侵寻，“病起萧萧两鬓华”，当我一场病过后，我两鬓的头发都花白了。再如《永遇乐》咏元宵的词说：“如今憔悴，风鬟霜鬓，怕见夜间出去。”元宵佳节，使她想起年轻时候，她和丈夫赵明诚一起出去寻春赏灯，那种快乐的往事都消失了。而现在纵然是有其他的女伴朋友约我去看元宵佳节的花灯，但现在我已是“风鬟霜鬓”。“风鬟”，零乱蓬松的头发；“霜鬓”，雪白的两鬓。我“怕见夜间出去”，她不愿在那赏灯的元夕出去。“宝马雕车香满路”，那些少男少女是多么快乐地在游春嬉乐，而我是没有心情再出去了。正如她在另一首不肯出去游春的词所说的：“只恐双溪舴艋舟，载不动、许多愁。”

男子写女性，都是写年轻的，都是写貌美的，所以他们写“二八花钿，胸前如雪脸如莲”，这都是写年轻美丽的女子。男人填的词里边不写那些衰老的女性，因为男人的兴趣只在年轻貌美的女性，男子笔下的女性不是年老色衰的女子。是女性自己自怜“病起萧萧两鬓华”，她写“风鬟霜鬓，怕见夜间出去”。在写这些词的时候，一方面是有女性的情思，这当然仍是女性言志的传统，可是她同时也大胆写出了衰鬓，当她写衰鬓的时候，这其实是有了男性言志的传统。因为男子常写自己的平生，写自己的不得志，叹老嗟卑，男子喜欢写老，男子喜欢写病，写自己仕宦科第的不得意。所以当李清照以女性自我写衰鬓的时候，她已经有男性的传统融会在里边了。

我们曾说过双重性别，男性或女性，他们不是单一的那么简单。男性写女性是有双重性别，尤其这个性别的学说是非常复杂的。西方有一位学者叫 Judith Butler，她写过一本书叫 *Gender Trouble*，在所谓性别中间有很多的“trouble”，真是非常的复杂。李清照写的还是女子的情思，可是她事实上在写“风鬟霜鬓，怕见夜间出去”的时候，她仍然是写女性的情思，女性的言志传统，所以她大胆写出了衰鬓。而当她写衰鬓的时候其实这里边已有了男性的传统，因为男子写他的生平、写他的不得志，真是叹老嗟卑，男子喜欢写老，男子喜欢写病，写仕宦科第的不如意。所以当李清照写衰鬓的时候，已经有了男性的传统融会在里边了。我曾说过“双重性别”，所以是男性或女性不是那么简单可以说清楚。前面提过 *Gender Trouble*，在性别的区分当中确实是有很多的“trouble”，这是个非常复杂的现象。

李清照写的还是女子的情思，可是事实上受了男性喜欢写那些衰病叹老嗟卑的影响，当她大胆写这些“风鬟霜鬓”的时候，一方面虽是女性起初的自述，突破了男性写女性的传统，但另一方面却也已经受了男性作者的传统的影响。杜甫写的《登高》诗说：“风急天高猿啸哀，渚清沙白鸟飞回。无边落木萧萧下，不尽长江滚滚来。万里悲秋常作客，百年多病独登台。”他又说：“明年此会知谁健，醉把茱萸仔细看。”这男子写疾病、写衰老、写失意，杜甫晚年流落江湖，所以他写他的衰老、他的疾病、他的“右臂偏枯半耳聋”，我的右手臂已经不大能活动了，我的一个耳朵已经听不见声音了，这是男子站出来写他的疾病、写他的衰老，慨叹他生命的落空无成。所以当李清照以女性写她自己衰老多病的时候，她其实在无心之间已经受了男性传统的影响。

而更值得我们注意的是，我们上次讲过她那一首《渔家傲》："天接云涛连晓雾，星河欲转千帆舞。仿佛梦魂归帝所。闻天语，殷勤问我归何处。 我报路长嗟日暮，学诗谩有惊人句……"她写有一天早晨她看见地上的浓雾、天上的云海，而星河隐现在云海之中，一片茫茫的景色，引起她一种高远的遐想。她说，我看到天上的星河好像在转动。地球因为自转的关系，所以看天上的星河是转动的，这是"星河欲转千帆舞"。而星河上每一片的白云，就像那船上的白帆，有多少片的帆影在舞动？当我看到这种高远的景色，仿佛我的梦魂就乘着星河上的白帆回到天帝那里去，"仿佛梦魂归帝所"。她又说"闻天语"，好像听到上天的天帝真的跟我说话了。说了些什么呢？"殷勤问我归何处"。天帝问我，你这一生一世最后的归宿是什么？这是人生终极的问题。

一般说起来，传统的妇女从来没有动过念头想到自己生命的意义和价值。她生命的全部意义就是在家从父、出嫁从夫，夫死还要从子，她的一生就是相夫教子。她的事业就是在家庭里面，把丈夫维护得好，把儿子养育得好，这就是她全部的人生。她从来没有想过我自己应该完成什么？女人从来没有资格想这个问题。所以当李清照写"仿佛梦魂归帝所。闻天语，殷勤问我归何处"的词句时，事实上她已经受了男性作者的影响，这是"gender trouble"，她还是女性，她还是自己言她自己的志，不是像男性作者的双性作用。男性是脱离了自己去写女性，那是双重性别的作用，而李清照在这里还是写女性，还是写我的情思，可是她受了男性作者的影响，在这一方面是一种开拓。

男性的作者虽然写女性，但从来没有写过女性的这种情思，这是一种“new voice”，新的声音，而女性的作者只写相夫教子，只写男女的感情，就像上次我们讲过戴石屏的妻子，她说：“惜多才，怜薄命，无计可留汝。”你将来如果回来，“不相忘处，把杯酒、浇奴坟土”。那是女性的情思，她被抛弃了，写的是心碎肠断的悲哀。她写的女性，写得很动人，但那就只是女性。而李清照就不同了，因为李清照受过和男子一样的教养，不管是她自己的娘家，或是嫁过门之后的夫家，都是高级知识分子的家庭，她读了那么多男人的书：四书五经、《史记》……这些都是男人的作品，所以她的“subconscious”已经受了男性的影响，尽管她没有站出来说我这个女子要写男性的话，但事实上她已经受了男性意识的影响，但同时她又受到了时代大环境的限制，词的美感特质是什么？她在观念上有了先入为主的局限。

李清照曾经批评苏东坡，说他的词是“句读不葺之诗尔”。所以她认为词“别是一家”，像苏东坡是“一洗绮罗香泽之态”，是把那些男女柔情、女子的美色装饰都摆脱掉，而写下了“大江东去，浪淘尽、千古风流人物”。

苏东坡出现了，他用写诗的方法，用言志的笔法来写词，他突破了歌辞之词。而李清照对词之美感观念却还受了歌辞之词的限制。苏轼，他所写的是诗化之词，用写诗的笔法来写词。在当时苏东坡这类诗化的词，还不被大家所承认。大家还是认为婉约才是正统，诗化之词是不合乎传统的。所以李清照认为词应该“别是一家”，它的风格应该和诗是不一样的，应该是另外的一种风格。

李清照在她的诗里写：“生当作人杰，死亦为鬼雄。至今思项羽，不肯过江东。”但她在词里不写这些激昂慷慨的句子，她以为如果写了这些雄壮激昂的句子那就不是词了。而随着历史的演变，我们今天要讲另外的一个作者，就是明末清初一位非常杰出的作者，大家认为她可以和李清照媲美，她就是徐灿。

徐灿生于明朝末年，卒于清朝康熙年间。她和李清照有相似之处，她们都是生于高级知识分子的家庭。李清照的父亲李格非做过京东提点刑狱，她的丈夫赵明诚是太学生，她的公公官至宰相。徐灿的父亲为明朝光禄丞徐子懋，徐灿为其次女，其家在苏州城外支硎山下。她们的家庭不但是高级的知识分子，而且不是清贫的读书人，她们的家庭都是富贵显达。徐灿年轻时候的作品曾写道“少小幽栖近虎丘”，她说我少女的时候我们家在支硎山下有一片庄园，那里靠近苏州的虎丘山。女子说自己幽栖，就是闺房。“春车秋棹每夷犹”，春天我们坐着车马去赏花，秋天我们划着船去采莲。“每”，就是常常，每次都如此。“夷犹”，形容很悠然的、闲暇的、享乐的生活。她又说“采莲月下初回棹，插菊霜前独倚楼”，她过的就是这么闲适幽雅的生活，她们划着船去采莲，到了月亮都爬上来了，才划着船回来；到了秋天菊花开了，采了菊花，插了满头的黄花；当霜降的时候，倚楼登高，重阳饮酒作乐。

这是徐灿少女时期闲适的家居生活。她家是诗礼簪缨之族，女子也是从父兄读书受业的。女子除了读男性的书以外，还要读班昭的《女诫》，女子讲究的还有：德、容、言、工。徐灿家的女子都是要读诗书的，她的祖姑，就是她祖父的姊妹叫徐媛，所著《络纬吟》有声于时，曾与另一女诗人陆卿子相唱和，人称吴门二大家，吴门就是苏州。所以徐灿家里的女性写诗词是有传统的，她的祖姑就是一个著名的女作者。

我们知道古代一般的妇女哪里会有读书的机会，像李清照或是徐灿这样高级知识分子的家庭才有读书的机会。如果是一般农村家庭的妇女需要去耕耘，需要去种地，要养蚕要纺织，哪一个人有闲暇读书呢？而大部分的妇女都是过这样的生活。所以清朝有一位女作者叫沈善宝，她曾写了一篇《名媛诗话·序》说："闺秀则既无文士师承"，妇女不像男子能请老师来教你，接受一些四书五经的传统教育；"又不能专习诗文"，也不能整天只读那些诗书，女子要德、容、言、工兼备。凡是女子该做的事都要去学习，像烹饪、绣花、裁衣、针线女红每件事都要会，而不像男子只要专门读书就好了；"故非聪慧绝伦者，万不能诗"，因为家庭对女子没有这种希望她们会作诗的期待，只有"生于名门巨族，遇父兄师友知诗者，传扬尚易；倘生于蓬荜，嫁于村俗，则湮没无闻者，不知凡几……"这些都是沈善宝她自己对女性的慨叹！

但蓬荜中的女子也有能诗词者。接着要讲的一个女作者是贺双卿，她就是个农村女子，真可以说是"教外别传"。她不是生在诗书簪缨的知识家庭，而是生在蓬荜之中。她是生于蓬荜而又嫁与村俗的，这样的女子作出的诗词又是怎么样的呢？我们等一下再讲。

我们还是先把徐灿讲完。徐灿早年的家庭背景和李清照的早年有相似之处，徐灿嫁给了浙江海宁的陈之遴，陈之遴的父亲陈祖苞曾经做过右副都御史、顺天巡抚。这也和李清照相似，娘家与夫家都是诗礼簪缨的仕宦之家。她们出身相似，所以我国词史上就出了这两个有名的女词人。她们就是沈善宝所说的："生于名门巨族，遇父兄师友知诗者，传扬尚易……"因而她们有机会成为著名的女词人。

徐灿曾写过这样的题目："丁丑春，贺素庵（陈之遴之字）及第"。陈之遴婚前曾参加过二次科考，但都未中第，一直到婚后才考中，这一年是丁丑年。"时中丞公（陈祖苞）抚蓟奏捷。"陈之遴的父亲陈祖苞是当时顺天府的巡抚，那时已是崇祯年间，海内不宁，这年陈祖苞在河北一带消灭了叛乱。而六十年前的丁丑年，又正是陈之遴的祖父考中万历进士的那一年。丁丑年真是他们陈家的幸运年。徐灿的公公在崇祯的丁丑年打了一次胜仗，受了很多的奖赏，她的丈夫在这一年也中了进士，她丈夫的祖父则是在上一个丁丑年中了万历的进士。可是天底下的欢乐往往是短暂的。

李清照和她的丈夫赵明诚当年何尝不欢乐呢？他们新婚宴尔，收集古玩碑帖，吟赏唱和，“赌书消得泼茶香”，可是不到几年之间，国破家亡，北宋沦亡，赵明诚不久也病故了。徐灿和李清照有相似之处，所以历来讲词的人常常把徐灿跟李清照相提并论。徐灿本来有这么美好的生活，但是在丁丑的次年，也就是陈之遴中举的第二年，陈祖苞即“坐失事，系狱。饮鸩卒”。徐灿的公公陈祖苞就因为打了败仗，被关进了监狱。陈祖苞本来门庭显赫，一下子被关进了监狱里，士大夫的颜面尽失。何况胜败乃兵家之常事，而明朝走向败亡又岂是一个大臣的罪咎？陈祖苞觉得内心冤抑，就喝了毒酒自杀了！崇祯皇帝知道陈祖苞自杀后雷霆大怒，从前的皇帝是非常专制的，皇帝要以刑罚处治人，而你却不接受他的处罚，自己先自杀了，这是大逆不道之罪。所以“帝怒祖苞漏刑”，就移罪到他的儿子陈之遴身上，“锢其子编修之遴，永不叙”。陈之遴在前一年才考中了进士，在翰林院里当编修，而崇祯皇帝迁怒到他的身上，把他从朝廷赶走了，而且永不录用，永远不能在明朝做官。“之遴以其丧归”，陈之遴就扶着他父亲的灵柩回归故里。到了崇祯十七年（1644），皇帝吊死于煤山，明朝算是灭亡了。接着清兵入关，虽然南方有南明小朝廷维持残局，但不久史可法殉难后，南明也全部败亡，清朝算是统一了中国，陈之遴也就归顺了清朝，做了清朝的命官。

当清朝初入关时，很多明朝的遗臣、遗民，都当了节臣义士，他们都不肯出来做官。一直到了康熙十八年(1679)，朝廷举行了“博学鸿儒”的考试，网罗天下的贤才，包括前明的遗民。博学鸿儒是清廷对汉人知识分子的怀柔政策，是一个清高与尊贵的职位。清初的朱彝尊、陈维崧等都应了博学鸿儒这一科的考试。从清兵入关之后历经顺治十八年（1644—1661），一直到康熙十几年，这些明朝的故老遗民，他们守着民族的节义不肯入仕清朝，但是到了康熙十八年，明朝已经亡了几十年，而清朝也已经统一天下三十六年。这期间清朝励精图治，虽然是异族，但却尊重儒家，倾心汉族文化，的确和昏昧的明末朝廷大有不同。所以康熙十八年举行的博学鸿儒之试，吸引了很多汉族的知识分子，包括之前不愿归顺的明末遗民。这一次的考试是个很重要的转折点。

但是那些在清朝入关之后不久就归顺了清朝而做了官的人，就颇受非议，时人认为他们没有替前明守节。陈之遴是个有才学的人，诗词也写得很好，有《浮云集》传世。顺治初入仕清朝，授秘书院侍读学士，累迁至礼部尚书、弘文院大学士加少保。清廷建国之初，对于这些有才学的汉人还是非常重用的，所以陈之遴一路升迁，一直做到相当于宰相的弘文院大学士。清初一统天下，是从北方入关，而南方江浙一带还有明朝遗民的反抗，清朝是从北到南陆续统一天下的。既然满人、汉人同时立朝为官，于是朝廷中就有满汉之争，又有北人、南人之分，壁垒森严。朝廷里面充斥着政党之斗，南北之争，陈之遴也被卷入了这些纷争里面，他曾三次结党获罪。但是顺治帝还是很爱惜人才，没有重责。可是最后一次陈之遴竟然犯了大臣最忌的罪名，就是勾结内监，本该论斩，顺治帝怜其才，最后在顺治十五年把他流放到尚阳堡。尚阳堡在东北荒寒之地，是惩罚犯罪官员的所在。陈之遴“以结党罪屡诫不听”，于顺治十五年流徙尚阳堡，康熙五年卒于戍所，康熙十年经徐灿之请求始准归葬。

此时陈之遴家产已遭籍没。他当年辗转升迁，官至弘文院大学士，当然也攒积了不少资财，本来以徐灿的生活背景而言，不管是支硎山下的娘家，或者是海宁的夫家，在苏州或浙江的海宁都有着一大片的庄园，过的生活真是像她在诗中所描述的“春车秋棹每夷犹”。但在明清易代的战乱之中，苏州支硎山下或是海宁陈家的庄园都在国变之际遭毁坏了，于是当陈之遴一路升迁仕途时，他又在苏州购置了一座非常有名的花园，那就是拙政园。

拙政园的第一个主人不是陈之遴，它是由明朝的御史大臣王献臣所辟建的，他又请了明末的大画家文徵明画了这个园子的图画而且题诗、写字。我在美国的哈佛图书馆看到了文徵明的《拙政园图集》，那真是一时之盛，名园景致尽收眼底。但是王献臣盖的这个拙政园，传到他的儿子手中，就因赌博输掉卖给了姓徐的人家。陈之遴又从这位徐姓的孙子手里购进了拙政园，这座名园也真可说是历尽沧桑了。

陈之遴买了拙政园之时，他身在北京官拜弘文院大学士，并不能享受名园之景色。阮葵生《茶余客话》记叙陈之遴与拙政园这一段逸事说：“主人身居政府，十载未归，图绘咏歌，目未睹园中一树一石。”其后陈之遴又被流放到尚阳堡，他一天也从未在拙政园住过。他们这些人置办了这么多的园林家产，但是最后又怎么样呢？真是“世事茫茫难自料”啊！徐灿的词集就叫《拙政园诗余》，陈之遴在这个集子前面替他的妻子写了一篇序言。陈之遴说妻子从前少小时生活环境优渥，又博学多才，所以既作诗又填词，但是经过战火我们两家的园林都毁掉了，现在我买了拙政园给你，你可游赏其中，我想你将来一定有更好的作品。

陈之遴置购拙政园是希望给他的妻子这样美好的生活，可是徐灿不像男子有那么多名利禄位的野心，她只希望夫妻能夫唱妇随、逍遥唱和就满足了。徐灿对丈夫的出仕新朝是颇不以为然的。可是她的丈夫掉在功名禄位的旋涡之中难以自拔，名缰利锁紧紧缠缚着他。所以外人也一致认为他们夫妻的情感是有嫌隙、有隔阂的。造成外界错觉的原因，也和徐灿的作品有关，因为她写过这样的一首词《忆秦娥·春感次素庵韵》：

春时节，昨朝似雨今朝雪。今朝雪，半春香暖，竟成抛撇。　　销魂不待君先说，凄凄似痛还如咽。还如咽，旧恩新宠，晓云流月。

陈之遴是降清而出仕新朝了，徐灿却希望她的丈夫不要恋栈官位，她希望陈之遴能隐居园林，这一点她和丈夫的观点是不一样的。所以有人看了这首词，就像谭正璧《中国女词人故事》，还有孙康宜教授的《明清诗媛与女子才德观》，都认为《忆秦娥》一词是徐灿因陈之遴纳妾怨之而作。因为词里有一句“旧恩新宠”，好像是徐灿怨怼她丈夫感情不专一：你对我是旧恩，现在纳了妾有了新宠，你陈之遴对我的爱情就像“晓云流月”一样，是那么不确实、不可信赖。

这些论点颇可商榷，因为他们都是用现代人的观点来想古代人的感情，这是绝对不然的。怎么不然呢？因为中国旧日的妇女，是不能反对丈夫纳妾的。不只表面不反对，甚至还有千方百计去替丈夫物色的，如《浮生六记》里的芸娘，还有近日才播放过的电视连续剧，那是根据琦君个人亲自见闻所写的一篇小说《橘子红了》而改编的。古代妇女的感情处理方式，绝对不是现代人的观点所能理解的。我之所以这么确定他们夫妻绝对不会因为陈之遴纳妾而有嫌隙，是因为陈之遴有一首词，附在《浮云集》里，这首词是《虞美人·戏赠湘蘋》：

藤花葛蔓闲牵绕，枉送韶颜老。双鸾镜里试新妆，夺得一枝红玉满怀香。　　劳君拣尽吴山翠，心已三年醉。闺人长作掌珠擎，那得老奴狂魄不钟情。

徐灿给陈之遴纳了妾，现代的人如果不去读一读《浮生六记》里的芸娘对沈三白的感情，那真是不能理解。陈之遴在这一首词中所说的情事，他说：我们两人结婚之后，经过这么多的辗转流离，国破家亡，转眼之间，我们也都衰老了。“双鸾镜里试新妆”，鸾，代表的是女子；凤，说的是男子。徐灿给陈之遴“夺得一枝红玉满怀香”，一个软玉温香的女子。“劳君拣尽吴山翠”，真是麻烦了我的妻子你，帮我挑选了一个绝色的江南美女。吴山翠，指的是美丽的江南女子。“三年醉”，三年之久我都还沉醉在这芬馨之中。“闺人长作掌珠擎”，闺人指的就是妻子，我的妻子就把这个年轻的女孩看成是掌上明珠，好像是自己的女儿一样。“那得老奴狂魄不钟情”，连你都这么爱她，我这个老奴又怎能不爱她呢？这里有一个典故，《世说新语》中有一个关于晋朝桓温的故事。桓温新娶了一个妾，他的妻子知道了大怒，就带了一大群人去捣毁他的新居。桓温娶的这个妾是他平蜀以后夺来的蜀国（即十六国之成汉）李势的妹妹，而当他的妻子带着刀剑要捣毁小妾新居的时候，这个小妾正解鬟临镜梳妆，鬓发垂地，一头乌黑的秀发非常美丽，一直垂到地上来。她看见夫人盛怒而来，就跪在地上说：“国破家亡，无心至此”，我来这里是不得已，我是被你的丈夫抢来的；“今日若能见杀，乃是本怀”，你如果把我杀了，我正求之不得呢！桓温的妻子看了她楚楚可怜的样子，把本要杀她的刀剑丢掷在地上，趋前抱之曰：“我见汝亦怜，何况老奴！”连我这么善妒的女人，看到了这动人的小妾，都不禁把她揽在怀里怜爱她，更何况是那个老家伙呢！

所以陈之遴说“闺人长作掌珠擎，那得老奴狂魄不钟情”，就是用了这个典故。徐灿不但不嫉妒陈之遴新纳的小妾，而且还把她当掌上明珠看。我在这里要说，如果我们以现代人的眼光来看前人的词作，那会因历史的环境、时代的背景不同而有所偏差。就以词的美感来说，写男女之情要以有言外之意为上。中国的词学中有一个讲究：男女之情要以言外之意来喻托，而说出来了，说白了的男女之情反而不是真的男女之情，而是意有他指了。

《忆秦娥》里的“旧恩新宠”，说的是明朝的旧恩和新朝清朝的恩宠。词的上片说：“春时节，昨朝似雨今朝雪。今朝雪，半春香暖，竟成抛撇。”“春时节”，我们的新婚甜蜜就好像春天花开时节一样。没想到一门荣显，霎时间竟获罪衰败，春时雨露转眼间就变成了严冬霜雪。没想到我们的荣华富贵就好像这么短暂的春天，公公饮鸩死，丈夫永不录用。生命里的春天撇下人永远消逝了。词的下半片徐灿说“销魂不待君先说”，国破家亡的悲痛不用夫君你开口说，因为陈之遴也写了一首《忆秦娥·次韵答湘蘋》：“浮荣蚤，觞花赋雪无昏晓。无昏晓，玉堂春丽，锦机年小。”这说的正是他们新婚的美好。下片“莲霜鸳浪经多少”？我们就像一对鸳鸯，在莲花的花底经过了多少寒霜？经过了多少波浪？“旧游空忆琼枝绕”，这一切都成了往事回忆。“琼枝绕，断烟荒蔓，那时谁道。”我们的旧家现在都成了断烟荒草了，当年荣华显达赏心乐事的时候，谁想得到今日都成断烟荒草呢？

所以徐灿的《忆秦娥》是慨叹国破家亡，她说“销魂不待君先说”，我们这种国破家亡的悲哀不用你说，我也是感同身受。“凄凄似痛还如咽”，我们满心的悲痛，满怀的哽咽，“还如咽”，真是让我们呜咽难过得说不出话来。“旧恩新宠”，旧日明朝的那一份显达得意，都已经成了过去了。现在新朝清朝对你的重用，而在重用之中有多少斗争？那北人和南人的斗争、满人和汉人的斗争，那有多少痛苦？多少挣扎？“晓云流月”，一切的繁华都如晓云流月那么短暂。所以这首《忆秦娥》绝对不是如谭正璧他们所说的陈之遴纳妾而徐灿“怨之”那样。要讲一首词的时候，必须把它放在当时的时代背景里来评断，而不能断章取义，既要了解当时的社会背景，也要了解词的美感特质和言外之意。总而言之，徐灿和陈之遴是经历过一段悲欢盛衰之变的往事。最后我们要来讨论徐灿的词能突破李清照的地方是在哪里。

陈之遴在崇祯十年考中进士后，他与徐灿在北京侨居过一段日子。他在《拙政园诗余·序》中曾追忆这一段生活，序中说：“侨居都城西隅”，我和徐灿住在帝都的西城；“书室数楹，颇轩敞”，有几间书房相当高大敞亮；“前有古槐”，屋子前面有一棵古老高大的槐树；“垂阴如车盖”，浓密的树荫像一把伞盖一样；“后庭广数十步，中作小亭”，后花园也是相当宽阔，有几十步那么宽，中间修建了一个小亭子；“亭前合欢树一株”，小亭前面有一株合欢树；“青翠扶苏，叶叶相对。夜则交敛，侵晨乃舒”，它的树叶青翠茂密，叶子是一组一组两片对生的，到了黄昏这两片叶子就合起来，第二天早晨这两片叶子才张开。它朝开夜合，所以叫它夜合花，也叫合欢。这树北京俗称绒花树，在夏天里开花，它的花像绒线一样成团状，像一团一团的绒球，很美丽。徐灿和陈之遴都很喜欢这株合欢树，徐灿有一首回忆这棵绒花树的《唐多令·感旧》说：“记合欢、树底逡巡”，我记得当时在合欢树底下徘徊；“曾折红丝围宝髻”，曾经折下合欢树上那绒球似的红花，插在我发髻的旁边；“携娇女，坐斜曛”，带着娇滴滴的宝贝女儿，坐在合欢树下，欣赏黄昏的美景。

但是这段美好的生活并不久长，从下面这首《水龙吟·次素庵韵感旧》，可以看到盛衰、悲欢转变的迅速与无常。“合欢花下留连，当时曾向君家道。悲欢转眼，花还如梦，那能长好。”我们从前在合欢树下赏花流连的时候，我当时就向你说过，人生的悲欢离合就如梦幻泡影一样，哪里能够永远都如此美好呢？“真个而今，台空花尽，乱烟荒草。”当他们经历过国变之后，再回到北京城西的老房子看一看，那些亭台楼阁都已经在战火中摧毁了，只剩下断垣颓壁，荒烟蔓草。“算一番风月、一番花柳，各自斗，春风巧。”想想在这个园子里也曾有过那么多的绿柳繁花，在春风里争红斗艳。下片她又说了：“休叹花神去杳。有题花、锦笺香稿。”不要慨叹合欢树、红绒花不再，至少我当年为这些花草题过的锦笺诗句还在。“红阴舒卷，绿阴浓淡，对人犹笑……”这开着红绒花的合欢树虽然不在了，但是我诗里面那青翠扶苏、垂荫如盖的合欢树，那像红丝线的绒花，却还犹自对着我微笑呢。“把酒微吟，譬如旧侣，梦中重到。请从今，秉烛看花，切莫待，花枝老。”这是他们在甲申国变之后再次回到北京，希望能一切长好。可是他们真的能再秉烛看花，一切长好吗？徐灿寄望的一切，就因为陈之遴仕清之后，又被告结党营私获罪，转眼之间就被流放到尚阳堡去了。

而徐灿的词之所以能突破李清照的，还不完全是由于前面所介绍的这些词作，而是下面要介绍的这首《永遇乐·舟中感旧》。李清照词是写得好，但是她以为词只是能写婉约的女性的感情，国破家亡的盛衰不能够写进去，就是写也要用含蓄的笔墨来描述，例如她在《永遇乐》词中写的“风鬟霜鬓，怕见夜间出去”，还有在《南歌子》中写的“天上星河转，人间帘幕垂”，她写的是帘幕，其实写的是盛衰，她不肯直接地写盛衰之慨。但是到了徐灿则不然，她直接说了出来，为什么？因为徐灿的时代已经到了明末清初，而李清照是生长在宋朝，词还受到唐五代歌辞之词的影响，她以为词的风格就只能都像《花间集》一样。词的发展经过了苏东坡把它诗化了，于是就有了别于五代《花间集》的诗化之词。从北宋到南宋，又有辛弃疾出现了，把那些激昂慷慨、男性豪放的志意都写了进去。词有了这样发展的传统，所以徐灿跟李清照还不只是性情不同，而是她们对于词的认知也不同。徐灿以为词里也可以写盛衰兴亡，下面举她的《永遇乐·舟中感旧》为例：

> 无恙桃花，依然燕子，春景多别。前度刘郎，重来江令，往事何堪说。逝水残阳，龙归剑杳，多少英雄泪血。千古恨、河山如许，豪华一瞬抛撇。　　白玉楼前，黄金台畔，夜夜只留明月。休笑垂杨，而今金尽，秾李还销歇。世事流云，人生飞絮，都付断猿悲咽。西山在、愁容惨黛，如共人凄切。

“无恙桃花，依然燕子，春景多别。”徐灿的丈夫陈之遴因为他父亲陈祖苞在明朝获罪饮鸩而亡，而之遴也被处罪永不录用。到了清朝入关后他又做了官，叫徐灿从南方的老家坐船到北方来。因想当初崇祯十年徐灿的公公刚打了胜仗，陈之遴也在这年中了进士，徐灿第一次从南方坐船到北方来，想想看这是何等的欢欣，他们又刚结婚不久，少年新婚宴尔，真是多么得意喜乐！但是当徐灿写这首《永遇乐·舟中感旧》的时候，明朝已经灭亡，换了清朝。放眼望去桃花依然是那么美丽，燕子还是像当年一样地飞回来，但是春天的景色在我的眼中，已经是完全不一样了。这是人的移情作用，如果自己感到忧愁，看到花草也像是忧愁了，就像杜甫说的“感时花溅泪，恨别鸟惊心”。

“前度刘郎，重来江令，往事何堪说。”“前度刘郎”，用的是刘晨到天台山遇到仙女的故事，它后来又被刘禹锡引用到诗里面。刘禹锡在唐朝依附王叔文，王叔文被贬，刘禹锡也被谪为朗州司马。后来刘禹锡又回到京师，所以他说："玄都观里桃千树，尽是刘郎去后栽。"刘禹锡用的这个典故是刘晨遇仙女的故事，但他喻托的是朝廷的党争。他说玄都观里开了这么多这么美的桃花，这些桃花都是我这个刘郎离开首都之后才被种上去的。他比喻朝廷的党争，你们这些年轻新来才做官的，我当年做官的时候还没有你们呢！其后刘禹锡又再被贬为连州刺史，过了多年后又再度还朝，他又写了一首诗说"种桃道士归何处，前度刘郎今又来"。这是指人事盛衰的改变。徐灿在这里把再度出仕的人比作刘郎，她又说"重来江令"，南北朝有两个江令，一个是江淹，一个是江总。南北朝在那么短的时间就换了宋、齐、梁、陈等这么多的朝代，可见它们替换的时间是多么短暂快速，而这些人在前一个朝代做了官，到了下一个朝廷又做了官，所以说是"重来江令"。陈之遴在前明做过官，但是父亲自杀，自己也永不录用，后来又出仕新朝清朝。这都是国破家亡以后的事了。当年一门显赫，我徐灿从南方坐船到北方是何等欢欣，我现在又从南方坐船到北京，这又是什么样的心情？这些往事都不堪再提起了。

"逝水残阳，龙归剑杳，多少英雄泪血。"明朝的灭亡就像那东逝水不复西流。李后主说"流水落花春去也"。前朝的覆亡就像那西下的斜阳暗淡了下去。"龙归剑杳"有一个典故。晋朝的张华看到斗牛星座之间有宝剑之气，于是就使雷焕去到丰城照着那个方向找到了两把宝剑，张华自己留下了一把，雷焕也留了一把。后来历经了"八王之乱"你争我夺，张华被杀后那把宝剑失去了下落。雷焕得了善终，把宝剑传给了儿子雷华。雷华有一天经过一条河流，突然之间他的宝剑从剑鞘中跳出来，沉到水里去了。雷华说，这是家传的宝剑不能丢掉，于是就派了很多懂水性的人到水里去寻宝剑，这些人找了半天都没找到宝剑，只看见两条龙在水里一闪就游走了，他们认为这是那两把宝剑变的，它们化成龙游走了。这徐灿的词句“龙归剑杳”是说，当初清兵入关的时候，有多少仁人志士曾起兵抗清，他们都在战乱之中殉节死难了，就像那龙归剑杳，龙不见了，剑也不见了。剑掉在水里边变成龙游走了，比喻明朝多少仁人志士都牺牲了。龙也是天子的象征，国灭君亡，多少人都死去了。

“千古恨、河山如许，豪华一瞬抛撇。”盛衰兴亡，改朝换代，多少恨事？“国破山河在”，只有青山碧水长存。不管你是多么显赫的达官显宦，所有的权势荣华富贵在一瞬之间就消失了。“白玉楼前，黄金台畔，夜夜只留明月”，那些达官贵人住的，用白玉装饰的楼台，早已人去楼空。帝王用来遴选人才的黄金台，那些贤士才人也不在了。现在只剩下明月照着这空荡荡的黄金台和那人去楼空的白玉楼。

“休笑垂杨，而今金尽，秾李还销歇。”像黄金缕般的垂杨枝条在春天的时候是鹅黄嫩绿的，你休要笑它现在成了枯杨断柳。那秾桃艳李，所有的粉白黛绿都不见了，真是“流水落花春去也”。“世事流云，人生飞絮，都付断猿悲咽”，世事的无常就像天上的云彩幻化不定，就如同白云苍狗一样。人生就像那随风飘去的柳絮，谁也不知道自己的命运是落在哪里？所有的盛衰兴亡都交给那失群断侣的哀猿去悲泣了！“西山在、愁容惨黛，如共人凄切”，我这次再回到京城，那北京城外的西山依旧在那里，但是西山的景色已经失去了旧日的光彩，黯淡无光。它好像和我一样为这国破家亡悲哀、凄切！

我讲了这些，只是要说明徐灿与李清照有相似之处，她们都出生在高级知识分子家庭，夫家与娘家都是诗礼簪缨之族，富贵显达，她们也都曾遭遇了破国亡家之痛。但是李清照没有写出这样感慨苍凉的词句，那是因为她被她的时代环境所限制，因为那个时候认为词要写得像《花间集》那么委婉才算正宗。词是经过了苏东坡的诗化之词，经过了辛弃疾的豪放之作，到了徐灿才知道词也可以有激昂慷慨之作。时代愈来愈进步，女性的意识也随着时代而提升，于是更产生了清末民初之际，如女革命家秋瑾的作品。

秋瑾曾经到过日本留学，她因为与丈夫不合，后来就离了婚，这在当时是非常惊世骇俗的。她不仅向传统的婚姻挑战，后来更参加了革命党。因为时间关系，我们现在就简单地看她的两首词，先看《满江红》：

> 小住京华，早又是、中秋佳节。为篱下黄花开遍，秋容如拭。四面歌残终破楚，八年风味徒思浙。苦将侬、强派作蛾眉，殊未屑。　　身不得，男儿列。心却比，男儿烈。算平生肝胆，因人常热。俗子胸襟谁识我？英雄末路当磨折。莽红尘、何处觅知音，青衫湿。

这一首词写得慷慨激昂，没有太多的用典，非常的口语化。上片开头写秋景佳节思乡，结句埋怨天公，为什么偏把我生做女人，实在心有未甘。下片起句说自己身体虽然不能够和男子并列，但是心胸却比男子激昂慷慨。当时有几个男子是敢出来挺身革命的？这一生热血刚肠，什么人能有我这种胸襟怀抱呢？下片结句慨叹知音难觅，泪湿青衫。

据吕碧城的记载，秋瑾有一天来拜访她，吕碧城门前的佣人通报外面有一个梳头的爷们要见你，秋瑾穿着男装像是爷们，可是她还梳着女子的头，后来她们谈得很投机，秋瑾就留下来跟吕碧城同住。第二天早晨吕碧城朦胧地一睁眼，忽然间看到一个人穿着靴子，她大吃一惊，原来秋瑾还穿着男子的靴子（吕碧城《欧美漫游录〔鸿雪因缘〕·予之宗教观》）。秋瑾这个时候就是女性的觉醒，她把女性的觉醒都写到词里边去了。“身不得，男儿列。心却比，男儿烈。算平生肝胆，因人常热。俗子胸襟谁识我？英雄末路当磨折。莽红尘、何处觅知音，青衫湿。”我是女子，不得与男子并排并列，可是我的内心比男儿还要激烈。这是女性的意识刚刚觉醒正要革命的时候，跟戴复古妻子的时代就完全不同了。

下面再把她的这首《鹧鸪天》念一遍：

祖国沉沦感不禁，闲来海外觅知音。金瓯已缺总须补，为国牺牲敢惜身？　　嗟险阻，叹飘零。关山万里作雄行。休言女子非英物，夜夜龙泉壁上鸣。

上片慨叹清末国事凋敝腐败，当时列强划分割据，国家疆土已经残缺，虽然自家身为女子也不惜舍命保卫家国。下片说世途险恶，身世飘零。她雄心壮志间关万里。你们千万不要说女子次男子一等，不是英雄啊！我壁上的龙泉宝剑可也夜夜响彻啊！

从李清照到徐灿，女词人作品的内容及风格已经有了一度转变。后来到了革命女子秋瑾出现了，内容及风格又有了一次转变。那么在秋瑾之后又如何呢？

西方的女性主义说到妇女运动的过程，起初是女子从劣势中一直挣扎着要和男子争平等，到了后来女子已经和男子争到平等的地位，平起平坐，不必再和男子去争平等了。那么女子在这个时候又写出什么样的作品呢？我们来欣赏沈祖棻的作品，先看她的几首《浣溪沙》：

其一

兰絮三生证果因，冥冥东海乍扬尘。龙鸾交扇拥天人。月里山河连夜缺。云中环珮几回闻。蓼香一掬伫千春。

其二

漫道人间落叶悲，蓬莱风露立多时。长安尘雾望中迷。
填海精禽空昨梦，通辞鸩鸟岂良媒。瑶池侍宴夜归迟。

沈祖棻写的《浣溪沙》词前面写有序言，她说："每爱昔人游仙之诗，旨隐辞微，若显若晦，因效具体制，次近时闻见为令词十章。"中国诗人有写游仙的传统，从晋朝的郭璞就有了。游仙诗表面上写的都是神仙的故事，但这些神仙的故事大都有言外之意。我曾经说过，词之所以引起人的联想，是因为它有双重的性别，它描述的是女性，而它的作者是男性，因而使得作品有双重的寓意，它表面是一层意思，里面还可以隐藏另一层意思。而这游仙诗也一样，它表面写的是神仙，而它隐藏的是现实。这种隐藏表面上是写仙人，而隐藏的现实有两种可能；表面上写的都是仙人，隐藏的喻托却不一样。有人隐藏的现实是爱情，你如果有一段不可告人的爱情，可假托神仙借喻；还有一种就是政治，国事政治不可言明，就借用游仙诗喻托。所以沈祖棻的《浣溪沙》所写的就是政治。

"兰絮三生证果因"，中国的文化传统是非常悠久的，经过长时间的积淀，有无数的典故。中国古典诗词要写得好，要有双重的寓意，要有深厚的韵味，不能像白话文那么浅显地都说了出来。作为女性，我很赞同秋瑾那么勇敢："身不得，男儿列。心却比，男儿烈"；但作为文学，这真像喊口号一样，诗词不能写得这么白，它要有一种幽微委曲的意思，才能有它的韵味。所以沈祖棻在这里写的不是爱情而是政治，因为她填这首词的时候是对日抗战时期，所以写得相当深隐。"兰絮三生证果因"，引用的是佛家的典故。佛家说今世、前世、来生："欲知前世因，今生受者是。欲知来世果，今生作者是。"佛家说种什么因，就结什么果，但有时候却又相当错综复杂，她这里说兰因絮果。如果真的是种瓜得瓜，种豆得豆，那倒简单，有时却不然，因为人有生生世世，而这生生世世之间你有多少因果，这没有人知道。因果不是一加一等于二这么简单的事情，所以有的时候种的是兰因而得到的却是絮果。

兰是美好的，是芬芳的。你曾经种下了兰因，所以你今生应有一种美好的遇合，你遇见了一个你所爱的人。真的碰上一个心心相印的人当然是美好的，可是过去无数世的因缘太复杂了，这个兰因不完全是美满的，所以你得到的是絮果，你们俩是不能够在一起，就像飞絮一样被吹散了，飘零落空了。这就像红楼梦说的："若说没奇缘，今生偏又遇着他；若说有奇缘，如何心事终虚话？"像这样种了兰因，偏又得了絮果，那美好的因不能结果。就像李清照过去何尝不美好，怎么落到了"人老建康城"这样的下场？徐灿的当年也何尝不美好？怎么也落到了随陈之遴流徙到尚阳堡的下场？"兰因絮果"，在这里说的不是爱情，说的不是贾宝玉和林黛玉的不能成双。她说的是谁？她说的是从唐代中国和日本的文化交流，到甲午战争，再到彼时的抗战，那就是她要喻托的中日关系。

接着就看到"冥冥东海乍扬尘"，辽阔渺渺的东海上，日本又发动了侵华战争的烟尘。在抗日初期蒋介石主张先消灭共产党再抗战，而"西安事变"张学良逼迫蒋介石国共合作。"龙鸾交扇拥天人"，这说的是不管是龙或凤，不管是国民党、共产党或张学良，他们一致主张蒋介石全面抗日。杜甫《秋兴八首》"云移雉尾开宫扇"，古时皇帝出来有侍卫两边执扇交叉而立，等天子坐定扇子才撤走。这隐喻蒋介石被簇拥为抗日领袖。但是抗日初期蒋介石节节失利，华北沦陷了、南京沦陷、汉口沦陷……国土渐渐沦陷，而日军节节逼近。

"月里山河连夜缺"，自古以来就传说月亮中隐隐的影子，就是我们山河大地的影子缩在月宫之中。沈祖棻慨叹当时世局，国土沉沦于日本，她不明说国土沦陷，而借“月里山河连夜缺”来隐喻家国破碎，国土沉沦。“云中环珮几回闻”，那美好的声音、胜利的捷报，我们什么时候才能听到？

“蓼香一掬伫千春”，李商隐有《河内诗二首》，说到一个人对情人的等待：“入门暗数一千春，愿去闰年留月小。栀子交加香蓼繁，停辛伫苦留待君。”我一进门我默默地愿意等待一千年，但我希望这一千年能缩短，去掉闰年而留下小月，那么就能快点相见。栀子和蓼花长得这么繁茂，而蓼花是辛辣苦味的。我满手捧的都是蓼花辛辣的香气，“停辛伫苦留待君”。虽然是这么辛辣的东西，我还是满手捧着等待你的回来。我的老师顾随先生在沦陷区也写过一首小词《鹧鸪天》，他说：“不是新来怯凭栏”——我近来不是因为胆怯不敢靠近栏杆；“小红楼外万重山”——因为我怕看到那小红楼外万重的山；“自添沉水烧心篆”——“沉水”是一种香，他说我自己要保存我的芳香，我的志节、我的感情是不改变的；“一任罗衣透体寒。　凝泪眼，画眉弯。更翻旧谱待君看。黄河尚有澄清日，不信相逢尔许难”。这都是抗战时期的作品，我的老师是在沦陷区写的，沈先生是在抗战区写的。沈先生真是“诗有史，词亦有史”，而且写得这样的典雅，这样的深隐，是从清代的那个词史观念继承下来的。

但同时沈先生也很会用新的语句，再看她另外一首《浣溪沙》：

> 碧槛琼廊月影中，一杯香雪冻柠檬。新歌争播电流空。　风扇凉翻鬓浪绿，霓灯光闪酒波红。当时真悔太匆匆。

抗战的时候有一句话在流传："前方吃紧，后方紧吃。"后方的生活如何呢？"碧槛琼廊月影中"：在重庆的后方还是花天酒地、歌舞宴乐，还是贪赃枉法。"一杯香雪冻柠檬"：冰激凌在那时候还是很摩登的事物。"新歌争播电流空"：电的广播。你看沈先生用的新意象、新词句。"风扇凉翻鬟浪绿"：如波浪一样烫的头发，在电吹风的吹动下飘扬。"霓灯光闪酒波红。当时真悔太匆匆"——我刚才说沈先生那样非常典雅的传统的有比兴喻托的作品写得好，而她用新名词写新的情事也写得这样活泼，也写得这样有情致。同样沈先生把很多很不容易写出来的东西也写得恰到好处，有一首词《宴清都》，词序云："庚辰四月，余以腹中生瘤，自雅州移成都割治。未痊而医院午夜忽告失慎。奔命濒危，仅乃获免。千帆方由旅馆驰赴火场，四觅不获，迨晓始知余尚在。相见持泣，经过似梦，不可无词。"写得很好，这么复杂的、这么特殊的情事，沈先生写得非常贴切。有的人说，我们要写现在的生活，除非不写词，如果写词就要像一首词。有些人倒是写实，但真的不像词了。沈先生实在写得好："未了伤心语。回廊转、绿云深隔朱户。罗茵比雪，并刀似水，素纱轻护。"写得真是美！这是医院，你看她把医院写得这么美。她说"罗茵"是雪白的，非常典雅，完全是词的语言；"并刀"是手术刀，她化用的是周邦彦"并刀如水，吴盐胜雪"（《少年游》）的语句；"素纱轻护"，你想象白色的丝纱这么朦胧，她缠着纱布，但写得很美。"凭教剪断柔肠，剪不断相思一缕"：我的肠子虽然断了，可是我的感情还在。"甚更仗、寸寸情丝，殷勤为系魂住"：因为我这么多情，所以这寸寸的情丝就把我留住了。"迷离梦回珠馆，谁扶病骨，愁认归路。烟横锦榭，霞飞画栋，劫灰红舞"：她是写的着火，"烟横"是浓烟，"霞"是像晚霞一样的红色的火光。"长街月沉风急，翠袖薄，难禁夜露"，半夜里她从病房里逃出来。"喜晓窗，泪眼相看，搴帷乍遇”，这句真写得好！第二天早晨，在窗前她跟程千帆先生夫妻两人“泪眼相看”，把帐幔一开忽然间看见了，“搴帷乍遇”，写得这么多情、这么婉转。沈先生真是一个集大成的作者！她各种的体式、各种的内容都写得非常好。

我们讲过的这些受过高等教育的女词人，从李清照到徐灿到秋瑾，以至于沈祖棻这一路演进，到了沈祖棻的词可以说就没有了男性或女性的分别。她自然而然写出这样的词，跟男性的传统化成一体，她不是关在自家闺房里边只写狭窄的一个女子的悲欢离合，她也不再去和男子争夺地位的平等，她已和男子的传统完全融为一体了。

我们最后还要讲一个“教外别传”的传奇女词人贺双卿。她非常传奇，不见经传，连到底有没有这个人都尚未完全确定。是真，是假？是有，是无？真是不得而知。

不过现在时间已经到了，我们下一次再讲。

第六讲

简介几位不同风格的女性词人
——由李清照到贺双卿（下）

双卿最早出现在清乾隆年间史震林的笔记小说《西青散记》中。《西青散记》说双卿是绡山人，在雍正十年十八岁时嫁给周姓农家子，婆婆是给人家做乳母的。周家是史震林的朋友张梦觇家的佃户，并租赁了张家的房子住。农村的女孩子本来不受教育，但双卿的舅舅是一个私塾老师，双卿生下来就很聪明，喜欢读书，每当她舅舅给村童们上课的时候她就在旁边听，于是就学会了作诗，也学会了填词。双卿的丈夫周姓男子大约只认识几个字，没受过多少教育，而且性情粗暴。《西青散记》上说，双卿有一天舂米时累了，停下来抱着杵喘息，她丈夫认为她偷懒，一下子就把她打倒在地上，捣米的杵压伤了她的腰。还有一次她烧火煮粥的时候疟疾病发作，火烈粥溢，她婆婆看见了就打她骂她，揪她的耳朵，把她的耳环揪了下来，耳朵裂开，血一直流到肩膀上。双卿喜欢写诗填词，但乡下没有人欣赏她的作品，她自己也不想让人知道。偶尔有了作品，她就用笔蘸着搽脸的粉写在一些植物的叶子上。史震林和他的朋友看到了双卿的作品非常感动，在《西青散记》里，共收了双卿的词十四阕、诗三十九首、文五篇。

《西青散记》里没有记载双卿的姓，后来道光年间的举人黄韵珊编的《国朝词综续编》始冠以贺姓。在清代词话中，丁绍仪的《听秋声馆词话》也提到了贺双卿，并说自己的外祖父筠溪公曾为双卿赋芦叶诗二百余言。陈廷焯的《白雨斋词话》对双卿的词有很高的评价。双卿的词一共有十四阕，陈廷焯在他所编的《词则·别调集》中就选了十二阕。陈锐的《褒碧斋词话》说，他自己幼时也酷爱贺双卿的词。他读到过一本乾隆年间进士董东亭的《东皋杂抄》，认为这些词是金坛（丹阳）田家妇张氏庆卿之作。里居相同，姓名不同，真的是很难考证了。

《西青散记》本身有笔记小说的性质，而且它还记载了许多"女仙""女鬼"的故事和作品，所以对双卿这个人到底有还是没有，后人历来有不同看法。例如，近人胡适之先生就写了一篇《贺双卿考》，认为贺双卿乃是史震林他们那些穷酸才子在白昼做梦时玄想出来的所谓"绝世之艳，绝世之慧，绝世之幽，绝世之贞"的佳人。而 1993 年中州古籍出版社出版的杜芳琴女士的《贺双卿集》，则认为果然有贺双卿这个人。前些年，国外兴起女性主义研究，在陆续举行的几次研讨会上先后有方秀洁女士、罗溥洛先生、康正果先生、苏者聪女士等发表关于贺双卿的论文。其中方秀洁等西方学者撇开了双卿的词，完全是从《西青散记》的作者史震林的角度来讨论，而国内学者苏者聪女士则把双卿完全落实了，认为她代表了当时被压迫的农村妇女。还有台湾的周婉窈女士，她不同意杜芳琴的观点，认为要证明贺双卿实有其人，还需要更多的历史考证。

那么，到底有没有双卿这样一个作者写了这些词呢？我个人以为，不管她是不是姓贺，但她写了这些词应该是真实的。我是根据文学本身的性质来作出的判断。因为，双卿的这些词极有特色，绝不是史震林所能够编造出来的。不但史震林编不出来，而且我所看到的从唐宋直到清代的词人，没有一个人能够写出双卿这样的词。史震林自己的词，包括他那些女仙女鬼的词，没有一个有双卿的风格；古往今来，也没有一个人写过这样风格的作品。因此，作为一个女词人，双卿的作品是真正了不起的，是非常值得重视的。

谈到词的特质我曾说过，就男性作者的作品来说，词与诗是不同的。诗是言志的，而词只是为歌女写的歌辞。从早期花间词开始，词就形成了一种"双性"的美感特质。我们知道，词这种文学体式的美属于阴柔的美而不是阳刚的美，因此花间词的作者是用女性的语言去写女性的形象与女性的情思。然而实际上他们本身都是男性，当他们以女性口吻写女性对爱情的向往和失落爱情的悲哀时，无意之中就流露出属于男性的"感士不遇"的悲慨。这就是花间词所特有的一种"双性"的美。可是当词的这种美感特质形成之后，这双性的"性"，就不一定是性别之性了。例如苏东坡和辛弃疾，他们不一定还用女性的口吻来写词，但苏词和辛词的优秀作品都是既有豪放旷达的一面，同时又有挫折和压抑的一面。实际上，这也是一种"双性"，就是双重的性质，或者说是一种双重的意蕴。

总而言之，好词一定要给人留下有余不尽的言外的意蕴，这是在读者心中已经形成的一个期待的视野。大家都觉得，词一定要有这种言外的双重性质才是好的。

至于女性的作者则与男性不同。不管诗也好词也好，她们都是言志。当然那不是男性治国平天下的志，而是女性的情志，即女性自己的生活、体验、感情和感受。但这里边又分两种：一种是早期那些略识文字的歌妓酒女，她们所写的词是纯女性的；而女子如果受了很好的教育，如李清照、徐灿等，她们的作品里边就不是单纯的女性的生活体验和感受，而是混合进了男子的志意。当然了，李清照是尽量避免把这些东西表现在词里边，而徐灿则把对家国的感慨都写进了词里。所以徐灿的词有两重的言外意蕴：一个是言外的对沧桑的感慨，一个是言外的对她丈夫出仕清朝的不同态度。这样的词，是合乎词的双重意蕴之美感的。

而双卿不像李清照和徐灿，她不是名门大家的闺秀，没有读过经史子集那么多书，她完全是凭天才的、直觉的、本能的感受写词。她的词完全是一种非常纤柔的女性之美，没有双性，而是纯乎纯的女性的作品。我说过，从花间词开始，传统词中优秀的作品都有一种“双性”之美。那么，像双卿这种只有单性没有双性的作品是不是好词呢？这真是一个很微妙的问题。事实上，正是最好的词才是如此的。我们说词本身应该有一种幽微要眇的特性，应该有一种给读者以言外联想的意蕴，词是以这种特质为美。一般人，常常是从意义和托喻上来追求这种意蕴的：是要词的表面有一层意思，它的里面又有一层意思，这才形成了双重的意蕴，才给人以言外的联想。而唯独双卿的词很妙：它不是意义上的双重，它没有托意也没有比兴寄托，就仅凭它自身纯乎纯的女性之美，居然也就产生了一种深远的意蕴。我讲过吴伟业的词，他用了一大堆典故，那是学人之词；还讲过陈维崧的词，那是逞才使气的才人之词。而双卿的词既没有典故学问和比兴寄托，也没有逞才使气，这才是真正的词人之词。她所凭借的，完全是她的本质，是她内心感情的本质就是这样幽微要眇的和深曲的。也就是说，从男女性别的双性，到双重意蕴的双性，到纯乎纯地从本质上就有深远的意蕴，这里边都包含了对幽微要眇和深曲的要求，因此它们同样是词所特有的美感特质。而双卿的词虽然不是双性，但由于它那种纯乎纯的女性之美里边本身就含有深远的意蕴，所以是合乎词的美感特质的。下面我将通过对双卿的几首词的赏析来证明这一点。

望江南

春不见，寻遍野桥西。染梦淡红欺粉蝶，锁愁浓绿骗黄鹂。幽恨莫重提。

人不见，相见是还非。拜月有香空惹袖，惜花无泪可沾衣。山远夕阳低。

这两首《望江南》的小令，第一首是写对春的寻找，春天到底来了还是没来呢？那春天，不是画栋雕梁中的春天，而是山村草野中的春天，所以是“寻遍野桥西”。“淡红”指花，花刚刚有了嫩芽还没开放，所以是浅浅的淡红的颜色。而“染梦”就很妙了。它是说，花虽然还没开，但花如果有知有情，那么在它的生命萌发之际，它该有多少希望、多少期待和多少梦想啊！蝴蝶飞来是要采花粉的，花开了才有花粉，但现在花还没开，它的“染梦淡红”就把蝴蝶引来了，所以是“欺”。“锁愁浓绿”是说，树已经开始绿了，在那绿色的烟霭之中，好像有一种忧愁的气氛在那里。而这“锁愁浓绿”，骗得黄鹂鸟也以为春天已经来到了。这两句，都是写早春季节的景色，而在景色里却包含了一种对春天的憧憬和期待。花有对生命美好的憧憬与期待，粉蝶和黄鹂也有对生命美好的憧憬和期待，那么人对自己的生命不是也有过美好的憧憬和期待吗？她说，我双卿也曾像春天的花一样对人生有过一个美好的梦，而我双卿也像粉蝶一样被染梦的淡红欺骗了，像黄鹂一样被锁愁的浓绿欺骗了。我的梦幻已经破灭了，我的期待已经落空了，所以是“幽恨莫重提”。

第二首是写对人的寻找。西方哲学家马斯洛说过，寻找归属是人的一种需求。我以前在台大教书的时候看过一篇文章，说人最好的感情投注，就是投向另外一个人的心灵。可是当你要找一个真正能够把自己的感情投入他心灵的这样一个人，你找得到吗？你偶然看到一个人，以为就是他了，但走近一看不是，那真是“相见是还非”。“拜月有香空惹袖，惜花无泪可沾衣”，中国古代的女孩子在月圆的时候有“拜月”的习俗，就是对着天上那圆满的明月祝愿自己也有一个圆满的、光明的归宿与姻缘。元杂剧里不是有一出戏就叫《拜月亭》吗？拜月的时候是要焚香的。她说，我也拜了月，我也焚了香，可是我白白地让衣袖沾惹上了焚香的香气，而我拜月时所期待的那个光明圆满的归宿却没有实现。她说，我是爱花的，为了人间的春归花落我已经流尽了我的眼泪，所以现在都已经无泪可流了，因为我的一切梦想都落空了。这两句，她写的是情。而下边她说“山远夕阳低”，远山那么遥远，而且在山的那一面，太阳已经快要落下去了，这一句写的是景。但她的所有那些盼望与期待落空的悲哀，都已经被糅进景物之中去了。

二郎神·菊花

丝丝脆柳，袅破淡烟依旧。向落日、秋山影里，还喜花枝未瘦。苦雨重阳挨过了，亏耐到、小春时候。知今夜，蘸微霜，蝶去自垂首。　　生受。新寒浸骨，病来还又。可是我、双卿薄幸，撇你黄昏静后。月冷阑干人不寐，镇几夜、未松金扣。枉辜却，开向贫家，愁处欲浇无酒。

其实双卿写得最好的还不是小令而是长调。长调本来是不大好写的，可是双卿的长调能够写得单纯浅易而又有幽深窈曲的意境，这非常不容易。这首词，是写菊花的。她说“丝丝脆柳，袅破淡烟依旧”。在秋天，柳树枝条已经差不多快要干枯了，可是还在那日暮黄昏的烟霭中袅动。她说就在这个时候，我高兴地发现，菊花还在茂盛地开着。李清照有句曰“帘卷西风，人比黄花瘦”，而双卿在这里说的是“还喜花枝未瘦”。菊花本是最能坚持最能忍耐的花，所以能在寒冷的秋天开放。前些时有朋友送给我一束各种各样的花，我把它们插在瓶里，开来开去，陆续凋谢，最后就只剩下菊花了，可见菊花的生命力确实强过其他的花。现在她说，“苦雨重阳挨过了，亏耐到、小春时候”。秋天阴雨连绵，到重阳节，天气已经越来越冷了。双卿说这菊花它挨过了苦雨，挨过了重阳，居然就挨到了十月小阳春的季节。

写词，怎样写才能够不浅薄？是多用些典故出处，还是多用些唐人诗句，还是尽力避免用浅俗的词语？其实这些都不是重要的，你只要写得好，什么词语都可以用。像李后主说“林花谢了春红”，这“谢了”不就是很浅俗的白话词语吗？在这里双卿说“挨过了”，说“亏耐到”，同样浅白单纯，但写得真是好，因为里边有感情。她写菊花在苦雨和重阳的挫伤之中的忍耐与承受，写得不但有感情，而且有品格，有修养。虽然用的都是俗字，但每个字都用得恰到好处。

“知今夜，蘸微霜，蝶去自垂首”，她说我知道今天晚上霜就要下来了，你的花瓣要承受夜晚的寒霜。九月的时候还有蝴蝶飞来陪伴你，而现在天气冷了，蝴蝶都冻死了，你除了独自承受寒冷，还有什么办法？“生受”，也是一个很俗的词语。寒霜下来了，你无可逃避，没有人对你关怀保护，你自己不承担不忍受又当如何！所以是“生受”——硬生生地去承受这种苦难。写到这里，花和人已经慢慢合在一起了。“新寒浸骨，病来还又”，说的是花也是人。花要承受秋夜的寒冷，而双卿是有疟疾病的，疟疾的症状就是一会儿发冷一会儿发热。但接下来她说，“可是我、双卿薄幸，撇你黄昏静后”。你看，她不是怨上天或者别人对她的薄幸，而是反省自己对花的薄幸：如果我爱菊花，我就该昼夜陪伴你才对，可是在你承受夜晚寒霜的苦难的时候，我撇下你一个人就走了，你难道不怨我吗？“月冷阑干人不寐，镇几夜、未松金扣”，前一句虽点出是人，但后一句却同时说花也说人。双卿夜里常常发病，所以衣不解扣；而菊花是黄颜色，黄色的花含苞而不展开，也是“未松金扣”。下面她说，“枉辜却，开向贫家，愁处欲浇无酒”。你肯开到我这样的贫穷之家，可是我竟不能为欣赏你而准备酒，真是冷落了你，辜负了你的一片心意。为什么没有酒就辜负了花？因为李商隐说过，“纵使有花兼有月，可堪无酒更无人”；杜甫也说过，“竹叶于人既无分，菊花从此不须开”。竹叶，指的是竹叶酒。古人在赏花的时候，总是离不开酒的。

对这首词，陈廷焯评论说：“此类皆忠厚缠绵，幽冷欲绝，而措语则既非温、韦，亦不类周、秦、姜、史，是仙是鬼，莫能名其境矣。”双卿不埋怨别人对她的薄幸对她的冷落，却说自己对不起花，把花冷落了，这是她的忠厚缠绵。而且她把这一份感情写得这样幽凄，这样寒冷。从唐宋词人到近代词人，包括《西青散记》里那些女仙女鬼，没有一个人的词有双卿这样的风格。所以我不以为双卿的词是假的，因为像双卿这种独具特色的词，绝不是造假的人所能够造出来的。

惜黄花慢·孤雁

碧尽遥天。但暮霞散绮，碎剪红鲜。听时愁近，望时怕远，孤鸿一个，去向谁边。素霜已冷芦花渚，更休倩、鸥鹭相怜。暗自眠。凤凰纵好，宁是姻缘。　　凄凉劝你无言。趁一沙半水，且度流年。稻粱初尽，网罗正苦，梦魂易警，几处寒烟。断肠可似婵娟意，寸心里、多少缠绵。夜未闲，倦飞误宿平田。

“碧尽遥天。但暮霞散绮，碎剪红鲜”，这几句写眼前风景写得真好，都是自己的感受，没有一点儿陈腔滥调的抄袭。一片蓝天，蓝得那么远，在那遥远的蓝天上，黄昏的晚霞铺散开来像织锦的彩色丝绸一样。“暮霞散绮”四个字，一般人倒也能写得出来。可是“碎剪红鲜”这四个字，写得真是新鲜真是好，完全是双卿自己的感受。她说晚霞那鲜红的颜色，就好像是把鲜红色的绮罗剪碎成一条一条一片一片的。这真是出人意外入人意中。出人意外就是别人从没这么说过；入人意中就是写出来让人家一看，真的就是那么回事嘛！而这几句，还只是一个背景。她正式要写的，是在“碧尽遥天。但暮霞散绮，碎剪红鲜”的天空上飞过的一只孤雁。她还不是说它飞过，她说它是“听时愁近，望时怕远，孤鸿一个，去向谁边”。为什么“听时愁近，望时怕远”？因为雁的叫声是很凄凉的；但雁的声音也给人一种期待和盼望。南北朝时的诗人薛道衡有诗曰：“人归落雁后，思发在花前。”他说我期待你的信，现在雁已经回来了，你人还没有回来。而在花还没有开的时候，我对你的思念就已经开始了。中国的诗里边常常有各种的形象，有的形象它有一种暗示的作用，也就是我以前说过的“语码”的作用。雁的叫声凄凉，会引起你的哀怨，所以你“听时愁近”；但雁的身上寄托有你所盼望的信息，你不希望它远飞消逝，所以又“望时怕远”。而雁是一种弱势的飞禽，一定要成群结队排成雁阵才能够彼此有一个照应。据说雁群落脚在芦塘里休息的时候，其中也总有一只在那里守卫，以防备突然发生的危险。所以，落单的孤雁是危险而无助的。刚才我曾提到西方哲学家马斯洛说过，人生有几种不同层次的需求，最基本的是生存的需求，然后有安全的需求，有归属的需求，最高层次是自我实现的需求。所谓“归属”，是你要有一个群体可以加入。可是“孤鸿一个，去向谁边”，你没有归属，没有归宿，你准备飞向哪里？正如王国维的词所说的，“天末同云暗四垂，失行孤雁逆风飞。江湖寥落尔安归”。而双卿说的是“听时愁近，望时怕远，孤鸿一个，去向谁边”。

“素霜已冷芦花渚，更休倩、鸥鹭相怜。”雁一般都栖宿在芦苇塘的水边，但那里现在已满是白色的寒霜，而且你找不到雁的同伴。水面上虽然还有鸥鸟，还有鹭鸶，但那不是你的同类，你不能指望得到它们的怜悯和帮助。那么凤凰呢？她说，“凤凰纵好，宁是姻缘”。凤凰当然不同于鸥鹭，那是一种高贵的鸟，可你也不是它的同类，你是雁哪！凤凰也绝对不会成为你的伴侣的。陈廷焯读到这里有一个评论说：“读此觉‘虽速我讼，亦不汝从’尚嫌过激，不及此和平中正也。”“虽速我讼，亦不女从”是《诗经·召南·行露》中的两句，诗中写一个女子不愿夜间到野外行走，对不合礼法的求婚不肯屈服。她说，你就是去告我把我送到牢狱里去，我也不会答应你。刚才我不是提到胡适之说双卿是史震林他们白昼做梦玄想出来的“绝世之艳，绝世之慧，绝世之幽，绝世之贞”的佳人吗，中国男子对女子的要求就是这样的：不但要有貌有才有慧，还要有贞，也就是要有品德之美。《诗经》里所写的就是一个有品德的女子。但陈廷焯说，那个女子说话太激烈了，同样是拒绝，就不如双卿的“凤凰纵好，宁是姻缘”说得那么温厚委婉，有一种中正和平之美。

下半首，“凄凉劝你无言。趁一沙半水，且度流年”，这是双卿词中特有的一种境界，也就是陈廷焯所说的“忠厚缠绵”。有很多人喜欢怨天尤人，这其实一点儿好处都没有。双卿说，你孤雁的生活当然是凄凉悲苦的，可是你不要埋怨，也不要向别人诉说你的悲苦。其实只要有一片沙地，有半湾流水，你就可以自己安排自己。抱怨是没有任何用处的，你要防备的是“稻粱初尽，网罗正苦，梦魂易警，几处寒烟”。稻子已经收割完，田里已找不到你的食物，而秋天正是猎人出来打猎的时候，你一个孤雁在睡梦中都需要警醒，否则就会被打下来成了人类宴会上的一盘佳肴。王国维那首咏孤雁的词也这么说过的：“陌上金丸看落羽，闺中素手试调醯。今宵欢宴胜平时。”

“断肠可似婵娟意，寸心里、多少缠绵”，她说假如孤雁有知，孤雁有情，那么你们孤雁断肠的感受，是不是也跟我断肠的感受一样？在你的寸心之中，是不是也还存有对于往事对于伴侣对于相思的许多怀念难以放下？但是现在黑夜已经来临了，是“夜未闲，倦飞误宿平田”。在夜还没有完全静下来的时候，你已经飞得筋疲力尽，再也飞不动了，于是你便做出了一个错误的决定，落到平田之中去休宿。要知道，平田对雁来说是危险的地方，打雁的猎人正在那里埋伏。你实在不应该落在那里，你会被人家捉住做成一盘美味的啊！

这首词写得真是有感情，真是哀怨缠绵。陈廷焯评论这首词说：“此词悲怨而忠厚，读竟令人泣数行下。”双卿的词，能够使男性词人被她感动得流泪，这正是由于她是以纯乎纯的女性之美而能够写得幽深窈曲，其感情的本身就有一种深远意蕴的缘故。

薄幸·咏疟

依依孤影。浑似梦、凭谁唤醒。受多少、蝶嗔蜂怒，有药难医花证。最忙时、那得工夫，凄凉自整红炉等。总诉尽浓愁，滴干清泪，冤煞蛾眉不省。　　去过酉、来先午，偏放却、更深宵永。正千回万转，欲眠仍起，断鸿叫破残阳冷。晚山如镜。小柴扉、烟锁佳人，翠袖恹恹病。春归望早，只恐东风未肯。

“薄幸”不是一个题目，而是一个牌调。这首词的题目其实是“咏疟”。《西青散记》上说：“双卿素有疟疾，体弱性柔，能忍事，即甚闷，色常怡然。”你看她《二郎神》咏菊的“苦雨重阳挨过了，亏耐到、小春时候”，还有她《惜黄花慢》咏孤雁的“凄凉劝你无言”，都是承担，都是忍耐。无论她多么痛苦忧愁，但她对人的表情总是和乐的。前边我说过，她舂米时累了歇一会儿，她丈夫就打她；她烧粥时疟疾发作，粥溢出来了，她婆婆就把她的耳环生揪下来把耳朵扯破。但她擦干了流出来的血继续把活儿干完，既不怨天也不尤人。对自己的疟疾病，她也是这个态度。

这首词写的都是日常细碎的事情。把这些日常细碎的事情都这么自然这么浅白地写下来，而能够写得这么生动、这么有深远的意味，是不容易的。像“依依孤影。浑似梦、凭谁唤醒”，是说她的孤单、寂寞以及她生活的艰苦、无聊和无法摆脱。“受多少、蝶嗔蜂怒，有药难医花证”，是把她自己比作花。“证”同“症”，花病了，就不能满足蜂蝶的要求，她煮粥，她舂米，而她的丈夫和婆婆都不满意，都对她嗔怒。“去过西、来先午，偏放却、更深宵永。正千回万转，欲眠仍起，断鸿叫破残阳冷”，是说她疟疾的发病以及通宵不眠。“小柴扉、烟锁佳人”很妙，词里边常说“烟楼”“烟月”什么的，那都是闲情适逢美景，而这个“烟锁佳人”，表面上也是那种很美的词的语言，可实际上那是炊烟，是柴火的烟。所以结尾她说：“春归望早，只恐东风未肯。”这两句表面上当然可以是说盼望春天过去，但春天还没有过去，然而深一层的意思是说：我既然如此不幸，就不如早一天离开这个尘世，可是现在上天还不肯放我离开。

这首词当然也不错，但在双卿词里不是特别好的，所以我就不详细讲了。

摸鱼儿

喜初晴，晚霞西现。寒山烟外清浅。苔纹干处容香履，尖印紫泥犹软。人语乱。忙去倚柴扉，空负深深愿。相思一线。向新月搓圆，穿愁贯恨，珠泪总成串。　　黄昏后，残热谁怜细喘。小窗风射如箭。春红秋白无情艳。一朵似侬难选。重见远。听说道、伤心已受殷勤饯。斜阳刺眼。休更望天涯，天涯只是，几片冷云展。

《西青散记》记载说，周家的邻居有个女孩子叫韩西，刚出嫁不久，回娘家时看到双卿一个人又舂米又打水，就常常给她帮忙。双卿疟疾发作了，这女孩子就坐在床边为她流泪。韩西不识字，却喜欢双卿写的字。她请双卿替她写《心经》，还让双卿教她念。后来韩西要回她丈夫家去了，娘家父母准备了饮食给她饯别，请双卿也去，正赶上双卿疟疾发作不能去。韩西不肯自己吃，把她的食物包起来，拿来送给双卿。双卿就流着泪给韩西填了这首词。这首词是用淡墨写在芦叶上的。还有一首《凤凰台上忆吹箫》写在竹叶上，也是给韩西的，我们先看这首《摸鱼儿》，然后再看那一首。

“喜初晴，晚霞西现。寒山烟外清浅”，傍晚初晴，西天有晚霞，在黄昏日暮的烟霭中，隐隐有一个寒山的轮廓。“苔纹干处容香履，尖印紫泥犹软”，她说这个女孩子来了，踏过路边的青苔，在那未干的泥上印上了她的尖尖的鞋印。“人语乱。忙去倚柴扉，空负深深愿”，她说，她虽然很愿意和韩西在一起，也愿意去吃饯别的这一顿饭，可是她生病了出不去，只能倚在门口，听到外边有了嘈杂的人语声，是韩西来了。下边这几句写得真妙：“相思一线。向新月搓圆，穿愁贯恨，珠泪总成串。”她说我们两个人的相思就如同一条线，当我们对着月亮怀念对方的时候，我们就在天边新月下把这条线搓圆，用这条线穿上我们的泪珠。那泪珠，就是我们心中所有的忧愁与遗憾哪！“黄昏后，残热谁怜细喘。小窗风射如箭。春红秋白无情艳。一朵似侬难选”，黄昏以后，她的疟疾还在发作，发热的时候不断喘息，而乡下那种简陋的房子并不严实，寒风透窗而入，吹在身上像利箭一样。她说，在窗外春天有红花秋天有白花，虽然有各种各样的花，可是再也没有一朵像你这样的花了。也就是说，再也没有一个像韩西你这样关怀我的人了。“重见远”，是说我们今后重见的日子还不知在哪一天。“听说道、伤心已受殷勤饯”，听说你已经接受过你父母为你送别的宴席，马上就要走了。现在日已黄昏斜阳刺眼，她说我“休更望天涯，天涯只是，几片冷云展”，不必再遥望那远处的天涯了，那里并没有我的任何希望，那里只是飘浮着几朵寒冷的白云而已！

你看这首词中上半阕和下半阕的结尾几句，真是神来之笔，写得多么浅近又多么悲伤，而且都是别人从来没有说过的话。所以陈廷焯说她这首词写得真是“缠绵凄恻，陇头流水，不如是之呜咽也”。

凤凰台上忆吹箫

寸寸微云，丝丝残照，有无明灭难消。正断魂魂断，闪闪摇摇。望望山山水水，人去去、隐隐迢迢。从今后，酸酸楚楚，只似今宵。　　青遥。问天不应，看小小双卿，袅袅无聊。更见谁谁见，谁痛花娇？谁望欢欢喜喜，偷素粉、写写描描？谁还管，生生世世，夜夜朝朝？

这样的词，你真是看了之后不得不佩服，换个别人无论如何也写不出这样的话来。“寸寸微云，丝丝残照，有无明灭难消”，她说在那寸寸微云的云影之后透出来的那一丝丝残照的光线，一下子就有，一下子就没有，一下子就明，一下子又暗了。但就是这样的残照，它却始终不肯彻底消失。而她自己和韩西离别，本来就已凄断的心魂，现在更是心魂凄断，是“正断魂魂断，闪闪摇摇”。闪闪摇摇，是那断魂飘摇不定的样子。“望望山山水水，人去去、隐隐迢迢”，韩西你就要走了，你将越走越远，一直到我再也望不见。“从今后，酸酸楚楚，只似今宵”，从此以后再也没有一个人和我说话，再也没有一个人关心我，我今后将永远生活在今天晚上这样的一种凄凉与酸楚之中了。

“青遥”，是青色的、那么遥远的天空。即周邦彦所谓，“楼外晴天碧四垂”（《浣溪沙》），这天碧蓝碧蓝的，蓝得那么遥远又那么无情。所以是“问天不应”，你问它为什么会让这种断魂的离别发生呢？你得不到回答，它不回答你。“看小小双卿，袅袅无聊”，这么柔弱的一个双卿女子，没有依靠，没有安慰，也没有朋友。“更见谁谁见，谁痛花娇？”从此以后， 我还能看到谁？又有谁来看我？有谁再和我一起赏花怜花？ “谁望欢欢喜喜，偷素粉、写写描描？”还指望有谁会欢欢喜喜地来找我，帮我偷些白粉在芦叶上写字？除了韩西今后还有谁会爱惜我的字，喜欢我的词？“谁还管，生生世世，夜夜朝朝？”在今后漫长的岁月里，还有谁会关心我？当我发病的时候还有谁会像韩西那样坐在床前为我流泪？

你看这是多么悲哀多么凄苦的词句！陈廷焯说这首词“其情哀，其词苦，用双字至二十余叠，亦可谓广大神通矣。易安见之，亦当避席”。你可以仔细读她这首词，你会发现，所有的叠字都非常自然，没有一个字是牵强的。读双卿的词，只读几首你就会感觉到：没有一个人写出过这样的词。它的语言非常单纯浅易，但它的情意非常幽深窈曲，它的境界非常深厚高远。有的人写词一个典故加一个典故，像吴梅村，那是学人之词；有的人写词逞才使气，像陈维崧，那是才人之词。他们那些学问和才气，都是附加上去的东西而不是词的本质。能够在极平淡、极单纯之中有含蓄不尽的意境和情韵，那才是词的“幽约怨悱”的本质。所以我才说，双卿的词绝不是史震林那些人编出来的，因为他们没有这个能力。

春从天上来·饷耕

紫陌春晴。漫额裹春纱，自饷春耕。小梅春瘦，细草春明。春田步步春生。记那年春好，向春燕、说破春情。到于今，想春笺春泪，都化春冰。　　怜春痛春春几，被一片春烟，锁住春莺。赠与春侬，递将春你，是侬是你春灵。算春头春尾，也难算、春梦春醒。甚春魔，做一春春病，春误双卿。

双卿的《凤凰台上忆吹箫》用双字用到二十余叠，而这首《春从天上来》则叠用了许多“春”字。同一个字重复这么多，能够做到每一次重复都非常妥当地恰到好处，这已经很不容易，而且它不仅仅是用得妥当而已，它还传达了一种非常幽微杳渺的感觉和情思。

《春从天上来》是长调，双卿写的长调的词都是合乎格律的，不像现在有些人填词常常有平仄不和谐的错误。我不是说过有很多人写了关于双卿的考证吗？其中有人就提出：根据《西青散记》的描写，双卿又要烧饭又要舂米，每天这么忙，还经常生病，她哪里有时间写这些长调？这是不了解古人也不了解诗词。当你背诵了许多诗词而且已经烂熟于心的时候，则不管是在烧饭、在种田，还是在舂米，都可能会有诗句自己跑出来。我自己就曾经在梦中得句，是一副对联，对得还很工整："室迩人遐杨柳多情偏怨别，雨余春暮海棠憔悴不成娇。"我还有一首题为《金晖》的七言绝句，也是在等公共汽车的时候忽有所感，自己跑出来的。《西青散记》里记载说，有一个思想保守的妇女问双卿为什么泄诗于外人——因为古人认为，闺中女子的诗是不应该流传出去被外边的人看见的。双卿回答得极好，她说："莲性虽胎，荷丝难杀，藻思绮语，触绪纷来。"一般的植物在开花的时候并没有果子，要到花落以后果子才慢慢长成，但莲花却是"花开莲现落莲成"，花开的时候莲蓬就已经在里面，不过要到花瓣落下的时候莲蓬才会成熟。如果以莲蓬代表一种觉悟，则花瓣就可以代表一种尘俗的污染。人的觉悟，是要经过尘俗的种种烦恼才能够得到的，所以佛教说：一切的烦恼就是菩提的种子。"菩提"，就是觉悟的意思。像《红楼梦》中的贾宝玉，也是认识到世间的一切虚幻和烦恼之后才出家的。"莲性虽胎"的"胎"，是生下来就有的意思。双卿说，有许多道理我本来就知道，可是"荷丝难杀"，莲的梗和莲的根里边都有长长的丝，藕断了丝都不肯断的。也就是说，我从理性上知道，但从感情上难以消灭。当我看到一些美好的东西时就会有一种感受，而有了感受，那些藻思和绮语就会自己跑出来。现代有许多学者已经不会作诗了，他们觉得作诗很难，所以才会对双卿提出那样的怀疑。

我不是说，烧饭种田和舂米时都可能会有诗句自己跑出来吗？这首《春从天上来》，就是双卿写春耕的时候她在头上裹一个头巾到田里去送饭所感受到的春天。你看她一路都是“春”字，难得的是每一个“春”字都用得极为适当。如果你对春天没感觉，那你就白白在春天的田野上走过了。可是你看人家双卿，“紫陌春晴。漫额裹春纱，自饷春耕。小梅春瘦，细草春明。春田步步春生”，那田野上到处都有春天的信息，每走一步都感受到春天的景色，写得真是有感觉！后边两句就更妙了，她说：“记那年春好，向春燕、说破春情。”如果她只是说这春天的景色多么美，那我们还容易欣赏，可是她说：在有一年的美好的春天，我内心忽然萌生了一种春天的感情，我就向春燕说出来了——这妙处真是很不容易说清楚。我以前讲过欧阳修的《蝶恋花》：“越女采莲秋水畔，窄袖轻罗，暗露双金钏。照影摘花花似面，芳心只共丝争乱。”他说江南的女孩子秋天出来采莲，她在采莲的时候忽然间一低头就看见自己的影子映在水里，和莲花一样美丽。这是什么？是一种觉悟。你本来没有想到你自己有什么价值，有什么意义，但忽然间有一天你发现了自己的价值和意义，这个时候你就会想到，你应该怎样做才能够不辜负自己的美好，怎样做才能够完成自己的美好。所以就“芳心只共丝争乱”——当折断莲梗时会带出很多丝来，而此时你的内心也就像那些丝一样缭乱。“记那年春好，向春燕、说破春情”也是如此，她在那美好的春天，忽然间就有了一种感情的觉醒，有了一种对自己美好品质的认识，有了一种对外在投注的追求。可是接下来她说，我由觉醒而产生的那所有的投注和所有追求的结果呢？它们都落空了，是“到于今，想春笺春泪，都化春冰”。我把我为追求和投注而流过的所有眼泪都滴落在春天的笺纸上，现在它们都变成了一片寒冷的春冰。

“怜春痛春春几”？你怜爱春天，你为春天而悲哀，可是林黛玉葬花时也说过，一朝花落同归去，这短暂的季节能够有几天供你怜爱和痛惜？她说是“被一片春烟，锁住春莺”。黄莺鸟的歌声代表着春天的美好，可是现在那美丽的歌声、美丽的感情和美丽的追求都被锁在春天的朦胧烟雾中看不到了。而我的投注仍然“赠与春侬，递将春你，是侬是你春灵”。这个“侬”字很妙，它可以是“你”，也可以是“我”。她说，我已经把你当作我所追求的对象，我要把我所有的感情都投注给你，那就是你，春天的神灵。这春天的神灵，其实也就是李商隐《燕台诗》所说的“风光冉冉东西陌，几日娇魂寻不得”的那个“娇魂”。“算春头春尾，也难算、春梦春醒”，就算你能够算清楚从春来到春去的所有日子，可是你算不清楚在这些日子里你曾做了多少春梦啊！而且，在这些日子里，你又有多少次从春梦中惊醒！“甚春魔，做一春春病，春误双卿”，为什么我对春天有这么美好的追求，而春天对我却有这么多磨难？我整个儿的春天都是在病中度过，是春魔制造了我春天的痛苦，是这美丽的春天，断送了我双卿的一生啊！——这真是写得非常好的一首词。

春从天上来·梅花

自笑恹恹。费半晌春忙，去省花尖。玉容憔悴，知为谁添。病来分与花嫌。正腊衣催洗，春波冷、素腕愁沾。硬东风，枉寒香一度，新月纤纤。　　多情满天坠粉，偏只累双卿，梦里空拈。与蝶招魂，为莺拭泪，夜夜偷诵《楞严》。有伤春佳句，酸和苦、生死俱甜。祝花年，向观音稽首，掣遍灵签。

这一首词的牌调也是《春从天上来》，是写梅花的。“自笑恹恹。费半晌春忙，去省花尖”，“恹恹”是多病的样子，她说我本来就是这么多病的一个人，而且是在春天农活最忙的时候，我却宁愿牺牲半天的时间，去干什么？“去省花尖”，我要去看一看那花开得怎么样了。“花尖”，就是花梢。《西青散记》上记载说：有一次在落花时节，双卿把许多落花放在地上，坐在那里怜爱它们，结果被她丈夫打骂了一顿。林黛玉葬花还有宝玉帮着，而双卿没有人理解她。双卿的丈夫认为，大家都在田里干活你却跑去看花，这简直是莫名其妙嘛！“玉容憔悴，知为谁添”的“玉容”，说的是花也是人。“病来分与花嫌”是说，按本分来说，生病的人就不该去看花。更何况，“正腊衣催洗，春波冷、素腕愁沾”，她不但有病，而且还要干活，地里当然要浇水，还要种田和送饭，家里还有冬天的衣服都换下来了，需要拆洗。而且，早春时节水还很冷，她却不得不直接用手在冰冷的水里漂洗衣服。“硬东风，枉寒香一度，新月纤纤”，“硬东风”是还很强劲很寒冷的东风，“枉”是徒然。她说，在料峭春寒中，梅花枉自把它的香气传出来这么远，却没有人欣赏，空对着树梢上那弯弯的一轮新月。梅花一年只开一次，然后就落了，所以是“枉寒香一度”。

“多情满天坠粉，偏只累双卿，梦里空拈”，这梅花从开到落都是多情的，她说你看那满天梅花像粉一样落下来，可是我抓不住它，我没有办法保护和珍惜它。不是说“世尊拈花”，“迦叶”就“微笑”吗？所以她用了一个“拈”字。她天性爱花，想要把这些落下的花瓣都拾起来，但她是“梦里空拈”，那花终于还是留不住的。双卿的词为什么写得好？是因为她对花、对春天确实有真的感情，有真的关怀。她说我要“与蝶招魂，为莺拭泪”，给蝴蝶招魂，给黄莺擦拭眼泪。黄莺也有眼泪吗？李商隐的诗说：“春日在天涯，天涯日又斜。莺啼如有泪，为湿最高花。”（《天涯》）李商隐一生为人做幕，总是流转在天涯各地，他是有理想有抱负的，但从来得不到一个机会去实现他的理想和抱负。而一个人，如果你一生都在漂泊中，你留不住天上的白日，也留不住春天，你的生命很快就被白白地浪费掉了。“莺啼”的“啼”和“啼哭”的“啼”本是一个字，所以莺的啼叫也可以是莺的啼哭。有人说，万物之中只有人才会流泪，可李商隐说：如果莺啼也有眼泪的话，你就为我把你的眼泪滴在那最高的花枝上吧。为什么要在“最高花”？因为他的理想是最高远的理想，那么他为这高远理想的失落而流的泪不是也应该滴在最高的花枝上吗？因此双卿说：“与蝶招魂，为莺拭泪，夜夜偷诵《楞严》。”她说我真是希望所有有情的万物都得到拯救，都能有一个圆满的结果，所以我就在每一天夜晚偷偷地为它们念诵《楞严经》的经文。下面这句“有伤春佳句，酸和苦、生死俱甜”说得真是深刻动人，她那种情思的本质，真的是非常曲折又非常深远的。她说，我看到梅花，看到蝴蝶，看到黄莺，我写出了这些伤春的句子，不管它们是多么悲酸痛苦，但那里边有我生命中的一份真正的感觉，我就是为它们付出了生命的代价也是心甘情愿的！结尾她说，“祝花年，向观音稽首，掣遍灵签”——我愿意在慈悲的观音菩萨面前为花祝祷，我要在观音座前稽首礼拜，期盼着抽出一根能够满足我内心愿望的吉祥的“灵签”来。

安易 整理 〉

附录

附录一

神龙见首不见尾
——谈《史记·伯夷列传》的章法与词之若隐若现的美感特质

《伯夷列传》一文，在《史记》的“列传”一体中，是章法颇为独特的一篇作品。就《史记》中一般列传的写法而言，司马迁大都是先以叙事的口吻直写一个人的传记，然后在篇末才以“太史公曰”四字开端，来写他自己之评说的论赞。至于《史记》中少数不以个人为单篇传记而以群体合为一篇之传记者，则司马迁有时也先对群体之性质作一番概说，然后再分写个人之传记，如《史记》中之《游侠列传》《货殖列传》等属之。然而其《伯夷列传》一篇，则既与个人传记之先叙故实后加论赞者不同，也与群体列传之先加总论后再分叙者不同。《伯夷列传》乃是先以论述开端，后以论述结尾，而中间只以“其传曰”三字开始，写了一段极短的传记。除了这种叙写次第之与其他列传的叙写手法不同以外，更值得注意的乃是其论述部分也与其他列传的论赞口吻有所不同。在其他列传的论赞中，司马迁对其所论赞之人物的褒贬评价乃是明白可见的，但在《伯夷列传》一文中，则通篇之论述往往都是或以感慨或以疑问之口吻出之，而且往往旁生侧出若断若续，使人难以遽窥其意旨何在，大有“神龙见首不见尾”的变化莫测之致。而我个人作为一个经常讲授唐宋词的教研工作者，遂由《伯夷列传》的叙写手法联想到了前人评说词之美感特质的一些词话。如陈廷焯在其《白雨斋词话》中论及词之佳者，即曾有“发之又必若隐若见，欲露不露”之说。至于词之为体，何以会形成了这种以隐约幽微为美的特质，则张惠言在其《词选·序》中曾经指出，词之所以贵在有一种“低徊要眇”的“言外”之意味，乃是因为作品中所传达的往往有一种“贤人君子幽约怨悱”的“不能自言之情”。司马迁的这一篇《伯夷列传》之所以写得如此隐约吞吐如神龙之见首不见尾，表现了一种属于词的美感特质，这种偶合之处，实在也正由于司马迁之内心中也恰好有一种所谓“贤人君子幽约怨悱”的“不能自言之情”。即如司马迁在其《太史公自序》一篇中，就曾举“仲尼厄而作《春秋》；屈原放逐乃赋《离骚》”等多人为例证，以证明古代许多不朽的传世之作“大抵贤圣发愤之所为作也”。所以我之以词之美感来评说司马迁的这篇列传，初看起来虽似乎颇有点儿拟于不伦，但究其本质，则确有可相互比拟之处。下面我就将把我个人的这一点想法略加说明。而我们要想探索司马迁的那些“不能自言之情”，就必须先对司马迁写作的背景和他内心的情意先有一点儿大概的了解。

《史记》七十列传的第一篇就是《伯夷列传》，而七十列传的最后一篇是《太史公自序》。作者在书中写一篇自序本来很常见，但司马迁把他的自序安排在列传的第七十篇，那就好像是给自己也写了一篇列传，他这一首一尾是有呼应的。在《太史公自序》中，司马迁对他自己写作《史记》的动机和经历作了一个简单的介绍。他说："先人有言，自周公卒五百岁而有孔子。孔子卒后至于今五百岁，有能绍明世，正《易传》，继《春秋》，本《诗》《书》《礼》《乐》之际？意在斯乎！意在斯乎！小子何敢让焉。"司马迁的家族世世代代都担任史官的官职，他说他的先人说过：周公死后五百年而生孔子，孔子死后到现在又有五百年了，有谁能够像孔子一样把我们这一份文化传统继续传承下去呢？这真是很妙的一个开头。孔子在《论语》中曾说过："天之将丧斯文也，后死者不得与于斯文也；天之未丧斯文也，匡人其如予何？"（《论语·子罕》）如果上天打算灭绝一种文化，那么后人就无法再接受这种文化了。如果上天不打算让这种文化断绝呢？孔子说，那么我不管遇到多少困厄苦难，也一定能够把它传下去。司马迁现在就也有孔子的这种信心。他说"小子何敢让焉"，这已经是俨然以孔子的继承人自居了。孔子所写的《春秋》表面上是历史书，但《春秋》的褒贬实际上起着一种评判是非和传承文化的作用。它所传承的伦理、道德和教化，都是中国文化里最宝贵的东西。司马迁在《太史公自序》中谦虚地说："余所谓述故事，整齐其世传，非所谓作也。"但他实际上也和孔子一样，有评判是非和传承文化的志意。不过，做一件事情只凭志意还不够，司马迁有完成这份志意的环境和条件吗？我以为他是有的。他生在一个史官的世家，有先辈积累的古籍可以依循；他本人是太史令，有国家档案可以参考。更重要的是，他二十岁左右曾周游天下，历览名山大川，对各地父老的传说都有采访的记载。可见他已经完全具备条件可以完成这样一份使命了，可是就在写作《史记》的过程中，他不幸遭遇到了李陵的祸事。

李陵是号称“飞将军”的李广的孙子，《史记》中的《李将军列传》记的就是李广的事迹。李广猿臂善射，爱惜士卒，深得士兵的爱戴。司马迁在其传赞中曾用“桃李不言，下自成蹊”两句话来赞美他，说李广虽不善于言谈，却以他的品德和才干吸引了很多人。但李广很不幸，当时许多人品德才干远不如他，都能够立功封侯，而李广虽身经百战却始终不能封侯；不但没有封侯，而且李广最后是在一次与匈奴的战争中因失道获罪而自杀的。失道并非他的错，而是主帅卫青——武帝皇后卫子夫的弟弟——不肯让他做先锋，一定要他在沙漠中走一条迂回的道路以致迷路。李陵也和他的祖父一样勇敢善战，但也和他的祖父一样不幸。李陵出兵攻打匈奴时，是在贰师将军李广利的帐下。李广利是汉武帝所宠幸的美人李夫人的哥哥，他曾为汉武帝带兵去攻打大宛，以劳民伤财的惨重代价换来了几匹大宛良马。而这一次，李陵只带了五千步卒深入匈奴绝域，最先的战斗是胜利的，匈奴已准备退兵了，可是有汉奸告诉匈奴单于说李陵只有五千人，后边并没有援军。于是匈奴大军又回来包围了李陵的军队，李陵直打到矢尽道穷，贰师将军也没有派一兵一卒来援救他，最后终于战败投降了。司马迁在给他的朋友任安写的一封信中说：我和李陵并没有很深的私交，但我看他这个人“事亲孝，与士信，临财廉，取予义，分别有让，恭俭下人，常思奋不顾身以殉国家之急”，因此认为他有国士之风。一个人肯不顾个人的安危赴国家之难真是很难得的，李陵以五千步卒对付匈奴的主力，他的士兵已经死伤枕藉，但只要李陵大喊一声，那些浑身是血的士兵没有一个不站起来努力向前，可见他的忠勇之感动人心。当李陵在前方浴血奋战时，捷报传来，大家就都饮酒饮贺；可是后来李陵战败的消息传来时，那些“全躯保妻子”之臣就纷纷说他的坏话，这真使人为他感到不平。司马迁说：我以为李陵是一个难得的将才，他的投降是暂时的，一定是想等待机会回来报效，所以我就替李陵说了几句好话，但皇上却认为我是“沮贰师，而为李陵游说”，因此给了我很严重的处罚。你要注意这个“沮贰师”。汉武帝所喜欢的将官常常是有裙带关系的，“贰师”是大宛一个城市的名字，武帝要李夫人的哥哥李广利为他去取大宛的良马，所以封他做贰师将军，并对他宠幸有加。李陵战败投降，武帝杀死了李陵的妻子和老母；司马迁替李陵说话，武帝就认为司马迁是有心打击贰师将军的威望。这都是裙带关系在起作用。

汉武帝对司马迁的惩罚是处以宫刑，这对男子来说是最耻辱的刑罚。如果司马迁不肯接受宫刑，那他就只有被处死。司马迁在给任安的信中谈到了他为什么不选择死。他说：假如我被朝廷处死，我的死就像“九牛亡一毛”，没有任何价值，世俗的人也不会把我算作殉节死难的一类。我并不怕死，但我之所以接受了宫刑的屈辱，隐忍苟活，是因为“恨私心有所未尽，鄙陋没世而文采不表于后世也”。我所要完成的事情还没有完成，如果我就这样卑微鄙陋地从世界上消失，那我是不甘心的。司马迁还说：古来只有那些伟大不凡的人才能够名声流传于后世，像文王之演《周易》、仲尼之作《春秋》、屈原之赋《离骚》等等，都是由于他们内心郁结着许多幽怨，才把所有的理想都寄托在文字之中。他说“仆窃不逊”——在这方面我不以为自己卑微，因此我“网罗天下放失旧闻，略考其行事，综其终始，稽其成败兴坏之纪，上计轩辕，下至于兹，为十表、本纪十二、书八章、世家三十、列传七十，凡百三十篇”，我要以此来“究天人之际，通古今之变，成一家之言”。我的书写成了，现在的人不欣赏没有关系，我要把它“藏之名山，传之其人”，将来会有人能读懂我的书，理解我的感情和志意。那时候，就能把我以前所受的一切耻辱都洗掉了。但这种话，“可为智者道，难为俗人言也”。因此，司马迁写《史记》跟别人写历史是不一样的。别人只是把史实记下来，而司马迁是要“究天人之际，通古今之变，成一家之言”。司马迁真是一个了不起的人，他还不只是有理想，有文采，他还懂天文、地理、一切文化典章制度。《史记》的规模和体例是开创性的，在后世成了史书的楷模。但我所要说的还不是这个，而是司马迁在这样的背景和这样的心情下所写的《史记》中的这一篇《伯夷列传》。司马迁所写其他人的传记，前边都是史实的叙述，只在结尾处才有“太史公曰”的议论，只有这篇是夹叙夹议并有很多感慨。更妙的一点是，他所有的感慨都没有明说。你看他这篇文章，有那么多的引号，引的都是别人的话；有那么多的问号，提出了一个又一个的问题。因为他心里有很多话是不能够说出来的，他的悲慨只留给读者去探索和回味。如果你不了解这些背景和深意，你一定会奇怪：他东说一句西说一句到底在说什么？其实，他的前后都是有呼应的。

司马迁在《伯夷列传》开端处说：“夫学者载籍极博，犹考信于六艺，《诗》《书》虽缺，然虞夏之文可知也。”历史上的事情哪些是可信的，哪些是不可信的？我们要从六经之中来考证。《诗经》和《尚书》虽然是不完整的，但远古虞舜和夏禹时代的事情仍然留下了文字。现在你要注意：伯夷、叔齐本来都是以不肯接受君主之位而被后世称颂的，而司马迁却从接受了君主之位的舜和禹说起。这让位而被接受的事情古书上是有记载的：当尧让位给舜、舜让位给禹的时候，都是由四方的诸侯之长与九州的地方行政长官一致推荐，而且把他们放在工作岗位上试用了几十年之久，看到他们真的有所成就，才把国家的政权交给他们。可见，为天下选择一个领导人是多么不容易！这是六经的记载，是可信的事情。可是，一般的传说却还有另外的说法。比如，《庄子》里的《让王》篇，说的就都是不肯接受君王之位的事情。《让王》篇说，尧让天下于许由，许由认为接受权力禄位是一件可耻的事情，所以就逃跑了。《让王》篇还说，商汤攻打夏桀取得胜利之后，想把天下让给卞随和务光，这两个人也都没有接受。所以你看，同样是有持守有品格的人，却还有不同的类型，就如同《孟子·万章》篇所说的，伯夷是“圣之清者”，他不肯让自己的品德操守沾上任何污点；伊尹是“圣之任者”，他肯为任何国君做事，只要能够拯救天下人民于水火之中就行；孔子是“圣之时者”，他可以根据不同的环境和机遇采取不同的态度。

然而，像许由、卞随、务光那些不肯接受君主之位的清高之人，在六经里并没有关于他们的记载。是否可以相信历史上实有其人呢？司马迁说：我到过箕山，在那里看见过许由的墓。可见，至少许由这个人是果然有的。司马迁又说：孔子曾经序列古之仁圣贤人，对吴泰伯、伯夷都有记载却没有关于许由和务光的任何材料，那又是为什么呢？你看，司马迁已经开始提出疑问了，他后边还有更多的疑问提出来，却都不作直接的回答。吴泰伯也是一个让位的人，曾经得到孔子的赞美，《论语》里边有一篇的题目就叫作《泰伯》。孔子也曾赞美过伯夷、叔齐，说他们“不念旧恶，怨是用希”。就是说，他们不计较别人的过失，不怨恨别人，所以别人也不会怨恨他们。有一次孔子的学生向老师提出一个问题：伯夷这个人最后落到饿死的下场，难道他心里就没有怨恨不平吗？孔子说：“求仁而得仁，又何怨？”伯夷所追求的保持自己完美的品德，他已经做到了，怎么会有怨恨呢？可是司马迁就说了：我曾看到过伯夷留下来的一首诗，我怎么就觉得他好像是有怨呢？然后他说，“其传曰”——你们看，司马迁发了多少议论，提了多少问题，一直写到这里，才开始进入传记的正式记载。他说，伯夷和叔齐是孤竹国国君的两个儿子，孤竹君一直想传位给小儿子叔齐。孤竹君死了之后，长子伯夷不愿违背父亲的意思，就不肯接受国君之位，可是弟弟叔齐认为按照宗法应该由长子继承，因此也不肯继承国君之位，结果他们两个人就一起逃跑了。他们听说西伯姬昌的领地治理得很好，就去投奔姬昌。可是当他们到了那里的时候姬昌已经死了，姬昌的儿子周武王正载着他父亲的牌位准备出兵去攻打纣王。伯夷和叔齐就拦住武王的马责备他说：“父死不葬，爰及干戈，可谓孝乎？以臣弑君，可谓仁乎？”武王当然不会听他们的话，左右的人想对他们加以兵刃，姜太公说：他们是仁义之人，不可以杀死他们。于是就叫人把他们搀到一边去了。后来武王灭纣得了天下，大家都归顺了周朝，可是“伯夷、叔齐耻之”。我们说，每个人所认定的持守标准是不同的。孟子也是儒家，但孟子主张民主，武王革命杀死了纣，孟子说：“闻诛一夫纣矣，未闻弑君也。”（《孟子·梁惠王》）而伯夷和叔齐所持守的是礼法，他们认为，不管对方如何，我们每个人都要尽自己的本分，不能做没有道理的事情，做妻子的不能够背叛丈夫，做臣子的也不能够背叛君主。周武王以臣弑君是不合礼法的，所以他们就“义不食周粟”。古人做官都有俸米，因此这个“不食周粟”包含有另外一个意思，就是不肯出来在周朝做官。他们隐居在首阳山里不出来做事情，没有收入，当然也就没有粮食吃，只好“采薇而食之”。薇是薇蕨，是一种野菜，光吃野菜是吃不饱的，所以伯夷和叔齐后来就饿死了。他们在死前曾经作歌说：“登彼西山兮，采其薇矣。以暴易暴兮，不知其非矣。神农虞夏忽焉没兮，我安适归矣。吁嗟徂兮，命之衰矣。”君主本来是应该爱护人民的，但纣王是一个暴君，没有尽到君主的本分；武王竟然杀死了自己的君主，那也不是一个臣子该做的事。所以周之代殷是“以暴易暴”——以一个暴臣换了一个暴君，而天下人却并不明白这是不对的。在神农虞夏的时代，从来就没有后世这种名利禄位的争夺角逐，但那种时代早已消失了，此后留在人间的只有篡夺和战乱。伯夷和叔齐叹息说：现在我们已经快要死了，我们只能怪自己生不逢时，为什么就不能生在那神农虞夏的美好时代呢！写到这里司马迁说，“由此观之，怨邪非邪”——他们到底有怨还是没有怨呢？这个问题问得非常好，因为这里边有件事情值得思考：从一个人的持守来说，他能够保全了自己品德的持守，那是“求仁而得仁”，没有什么可怨的了。可是周围的社会环境难道是正常的吗？付出了饥寒的代价，保全了自己的操守；司马迁忍受了腐刑的耻辱，完成了《史记》的著作，在他们自己来说也是“求仁而得仁”，可是，为什么把人逼到只有付出饥寒的代价，只有忍受腐刑的耻辱，才能完成操守？这就是社会有问题了。你对社会是无可奈何的！这不是悲慨是什么？所以陶渊明归隐之后一方面说“俯仰终宇宙，不乐复何如”（《读山海经》其一），一方面又说“念此怀悲凄，终晓不能静”（《杂诗》其二）。这也是怨与不怨的两个方面。

接下来，司马迁的议论就更深入了一步，他说：“或曰：‘天道无亲，常与善人。’若伯夷、叔齐，可谓善人者非邪？积仁絜行如此而饿死！”为什么像伯夷、叔齐这样洁身自爱的好人就应该饿死呢？而且还不只是伯夷、叔齐，像孔子最好的学生颜渊，也是经常处于贫困的境地，吃最粗糙的食物还不能吃饱，结果很年轻就死了。反倒是吃人肉的盗跖活了很大年纪，竟以寿终，那又是为什么呢？所谓“天道”到底是有，还是没有呢？

好，假若司马迁这篇文章就停止在这里，那么我们大家就都应该去为非作歹了，因为天道的赏善罚恶似乎已经不大可信了。可是不，司马迁并没有停在这里，下边他一连引了好几段孔子的话，目的是要说明：天道虽不可恃，一个人自己的行为是可以自己持守把握的。“子曰：‘道不同，不相为谋，亦各从其志也。’‘富贵如可求，虽执鞭之士，吾亦为之。如不可求，从吾所好。’‘岁寒，然后知松柏之后凋。’”每个人的追求不同，有的人以现世名利禄位的享受为好，有的人认识品格与操守更重要，有的人就宁愿为追求一个完美的品格而付出生命的代价。在春暖花开的时候，所有的草木都很茂盛，你怎么能看出谁更坚强？只有经过严霜冰雪的考验，松柏才显示出它耐寒的品格。人也是一样，整个世界都龌龊败坏了，清白的有操守的人才能够显示出来，那不就是因为每个人所看重或看轻的并不一样吗？陶渊明在给他儿子的一封信里说，由于我选择了躬耕的道路，以致你们“幼而饥寒”。可是我为什么选择这条道路呢？是因为我“违己交病”——如果我出卖自己而与那龌龊的社会同流合污，那真是比生病还要难受。陶渊明所看轻的是外在的富贵与享受，看重的是内在本性的持守。这就是所谓“各从其志”。

可是话又说回来了：同样是保持了持守的人，仍然有幸与不幸的区别。就如前文所说的，有的人得到了孔子的赞美，有的人不是就没有得到孔子的赞美吗？儒家讲究“太上有立德，其次有立功，其次有立言”，这是所谓“三不朽”的事业（见《左传·襄公二十四年》）。而令儒家士人感到最遗憾的事，就是“没世而名不称”了。一个人“积仁絜行”，生前为持守自己的品德而承受了那么多苦难，死后难道不应该有一个不朽的名字吗？我在讲清词时讲到过吴伟业的一句词：“论龚生，天年竟夭，高名难没。”龚胜不肯出仕于王莽的新朝，王莽一定要召他出来做祭酒，他就绝食而死。七十多岁的老人还不能得到善终，这本来是一件悲惨的事，可他却因此而在历史上留下了一个不朽的名声，所以吴伟业认为龚胜比他幸运。人的理想和追求本来是多种多样的。司马迁说："贫夫徇财，烈士徇名，夸者死权，众庶冯生。"贪财的人肯为争夺钱财而死，节烈之士愿意为保护名声而死，喜欢炫耀权势的人肯为追求权力而死，一般老百姓则只求一个安定的生活。所谓"同明相照，同类相求"，有相同理想和追求的人是比较容易互相理解的。所以，一般的人只能理解、赞美与自己相合的一类，对于自己不相合的那些人就不会去赞美和欣赏他们。只有圣人，圣人可以看清和理解一切人。读到这里我们要注意，司马迁他写了那么多传记，记载了各种各样的人物，他说这话不是隐然在和圣人相比吗？下边他又说，"伯夷、叔齐虽贤，得夫子而名益彰。颜渊虽笃学，附骥尾而行益显"。但在那些荒僻的乡村之中、山林之内，一定还有不少有持守的人由于得不到圣人的称述而姓名埋没，那真是太可悲哀了。所以："闾巷之人，欲砥行立名者，非附青云之士，恶能施于后世哉？"一个人可以发愤磨砺自己的品行，但如果没有一个有力量的人替他宣扬，他的姓名怎么能流传到后世呢？

司马迁这些不是明说，很显然是以孔子的事业自许。对这一点要从两个方面来看。第一方面是：天道已不可恃，但我们还要守住人道，要有自己的操行和持守。第二方面是：天道不是已经没有善恶的赏罚了吗？那么我要用我的文字给社会一个公正的赏罚。这句话换个说法，就是我要用我的方法来"替天行道"。《春秋》是有褒贬的，一字之褒就"荣于华衮"，一字之贬就"严于斧钺"，司马迁希望他的《史记》也能起到这个作用。可是有人就说了：一个人死也死了，苦难也受了，不管是《春秋》赞扬他还是《史记》赞扬他，又有什么用处呢？不错，“千秋万岁名，寂寞身后事”，不朽之名对本人来说是没有实际意义的。可是我们中国的历史和中国的文化，或者世界的历史和整个人类的文化，它们之所以有光明，就是因为有这些为了正义的持守而受苦难和杀身成仁、舍生取义的人物。他们的价值就在于为后人留下了黑暗之中的一线光明。所以，用文字把这些人记录下来，使他们的名字不朽，不仅仅是为了还他们本人一个公平，更重要的是给后人以激励和希望。一个人可以尽自己的本分，坚持自己的道德准则，不做不对的事情，但对整个社会是无能为力的。陶渊明退隐躬耕，也是求仁得仁，可是当他想到自己生在这样一个篡夺和战乱的时代，有多少平生的理想都没有完成，他也会“终晓不能静”，你说他是有怨还是无怨呢？如果举世的人都在醉生梦死之中，只有你一个人坚持你品德的操守，那么有谁能理解你？有谁能证明你的坚持是可贵的？陶渊明《咏贫士》说：“何以慰吾怀，赖古多此贤。”文天祥《正气歌》说：“风檐展书读，古道照颜色。”是古书上所记载的那些榜样，给了他们孤独中的安慰和坚持下去的力量。我们民族的文化传统，不就是靠了历史上有这些人才得到发扬光大吗？

我说的这些已经太过于具体了。司马迁都说了吗？没有，司马迁只是说“余悲伯夷之意，睹轶诗可异焉”，只是说“傥所谓天道，是邪非邪”？所有那些意思都是隐约恍惚的，你可以感觉到有一种沉郁的感情在里边盘旋。那只是一种美感，一种留给我们去思索和联想的“幽约怨悱不能自言之情”。我讲词时曾经提到过“弱德之美”。弱德之美不是弱者之美，弱者并不值得赞美。“弱德”，是贤人君子处在强大压力下仍然能有所持守有所完成的一种品德，这种品德自有它独特的美。这种美一般表现在词里，而司马迁《伯夷列传》之所以独特，就是由于它作为一篇散文，却也于无意之中具有了这种词的特美。也就是贤人君子处于压抑屈辱中，而还能有一种对理想之坚持的“弱德之美”，一种“不能自言”的“幽约怨悱”之美。

※附　录※

附录二

漫谈《红楼梦》中的诗词

我是一个终生从事诗词教研的工作者，小说不是我的教研范畴。但我写过一本书叫作《王国维及其文学批评》，而王国维写过一篇《红楼梦评论》，所以我也写过一篇对于王国维《红楼梦评论》的评论。有一次在美国威斯康星州大学的周策纵先生主持一个国际红学会议，他因为我写过一篇《红楼梦评论》的评论，把我也约去了。但我不是真的红学家，我除了因为研究王国维而偶尔写过这么一篇有关《红楼梦》的文稿以外，没有再写过关于《红楼梦》的任何文字。南开大学这次举行《红楼梦》翻译的研讨会，组织者约我讲讲《红楼梦》中的诗词。而我手边一本《红楼梦》的书都没有，所以就临时借了一本题为《〈红楼梦〉诗词》的书，找了几首诗词，想随便谈一谈。在开始讲《红楼梦》诗词前，我想先讲几句话，因为我是讲诗词的，而《红楼梦》中确实有很多诗词。对我们这个古典诗词，有的年轻人没有那么浓的兴趣，而对于《红楼梦》兴趣却比较大。所以我也常常在讲课中被学生提问："老师，您常常讲诗词，那《红楼梦》中的诗词怎么样呢？"借此机会，我就回答一下大家好奇的问题。

一

我首先要说的，在我的感受里，在过去教诗词的体验中，我觉得对真正的诗人之诗与小说中的诗要分别来看。古代的诗人词人，像杜甫、李白写的诗，苏东坡、辛弃疾写的词，这些诗人、词人的作品，如果说把《红楼梦》的诗词放在那些诗人、词人中去衡量，它实在不能说是很好的作品。但这样的衡量是不公平的，因为这不是曹雪芹自己的诗词，而是曹雪芹的小说里面的诗词。而如果作为小说里面的诗词来看待，那我觉得《红楼梦》中的诗词是了不起的。而且我以为，作为小说的诗词，在曹雪芹写的《红楼梦》诗词里面，大致可以分为三种不同的类别。我们不能一视同仁，说这都是《红楼梦》里面的诗词，不能这样看。这三种类别，若是以诗词标准来说，我认为还是有高下之分。有一类诗词是作为一种暗示的性质，预先要介绍小说的人物，对小说人物预先用诗词来介绍。这一类作品，我简单举两个例子，如金陵十二钗副册的判词。金陵十二钗分为正册和副册，就是《红楼梦》中一些女性形象。有些重要人物就在正册，还有些次要人物就在副册。这类判词对《红楼梦》中的人物作了简单、概括的说明，而且是用诗词来作说明。举例来看，一个例子是香菱。香菱是很不幸的一个人，从小被人拐走，又被卖出去，后来被薛蟠买去给他做妾，然后薛蟠娶了夏金桂，是一个性情非常淫暴的女人，香菱在她手下受了不少虐待。《红楼梦》判词里香菱的诗是这样写的："根并荷花一茎香"，香菱是菱角，生长在水塘里的，荷花也是生在水塘里的，所以说"根并荷花一茎香"。"平生遭际实堪伤"，因为她从小就被拐走卖出去了，卖给人家做妾，而且是在大妇的淫暴下受尽屈辱和虐待，当然是"遭际堪伤"。"自从两地生孤木，致使香魂返故乡"，"两地生孤木"，是拆字的谜语，说的是薛蟠的妻子夏金桂，"两地生孤木"是桂花的桂字，一边是木，一边是两个土字。用一首诗简写香菱的一生，好像一个诗歌的谜语，而且用了拆字的办法。所以严格说来，这个不能算是很好的诗。但是作者曹雪芹在小说里面，用这样的话，这么简单地概括了香菱的一生，自然有一种微妙的作用，这是一类的作品。再如金陵十二钗正册的判词，金陵十二钗中最重要的两位女性，一个是林黛玉，一个是薛宝钗。曹雪芹用更短的一首诗，总括了她们两个人不同的身世和命运。诗句是："可叹停机德，堪怜咏絮才。玉带林中挂，金簪雪里埋。""停机德"说的是薛宝钗，一般说来宝钗在做人方面表现得非常有修养。"堪怜咏絮才"说的是林黛玉的才华过人。"玉带林中挂"是林黛玉。而这里还用了谐音，"玉带"的"带"字，谐音成"黛"字，就指林黛玉。"金簪雪里埋"，"金簪"就是宝钗，头上戴的金钗，"雪"就是谐音"薛"。前一句"可叹停机德"说的是宝钗的性格，"堪怜咏絮才"说的是黛玉的才华，"玉带林中挂"是紧接第二句写林黛玉的谐音，"金簪雪里埋"返回来接第一句用谐音暗指宝钗。

像这一类《红楼梦》金陵十二钗的正副册判词，用了很多拆字、谐音的办法来总括小说里面的那些主要女性的平生。这一类作品，作为小说来看，是非常巧妙、非常恰当地来掌握每个人的性格和命运，可是不是很好的诗词。

《红楼梦》中还有另外一类诗词。《红楼梦》中常常写她们这些女孩子，往往组织一些诗社、词社。比如在菊花开时，组织菊花的诗社，大家都写菊花诗。春天柳絮飘飞的时候，大家就组织了柳絮的词社，大家就都填关于柳絮的词。这一类作品也有它的特色。一般说来，曹雪芹的诗词虽然不能够跟古代真正的诗人、词人李、杜、苏、辛等大家相比，但他真的了不起，因为他表现了各方面的才华，他用了各种写作技巧。前边他用了谐音、拆字，概括地掌握了金陵十二钗的一生。现在更进一步，曹雪芹作为一个男性，他要设身处地地替那些小说中的人物，林黛玉是什么样的性格，薛宝钗是什么样的性格，设身处地地设想每个人的遭遇，每个人的生平，每个人的性情，而按照她们的个性写出不同风格的作品来，这是很了不起的地方。我们也举两个例证看一看，在《红楼梦》第七十回中，写她们大家结社来填写柳絮词。一篇是林黛玉的《唐多令》："粉堕百花洲，香残燕子楼。一团团逐队成球。漂泊亦人命薄，空缱绻，说风流。　　草木也知愁，韶华竟白头！叹今生谁舍谁收？嫁与东风春不管，凭尔去，忍淹留。"这是林黛玉眼中的柳絮。"粉堕百花洲"，我们在中国大陆的北方，每到春天，常随风飘舞着很多柳絮。在诗词里面，柳絮是非常美的，"蒙蒙乱扑行人面"，写得非常美，是拂面沾衣。但我们若真是生活在柳絮中，骑车也很烦恼的。想象之中是非常美的。"粉堕百花洲"，百花洲中有很多茂密的柳树，当暮春时节，柳絮纷飞的时候，"粉堕百花洲，香残燕子楼"。燕子楼是一座美丽的著名的楼，相传有个美丽的女子名叫关盼盼的在里面住过，"香残燕子楼"是春去花落人亡的悲慨。春天的消失是柳絮飘飞，“一团团逐队成球”，柳絮看起来不像桃花、李花、杏花，红红白白的，开在枝头，你什么时候看过柳絮在树上开了一树的花？没有。柳絮是才开就落了。苏东坡的一首柳絮词：“似花还似非花，也无人惜从教坠。”你说它是花吗？它不像别的花开在枝头上，“似花还似非花”，“也无人惜”，没有一个人爱惜柳絮，你们惜花爱花，你们爱的是开在枝头上的红紫粉白的各种颜色的花，但哪个人真正爱惜过柳絮？所以“粉堕百花洲，香残燕子楼。一团团逐队成球”，柳絮飘下来，毛茸茸的，滚成一团。我一直还记得，印象深刻的是，我当年十多岁时才考上大学，我是辅仁大学毕业的。辅仁大学男女分校，女校校舍在恭王府。而红学家周汝昌写过一本书《恭王府考》，他认为恭王府就是曹雪芹《红楼梦》所写的大观园的蓝本。周汝昌写了这本书后，送给我一本，要我写两首诗。我曾写了两句：“所考如堪信”，你的考证假如真的是值得相信的话，“斯园即大观”，我当年读书的校园就是大观园。所以那时我在当年的恭王府上课，每到春天，我们教室敞开门和窗户，柳絮飘飞在庭院之中，卷成一团，又飘到讲堂之中，真是“一团团逐队成球”。“漂泊亦如人命薄”，柳絮之没有人珍惜，柳絮之随风飘落，正与林黛玉相似，她母亲死了，后来父亲也死了，所以她不得不只身一人寄居在贾府。“漂泊亦如人命薄，空缱绻，说风流”，因为它这样在地上滚来滚去，像苏东坡所写“似花还似非花，也无人惜从教坠……思量却是，无情有思”，她说柳絮漂泊，好像有那么多情思，而且在地上滚来滚去，是团团旋转，是“缱绻”。“缱绻”是一种徘徊、缠绵不断的样子。可是“空缱绻”，没有人珍惜它，它的多情缱绻是没有结果的。“空缱绻，说风流”，风流就是多情，无人珍惜，它只是空自多情。下面又说：“草木也知愁，韶华竟白头！”我们说草木是无知的，像柳絮这样的植物虽然是草木，好像也懂得悲愁了。因为它的

"韶华"，正是在美好的春天，而它却刚刚在枝上长出来，只要枝上的蕊一张开，它马上就落下来了。所以王国维也写过一首柳絮词，也用的是苏轼和章质夫的韵。王国维说它"开时不与人看"，开的时候，没有人看见，哪个人看见过？"如何一霎蒙蒙坠"，怎么没有一个人看见花开，而它就已经落下来了。所以"韶华竟白头"，一开就落下来了，一开就是白色的。"叹今生谁舍谁收"，柳絮有什么命运？谁珍重它？谁爱惜它？谁收拾它？"嫁与东风春不管"，因为它是随风漂泊的，嫁给东风了，它就委身给吹来吹去的东风。如果说春天有个掌握百花命运的春神，那个春神注意过它吗？怜惜过它吗？"凭尔去，忍淹留"，任凭你漂泊，任凭你坠溷沾泥，没有人珍重，没有人爱惜。"忍淹留"，你怎么忍心还停留在世界上？世界没有人珍惜你，没有人看重你，你生下来就是漂泊的，所以"凭尔去"，你最好还是早点消失吧，你怎么还能够忍心停留在世界上？"凭尔去，忍淹留"，这完全是林黛玉的性格、林黛玉的生平。

可是你看同样在当时填柳絮词的还有薛宝钗，这薛宝钗就不同了。这就是曹雪芹的妙处，他写黛玉是黛玉的性格，写宝钗是宝钗的性格。同样是咏柳絮，也可以写出截然不同的风格来。薛宝钗说，"白玉堂前春解舞，东风卷得均匀"，这两句写得好。把柳絮写得多么贵重，"白玉堂前"是多么华贵的所在。而且"解舞"，它懂得在白玉堂前舞弄出这么美丽的姿态。刚才林黛玉说的"一团团逐队成球"，"空缱绻，说风流"，可宝钗说"东风卷得均匀"，一团一团卷得多好，多均匀；一团团，一个圆球一个圆球，多么美好。"白玉堂前春舞，东风卷得均匀。蜂围蝶阵乱纷纷"，这么多的昆虫都来追求柳絮：蜜蜂也围着它绕转，蝴蝶也围着它摆成阵。"蜂围蝶阵乱纷纷，几曾随逝水"，难道柳絮的命运真的随流水消失了吗？不一定吧。"岂必委芳尘"，它也不一定就落在泥土当中。怎么样？"万缕千丝终不改，任他随聚随分”，她说柳絮的万缕千丝，不管是怎么样吹来吹去，其本性是不改的，任凭风吹，它随风可以聚，也可以分。“韶华休笑本无根”，你不要笑春天的韶华，你不要笑柳絮之无根，“好风凭借力，送我上青云”，我就要借一阵好风的风力，把我吹上天去。

这是《红楼梦》诗词中的另一类作品。有时用诗词做一种预言，用拆字、谐音；有时它写的诗词完全配合了小说里面的那些角色的性格命运，写出不同风格的诗来。虽然不能和李、杜、苏、辛相比，但作为小说之中的诗词，曹雪芹真是了不起，能够说怎么写就怎么写，想怎么写就怎么写。但我以为，这还不是他最好的作品。《红楼梦》里真正好的诗词是曹雪芹借着对于小说的预言，而果然写出作者自己内心的一份真正的感情和感慨，是小说里面的诗词，也是对小说的预言。可这些诗词和刚才的诗词不一样，因为他果然写出了他内心的一种真正的感情和悲慨。这类诗中，我认为有一首诗是非常值得注意的。可是大家平常不太引它，那就是《红楼梦》开头第一回在所有诗词都没有出现以前出现的一首诗，《顽石偈》。大家不要忘记，《红楼梦》是后来改的书名，原来的书名是《石头记》，写的就是石头，所以书名叫《石头记》。《红楼梦》开篇第一首出现的诗词，我觉得很应该受到注意，那就是《顽石偈》，是青埂峰下的那块石头。《红楼梦》小说中说这块石头是当时女娲炼石补天时留下的一块石头。这块石头每天自己悲哀叹息，他说那些石头都是有用的，女娲把他们炼石补了天了，就剩下我这块石头，居然没有用处，就落得荒废在这里。这真是可悲哀啊！一个人什么最可悲哀？你活在世界上，过了一世你完成了你自己吗？你白白地来到这个世界上了吗？左思的诗曾说：“铅刀贵一割，梦想骋良图。”他说“铅刀”，刀当然该是钢刀，吹毛得过，头发丝一吹，就割断了，钢刀是好刀。但我只是一把铅刀，没有力量去切割，可是纵然是一把铅刀，谁让我的名字是刀呢？你为什么叫作刀吗？刀之用就在有一个切割的作用。你的名字叫作刀，你凭什么从来没有割过？你真是对不起你的名字。所以左思说就是铅刀也贵在有一割之用，所以"梦想骋良图"。一个人每天都在想，我一定要实现我自己，一定要不枉过我这一生。所以这个顽石就整天悲叹，那些石头都有补天的作用，独有我是荒废了，于是它就要求道士僧人带它到红尘中去，可是它来到红尘又怎么样？你在青埂峰下，你是浪费了；你来到红尘，你是要对红尘有所用。怎么样才能有所用？中国古代封建社会，要有所用，唯一的路子就是学仕途经济之学，走仕途经济之路，你就要参加科考，就要进入仕途。你说你来到红尘之中，你怎么样来完成你自己？仕宦都是贪赃枉法的，哪一个人是干净的？这一方面失望了，你追求什么？人类追求什么？很多哲学家都在想，人生的意义和价值究竟在哪里？很多人都在想这个问题。有的人就说，其实一切都是虚空，什么都是假的，什么都是没有价值的，什么都是不可靠的。唯一的令你得到安慰的只有爱情，只有爱情才是真的，就是你在爱情之中的时候，你觉得你的生命是有意义的，是有价值的，是可宝贵的。可是爱情就果然那么可信吗？在封建社会中，冯其庸先生也讲过了，一是在仕宦中，它是不干净的（本文凡引冯先生语皆根据冯其庸先生 2002 年 10 月 25 日在南开大学召开的《红楼梦》翻译研讨会上的发言整理而成）。爱情呢，在封建社会中是不自由的。你真的能够和你所爱的人结合吗？不可能的。仕宦是不干净的，爱情是不自由的。其实就算自由了，你看现在结婚离婚，一日数变的，即使有爱情，爱情是可靠的吗？爱情是不可靠的。哪个爱情是可靠的？就算是追求爱情，就算贾宝玉和林黛玉追求的是爱情，而追求爱情也是不同的。像崔莺莺和张生两个人，根本就是眉目传情。白居易说："君骑白马傍垂杨"，一个年轻少年郎骑着白马站在柳树边；"妾弄青梅凭短墙"，女孩子就折青梅靠着短墙；"墙头马上遥相顾"，我在桥上看你一眼，你在马上看我一眼；"一见知君即断肠"。古代女子封锁太久了，偶然看见一眼，一眼就断肠。可贾宝玉和林黛玉真的不同，他们不像张生和崔莺莺"一见知君即断肠"，然后两人在西厢就约会。至于《牡丹亭》的杜丽娘连见都没见，只在梦中一见就有幽会。而贾宝玉其实是不同的。所以警幻仙姑说古人所谓"淫"，说的就是一般的男女，是物质化的，是肉体的，是现实的，是这样的淫欲。而贾宝玉是"意淫"，与一般人是不同的，贾宝玉是属于心灵的，一种感情的。而贾宝玉还有很妙的一点。我认为，如果是一般的男孩子，对很多女人都表示好感，我们做女人的，一定觉得不赞成。你怎么能看见这个也觉得不错，看见那个也觉得很好呢？但如果是贾宝玉，我认为是可以的。因为贾宝玉第一是很纯的，没有邪念，他对于女子，不像贾琏、贾瑞那么低下的爱情，一种物质的欲望的感情。你看贾宝玉对女子的关心，有一次贾宝玉觉得香菱这么好的女子，而遭遇这么不幸的生活，他不是要占有她，不是要对她怎么样，他想的是能为她做一点事，也是心甘情愿的。他听刘姥姥讲一个故事，说那个女孩子很贫穷，他就想去关爱她。他是一种仁者之心，一种同情，一种关怀。所以这是贾宝玉的多情，一种纯真的多情，而且他跟林黛玉的相知，他和林黛玉的爱情，人之相知，贵相知心，不是只是"墙头马上遥相顾"，那种只是外表上形色、肉欲的爱情，而是真正发自心灵的感情。因为我姓叶，我本是蒙古人，在清朝就是叶赫纳兰族人，就是写《饮水词》的纳兰性德一族，我们是同一个族氏叶赫纳兰族。台湾有一位非常著名的作家席慕蓉，她是蒙古人，因此当她听说我是蒙古籍的满洲人时非常高兴，说一定要带我去寻根。所以2002年

9 月下旬，她就把我带到吉林长春附近叶赫的地方，那真是叶赫的地方，还有叶赫古城的一个废城的土堆，这个旧城是真正 400 年前的叶赫古城，旁边还盖了一个赝品的新城。有一个电视剧叫作《叶赫纳兰的公主》，叶赫纳兰或是那拉，是蒙古发音，是大太阳的意思。叶赫是大的意思，纳兰是太阳的意思。我听说这个剧演的是叶赫纳兰家族的事，所以就要把这部电视剧找来看看。剧中有一个女孩子叫作冬哥，她爱上一个汉人。而在叶赫的部落中，其实不只叶赫的部落，像欧洲王室的政治婚姻，以及汉唐全盛的朝代，一个女人，一个公主，在国家用到你的时候，就让你去和番。欧洲的公主嫁王子，都是彼此的政治国际交易。冬哥的兄长就逼她嫁别人，把她原来爱的汉人绑起来，要用火把他烧死。他们不许这个男子爱冬哥，那个男的就说爱情是发自心灵的，这是不能勉强的。不是说你让他爱就爱，不让他爱就不爱，爱是没有办法的，是自己都欲罢不能的。那是一种心灵上的感情，才是如此的，与那种“instant love”是不太一样的。宝玉与黛玉，他们是从小一起长大的，所以宝玉说，你看林妹妹从来没有说过这样的混账话。可他们两个被人拆散了。你说生命的意义和价值是什么？有一位国内研究哲学很有名的先生认为：真正使人生有意义、有价值的就是爱情。可是你现在证明爱情，不用说两个人，就连本人自己都可以改变。就算两个人是发自心灵的爱情，是不可改变的爱情，林黛玉和贾宝玉结合了吗？冬哥和那个汉人结合了吗？没有。所以你发现你在世界上追求的一切都落空了。在仕宦方面，你说你要挽救国家民族，你不去官场中做官，你不去趟这浑水，你有什么资格说救国救民？你什么机会都没有。所以说“无才可去补苍天”，你追求爱情，你能够得到什么？就算你果然能够掌握了，可是环境允许你得到吗？“枉入红尘若许年”，你的一辈子不是白白过去了？你没有完成你自己，你的追求都没有得到，这是《顽石偈》，是《红楼梦》开宗明义的第一首诗："无才可去补苍天，枉入红尘若许年。此系身前身后事，倩谁记去作奇传。"这是贾宝玉的悲剧，贾宝玉的追求的落空，他对人生的失望，这是第一首诗。

我说过《红楼梦》中有几类诗，谐音拆字的就不算了，假托每一个书中角色所写的诗也不算了，而这些借书中情事写作者自己悲慨的诗是值得注意的。因为这类诗表现了作者真正写作《红楼梦》这本小说的内心的感情，他内心的真正动机。所以他不但写了那首诗："无才可去补苍天，枉入红尘若许年。此系身前身后事，倩谁记去作奇传。"这是贾宝玉的悲剧，所以书名本是《石头记》，是石头一生的悲剧。他最后还写了题《石头记》的一首诗："满纸荒唐言，一把辛酸泪！都云作者痴，谁解其中味？"所以《红楼梦》与中国其他古典小说的一个最大区别就是中国的古代小说有的是历史的演义，像《三国演义》，许多小说都是某朝某代的假托历史，从历史中挑出某个事件，把它演义成的；又或是写神怪的，像《西游记》；要不就是写其他轶事传闻的。而《红楼梦》不是，它是地地道道的创作，并不是根据一段历史、一个神怪的传说，而是作者真正地从内心中抒写出来的，是他自己生活的经历，是透过他自己对于生命的体验写出来的作品。他假托是"荒唐言"，因为有一些他不愿直说，不能够直说。他假托很多道士和尚、绛珠仙草、青埂顽石。你从外表上看都是荒唐言，但真正的里面是"一把辛酸泪"，是作者平生对生命生活，对人生的悲哀、苦难的体会。"满纸荒唐言，一把辛酸泪！都云作者痴，谁解其中味？"人一生追求仕宦，仕宦不干净；追求爱情，爱情是落空的。所以他另外有两首诗：一首写一般人所追求的物质层次的落空，一首写爱情层次追求的落空。一首是《好了歌》，写世人追求物质的落空："世人都晓神仙好，惟有功名忘不了！古今将相在何方？荒冢一堆草没了。世人都晓神仙好，只有金银忘不了！终朝只恨聚无多，及到多时眼闭了。世人都晓神仙好，只有娇妻忘不了！君生日日说恩情，君死又随人去了。世人都晓神仙好，只有儿孙忘不了！痴心父母古来多，孝顺儿孙谁见了？”这是属于现实的物质的追求，落空了，一切都落空了。你追求爱情呢？第二首是《红楼梦》十二支曲子的《引子》，是这样写的：“开辟鸿蒙，谁为情种？都只为风月情浓。趁着这奈何天、伤怀日、寂寥时，试遣愚衷。因此上演出这悲金悼玉的《红楼梦》。”还有《枉凝眉》一首曲子：“一个是阆苑仙葩，一个是美玉无瑕。若说没奇缘，今生偏又遇着他；若说有奇缘，如何心事终虚话？一个枉自嗟呀，一个空劳牵挂。一个是水中月，一个是镜中花。想眼中能有多少泪珠儿，怎经得秋流到冬尽，春流到夏！”现实的功名利禄的追求落空了，而爱情的追求不用说你没有遇见，就算遇见了又怎么样呢？“若说没奇缘，今生偏又遇着他；若说有奇缘，如何心事终虚话？”

我们以上讲了《红楼梦》中三类的诗词，一类是拆字、谐音的，这是很工巧的作品，但没有更多意义和价值；一类是模拟书中角色写的，他能够结合得这样好，写得这样贴切，这是有他的成就；另外一种是作者吐露内心写作《红楼梦》的苦衷，一份真正内心深处的感情的诗词，这是写得非常好的。

二

另外，我最后回答大家的问题。《红楼梦》诗词写得很好，可是不能够跟很正式的诗人的诗词相比。怎么样分别高下？像刚才林黛玉、薛宝钗的词不是写得很好？你怎么说不好？最后我给大家举一个真正的例证来作比较。

现在有诗二首，是清末民初的一个真正的诗人写的诗，写的是

《落花》诗。而在《红楼梦》中写得最长最动人的是林黛玉的《葬花词》。林黛玉的《葬花词》很长，我只引前几句与结尾几句，然后我把林黛玉所写的落花、葬花与真正的诗人所写的《落花》诗作一个比较。然后大家就能知道《红楼梦》诗词在《红楼梦》中是好的，但不能和一般的正统诗词相比，差别究竟在哪里？

林黛玉的《葬花词》大家都比较熟悉："花谢花飞花满天，红消香断有谁怜？游丝软系飘春榭，落絮轻沾扑绣帘。""花谢花飞花满天"，漫天飞花，所有的花都落了。冯正中的一首词中说道，"梅落繁枝千万片"，梅花落了，从繁茂盛开的枝头飘落，千千万万、一片一片地飘落了。而纵然落了，它"犹自多情，学雪随风转"。纵然生命到了飘落的时候，可仍然表现得如此多情，在从枝头向地面落下的过程中，她要在空中飘出一个旋转的过程。冯正中的词给人一种言外的感发，而林黛玉写的只是一层感动。

最后林黛玉写道："怜春忽至恼忽去，至又无言去不闻。"我爱怜春天，她忽然间来了，我满心欢喜；忽然间她又走了。来时没有一句话，走时也没有一句话。"昨宵庭外悲歌发，知是花魂与鸟魂？花魂鸟魂总难留，鸟自无言花自羞。愿奴肋下生双翼，随花飞到天尽头。天尽头，何处有香丘？未若锦囊收艳骨，一抔净土掩风流。质本洁来还洁去，强于污淖陷渠沟。尔今死去侬收葬，未卜侬身何日丧？侬今葬花人笑痴，他年葬侬知是谁？试看春残花渐落，便是红颜老死时。一朝春尽红颜老，花落人亡两不知！"这是写得非常动人的诗，非常直接，非常浅白。李后主也曾写过一首词，说："林花谢了春红，太匆匆，无奈朝来寒雨晚来风。　胭脂泪，相留醉，几时重？自是人生长恨水长东。"这一份悲哀写得很好，而李后主的哀悼春天消逝的词与林黛玉的诗有所不同。李后主使用很短的句子，非常精练，因为其短和精练，所以从落花写起而结合了人生，有了象喻性，“林花谢了春红”。而林黛玉的葬花词是铺展的，点缀修饰得很多，反而把主题冲得淡漠了，写葬花就是葬花，是个人的事件了。李后主写的凝聚在一起，在短短一首词中表现人生：“林花谢了春红”，春天是红色的，珍贵美好，“太匆匆”，花落匆匆，人生消失得太匆匆，人生本来短暂，何况在短暂的人生中，有这么多悲哀，这么多痛苦，有这么多挫折和打击。“无奈朝来寒雨晚来风”，今天树上还有几朵残花，“胭脂泪，相留醉”，每朵花像女子的红颜，上面的雨点就好像泪珠，这样带着泪的花朵留人醉，她让我为她再喝一杯酒，“胭脂泪，相留醉，几时重”？因为明天这朵花也许就不在了，花还会再开，但“君看今日树头花，不是去年枝上朵”，即使明年再有花开，但不是今年的花了。“胭脂泪，相留醉，几时重?”永远不会回来了，所以“自是人生长恨水长东”。

现在我们再来看另外两首诗，也是《落花》诗，有很深的悲哀。这是清朝末代皇帝的师傅陈宝琛所作。

其一

生灭元知色是空，可堪倾国付东风。
唤醒绮梦憎啼鸟，罥入情丝奈网虫。
雨里罗衾寒不耐，春阑金缕曲初终。
返生香岂人间有，除奏通明问碧翁。

其二

流水前溪去不留，余香骀荡碧池头。
燕衔鱼唼能相厚，泥污苔遮各有由。
委蜕大难求净土，伤心最是近高楼。
庇根枝叶从来重，长夏阴成且小休。

“生灭元知色是空”，给人最强烈的从生到死的感觉是花，因为花的生命最美好，花的生命最短暂。“可堪倾国付东风”，这么倾国倾城的美色转眼被东风吹落了。“唤醒绮梦憎啼鸟”，把美梦唤醒了，用的是唐诗：“春眠不觉晓，处处闻啼鸟。夜来风雨声，花落知多少。”隐藏的是孟浩然的诗，是啼鸟把你叫醒了，在早晨鸟叫时，唤醒美丽的梦，昨天的美丽的花被风吹走了，花落到哪去了？花没有随流水飘走，没有“人生长恨水长东”，不是“流水落花春去也”。辛弃疾曾说，春天走了，唯有“画檐蛛网，尽日惹飞絮”，要想挽留花的，是屋檐下的蜘蛛网。蜘蛛网是多情的，要把落花留住，它是有情的、多情的，是蜘蛛网的丝把你留住。但后三个字写得十分悲哀，你说落花被蜘蛛网网住了，这岂不好？可你看看网里，蜘蛛网网住美丽的花，网中还有苍蝇和蚊子，你卷入情丝，网上还有许多虫。人生就是如此，你身上所披挂的是千千万万的情丝，从你的天伦的情丝，你的父母，你的子女，你的兄弟，你的夫妇，多少情丝缠绕在你身上。所有情丝有它宝贵的一面，而常常也有不美好的一面。有一天我在讲朱彝尊的一首小词，他写到夜雨船头上，“小簟轻衾各自寒”，你有你的一床窄窄的褥子，你有你身上盖的一床薄薄的被子，你要忍受你的寒冷；另外一个人就算跟你在同一条船上，而他有他的一个窄窄的褥子，他有他的一床薄薄的被盖，他要忍受他的寒冷。同在一个屋顶之下，同在一个教室之中，同在一个家庭之中，你有你的寒冷，他有他的寒冷。人生就是如此的，人生就是孤独的，人生就是短暂的。所以“罥入情丝”，就算你有那么多情丝，可是“奈网虫”。你要相爱就应该彼此相信。我曾经看过一个电视剧《过把瘾》，那个女的整天追问那个男的：“你到底爱不爱我”，“你到底爱不爱我”，“你为什么多看那个女的两眼”？你到底是信他还是不信他？“雨里罗衾寒不耐”，“雨里罗衾”，这是李后主的说法：“帘外雨潺潺，春意阑珊，罗衾不耐五更寒。梦里不知身是客，一晌贪欢。　　独自莫凭栏，无限江山，别时容易见时难。流水落花春去也，天上人间。”“春阑金缕曲初终”，这也是唐人的诗：“劝君莫惜金缕衣，劝君惜取少年时。花开堪折直须折，莫待无花空折枝。”“春阑金缕曲初终”，无花空折枝。“返生香岂人间有”，有一种香，焚香，闻香，可使死人复活。有这样的香吗？天底下有香能使死人复活的吗？“返生香岂人间有，除奏通明问碧翁。”除非你写一个奏折，奏到通明的天上，问那个碧翁的天帝，问一问他：为什么人生这样短暂？为什么人生这样无常？为什么人生这样痛苦？还不止如此，这两首诗——第二首和第一首“唤醒绮梦憎啼鸟，罥入情丝奈网虫”，这不是直接、简单的反射，与“花谢花飞飞满天，红消香断有谁怜”不同，“罥入情丝”这里面有转折更深的意思，更有哲理意味。

以下我简单说一下第二首诗。“流水前溪去不留”，“流水落花春去也”，前面的前溪流水消失，永远不会回来。你去就去，走就走了，如果断了，断就断了，为什么藕断了，还有丝连着呢？为什么花流走了，还有香气留在那里呢？这真是无可奈何的。“余香骀荡”，还留下香气飘来飘去，落花哪去了？“燕衔鱼喉能相厚”，或者被燕子衔去做窝了；或是落在水里，被鱼嘴一吞一吞对着落花喉喋。“能相厚”，好像对你很有感情，对你很亲厚。燕子要叼落花，鱼要吞落花，他们对你表现得这么多情，这么亲厚。可你到底落在哪了？“泥污苔遮各有由”，你是落在泥上被泥给玷污了，还是落在青苔上被青苔给遮蔽了？我们人生都是寂寞的，都是孤独的，都是痛苦的，你有你的命运，我有我的命运。“委蜕大难求净土”，就是林黛玉所说的：“天尽头，何处有香丘？……质本洁来还洁去。”我知道人生是短暂的，我知道我要离开，但是我要保持我的一份清洁。诗人说“委蜕大难求净土”，也就是“天尽头，何处有香丘”？哪里是干净的土地？“委蜕大难求净土，伤心最是近高楼”，杜甫说“花近高楼伤客心”，你们要知道，作者陈宝琛是晚清的宣统皇帝的师傅。当那个朝代消失败亡之际，他该怎么办？如果你不是贵为皇帝的师傅，朝代消亡，我们下层小民，没有关系。你来了我们照样吃饭穿衣，他来了我们也照样吃饭穿衣。可是你贵为皇帝的老师，在这场变故中，你该怎么办？“庇根枝叶从来重”，人生是短暂的，生命是短暂的，但我们的文化是久远的，保留文化才最重要。要保护根株，要延续根株，这才是重要的。“长夏阴成且小休”，现在已到了长夏了，花虽落了，枝叶长成了，树荫也长成了，这就是辛弃疾说的“功成者去，觉团扇便与人疏”。该走就走，只要尽了责任，花虽落了，但有枝有叶，都长成了。而且杜甫曾写过一首诗，咏瓜的架子，他说：“幸结白花了，宁辞青蔓除。”该开的花开了，该结的瓜结了，把架拆掉，这我也不推辞。

《红楼梦》的诗词写得很好，林黛玉的《葬花词》写得也很好。《红楼梦》中，托拟林黛玉的身世，以林黛玉的年龄写的《葬花词》，曹雪芹写得很好。但如果真与中国大诗人、词人相比，像杜甫说的“一片花飞减却春”，就知道层次不同，哲理的深浅，幽微曲折，言外意思的多少是有所不同的。

白静 整理 〉